16	3	2	13
5	10	11	8
9	6	7	12
4	15	14	1

Publicado com o apoio do Instituto de Tradução da Rússia

Coleção LESTE

Varlam Chalámov

O ARTISTA
DA PÁ

Contos de Kolimá 3

Tradução e notas
Lucas Simone

Posfácio
Varlam Chalámov

editora■34

EDITORA 34

Editora 34 Ltda.
Rua Hungria, 592 Jardim Europa CEP 01455-000
São Paulo - SP Brasil Tel/Fax (11) 3811-6777 www.editora34.com.br

Варлам Шаламов, «Колымские рассказы»
Varlam Shalamov's Russian texts copyright © 2011 by Irina Sirotinskaya
Translation rights into the Portuguese language
are granted by FTM Agency, Ltd., Russia, 2011
© Portuguese translation rights by Editora 34 Ltda., 2016

Tradução © Lucas Simone, 2016

A FOTOCÓPIA DE QUALQUER FOLHA DESTE LIVRO É ILEGAL E CONFIGURA UMA APROPRIAÇÃO INDEVIDA DOS DIREITOS INTELECTUAIS E PATRIMONIAIS DO AUTOR.

Imagem da capa:
Campo de trabalhos forçados na União Soviética, anos 1930

Capa, projeto gráfico e editoração eletrônica:
Bracher & Malta Produção Gráfica

Revisão:
Cide Piquet, Cecília Rosas, Francisco de Araújo

1ª Edição - 2016, 2ª Edição - 2020

CIP - Brasil. Catalogação-na-Fonte
(Sindicato Nacional dos Editores de Livros, RJ, Brasil)

Chalámov, Varlam, 1907-1982
C251a   O artista da pá (Contos de Kolimá 3) /
Varlam Chalámov; tradução e notas de Lucas Simone;
posfácio de Varlam Chalámov — São Paulo:
Editora 34, 2020 (2ª Edição).
424 p. (Coleção Leste)

Tradução de: Artist lopáti

ISBN 978-85-7326-628-3

1. Literatura russa. 2. História da Rússia -
Século XX. I. Simone, Lucas. II. Título. III. Série.

CDD - 891.73

O ARTISTA DA PÁ
Contos de Kolimá 3

Um acesso	9
Oração fúnebre	12
Como começou	32
Caligrafia	47
O pato	54
O homem de negócios	58
Calígula	63
O artista da pá	66
RUR	83
Bogdánov	92
O engenheiro Kisseliov	99
O amor do capitão Tolly	112
A cruz	125
O curso	135
O primeiro tchekista	195
O weismannista	208
Para o hospital	219
Junho	227
Maio	238
Nos banhos	247
A nascente Adamantina	255
O procurador verde	266
O primeiro dente	327
Eco nas montanhas	336
Vulgo Berdy	351
As próteses	357
Perseguição à fumaça da locomotiva	361
O trem	376
"Sobre a prosa", *Varlam Chalámov*	389

Mapa da União Soviética 410
Mapa da região de Kolimá 412
Glossário 413
Sobre o autor 417
Sobre o tradutor 421

O ARTISTA DA PÁ

Contos de Kolimá 3

Traduzido do original russo *Kolímskie rasskázi* em *Sobránie sotchiniéni v tchetiriokh tomakh*, de Varlam Chalámov, vol. 1, Moscou, Khudójestvennaia Literatura/Vagrius, 1998. Foi também utilizado, para consultas e pesquisas, o site http://shalamov.ru, dedicado ao autor.

O presente volume é o terceiro da série de seis que constitui o ciclo completo dos *Contos de Kolimá*: *Contos de Kolimá* (vol. 1); *A margem esquerda* (vol. 2); *O artista da pá* (vol. 3); *Ensaios sobre o mundo do crime* (vol. 4); *A ressurreição do lariço* (vol. 5); *A luva, ou KR-2* (vol. 6).

UM ACESSO

A parede oscilou, e minha garganta foi invadida por uma conhecida náusea adocicada. Um fósforo queimado no chão passou flutuando diante de meus olhos pela milésima vez. Estiquei o braço para agarrar aquele fósforo fastidioso, e ele desapareceu: eu deixara de enxergar. O mundo ainda não me abandonara por completo: lá, na alameda, havia ainda uma voz, a voz distante, persistente, da enfermeira. Depois, pululavam aventais, o canto de uma casa, um céu estrelado, surgiu uma grande tartaruga cinzenta, e seus olhos brilhavam com indiferença; alguém quebrou uma costela da tartaruga, e eu rastejei para dentro de uma cova, agarrando-me e apoiando-me com as mãos, confiando apenas nas mãos.

Lembrei-me dos dedos insistentes de alguém, que pressionavam com destreza minha cabeça e meus ombros contra a cama. Tudo se aquietou, e fiquei sozinho com alguém imenso como Gulliver. Eu estava deitado em uma tábua, e alguém me examinava atentamente através de uma lupa. Eu me revirava, e a terrível lupa seguia meus movimentos. Eu me esgueirava sob aquele vidro monstruoso. E apenas quando os enfermeiros me transferiram para um leito hospitalar, e surgiu o bendito sossego da solidão, compreendi que aquele horror gulliveriano não fora um pesadelo: eram os óculos do médico plantonista. Aquilo me deu uma alegria indizível.

A cabeça doía e girava ao menor movimento, e era impossível pensar; era possível apenas relembrar, e antigos quadros assustadores começaram a aparecer, como cenas de um filme mudo, figuras de duas cores. A náusea adocicada, semelhante a uma anestesia de éter, não passava. Ela me era familiar, e eu agora identificava essa primeira sensação. Lembrei-me de que, muitos anos antes, no Norte, depois de seis meses de trabalho sem descanso, foi concedido pela primeira vez um dia de folga. Todos queriam ficar deitados, apenas deitados, sem emendar roupas, sem se mover... Mas todos foram acordados de manhã cedo e enviados para buscar lenha. A oito quilômetros do povoado, cortavam e armazenavam madeira: cada um tinha que escolher, de acordo com sua força, um tronco e levá-lo para casa. Decidi ir para outro lado: lá, a uns dois quilômetros, havia velhas pilhas; lá eu poderia encontrar um tronco apropriado. Subir a montanha era difícil, e, quando alcancei a pilha, já não havia troncos leves. Mais para o alto negrejavam montes esparramados de lenha, e comecei a subir em direção a eles. Ali havia troncos finos, mas suas pontas estavam presas às pilhas, e eu não tive forças para arrancar um tronco. Tentei algumas vezes e desfaleci definitivamente. Mas não podia voltar sem lenha, e, reunindo as últimas forças, trepei ainda mais alto na pilha, coberta de neve. Por muito tempo, afastei a neve fofa e rangente com os pés e as mãos, e finalmente arranquei um dos troncos. Mas o tronco era pesado demais. Tirei do pescoço uma toalha suja que me servia de cachecol e, amarrando a parte de cima do tronco, arrastei-o para baixo. O tronco saltava e batia contra minhas pernas. Ou escapava e descia correndo a montanha, mais rápido que eu. O tronco se detinha em arbustos rasteiros ou ficava cravado na neve, e eu me arrastava para perto dele e novamente me punha a mover o tronco. Eu ainda estava no alto da montanha quando vi que já escurecera. Percebi que muitas horas haviam se passado, e a estrada para o povoado e para a zona ainda estava longe. Puxei o cachecol, e o tronco novamente precipitou-se para baixo com ímpeto. Arrastei o tronco para a estrada. A floresta começou a oscilar diante de meus olhos, a náusea adocicada me invadiu a garganta, e voltei a mim na cabine do operador da grua; este esfregava minhas mãos e meu rosto com uma neve pungente.

Tudo isso eu via agora na parede do hospital. Mas, em vez do operador da grua, quem segurava minha mão era um médico. Um aparelho de Riva-Rocci para medição de pressão sanguínea também estava ali. E eu me alegrei, compreendendo que não estava no Norte.

— Onde estou?

— No instituto de neurologia.

O médico perguntou alguma coisa. Respondi com esforço. Queria ficar sozinho. Eu não temia as recordações.

(1960)

ORAÇÃO FÚNEBRE

Todos morreram...

Nikolai Kazimírovitch Barbé, um dos organizadores do Komsomol[1] russo, o camarada que me ajudara a arrancar uma grande pedra de um estreito poço de escavação, chefe de brigada, foi fuzilado pelo não cumprimento do plano do setor no qual trabalhava sua equipe, de acordo com o relatório do jovem comandante do setor, o jovem comunista Arm — ele recebeu uma condecoração em 1938 e depois foi chefe de minas, chefe da administração; Arm fez uma grande carreira. Havia uma coisa que Nikolai Kazimírovitch Barbé guardava com esmero: um cachecol de pelo de camelo, um cachecol azul-claro, comprido e quente, de pura lã. Foi roubado por ladrões na casa de banho; simplesmente levaram, sem mais nem menos, quando Barbé estava de costas. E no dia seguinte as faces de Barbé ficaram congeladas, terrivelmente congeladas; as feridas sequer tinham sarado quando de sua morte...

Morreu Ioska Riútin. Trabalhávamos juntos, em dupla, e comigo nem os mais trabalhadores queriam trabalhar. Mas Ioska trabalhava. Ele era muito mais forte, muito mais ágil do que eu. Mas entendia bem por que tinham nos levado para lá. E não ficava ofendido comigo, que trabalhava mal. No fim das contas, o encarregado-chefe — assim eram chama-

---

[1] Acrônimo de *Kommunistítcheski Soiúz Molodioji* [Liga Comunista Jovem]. (N. do T.)

dos alguns cargos das minas em 1937, como nos tempos do tsar — ordenou que me dessem uma "medição isolada" — o que seria isso será contado oportunamente. E Ioska começou a trabalhar em dupla com alguma outra pessoa. Mas nossos lugares no alojamento eram lado a lado, e eu logo acordei com o movimento desajeitado de alguém vestido de couro, cheirando a carneiro; esse alguém, de costas para mim na estreita passagem que havia entre as tarimbas, tentava acordar meu vizinho:

— Riútin? Vista-se.

E Ioska começou a vestir-se apressadamente, enquanto o homem com cheiro de carneiro pôs-se a revistar suas poucas coisas. Em meio àquele pouco, encontrou um jogo de xadrez, que o homem de couro colocou à parte.

— Isso é meu — disse apressadamente Riútin. — É minha propriedade. Paguei dinheiro.

— E daí? — disse o pele de ovelha.

— Deixe aí.

O pele de ovelha gargalhou. E, quando se cansou de gargalhar, enxugou o rosto com sua manga de couro e pronunciou:

— Você não vai mais precisar disso...

Morreu Dmitri Nikoláievitch Orlov, antigo consultor de Kírov. Eu e ele serrávamos lenha no turno da noite na lavra, e, munidos de uma serra, trabalhávamos durante o dia na padaria. Lembro-me bem do olhar crítico que nos lançou o encarregado da serralheria ao entregar a serra, uma ordinária serra de corte transversal.

— É o seguinte, meu velho — disse o encarregado. Na época todos nós éramos chamados de "meu velho", não como vinte anos depois. — Você pode amolar a serra?

— Claro — disse Orlov apressadamente. — Tem uma travadoura?

— Com um machado você trava — disse o encarrega-

Oração fúnebre 13

do, já enxergando em nós pessoas entendidas, não como aqueles intelectuais.

Orlov ia pelo caminho encurvado, com as mãos enfiadas nas mangas. A serra ele carregava debaixo do braço.

— Escute, Dmitri Nikoláievitch — disse eu, alcançando Orlov aos saltos. — É que eu não sei. Nunca amolei uma serra.

Orlov virou-se para mim, cravou a serra na neve e calçou as luvas.

— Eu acho — disse ele em tom de sermão — que qualquer pessoa com educação superior é obrigada a saber amolar e travar uma serra.

Concordei com ele.

Morreu o economista Semion Aleksêievitch Chéinin, um bom homem. Ele passou muito tempo sem compreender o que estavam fazendo conosco, mas no fim das contas compreendeu, e começou a esperar tranquilamente pela morte. Tinha coragem de sobra. Certa vez recebi uma encomenda — o fato de a encomenda chegar era de uma enorme raridade —, e nela havia um par de botas de aviador, de feltro, e nada mais. Como nossos parentes conheciam mal as condições em que vivíamos. Eu sabia muito bem que as botas seriam roubadas, seriam tiradas de mim na primeira noite. E eu as vendi, sem sequer sair da sede do comando, por cem rublos, para o capataz Andrei Boiko. As botas custavam setecentos, mas foi uma venda lucrativa. Porque eu podia comprar cem quilos de pão, ou então manteiga, açúcar. Manteiga e açúcar eu tinha comido pela última vez na prisão. E comprei um quilo inteiro de manteiga no mercado. Eu me lembrava de como aquilo era bom para a saúde. A tal manteiga custou 41 rublos. Comprei durante o dia (trabalhávamos de madrugada) e fui correndo ver Chéinin — morávamos em alojamentos diferentes —, para celebrar a encomenda. Também comprei pão...

Semion Aleksêievitch ficou agitado e alegre.
— Mas por que eu? Que direito tenho eu? — resmungou ele, extremamente agitado. — Não, não, não posso... Mas eu o convenci, e, radiante, ele foi correndo buscar água quente.

E no mesmo instante caí no chão por conta de um terrível golpe na cabeça.

Quando me levantei, a bolsa com a manteiga e o pão não estavam lá. Uma tora de madeira folhada de um metro de comprimento, que haviam usado para me bater, estava jogada junto ao leito. E todos ao redor riam. Chéinin chegou correndo com a água quente. Muitos anos depois eu ainda não conseguia relembrar aquele roubo sem uma inquietação terrível, quase como a de um choque. E Semion Aleksêievitch está morto.

Morreu Ivan Iákovlevitch Fediákhin. Nós dois pegamos o mesmo trem, o mesmo vapor. Fomos parar na mesma lavra, na mesma brigada. Era um filósofo, um camponês de Volokolamsk, organizador do primeiro *kolkhoz*[2] da Rússia. Os primeiros *kolkhozes*, como é sabido, foram organizados pelos SR[3] nos anos vinte, e o grupo de Tchaiánov e Kondrátiev[4] representava seus interesses "lá em cima"... E Ivan Iákovlevitch era um SR do campo, um em meio a um milhão de pessoas que votaram nesse partido no ano de 1917. Por ter organizado o primeiro *kolkhoz* é que ele recebeu a sentença: uma sentença de cinco anos de reclusão.

Uma vez, bem no início, no primeiro outono em Koli-

---

[2] Propriedade rural coletiva dos camponeses russos. (N. do T.)

[3] Membros do Partido Socialista Revolucionário, antitsarista, criado em 1902. Os SR tiveram importante participação na Revolução de 1917, mas depois foram perseguidos pelos bolcheviques. (N. do T.)

[4] Aleksandr Vassílievitch Tchaiánov (1888-1937) e Nikolai Dmítrevitch Kondrátiev (1892-1938), economistas russos. (N. do T.)

má, em 1937, eu trabalhava com ele em um carrinho de transporte; estávamos na famosa esteira de produção da lavra. Havia dois carrinhos de transporte, desengatáveis. Enquanto o condutor de cavalos levava um deles para o aparelho de lavagem, dois trabalhadores corriam para encher o outro. Não havia tempo para fumar, e isso não seria mesmo permitido pelos encarregados. O nosso condutor de cavalos, no entanto, fumava, e um cigarro enorme, enrolado com quase meio pacote de *makhorka*[5] (ainda havia *makhorka* naquela época), que ele deixava na beirada da galeria para nós darmos uns tragos.

O condutor de cavalos era Michka Vavílov, ex-vice-presidente do truste Promimport, enquanto os mineiros éramos Fediákhin e eu.

Colocando sem pressa a terra no carrinho de transporte, conversávamos um com o outro. Contei a Fediákhin a respeito da tarefa que era dada aos dezembristas em Niértchinsk, de acordo com as *Memórias* de Maria Volkónskaia:[6] três *pudes*[7] de minério por pessoa.

— E quanto pesa a nossa cota, Vassili Petróvitch? — perguntou Fediákhin.

Calculei uns oitocentos *pudes*, aproximadamente.

— Está vendo como cresceram as cotas, Vassili Petróvitch...?

Mais tarde, com o tempo de fome, no inverno, eu tentava conseguir tabaco: mendigava, juntava, comprava, e trocava por pão. Fediákhin não aprovava meu "comércio":

---

[5] Tabaco muito forte e de baixa qualidade. (N. do T.)

[6] Maria Nikoláievna Volkónskaia (1805-1863), esposa do príncipe Serguei Grigórievitch Volkónski (1788-1865), participante do movimento dezembrista que tentou derrubar o tsar Nicolau I em 1825. Após a prisão do marido, Maria o acompanhou até o exílio na Sibéria. (N. do T.)

[7] Antiga medida russa equivalente a 16,38 kg. (N. do T.)

— Isso não combina com você, Vassíli Petróvitch, você não precisa fazer isso...

Eu o vi pela última vez no inverno, no refeitório. Dei a ele seis cupons de almoço, que eu recebera naquele dia por um trabalho de cópia que fizera à noite no escritório. Minha letra boa às vezes me ajudava. Ia perder os cupons: neles havia um carimbo com a data. Fediákhin sacou as refeições. Ele se sentou à mesa e passou a *iuchka*[8] de uma tigela para a outra; a sopa era extremamente rala, e não havia uma gordurinha sequer boiando nela... Todos os seis cupons não conseguiram encher, com o mingau de cevada, sequer uma tigela de meio litro... Fediákhin não tinha uma colher; ele lambia o mingau com a língua. E chorava.

Morreu Derfel. Era um comunista francês, que também estivera nas pedreiras de Caiena. Além da fome e do frio, foi torturado também moralmente: não queria acreditar que ele, um membro do Komintern, pudesse ter vindo parar ali, num campo de trabalhos forçados soviético. Seu terror teria sido menor se ele visse que não era o único do tipo. Eram desse tipo todos aqueles com quem ele chegara, com que ele vivera, com quem ele morrera. Era um homem pequeno e fraco, as surras já estavam na moda... Uma vez o chefe de brigada bateu nele, deu um soco, simplesmente; em nome da ordem, por assim dizer; mas Derfel caiu e não se levantou. Foi um dos primeiros a morrer, um dos mais felizes. Em Moscou ele trabalhara na TASS,[9] era um dos redatores. Conhecia bem a língua russa.

— Em Caiena também era ruim — disse-me ele certa vez. — Mas aqui é muito ruim.

---

[8] No sul da Rússia, Ucrânia e Bielorrússia, sopa bem rala com algum complemento. (N. do T.)

[9] Acrônimo de *Telegráfnoie Aguénstvo Soviétskogo Soiúza* [Agência Telegráfica da União Soviética], órgão oficial de notícias. (N. do T.)

Morreu Frits David. Era um comunista holandês, colaborador do Komintern acusado de espionagem. Tinha belos cabelos encaracolados, profundos olhos azuis, lábios de talhe infantil. Quase não sabia russo. Eu o conheci num alojamento tão cheio de gente que só era possível dormir em pé. Estávamos um ao lado do outro, Frits sorriu para mim e fechou os olhos.

O espaço sob os beliches estava cheio, tinha gente a não mais poder, era preciso esperar para se sentar um pouco, para ficar de cócoras, depois apoiar-se em algum lugar — nos beliches, numa coluna, no corpo de alguém — e pegar no sono. Eu esperava, de olhos fechados. De repente, ao meu lado, algo desabou. Meu vizinho Frits David caíra. Levantou-se, embaraçado.

— Peguei no sono — disse ele, assustado.

Este Frits David foi a primeira pessoa de nosso comboio a receber uma encomenda. A encomenda tinha sido enviada de Moscou por sua esposa. Na encomenda havia um terno de veludo, uma camisa de dormir e uma grande fotografia de uma bela mulher. Era esse terno de veludo que ele vestia quando estava de cócoras ao meu lado.

— Quero comer — disse ele sorrindo, corando. — Quero tanto comer. Tragam-me algo para comer.

Frits David enlouqueceu, e foi levado para algum outro lugar.

A camisa de dormir e a fotografia foram roubadas já na primeira noite. Sempre que, mais tarde, contava a respeito dele, eu ficava perplexo e indignado: a troco de quê? Quem precisava da fotografia de outra pessoa?

— Você não sabe de nada — me disse uma vez certa pessoa maliciosa com quem eu conversava. — Não é difícil adivinhar. Essa fotografia foi roubada pelos criminosos, e, como eles mesmos dizem, para uma "sessão". Para onanismo, meu ingênuo amigo...

Morreu Serioja Klivanski, meu camarada no primeiro ano de universidade, com quem me encontrei dez anos depois em uma cela de transferência na cadeia Butírskaia.[10] Fora expulso do Komsomol em 1927 por conta de um relatório sobre a revolução chinesa no grupo de política contemporânea. Ele conseguiu concluir a universidade, trabalhou como economista no Gosplan,[11] até que a situação mudou, e então Serioja teve que sair de lá. Passou no concurso para a orquestra do Teatro Stanislávski e foi segundo violino até sua prisão, em 1937. Era sanguíneo, espirituoso; a ironia jamais o abandonou. Tampouco seu interesse pela vida e pelos acontecimentos.

Na cela de transferência todos andavam quase nus, jogavam água no corpo, dormiam no chão. Apenas um herói suportaria dormir nos beliches. E Klivanski gracejava:

— Essa é a tortura por evaporação. Depois vão nos submeter à tortura por congelamento, no Norte.

Era uma previsão exata, mas não era o lamento de um covarde. Na lavra, Serioja era alegre, sociável. Com entusiasmo tentava assimilar o vocabulário dos criminosos, e ficava contente como uma criança ao pronunciar as expressões dos criminosos na entonação apropriada.

— Pelo visto agora eu vou rodar — dizia Serioja, deslizando para a parte de cima do beliche.

Ele amava poesia, na prisão frequentemente recitava de cabeça. No campo ele não recitava.

Ele dividia seu último pedaço de pão, ou melhor, ainda podia dividir... Isso quer dizer que ele não conseguiu sobre-

---

[10] Butírskaia (também conhecida como Butirka) era a maior e uma das mais antigas cadeias de Moscou. Chalámov esteve preso nela em 1929 e 1937. (N. do T.)

[11] Acrônimo de *Gossudarstvénnii Komitet po Planirovániu* [Comitê Estatal de Planejamento]. (N. do T.)

Oração fúnebre

viver até a época em que ninguém tinha um último pedaço de pão, em que ninguém dividia nada com ninguém. Morreu o chefe de brigada Diúkov. Eu não sei seu primeiro nome, nunca soube. Era um preso comum, não tinha relação alguma com o artigo 58.[12] Nos campos do continente ele era o chamado presidente do coletivo; não se pode dizer que tivesse uma atitude romântica, mas pretendia "fazer o papel". Chegou no inverno, e pronunciou um discurso impressionante já na primeira reunião. Os presos comuns faziam reuniões, uma vez que aqueles que haviam cometido crimes comuns ou de trabalho, assim como os ladrões reincidentes, eram considerados "amigos do povo", pessoas sujeitas a correção, não a ações punitivas. Diferentemente dos "inimigos do povo", condenados de acordo com o artigo 58. Mais tarde, quando os reincidentes começaram a cair no parágrafo 14 do artigo 58 — sabotagem (por recusa ao trabalho) —, todo o parágrafo 14 foi retirado do artigo 58, e medidas punitivas diversas, que condenavam a muitos anos, foram aliviadas. Os reincidentes sempre foram considerados "amigos do povo", até a famosa anistia de Béria, em 1953.[13] Centenas de milhares de infelizes foram sacrificados em nome da teoria, do "elástico" de Krilenko[14] e da famigerada "reforja".[15]

[12] Artigo do código penal soviético de 1922, relativo a crimes políticos por atividade contrarrevolucionária. (N. do T.)

[13] Com a morte de Stálin em 5 de março de 1953, Lavrenti Béria propôs uma anistia aos presos políticos, mas ele mesmo acabou sendo preso em junho e executado em dezembro pelo regime soviético. (N. do T.)

[14] Nikolai Vassílievitch Krilenko (1885-1938), político soviético, fuzilado durante os expurgos. O "elástico" se refere à prática de aumentar a pena diretamente nos campos, sem a necessidade de recorrer às instâncias jurídicas superiores. (N. do T.)

[15] De *perekóvka*, literalmente: tornar a forjar; trata-se da "reeducação" dos detentos por meio do trabalho correcional e da atividade educa-

Naquela primeira reunião Diúkov propôs reunir sob sua liderança uma equipe do artigo 58; geralmente o chefe de brigada dos prisioneiros políticos vinha do meio deles. Diúkov era um rapaz bastante bom. Sabia que os camponeses se saíam muito bem nos campos de trabalho, melhor que todos, lembrava que entre os camponeses havia muitos do artigo 58. Não podemos deixar de ver nisso uma particular sabedoria de Iejov e Béria,[16] que compreenderam que a força de trabalho da *intelligentsia* era baixa demais, e que, portanto, ela podia não ser capaz de cumprir o objetivo de produção do campo, diferentemente do objetivo político. Mas Diúkov não entrava em considerações tão elevadas; é improvável que lhe passasse pela cabeça algo que não a capacidade das pessoas para o trabalho. Ele selecionou uma brigada feita exclusivamente de camponeses e pôs-se ao trabalho. Isso foi na primavera de 1938. Os camponeses de Diúkov atravessaram todo o período de fome do inverno de 1937-38. Ele não ia aos banhos com seus subordinados, do contrário teria compreendido muito antes o que se passava.

Eles até trabalhavam bem, só precisavam ser alimentados direito. Mas a chefia recusou da maneira mais veemente esse pedido de Diúkov. Heroicamente, a equipe faminta conseguiu cumprir a cota, trabalhando acima de suas forças. Começaram então a tapear Diúkov, alterando as contas: medidores, controladores, encarregados, contramestres. Ele começou a se queixar, a protestar de maneira cada vez mais veemente. O rendimento da equipe caía cada vez mais, a ali-

---

cional promovida nos campos de trabalho soviéticos. Oriundo da metalurgia, acredita-se que o termo tenha surgido durante a construção do Belomorkanal — canal que liga o Mar Branco ao Báltico —, onde trabalharam milhares de detentos. (N. do T.)

[16] Nikolai Iejov (1895-1940) e Lavrenti Béria (1899-1953) foram chefes do NKVD, a polícia política soviética, nos anos 1930. (N. do T.)

mentação só piorava. Diúkov tentou dirigir-se à alta chefia, mas a alta chefia recomendou aos funcionários competentes incluir a equipe de Diúkov nas conhecidas listas, juntamente com seu chefe. Isso foi feito, e todos foram fuzilados na famosa Serpantínnaia.

Morreu Pável Mikháilovitch Khvostov. Nas pessoas com fome, a coisa mais terrível é o comportamento. Ele é como o das pessoas sadias, e mesmo assim é quase demente. As pessoas com fome defendem furiosamente a justiça — se elas não estiverem famintas demais, não estiverem desnutridas em demasia. São eternos questionadores, brigões inveterados. Geralmente é apenas uma vez em mil que pessoas discutindo entre si em tons mais exacerbados acabam brigando. Pessoas com fome brigam constantemente. Os desentendimentos estouram pelos motivos mais absurdos, mais inesperados: "Por que você pegou minha picareta?... Por que pegou meu lugar?". Quem é menor, mais baixo, faz de tudo para passar uma rasteira no adversário e levá-lo ao chão. Quem é mais alto faz força e derruba o inimigo com o próprio peso, e depois é arranhar, bater, morder... Tudo isso sem forças, sem dor, sem consequências fatais; com muita frequência, é para chamar a atenção dos demais. Ninguém aparta as brigas.

Assim era Khvostov. Ele brigava com alguém todo dia: no alojamento e na profunda adutora que a nossa equipe estava cavando. Era meu conhecido *de inverno*: eu nunca vi seus cabelos. Seu chapéu era uma esfarrapada *uchanka*[17] branca de pele. E seus olhos eram escuros, brilhantes e famintos. Às vezes eu recitava poesia, e ele me olhava como se eu fosse louco.

De repente ele começou a bater desesperadamente com a picareta numa pedra na adutora. A picareta era pesada, Khvostov batia com toda a força, batia quase sem parar. Fi-

---

[17] Gorro de pele com abas para cobrir as orelhas. (N. do T.)

quei impressionado com tamanha força. Estávamos juntos havia muito tempo, passávamos fome havia muito tempo. Depois a picareta caiu, tilintando. Olhei para trás. Khvostov estava de pé, com as pernas afastadas, cambaleando. Seus joelhos estavam dobrados. Ele cambaleou e caiu com a cara no chão. Estendeu bem os braços para a frente, e em suas mãos estavam as mesmas luvas que ele remendava todas as noites. Seus braços se abriram: em ambos os antebraços havia tatuagens. Pável Mikháilovitch fora capitão de longo curso.
Roman Románovitch Románov morreu diante de meus olhos. Ele tinha sido outrora uma espécie de comandante de companhia: distribuía as encomendas, cuidava da limpeza na zona do campo; resumindo, ocupava uma posição privilegiada, com que sequer podia sonhar qualquer um de nós do artigo 58 e da *litiorka*, como falavam os criminosos, ou dos *líterniks*,[18] como pronunciavam essa palavra os altos funcionários dos campos. O limite para nossos sonhos era trabalhar na lavanderia da casa de banhos ou como alfaiate noturno, fazendo remendos. Tudo que não fosse pedra nos era proibido pelas "instruções especiais" de Moscou. Esse documento vinha anexado ao inquérito de cada um de nós. E eis que Roman Románovitch ocupava tal posto inacessível. E até dominou bem depressa seus segredos: como abrir uma caixa de encomenda para que o açúcar se derramasse no chão. Como quebrar um pote de geleia, como empurrar para baixo do leito torradas ou frutas secas. Tudo isso Roman Románovitch aprendeu depressa e nossa amizade ele não manteve. Era severo e oficial, portava-se como um cortês representante daquela alta chefia com a qual não podíamos ter contato pessoal. Ele nunca nos dava conselho algum. Apenas

[18] *Líternik* (ou *litiorka*), preso cuja condenação era baseada numa letra ou sigla dentro de um artigo do Código Penal Soviético; geralmente relacionava-se com "atividades contrarrevolucionárias". (N. do T.)

Oração fúnebre

explicava: era permitido enviar uma carta por mês, as encomendas eram entregues das oito às dez da noite na sede do comando do campo e coisas do gênero. Não tínhamos inveja de Roman Románovitch, apenas ficávamos surpresos. Era evidente que havia ali qualquer contato pessoal fortuito de Románov. Aliás, ele não foi comandante de companhia por muito tempo, no máximo dois meses. Ou foi feito o controle regular de pessoal (esse tipo de controle era realizado de tempos em tempos, e obrigatoriamente antes do ano-novo), ou alguém "soprou" — para usar a linguagem pitoresca do campo. Mas Roman Románovitch desapareceu. Fora um militar, parece que um coronel. Quatro anos depois, fui parar numa "missão vitamínica", em que eram colhidas agulhas de arbustos rasteiros, as únicas plantas sempre-verdes dali. Essas agulhas eram transportadas para um complexo industrial de vitaminas a muitas centenas de verstas de distância. Lá elas eram cozidas, e as agulhas se transformavam numa mistura viscosa marrom, de cheiro e sabor insuportáveis. A mistura era colocada em barris e distribuída pelos campos. Na época, os médicos locais consideravam este o principal método de combate ao escorbuto, de uso geral e obrigatório. O escorbuto tinha se alastrado, e ainda por cima combinado com a pelagra e com outras avitaminoses. Mas todos que tiveram a oportunidade de engolir uma gota sequer dessa droga terrível preferiam morrer a tratar-se com semelhante diabrura. Mas havia ordens, e ordens são ordens, e nos campos não davam a comida enquanto todos não tivessem engolido a porção de remédio. O plantonista ficava parado com uma minúscula vasilha especial. Entrar no refeitório era impossível sem passar pelo homem que distribuía a mistura de arbusto, e a coisa que era particularmente valorizada pelos detentos — o almoço, a refeição — ficava irremediavelmente arruinada por esse exercício prévio obrigatório. Isso durou mais de dez anos... Os médicos ficavam perplexos, e com propriedade: como era possível que a vitamina C, tão sensível a qualquer mudança de temperatura, se conservasse naquele unguento viscoso? Aquele tratamento não fazia sentido algum, mas continuavam a distribuir o extrato. E ali mesmo, nos arredores de qualquer um dos povoados, havia muitíssimas roseiras silvestres. Mas ninguém se atrevia a colher essas roseiras: nas ordens não havia menção a elas. E só muito depois da guerra, em 1952, creio eu, foi enviada, em nome dos médicos locais, uma carta em que se proibia categoricamente ministrar o extrato de arbusto, por ter uma ação nociva sobre os rins. O complexo industrial de vitaminas foi fechado. Mas, na época em que encontrei Románov, o arbusto era colhido em grande quantidade. Era colhido pelos *dokhodiagas*,[19] a escória das galerias, os rebotalhos das minas de ouro: os quase inválidos e os desnutridos crônicos. Em três semanas, as galerias de ouro transformavam uma pessoa saudável num inválido: a fome, a falta de sono, o trabalho pesado de muitas horas, as surras... Incluíam novas pessoas nas brigadas, e Moloch mastigava... Ao fim da estação não restara ninguém na brigada de Ivanov, exceto pelo chefe de brigada Ivanov. Os outros tinham ido parar no hospital, debaixo da terra ou nas missões "vitamínicas", onde davam de comer uma vez por dia e onde era impossível receber diariamente um pão de mais de seiscentos gramas. Naquele outono, Románov e eu não trabalhamos na colheita de agulhas. Trabalhamos na "construção". Construímos uma casa para o inverno; passamos o verão em tendas esburacadas.

Uma área foi medida com passos, pequenas estacas foram colocadas, e fincamos em duas fileiras uma sebe rala. O vão entre elas foi recheado de musgo congelado e turfa. Dentro havia tarimbas de pértiga, de um só andar. No meio, fi-

---

[19] Categoria de prisioneiros completamente sem forças, esgotados, acabados. (N. do T.)

cava um fogareiro de ferro. Para cada noite nos davam uma porção de lenha, calculada empiricamente. Porém, não tínhamos nem serra, nem machado: esses objetos cortantes eram mantidos pelos soldados de guarda que moravam em uma tenda separada, aquecida e com revestimento de compensado. As serras e os machados eram entregues apenas de manhã, na hora da revista para o trabalho. Acontece que, numa missão "vitamínica" vizinha, alguns delinquentes comuns haviam atacado um chefe de brigada. Os criminosos têm uma profunda inclinação para a teatralidade, e eles a utilizavam tanto em suas vidas que um Ievrêinov teria inveja.[20] Decidiram que o chefe de brigada seria morto, e a proposta de um dos criminosos — cortar-lhe a cabeça com uma serra — foi acolhida com entusiasmo. A cabeça foi cortada com uma ordinária serra de corte transversal. E era por isso que havia uma ordem que proibia deixar machados e serras com os presos durante a noite. Por que durante a noite? Mas ninguém tentava encontrar qualquer lógica nas ordens.

Como partir a lenha para que as toras coubessem no fogareiro? As mais finas eram quebradas com o pé, e as grossas eram colocadas em feixe na abertura do fogareiro aceso, a ponta mais fina primeiro, e iam queimando aos poucos. Alguém empurrava mais para o fundo com o pé; sempre havia um para cuidar. Aquela luz, que vinha da porta aberta do fogareiro, era a única luz na nossa casa. Antes de começar a nevar, o vento atravessava a casinha de ponta a ponta, mas então juntamos neve nas paredes, jogamos água em cima, e nosso abrigo de inverno estava pronto. Tapamos a porta com retalhos de lona.

Foi ali, naquele mesmo galpão, que encontrei Roman Románovitch. Ele não me reconheceu. Estava vestido como

---

[20] Nikolai Nikoláievitch Ievrêinov (1879-1953), dramaturgo e diretor teatral. (N. do T.)

um "fogo", como diziam os criminosos, sempre acertadamente: tufos de algodão escapavam de seu casaco acolchoado, de suas calças, de seu chapéu. Decerto muitas vezes Roman Románovitch teve que correr "atrás de uma brasinha" para acender o cigarro de algum criminoso... Seus olhos tinham um brilho de fome, e as bochechas estavam tão coradas quanto antes, porém já não lembravam balões de ar, mas pareciam coladas aos zigomas. Roman Románovitch estava deitado num canto, puxando o ar ruidosamente. Seu queixo subia e descia.

— Está morrendo — disse Deníssov, seu vizinho. — Os panos que ele está usando nos pés são bons. — E, puxando com destreza as botas do moribundo, Deníssov desdobrou os panos, ainda resistentes, verdes, feitos com retalhos de manta. — Assim que se faz — disse ele, olhando para mim de maneira ameaçadora. Mas eu nem ligava.

O corpo de Románov foi levado enquanto nós éramos enfileirados para a revista, antes do trabalho. Ele também estava sem chapéu. As abas de seu casaco estavam abertas, arrastando pelo chão.

Será que morreu Volódia Dobrovóltsev, o *pointista*? *Pointista* é um cargo ou uma nacionalidade? Era um cargo, e provocava inveja nos barracões do artigo 58. Barracões separados para prisioneiros políticos num campo comum — onde havia barracões tanto de presos comuns quanto de delinquentes reincidentes, atrás de uma só cerca de arame farpado — eram uma chacota jurídica. Ninguém estava protegido dos ataques da súcia e dos sangrentos acertos de conta dos bandidos.

O *point* é um tubo de ferro com vapor fervente. Esse vapor fervente aquece a rocha e os pedregulhos congelados; de tempos em tempos, um operário retira a pedra aquecida com o auxílio de uma colher metálica, do tamanho de um punho humano, que fica na ponta de um cabo de três metros.

É considerado um trabalho qualificado, já que o *pointista* deve abrir e fechar as válvulas de vapor fervente, que passa por canos que saem de uma cabine, de um *boiler* — que é um primitivo mecanismo a vapor. Ser operador de *boiler* era ainda melhor que ser *pointista*. Não era qualquer engenheiro mecânico do artigo 58 que podia sonhar com semelhante trabalho. E não por ser uma qualificação. Foi por puro acaso que, dentre milhares de pessoas, Volódia foi direcionado àquele trabalho. Mas aquilo o transformou. Ele não precisava pensar em como haveria de se aquecer, o eterno pensamento... O frio glacial não penetrava todo o seu ser, não fazia seu cérebro parar de funcionar. O cano de vapor fervente o salvava. E é por isso que todos tinham inveja de Dobrovóltsev.

Havia rumores de que ele não se tornara *pointista* sem razão: aquilo era prova cabal de que era um informante, um espião... É claro que os criminosos sempre diziam que, uma vez que alguém tinha trabalhado como auxiliar de enfermagem no campo, só podia ter bebido do sangue dos que trabalhavam; e as pessoas sabiam o valor de tais julgamentos: a inveja é má conselheira. De repente Volódia cresceu de maneira desmesurada em nosso conceito, como se um violinista extraordinário tivesse sido descoberto em nosso meio. Dobrovóltsev saía sozinho — isso se fazia necessário por suas condições de trabalho — e, ao deixar o campo pelo posto de guarda, abria a janelinha do posto e gritava para dentro seu número, "vinte e cinco", com uma voz animada e sonora — nós tínhamos nos desacostumado daquilo fazia muito tempo.

Às vezes ele trabalhava perto da nossa galeria. E nós, aproveitando o privilégio de sermos conhecidos, corríamos, um por um, para nos aquecermos junto ao cano. O cano tinha uma polegada e meia de diâmetro, era possível segurá-lo com uma só mão, apertar com o punho, podia-se sentir o calor que passava da mão para o corpo, e não tínhamos forças para soltar e voltar para a mina, para o frio... Volódia não nos expulsava como os outros *pointistas*. Ele nunca nos dizia uma única palavra, mas eu sei que os *pointistas* eram proibidos de deixar que gente como nós se aquecesse junto aos canos. Densas nuvens de vapor branco o rodeavam. Sua roupa ficava coberta de gelo. Cada pelinho de seu casaco brilhava como uma agulha de cristal. Ele nunca conversava conosco: de qualquer maneira, era evidente que o valor daquele trabalho era muito alto.

Naquele ano, na noite de Natal, estávamos reunidos junto ao fogareiro. Seus flancos de ferro, por ocasião da festividade, estavam mais vermelhos que o normal. As pessoas sentem instantaneamente a diferença de temperatura. Sentados ao redor do fogareiro, éramos levados pelo sono e pelo lirismo.

— Seria bom se fôssemos para casa, meus amigos. Afinal, milagres acontecem... — disse o condutor de cavalos Glêbov, ex-professor de filosofia, conhecido em nosso alojamento por ter esquecido o nome da esposa um mês antes. — Mas digam a verdade, hein?

— Para casa?

— Sim.

— Vou dizer a verdade — respondi. — Seria melhor voltar para a prisão. Não estou brincando. Não gostaria de voltar agora para minha família. Nunca me entenderiam lá, não conseguiriam entender. O que parece importante para eles eu sei que são ninharias. O que é importante para mim, o pouco que me restou, eles não seriam capazes de entender, de sentir. Eu traria a eles um novo terror, mais um terror em meio aos milhares de terrores de que está repleta a vida deles. O que eu vi, um homem não deveria ver, nem deveria saber. A prisão é outra coisa. A prisão é a liberdade. É o único lugar que eu conheço em que as pessoas não tinham medo de dizer tudo que pensavam. Onde descansavam a alma. Descansavam o corpo, porque não trabalhavam. Lá, cada hora de existência tinha sentido.

— Ora, mas que asneira — disse o ex-professor de filosofia. — Isso é porque não bateram em você durante o inquérito. Quem passou pelo método número três pensa outra coisa...

— E você, Piotr Ivánitch, o que diz?

Piotr Ivánovitch Timofiêiev, ex-diretor do truste dos Urais, sorriu e piscou para Glêbov.

— Eu voltaria para casa, para minha esposa, para Ágnia Mikháilovna. Compraria um pão de centeio, inteirinho! Prepararia um balde inteiro de mingau de painço! Prepararia *galuchki*,[21] também um balde inteiro! E comeria tudo isso. Pela primeira vez na vida ficaria empanturrado com essas coisas boas, e as sobras faria Ágnia Mikháilovna comer.

— E você? — dirigiu-se Glêbov a Zvonkov, mineiro de nossa brigada, e, em sua vida prévia, um camponês da região de Iaroslav ou de Kostromá.

— Para casa — respondeu Zvonkov em tom sério, sem sorrir. — Acho que chegaria e não me afastaria um metro sequer da minha esposa. Aonde ela fosse, eu iria também, aonde ela fosse, eu iria também. Só que aqui eu desaprendi a trabalhar; perdi o amor pela terra. Bom, eu ia me arranjar em algum lugar...

— E você? — a mão de Glêbov tocou o joelho do nosso faxineiro.

— A primeira coisa que eu ia fazer era ir até o comitê regional do Partido. Eu me lembro de que lá havia um montão de pontas de cigarro...

---

[21] Pedacinhos de massa cozidos em leite ou caldo. (N. do T.)

— Ora, mas não brinque...
— Não estou brincando.
De repente vi que só faltava uma pessoa responder. E essa pessoa era Volódia Dobrovóltsev. Ele ergueu a cabeça, sem esperar pela pergunta. Em seus olhos recaía a luz do carvão incandescente que vinha da portinhola aberta do fogareiro: seus olhos eram vivos, profundos.

— E eu — sua voz era tranquila, vagarosa — gostaria de ser um toco. Um toco humano, entendem? Sem braços, sem pernas. Então eu encontraria forças para cuspir na cara deles, por tudo que estão fazendo conosco.

(1960)

COMO COMEÇOU

Como começou? Em qual dos dias de inverno o vento mudou, e tudo ficou terrível demais? No outono nós ainda traba... Como começou? A brigada de Kliúiev foi retida no trabalho. Um acontecimento sem precedentes. A galeria foi cercada por uma escolta. A galeria era uma área de mina a céu aberto, uma enorme cova em cuja borda a escolta se postara. Dentro dela, as pessoas fervilhavam, apressadas, acelerando umas às outras. Alguns com uma inquietude secreta; outros, com a firme convicção de que aquele dia era uma casualidade, de que aquela noite era uma casualidade. Viria o amanhecer, a manhã, e tudo se dissiparia, tudo se esclareceria, e a vida continuaria, embora fosse a vida no campo de prisioneiros, mas continuaria como antes. Ser retido no trabalho. Para quê? Enquanto não fosse cumprida a missão do dia. A nevasca gemia delicadamente, uma neve seca e miúda fustigava o rosto, como areia. Nos raios triangulares dos holofotes, que iluminavam as galerias à noite, a neve rodopiava como grãos de pó num raio de sol; era semelhante aos grãos de pó num raio de sol que atravessava as portas do galpão do meu pai. Porém, na infância era tudo pequeno, cálido, vivo. Aqui, tudo era enorme, frio e perverso. As caixas de madeira nas quais levavam a terra para a leiva rangiam. Quatro homens carregavam uma caixa, empurravam, puxavam, giravam, forçavam, arrastavam a caixa para a beira da leiva, viravam e entornavam a caixa, despejando a pedra congelada no barranco. As pedras deslizavam silenciosamente para baixo. Lá estava Krupianski, lá estava Neiman, lá estava o chefe de brigada Kliúiev. Todos com pressa, mas o trabalho não acabava. Já era perto de onze horas da noite, e a sirene fora às cinco, a sirene do terreno de minas tinha tocado às cinco, tinha guinchado às cinco, quando permitiam que a brigada fosse "para casa". "Para casa" significava para o barracão. E no dia seguinte, às cinco da manhã, seria hora de levantar para um novo dia de trabalho, e um novo plano de trabalho. Nossa brigada rendia a de Kliúiev nessa galeria. Naquele dia nos puseram para trabalhar na galeria vizinha, e só à meia-noite rendemos a brigada de Kliúiev.

Como começou? De repente nas lavras chegaram muitos, muitíssimos "soldados". Dois novos barracões, barracões feitos de troncos, que os presos haviam construído para si, foram entregues para a guarda. Restou-nos passar o inverno em tendas, tendas esfarrapadas, de lona, rasgadas pelas pedras que vinham das explosões na galeria. As tendas eram aquecidas: colunas eram fincadas no chão, e nas ripas era estendida uma lona alcatroada. Entre a tenda e a lona ficava uma camada de ar. Dizem que durante o inverno pode-se completar o vão com neve. Mas tudo isso foi depois. Nossos barracões foram entregues para a guarda, era essa a essência da questão. A guarda não gostou dos barracões, pois tinham sido feitos com madeira úmida: o lariço é uma árvore pérfida, que não ama as pessoas; as paredes, o chão e o teto passam o inverno inteiro sem secar. Todos já haviam compreendido aquilo: não só aqueles cujos flancos haviam sido destinados a secar o barracão, como também aqueles para quem os barracões foram casualmente entregues. A guarda aceitou sua desgraça como uma necessária dificuldade do Norte.

Para que a lavra Partizan precisava de uma guarda? Era uma lavra pequena, com no máximo dois ou três mil detentos em 1937. As vizinhas da Partizan — as lavras Chturmovoi e Bérzino (futura Viérkhni At-Uriakh) — eram cidades, com uma população de doze a catorze mil detentos. É evidente que os turbilhões mortais de 1938 alteraram profundamente essas cifras. Mas tudo isso foi depois. Agora, para que a Partizan precisava de uma guarda? Em 1937, havia na lavra Partizan um único soldado permanente de plantão, armado com um revólver Nagant, que com facilidade mantinha a ordem no submisso reino dos trotskistas. Os *blatares*?[22] O plantonista fazia vista grossa para as adoráveis traquinagens dos *blatares*, para suas expedições e turnês de pilhagem, e se ausentava diplomaticamente em casos especialmente críticos. Tudo era "tranquilo". E agora de repente aquela multidão de soldados de escolta. Para quê?

De repente levaram para algum lugar uma brigada inteira de recusadores, "trotskistas", que por sinal àquela época não eram chamados de recusadores, mas de algo muito mais brando, "não trabalhadores". Viviam num barracão separado em meio ao povoado, o povoado sem cerca dos presos, que na época não tinha o nome terrível que teria no futuro, no futuro bem próximo: "zona". Com base legal, os trotskistas recebiam seiscentos gramas de pão por dia e uma refeição quente, como era devido, e o fato de que não trabalhavam era plenamente oficial. Qualquer detento podia juntar-se a eles, passar para o barracão dos "não trabalhadores". No outono de 1937 viviam 75 pessoas nesse barracão. Todos eles sumiram subitamente; o vento balançava a porta aberta, e dentro havia apenas abandono e um vazio negro.

De repente, nos demos conta de que a ração, a ração determinada pelo Estado, não bastava, que ficávamos com muita fome, mas que não se podia comprar nada, que não se po-

---

[22] De *blatar*: bandido ou criminoso profissional que segue o "código de conduta" da bandidagem. (N. do T.)

dia pedir a um camarada. Um arenque, um pedaço de arenque, ainda se podia pedir a um camarada, mas pão? Subitamente as coisas chegaram a tal ponto que ninguém oferecia nada a ninguém, todos começaram a comer, a mastigar qualquer coisa furtivamente, às pressas, no escuro, tateando no próprio bolso à procura de migalhas de pão. A busca por essas migalhas tornou-se uma ocupação quase automática em qualquer momento livre. Mas os momentos livres iam ficando cada vez mais raros. Na oficina do sapateiro havia sempre um barril com óleo de peixe. O barril tinha metade do tamanho de um homem, e quem quisesse podia meter um trapo sujo nesse barril para engraxar as botas. Levei um tempo para perceber que óleo de peixe era gordura, banha, alimento, que eu podia comer essa graxa de sapateiro — uma iluminação digna da eureca de Arquimedes. Corri, ou melhor, me arrastei para a oficina. Mas infelizmente os barris da oficina havia muito tempo já não estavam mais lá, outras pessoas já tinham trilhado o mesmo caminho que eu acabara de tomar.

Foram trazidos cães para a lavra, pastores alemães. Cães?

Como começou? Ao fim de novembro não deram dinheiro para os mineiros. Lembro que nos primeiros dias de trabalho na lavra, em agosto ou setembro, um encarregado das minas parou perto de nós, trabalhadores, e disse: "A coisa vai mal, rapaziada, vai mal. Se continuarem a trabalhar assim, não vão ter nada para mandar para casa". Um mês se passou, e descobrimos que cada um tinha uma espécie de salário. Alguns mandaram o dinheiro para casa por transferência postal, tranquilizando suas famílias. Outros compraram, com aquele dinheiro, no mercado do campo, na venda, cigarros, conservas de leite, pão branco. Tudo isso sumiu de repente, subitamente. Como uma rajada de vento, chegou um boato — uma "latrina", como se diz nos campos — de que não pagariam mais em dinheiro. Essa "latrina", como todas as "latrinas" do campo, confirmou-se plenamente. O acerto seria feito apenas com a alimentação. Quem cuidaria do cumprimento do plano de trabalho — além dos funcionários do campo, cujo nome era Legião, e além da chefia da produção, cuja quantidade fora devidamente aumentada — seria a guarda armada do campo, os soldados.

Como começou? Durante alguns dias caiu uma tempestade de neve; as autoestradas ficaram cobertas de neve, e a passagem entre as montanhas ficou bloqueada. Logo no primeiro dia em que a neve parou de cair — durante a nevasca ficáramos em casa —, não fomos levados "para casa" depois do trabalho. Cercados por uma escolta, caminhamos sem pressa, no passo desengonçado típico dos detentos, caminhamos mais de uma hora, movendo-nos por uma vereda desconhecida em direção à passagem, sempre subindo, subindo; o cansaço, a subida escarpada, a rarefação do ar, a fome, a raiva: tudo parecia nos deter. Os gritos dos soldados de escolta nos encorajavam como açoites. Já estava completamente escuro, uma noite sem estrelas, quando vimos o arder de inúmeras fogueiras na estrada próxima à passagem. Quanto mais profunda se tornava a noite, mais brilhantes se tornavam as fogueiras, queimando com a chama da esperança, esperança de descanso e comida. Não, aquelas fogueiras não estavam acesas para nós. Eram as fogueiras dos soldados de escolta. Uma infinidade de fogueiras, num frio de quarenta, cinquenta graus. As fogueiras serpenteavam por trinta verstas. Lá embaixo, em algum lugar dentro de valas, havia pessoas com pás, desobstruindo a estrada. Bordas de neve de cinco metros de altura assomavam ao lado das estreitas trincheiras. Jogavam a neve de baixo para cima, formando terraços, transferindo-a duas, três vezes. Quando todos tinham sido dispostos e cercados pelos soldados de escolta — pela serpente das fogueiras —, os trabalhadores foram abandonados à própria sorte. Duas mil pessoas podiam não trabalhar, podiam trabalhar mal, podiam trabalhar desesperadamente: ninguém tinha nada com isso. A passagem tinha que ser desobstruída, e, enquanto não fosse, ninguém saía do lugar. Ficamos dentro daquela vala de neve por muitas horas, movendo as pás para não congelarmos. Naquela noite, percebi uma coisa estranha; fiz uma observação que depois se confirmaria muitas vezes. É difícil, é torturante, é difícil e pesada a décima, a décima primeira hora daquele trabalho adicional; mas depois você para de perceber o tempo, e a Grande Indiferença toma conta de você; as horas se passam como minutos, ainda mais depressa que minutos. Voltamos "para casa" depois de 23 horas de trabalho; não queríamos de forma alguma comer, e todos comeram a refeição do dia inteiro, reunida, de uma maneira extraordinariamente preguiçosa. Foi difícil conseguir pegar no sono.

Três turbilhões mortais se entrecruzaram e fervilharam nas nevadas galerias das minas de ouro de Kolimá durante o inverno de 1937-1938. O primeiro turbilhão foi o "caso Bérzin". O diretor do Dalstroi e inaugurador dos campos de Kolimá, Eduard Bérzin, foi fuzilado como espião japonês no fim de 1937. Foi convocado a Moscou e fuzilado. Com ele morreram seus colaboradores mais próximos: Filíppov, Maissuradze, Iegôrov, Vaskov, Tsvirkó, toda a "guarda de Víchera", que tinha vindo com Bérzin para colonizar a região de Kolimá em 1932. Ivan Gavrílovitch Filíppov era chefe da USVITL,[23] adjunto de Bérzin para o campo. Velho tchekista, membro do colégio do OGPU,[24] Filíppov fora, em algum mo-

---

[23] Acrônimo de *Upravliénie Siévero-Vostótchnikh Ispravítelno-Trudovikh Lagueriei* [Administração dos Campos Correcionais e de Trabalho do Nordeste]. (N. do T.)

[24] Tchekista: membro da Tcheká, nome da polícia política soviética entre 1918 e 1922. OGPU: acrônimo de *Obiediniónnoie Gossúdarstven-*

Como começou 37

mento, presidente da "*troika*[25] de descarga" nas ilhas Solovietski. Existe um documentário dos anos vinte, *Solovkí*. É nessa película que Ivan Gavrílovitch aparece no papel que então desempenhava, o de protagonista. Filíppov morreu na prisão de Magadan: seu coração não resistiu.

"A casa de Vaskov": assim era chamada, e é chamada até hoje, a prisão de Magadan, construída no início dos anos trinta; depois, a prisão de madeira foi transformada numa de pedra, mantendo seu expressivo nome: o sobrenome do chefe era Vaskov. Em Víchera, Vaskov — um homem solitário — passava seus dias livres sempre da mesma maneira: sentado num banco de um jardim ou de um bosquete que fizesse às vezes de jardim, e atirando o dia inteiro por entre as folhas com uma espingarda de pequeno calibre. Aleksei Iegôrov — "o ruivo Liochka", como o chamavam em Víchera — era, em Kolimá, chefe da administração da produção, que reunia algumas lavras de ouro da administração do Sul, ao que me parece. Tsvirkó era chefe da administração do Norte, de que fazia parte também a lavra Partizan. Em 1929, Tsvirkó era chefe de um posto fronteiriço, e ia para Moscou quando de licença. Ali, depois de uma pândega em um restaurante, Tsvirkó abriu fogo contra a carruagem de Apolo que fica sobre a entrada do Teatro Bolshói, e foi parar numa cela na prisão. Arrancaram todos os galões e todos os botões de sua roupa. Tsvirkó chegou em Víchera com um comboio de prisioneiros, na primavera de 1929, para cumprir lá a sentença que lhe fora determinada, de três anos. Com a chegada de Bérzin a Víchera, no fim de 1929, a carreira de Tsvirkó rapidamente decolou. Tsvirkó, ainda preso, virou chefe da missão Par-

*noie Polit*í*tcheskoie Upravlénie* [Diretório Político Unificado do Estado], um dos braços da polícia política soviética a partir de 1922. (N. do T.)

[25] *Troika*: comissão composta por três agentes e que expedia condenações extrajudiciais ao longo dos anos 1930. (N. do T.)

ma. Bérzin morria de amores por ele, e levou-o consigo para Kolimá. Dizem que Tsvirkó foi fuzilado em Magadan. Maissuradze era chefe da URO,[26] cumprira pena por "atiçar dissensões nacionais", mas fora libertado ainda em Víchera; também era um dos favoritos de Bérzin. Foi preso em Moscou, durante sua licença, e imediatamente fuzilado.

Todos esses mortos eram gente do convívio íntimo de Bérzin. Graças ao "caso Bérzin", foram presas, fuziladas ou recompensadas com sentenças milhares e milhares de pessoas, entre trabalhadores livres e presos: chefes de lavras e de departamentos responsáveis pelos campos, dos postos de campos, educadores e secretários dos comitês do Partido, capatazes e contramestres, veteranos e chefes de brigada... Quantos milênios de sentenças nos campos e prisões foram dados? Quem sabe...

Na fumaça sufocante das provocações, a versão kolimana dos sensacionais processos de Moscou — o "caso Bérzin" — parecia plenamente respeitável.

O segundo turbilhão que sacudiu a terra de Kolimá foram os intermináveis fuzilamentos no campo, a assim chamada *garáninschina*.[27] A repressão aos "inimigos do povo", a repressão aos "trotskistas".

Durante muitos meses, dia e noite, nas chamadas matutinas e noturnas, liam-se inúmeras ordens de fuzilamento. Num frio de cinquenta graus negativos, a banda musical dos presos comuns tocava uma fanfarra antes e depois da leitura de cada ordem. As fumacentas tochas de gasolina não conseguiam romper as trevas, atraindo centenas de olhos para as folhas de papel fino, cobertas de gelo, nas quais estavam

---

[26] Acrônimo de *Utchiótno-Raspredelítelnii Otdel* [Unidade de Registro e Distribuição]. (N. do T.)

[27] Período de 1937 a 38, quando Stepan Garánin (1898-1950) comandou os campos de prisioneiros no noroeste da Rússia. (N. do T.)

impressas palavras tão terríveis. E ao mesmo tempo parecia que nada daquilo nos dizia respeito. Tudo era meio estranho, terrível demais para ser realidade. Mas a fanfarra existia, ressoava. Os músicos tinham seus lábios queimados de gelo, apertados contra o bocal das flautas, das tubas prateadas, dos cornetins de pistão. O papel de seda estava coberto de geada, e um chefe qualquer, que lia a ordem, sacudia os cristais de neve da folha com a manga para poder decifrar e gritar o sobrenome do próximo fuzilado. Toda lista terminava do mesmo jeito: "Sentença executada. Chefe do USVITL, coronel Garánin".

Vi Garánin umas cinquenta vezes. Tinha uns 45 anos, ombros largos, pançudo, meio calvo, olhos escuros e vivos; perambulava pelas lavras do Norte dia e noite em seu carro ZIS-110 preto. Depois, começaram a falar que era ele quem fuzilava, pessoalmente. Ele não fuzilava ninguém pessoalmente, apenas assinava as ordens. Garánin era presidente da *troika* de fuzilamento. As ordens eram lidas dia e noite: "Sentença executada. Chefe do USVITL, coronel Garánin". De acordo com a tradição stalinista, Garánin morreria logo. De fato, ele foi pego, preso, condenado como espião japonês e fuzilado em Magadan.

Nenhuma das inúmeras sentenças dos tempos de Garánin jamais foi revogada por ninguém. Garánin era apenas um dos inúmeros carrascos stalinistas, morto por outro carrasco no momento necessário.

Uma lenda "acobertadora" foi trazida à luz para explicar sua prisão e sua morte. O verdadeiro Garánin supostamente tinha sido morto por um espião japonês no caminho para seu local de serviço, mas ele havia sido desmascarado pela irmã de Garánin, que viera visitá-lo.

Aquela lenda era uma das centenas de contos de fada com os quais, durante o tempo de Stálin, se entupiam os ouvidos e os cérebros dos cidadãos.

Por que motivo o coronel Garánin fuzilava? Por que motivo matava? "Por agitação contrarrevolucionária"; assim era chamada uma das partes das ordens de Garánin. Em 1937, ninguém precisava explicar o que era "agitação contrarrevolucionária". Elogiou um romance russo publicado no estrangeiro: dez anos por AAS.[28] Disse que as filas do sabão líquido estavam grandes demais: cinco anos por AAS. E, de acordo com o costume russo, segundo os traços do caráter russo, qualquer um que recebia cinco anos se alegrava por não serem dez. Recebia dez, se alegrava por não serem 25; recebia 25, dançava de alegria por não ter sido fuzilado.

No campo, essa escada — cinco, dez, quinze anos — não existia. Dizer em voz alta que o trabalho era pesado já era suficiente para ser fuzilado. Por qualquer comentário direcionado a Stálin, por mais ingênuo que fosse — fuzilamento. Ficar em silêncio quando gritavam "viva" a Stálin — também era o suficiente para ser fuzilado. Silêncio era agitação, isso já era sabido havia tempos. As listas dos futuros falecidos, dos falecidos de amanhã, eram compostas em cada lavra pelos agentes, com base em delações, em informações trazidas por seus "dedos-duros", informantes e inúmeros voluntários, membros da famosa orquestra do campo, o octeto — "sete sopram, um bate": o ditado do mundo criminal era aforístico. Não havia em absoluto um "caso" propriamente dito. Nenhum inquérito era conduzido. Destinava-se à morte pelos protocolos da *troika*, a famosa instituição dos anos stalinistas.

E, embora os cartões perfurados ainda não fossem conhecidos na época, os estatísticos do campo tentavam facilitar seu trabalho, instituindo "fichas de registro" com marcações especiais. As fichas com uma faixa diagonal azul eram

---

[28] Acrônimo de *Antissoviétskaia Aguitátsia* [Agitação Antissoviética]. (N. do T.)

Como começou

os arquivos dos "trotskistas". As faixas verdes (ou lilás) eram dos "reincidentes" — reincidentes políticos, é evidente. Registro é registro. Não usavam o próprio sangue de cada um para pintar a ficha.

Pelo que mais fuzilavam? "Por desacato à escolta do campo." E o que era isso? Nesse caso se tratava de um desacato verbal, uma resposta insuficientemente respeitosa, qualquer "conversa" — em resposta a uma surra, a pancadas, bofetões. Qualquer gesto demasiadamente atrevido do preso numa conversa com um soldado de escolta era tratado como um "ataque à escolta"...

"Por recusa ao trabalho." Muitíssimas pessoas morreram sem mesmo entender o perigo mortal de seus atos. Velhotes esgotados, pessoas famintas, extenuadas, sem forças para dar um passo para fora dos portões depois da revista matutina. A recusa era registrada em atas. "Calçado e vestido de acordo com a estação." Os formulários dessas atas eram impressos num copiógrafo, nas lavras mais ricas eram até encomendados numa gráfica, e nesses formulários bastava colocar o sobrenome e alguns dados: ano de nascimento, artigo, sentença... Três recusas — fuzilamento. Por lei. Muitas pessoas eram incapazes de entender a principal lei do campo — o motivo pelo qual os campos foram criados: que não se podia recusar-se a trabalhar no campo, que a recusa era tratada como o crime mais monstruoso, pior que qualquer sabotagem. Era preciso arrastar-se até o lugar de trabalho, mesmo que fosse com as últimas forças. O capataz assinava cada "unidade", cada "unidade de trabalho", e a produção concedia o "aceite". E você estava salvo, por um dia, de ser fuzilado. No trabalho, você até podia não trabalhar coisa nenhuma; até porque você não tinha condições de trabalhar. Era preciso suportar o suplício daquele dia até o fim. Na produção, você até podia fazer muito pouco, mas você não era um "recusador". Não podiam fuzilar você. Iam dizer que a chefia não tinha "direito" de fazer isso nesse caso. Se existia ou não esse "direito", não sei, mas durante anos lutei comigo mesmo para não me recusar a trabalhar e ficar parado na frente do portão da zona durante a revista do campo. "Por furto de metais." Fuzilavam qualquer um com quem encontrassem "metal". Mais tarde, passaram a poupar a vida, davam só uma sentença extra: cinco, dez anos. Uma infinidade de pepitas passou por minhas mãos: a lavra Partizan era muito "rica em pepitas", mas o ouro não despertava em mim nenhum outro sentimento além de uma profunda repugnância. É preciso saber reconhecer uma pepita, aprender a distinguir de uma pedra. Os trabalhadores mais experientes ensinavam esse importante conhecimento aos novatos, para que não jogassem o ouro no carrinho, para que o inspetor do tambor separador não berrasse: "Ei, você, cabeça de vento! Mandou de novo uma pepita para a lavagem". Os presos recebiam um prêmio em dinheiro pelas pepitas: um rublo por grama, a partir dos 51 gramas. Não havia balanças na galeria. O único que podia decidir se a pepita que você encontrou tinha 40 ou 60 gramas era o inspetor. Nós não nos dirigíamos a ninguém acima do chefe de brigada. Encontrei muitas pepitas rejeitadas, mas só duas vezes obtive o direito de receber. Uma das pepitas pesava 60 gramas, a outra, 80. É claro que não recebi dinheiro nenhum em mãos. Recebi apenas um cartão "stakhanovista"[29] de dez dias e uma pitada de *makhorka* do capataz e do chefe de brigada. E já estava bom.

A última e mais frequente "rubrica", de acordo com a qual fuzilaram muitíssimas pessoas, era "Pelo não cumprimento da cota". Por conta desse crime foram fuziladas bri-

---

[29] Referência a Aleksei Stakhanov (1906-1977), operário e herói socialista que defendia o aumento de produtividade baseado na força de vontade dos trabalhadores. (N. do T.)

gadas inteiras no campo. Havia até um fundamento teórico. Nessa época, pelo país inteiro, o plano estatal "atingiu" até mesmo as máquinas, nas fábricas e indústrias. Na Kolimá prisional, o plano atingiu as galerias, os carrinhos, as picaretas. O plano estatal era a lei! O não cumprimento do plano estatal era um crime contrarrevolucionário. Não cumpriram a cota? Para o espaço!

O terceiro turbilhão mortal, que tomou mais vidas que os dois primeiros somados, foi a mortalidade generalizada — por fome, pelas surras, pelas doenças. Neste terceiro turbilhão, desempenharam um papel importantíssimo os *blatares*, os criminosos, os "amigos do povo".

Ao longo de todo o ano de 1937, na lavra Partizan, que era composta por duas ou três mil pessoas, morreram apenas duas: o primeiro era um trabalhador livre, o outro era um preso. Foram enterrados lado a lado, sob uma colina. Em ambos os túmulos havia algo parecido com um obelisco: o do trabalhador livre era mais alto, o do preso, mais baixo. Em 1938, foi instituída uma brigada inteira para abrir túmulos. A pedra e o solo congelado não querem receber os mortos. É preciso perfurar, revolver, escavar a rocha. A abertura de túmulos e a "batida" de poços de prospecção são trabalhos muito parecidos em sua técnica, em seus instrumentos, em seus materiais e seus "executores". Uma brigada inteira só para abrir túmulos, só túmulos comuns, valas comuns, com mortos anônimos. Aliás, não inteiramente anônimos. De acordo com as recomendações, antes do enterro, o supervisor, como representante da autoridade do campo, atava uma plaquinha de compensado com o número da ficha pessoal no tornozelo esquerdo do morto, nu. Enterravam todos nus — e como não?! Os dentes de ouro quebrados — novamente de acordo com as recomendações — eram inscritos numa ata especial de sepultamento. A cova com os cadáveres era coberta com pedras, mas a terra não aceita os mortos: estavam fadados a permanecer incólumes à putrefação, no *permafrost*[30] do Extremo Norte.

Os médicos temiam escrever nos diagnósticos a verdadeira causa das mortes. Apareciam como "poliavitaminoses", "pelagra", "disenteria", "RFI" — quase *O enigma de N.F.I. de Andrónikov*.[31] Aqui era RFI, "esgotamento físico agudo",[32] muito próximo da verdade. Mas tais diagnósticos apenas os médicos mais valentes colocavam, não os que estavam presos. A fórmula "distrofia alimentar" só foi proferida pelos médicos de Kolimá muito tempo depois, após o cerco de Leningrado, durante a guerra, quando passaram a considerar possível dar o nome verdadeiro à causa da morte, ainda que em latim. "O arder de uma vela que já se consumiu, toda uma árida lista de sintomas daquilo que os médicos, em sua linguagem científica, chamam de distrofia alimentar. A quem não é latinista, nem filólogo, define-se em russo por uma simples palavra: 'fome'." Eu repeti essas linhas de Vera Inber[33] mais de uma vez. Ao meu redor, havia muito tempo não encontrava pessoas que gostassem de poesia. Mas essas linhas tocavam qualquer habitante de Kolimá.

Todos batiam nos trabalhadores: faxineiros, barbeiros, chefes de brigada, educadores, carcereiros, soldados de escolta, monitores, administradores, supervisores — qualquer um. A impunidade das surras, bem como a impunidade dos assassinatos, perverte, corrompe a alma das pessoas, de todos que faziam aquilo, que viam aquilo, que sabiam daquilo... À

[30] Camada do solo permanentemente congelada. (N. do T.)

[31] Referência ao livro do escritor Irákli Andrónikov (1908-1990), que tentava explicar a dedicatória a "N.F.I." presente em alguns poemas de Mikhail Liérmontov. (N. do T.)

[32] Em russo, *riézkoie fizítcheskoie istoschénie*. (N. do T.)

[33] Referência à poeta e tradutora Vera Inber (1890-1972), autora de diversas obras sobre o cerco de Leningrado. (N. do T.)

época, a escolta respondia, graças à sábia decisão de alguém da alta chefia, pelo cumprimento do plano. Por isso, os soldados de escolta mais enérgicos arrancavam o plano a coronhadas. Outros desses soldados faziam ainda pior: delegavam essa importante obrigação aos *blatares*, que eram sempre infiltrados nas brigadas do artigo 58. Os *blatares* não trabalhavam. Eles asseguravam o cumprimento do plano. Andavam com um pau pela galeria; esse pau se chamava "termômetro", e servia para espancar os submissos *fráieres*.[34] Batiam até a morte. Os chefes de brigada, que comandavam seus próprios camaradas, tentavam de todas as maneiras provar para a chefia que eles, os chefes de brigada, estavam com a chefia, não com os detentos; os chefes de brigada tentavam esquecer que eles eram presos políticos. Mas eles nunca tinham sido presos políticos. Como, aliás, todo o artigo 58 da época. A repressão impune de milhões de pessoas teve êxito justamente pelo fato de serem pessoas inocentes. Elas eram mártires, não heróis.

(1964)

---

[34] Termo do jargão criminal. Indica o criminoso ocasional, que não faz parte da bandidagem; sinônimo de ingênuo, vítima dos bandidos mais experientes. (N. do T.)

CALIGRAFIA

Tarde da noite Krist foi chamado à "base equestre". Assim era chamada, no campo, uma casinha espremida junto a uma colina nos arrabaldes do povoado. Lá vivia um agente de instrução, que cuidava de assuntos de particular importância — como brincavam no campo, pois no campo não havia assuntos que não fossem de particular importância: qualquer transgressão, e qualquer coisa que parecesse uma transgressão, podia ser punida com a morte. Ou a morte ou a completa absolvição. Aliás, quem podia falar de absolvição completa? Pronto para tudo, indiferente a tudo, Krist caminhava por uma trilha estreita. Na cozinha da pequena casa acendeu-se uma luz: era o cortador de pão, na certa, que estava começando a partir as rações do dia de amanhã. O dia de amanhã. Teria Krist um dia de amanhã, o desjejum de amanhã? Ele não sabia, e estava alegre por não saber. Algo caiu próximo aos pés de Krist, algo que não parecia neve ou uma pedrinha de gelo. Krist inclinou-se, ergueu do chão uma casquinha congelada e logo compreendeu que aquilo era a pele de um nabo, uma casca de nabo coberta de gelo. O gelo já se derretia em suas mãos, e Krist meteu a casquinha na boca. É evidente que não deveria apressar-se. Krist percorreu toda a trilha, começando pela borda dos barracões, e compreendeu que ele era o primeiro a passar por aquele longo caminho nevado, que ninguém ainda tinha passado por ali, pelos arrabaldes do povoado, em direção à casa do agente.

Ao longo de todo o caminho havia pedacinhos de nabo presos ao gelo, como que embrulhados em celofane. Krist encontrou dez pedacinhos inteiros — uns maiores, outros menores. Há muito tempo Krist não via pessoas que largassem casquinhas de nabo na neve. Não podia ter sido um preso: era um trabalhador livre, é claro. Talvez o próprio agente. Krist mastigou as casquinhas, comeu todas elas, e de sua boca começou a exalar um odor que ele há muito havia esquecido: de terra natal, de vegetais frescos; e, com alegria e disposição, Krist bateu na porta da casinha do agente.

O agente era baixo, magrelo, com barba por fazer. Ali havia apenas o seu gabinete de trabalho, o seu leito de ferro, coberto por um cobertor militar, e um travesseiro sujo e amarrotado. A mesa era uma escrivaninha rústica com as gavetas empenadas, cheias até a boca com papel e umas pastas. O cinzeiro era uma lata de conserva cortada ao meio. Havia um relógio de pêndulo na janela. O relógio mostrava dez e meia. O agente alimentava o fogo com papel.

O agente tinha uma pele muito branca, pálida, como todos os agentes de instrução. Nem guarda, nem revólver.

— Sente-se, senhor Krist — disse o agente, tratando o preso por "senhor", e estendeu-lhe um velho banquinho. Ele mesmo sentou-se na cadeira, uma cadeira rústica com um encosto bem alto.

— Dei uma olhada no seu caso — disse o agente —, e tenho uma proposta a lhe fazer. Não sei se será conveniente para o senhor ou não.

Krist estava paralisado pela expectativa. O agente ficou em silêncio.

— Preciso saber mais algumas coisas a respeito do senhor.

Krist ergueu a cabeça, e não conseguiu conter um arroto. Um arroto agradável, com um irresistível gosto de nabo fresco.

— Escreva um requerimento.
— Um requerimento?
— Sim, um requerimento. Aqui está uma folha de papel, e aqui a caneta.
— Um requerimento? De quê? Para quem?
— Ora, para quem quiser! Bom, se não for um requerimento, pode ser um poema de Blok.[35] Tanto faz. Entendeu? Ou "O passarinho" de Púchkin:

Ontem livrei do cativeiro
A minha prisioneira do ar
Deixei seu canto faceiro
À liberdade retornar

— declamou o agente.
— Isso não é "O passarinho" de Púchkin — sussurrou Krist, usando todas as forças de seu cérebro ressequido.
— E de quem é?
— De Tumanski.[36]
— Tumanski? É a primeira vez que ouço falar dele.
— Ah, então você precisa fazer alguma perícia? Para ver se não fui eu que matei alguém. Ou escrevi uma carta para fora. Ou falsifiquei um talão de abastecimento para os criminosos.
— Nada disso. Não fazemos muito caso de perícias desse tipo — o agente sorriu, deixando à mostra suas gengivas inchadas, seus dentes miúdos, suas gengivas sangrentas. Por mais insignificante que fosse aquele sorriso fugaz, ele trouxe um pouco de luz ao cômodo. E também à alma de Krist. Krist tinha olhado involuntariamente para a boca do agente.

[35] Aleksandr Blok (1880-1921), poeta simbolista russo. (N. do T.)

[36] Vassíli Ivánovitch Tumanski (1800-1860), poeta russo do círculo de Púchkin. (N. do T.)

Caligrafia 49

— Sim — disse o agente, compreendendo aquele olhar.
— Escorbuto, escorbuto. Aqui nem os trabalhadores livres o escorbuto poupa. Não existem vegetais frescos.

Krist pensou no nabo. Há mais vitaminas na casca do que na polpa — e elas acabaram ficando com Krist, não com o agente. Krist tinha vontade de inserir aquilo na conversa, de contar como ele tinha chupado e roído a casca de nabo que o agente tinha largado, mas não conseguiu, temendo que a chefia o condenasse por excessivo atrevimento.

— Entendeu ou não? Preciso ver como é sua caligrafia.

Krist continuava sem entender nada.

— Escreva! — ditou o agente. — "À chefia da lavra. Da parte do preso Krist, ano de nascimento, artigo, sentença, requerimento. Peço transferência para um trabalho mais leve..." Já basta.

O agente pegou o requerimento inacabado de Krist, rasgou-o e jogou no fogo... Por um instante, a luz brilhou mais forte.

— Sente-se à mesa. Na pontinha.

Krist tinha uma letra de escrivão, de calígrafo, de que ele mesmo gostava muito; mas todos os seus colegas riam dela, dizendo que não parecia a letra de um professor, de um doutor. Não era a caligrafia de um cientista, de um escritor, de um poeta. Era a caligrafia de um almoxarife. Riam, dizendo que Krist poderia seguir a carreira de escrivão do tsar, como descreveu Kuprin em seu conto.[37]

Mas Krist não se importava com aquela gozação, e continuava entregando para a datilografia manuscritos belamente escritos a mão. As datilógrafas aprovavam, mas secretamente riam dele.

---

[37] Referência ao conto "O escrivão do tsar" (1918), de Aleksandr Kuprin (1870-1938). (N. do T.)

Os dedos, que haviam se acostumado à picareta, ao cabo da pá, mal conseguiam segurar a caneta. Mas no fim das contas isso aconteceu.

— Minhas coisas estão em desordem, é um caos — disse o agente. — Sei disso. Mas o senhor vai me ajudar a organizar as coisas.

— Claro, claro — disse Krist. O fogo ainda ardia, o cômodo estava quente. — Gostaria de fumar...

— Eu não fumo — disse o agente com rispidez. — E também não tenho pão. Amanhã o senhor não vai trabalhar. Vou dizer ao supervisor.

Assim, por alguns meses, uma vez por semana Krist ia até a morada pouco aquecida e desconfortável do agente de instrução do campo, copiava papéis, arquivava.

O inverno sem neve de 37 e 38 já tinha invadido os barracões com todos os seus ventos mortais. Toda noite, supervisores corriam pelos barracões, procurando e acordando as pessoas por conta de alguma lista "para o comboio". Já antes, ninguém nunca voltava desses comboios, mas agora não dava para pensar mais nessas questões noturnas: o comboio era o comboio, e o trabalho era pesado demais para pensar em qualquer coisa.

As horas de trabalho aumentaram, apareceu a escolta, mas a semana ia passando, e Krist, que mal continuava vivo, seguia até o familiar gabinete do agente e arquivava, arquivava os papéis. Krist parou de lavar-se, parou de barbear-se, mas o agente como que não percebia os zigomas encovados e o olhar injetado do faminto Krist. E Krist continuava escrevendo, arquivando. A quantidade de papéis e pastas crescia cada vez mais, era impossível colocá-los em ordem. Krist copiava listas infinitas, onde havia apenas o sobrenome, e a parte de cima da lista ficava dobrada; mas Krist jamais quis penetrar nos segredos daquele gabinete, embora para isso fosse suficiente desdobrar a folha que ficava em cima. Às vezes

Caligrafia 51

o agente pegava nas mãos a pasta dos "casos", que surgia não se sabe de onde, sem que Krist soubesse, e, com pressa, ditava listas, e Krist escrevia.

Às doze, o ditado acabava, e Krist ia para o seu barracão, e dormia, dormia — a revista para o trabalho do dia seguinte não lhe concernia. As semanas se passavam, uma após a outra, e Krist ficava cada vez mais magro, escrevia cada vez mais.

E então, uma vez, pegando nas mãos a pasta seguinte para ler o próximo sobrenome, o agente titubeou. Olhou para Krist e perguntou:

— Qual é o nome e o patronímico do senhor?

— Robert Ivánovitch — respondeu Krist, sorrindo. Será que o agente passaria a chamá-lo de Robert Ivánovitch em vez de Krist ou de "senhor"? Krist não ficaria surpreso com isso. O agente era jovem, tinha idade para ser seu filho. Ainda com a pasta nas mãos, sem pronunciar o próximo sobrenome, o agente empalideceu. Empalideceu até ficar branco como a neve. Com dedos rápidos, o agente examinou as folhas fininhas de papel que estavam atadas à pasta — não havia nem mais, nem menos que em qualquer outra do montão de pastas que estavam sobre a mesa. Em seguida, decidido, o agente escancarou a portinhola do fogareiro, e logo o cômodo ficou mais claro, como se a alma tivesse sido iluminada até as profundezas, e lá, nas profundezas, tivesse surgido algo muito importante e humano. O agente rasgou a pasta em pedaços e meteu-a no fogo. O lugar ficou ainda mais claro. Krist não entendeu nada. E o agente disse, sem olhar para Krist:

— Era um modelo. Eles não sabem o que fazem, não se interessam — e olhou para Krist com um olhar firme. — Vamos continuar a escrever. O senhor está pronto?

— Estou pronto — disse Krist, e apenas muitos anos depois ele entendeu que aquela era a sua pasta, a pasta de Krist.

Muitos companheiros de Krist já tinham sido fuzilados. O agente também acabou sendo fuzilado. Mas Krist continuava vivo, e às vezes — diversas vezes ao longo dos anos — ele se lembrava da pasta ardente, dos dedos ligeiros do agente rasgando o "caso Krist" — um presente daquele que condenava a um condenado. Para Krist, a sua caligrafia foi salvadora.

(1964)

O PATO

O riacho da montanha já estava tomado pelo gelo, e, nos baixios, o riacho já sumira de todo. Desde os baixios, o riacho fora fustigado pelo frio, e, depois de um mês, não havia restado nada das águas veranis, ameaçadoras e murmurantes; até o gelo fora pisado, pulverizado, esmagado pelos cascos, pneus, botas. Mas o riacho ainda estava vivo, a água nele ainda respirava — um vapor branco pairava sobre os buracos no gelo, sobre os pontos degelados.

Um pato-mergulhão, enfraquecido, tombou sobre a água. Seu bando partira para o sul havia muito tempo, e o pato ficara. Tudo ainda estava claro e nevado — especialmente claro por conta da própria neve, que cobria toda a floresta nua, cobria tudo até o horizonte. O pato queria descansar, descansar um pouco, depois levantar-se e voar — para lá, atrás de seu bando.

Ele não tinha forças para voar. O peso imensurável de suas asas curvava-o em direção ao chão, mas na água ele encontrou um apoio, uma salvação — naquele buraco no gelo, a água parecia um rio vivo.

Mas ele nem tivera tempo de olhar ao redor e tomar um pouco de fôlego, quando seu ouvido apurado captou o som do perigo. Não apenas um som: era um estrépito.

Do alto de um monte nevado, caindo em meio aos montículos congelados que se solidificavam antes do fim do dia, descia correndo um homem. Ele tinha visto o pato fazia algum tempo; estava o seguindo com uma esperança secreta, e essa esperança se confirmara: o pato descera sobre o gelo.

O homem se aproximava sorrateiramente dele, mas então tropeçou, o pato percebeu e com isso o homem saiu correndo, sem se esconder; mas o pato não conseguia voltar, estava cansado. Teria apenas que voar para o alto, e, acima das ameaças raivosas, nada seria um perigo. Mas, para erguer-se até o céu, era necessário ter forças nas asas, e o pato estava por demais cansado. Conseguiu apenas dar um mergulho, sumir na água, e o homem, armado com um pesado galho, ficou parado junto ao buraco no qual o pato mergulhara, esperando por seu retorno. O pato, afinal, teria que respirar.

A vinte metros dali havia um buraco exatamente igual, e o homem, praguejando, viu que o pato tinha nadado sob o gelo e alcançado esse outro buraco. Mas voar dali ele também não conseguira. Gastou alguns segundos para descansar.

O homem tentou romper o gelo, esmagá-lo, mas seus sapatos feitos de trapos não serviam.

Ele bateu com o pau no gelo azulado, e o gelo esfarelou-se um pouco, mas não quebrou. O homem perdeu as forças e, respirando pesadamente, sentou-se no gelo.

O pato nadava pelo buraco. O homem saiu correndo, praguejando e jogando pedras contra o pato, mas ele mergulhou e reapareceu no primeiro buraco.

E assim ficaram correndo, homem e pato, até escurecer.

Estava na hora de voltar ao barracão, abandonar aquela caçada frustrada e casual. O homem arrependeu-se de ter gastado suas forças naquela louca perseguição. A fome não deixava pensar direito, não deixava conceber um plano confiável para enganar o pato; a impaciência causada pela fome ditava um caminho incerto, um plano ruim. O pato permaneceu no buraco. Estava na hora de voltar ao barracão. O homem não tinha tentado apanhar o pato para cozinhar aquela carne de ave e comê-la. O pato, afinal, é uma ave, é

O pato

carne, não é mesmo? Pode-se cozinhá-lo numa panelinha de lata ou, melhor ainda, enterrá-lo debaixo das cinzas de uma fogueira. Pode-se cobrir o pato com barro e metê-lo no meio das cinzas escaldantes e lilases, ou simplesmente jogá-lo na fogueira. A fogueira vai queimando o invólucro de barro do pato, que então rebenta. Dentro fica uma gordura quente e escorregadia. A gordura desliza pelos braços, vai esfriando nos lábios. Não, de modo algum fora para isso que o homem tentara apanhar o pato. De modo confuso, nebuloso, outros planos incertos surgiam e tomavam forma em seu cérebro: levar aquele pato como um presente para o capataz, que então cortaria o homem da lúgubre lista composta na madrugada. Todo o barracão estava sabendo daquela lista, e o homem se esforçava para não pensar no impossível, no inalcançável, em livrar-se do comboio, em permanecer ali, naquela missão. A fome ali ainda era suportável, e ninguém queria trocar o certo pelo duvidoso.

Mas o pato continuava no buraco. Era muito difícil para o homem tomar uma decisão por conta própria, empreender aquele ato, aquela ação que a vida cotidiana não tinha ensinado. Ele não tinha aprendido a perseguir patos. Por isso seus movimentos eram tão impotentes, tão inábeis. Ele não aprendera a pensar na possibilidade de tal caça; seu cérebro não sabia decidir corretamente os problemas inesperados que a vida trazia. Ele aprendera a viver sem que fosse necessário tomar uma decisão própria; a vontade alheia, de outras pessoas, é que governava os acontecimentos. Era incrivelmente difícil interferir no próprio destino, "redefinir" o destino. Talvez tudo aquilo fosse para melhor: o pato morreria no buraco do gelo, o homem morreria no barracão.

Dentro do casaco, junto ao peito, ele aquecia com dificuldade os dedos enregelados, arranhados pelo gelo — o homem enfiava a palma da mão dentro do casaco, uma ou ambas ao mesmo tempo, estremecendo pela dor surda que sentia em seus dedos eternamente congelados. Em seu corpo faminto havia pouco calor, e o homem voltou ao barracão, enfiou-se na frente do fogareiro e mesmo assim não conseguiu aquecer-se. O corpo tremia, um tremor forte e irrefreável.

O capataz espiou pela porta do barracão. Ele também tinha visto o pato, tinha visto a caçada do morto ao pato agonizante. O capataz não queria deixar aquele povoado — quem sabe o que o esperaria em outro lugar. O capataz considerava aquilo um presente generoso — um pato vivo e ainda calças "de trabalhador livre" para enternecer o coração do contramestre, que ainda dormia. Ao acordar, o contramestre poderia cortar o nome do capataz da lista — não o nome daquele pobre trabalhador que tentara apanhar o pato, mas o dele, do capataz.

O contramestre, deitado, amassava um cigarro da marca Raketa. Pela janela, ele também tinha visto o início da caçada. Se o pato fosse pego, o carpinteiro faria uma gaiola de madeira, e o contramestre levaria o pato ao seu superior; mais precisamente para sua esposa Ágnia Petrovna. E o futuro do contramestre estaria garantido.

Mas o pato ficou para morrer no buraco no gelo. E tudo correu como se o pato jamais tivesse voado por aquelas bandas.

(1963)

O HOMEM DE NEGÓCIOS

Havia muitos Rútchkins no hospital. Rútchkin é uma alcunha e um agouro: significa que a mão foi danificada, mas que os dentes não foram arrancados.[38] Qual Rútchkin? O grego? O compridão da enfermaria 7? Este aqui era Kólia Rútchkin, o homem de negócios. A mão direita de Kólia tinha sido arrancada por uma explosão. Kólia era um ferido intencional, um automutilador. Nos balanços médicos, os feridos intencionais que explodiam um membro eram colocados na mesma rubrica daqueles que cortavam um membro. Era proibido mantê-los no hospital se não houvesse febre alta, "séptica". Kólia Rútchkin estava com essa febre. Por dois meses, Kólia lutou para que a ferida não cicatrizasse, mas a juventude acabou cobrando seu quinhão: Kólia já tinha pouco tempo de hospital pela frente. Estava na hora de voltar para a lavra. Mas Kólia não temia — o que alguém como ele, com uma só mão, faria numa galeria de ouro? Fora-se o tempo em que colocavam os trabalhadores com uma só mão para "pisotear o caminho" para pessoas e tratores nas áreas de corte e armazenamento de madeira, com uma jornada completa de trabalho na neve profunda, fofa e cristalina. A chefia lutava com os ferimentos intencionais como podia. Os detentos, então, começaram

---

[38] O sobrenome Rútchkin deriva de *rútchka*, diminutivo de *ruká*, "mão". (N. do T.)

a arrancar as pernas, colocando uma cápsula dentro da bota e acendendo o rastilho no próprio joelho. Era ainda mais conveniente. Não mandavam mais as pessoas com uma só mão "pisotear o caminho". Lavar ouro numa bateia com uma só mão? Bom, no verão talvez pudesse passar um diazinho fazendo isso. Se não chovesse. E Kólia sorria com sua boca cheia de dentes brancos — o escorbuto ainda não conseguira tomar conta dos seus dentes. Kólia Rútchkin já aprendera a enrolar o cigarro só com a mão esquerda. Quase bem alimentado, descansando no hospital, Kólia sorria, sorria. Era um homem de negócios o nosso Kólia Rútchkin. Estava sempre trocando alguma coisa, levando arenque proibido para os doentes de diarreia e trazendo pão deles. Os doentes de diarreia, afinal, também queriam demorar-se no hospital, ficar encostados. Kólia trocava sopa por mingau, mingau por duas sopas, sabia "rachar em duas" uma cota de pão que lhe fora confiada para trocar por tabaco. Quem lhe pedia isso eram os doentes de leito, doentes de escorbuto, inchados, com fraturas graves, das enfermarias de doenças traumáticas, ou, como dizia o enfermeiro Pável Pávlovitch, das "doenças dramáticas", sem desconfiar da amarga ironia que seu lapso continha. A felicidade de Kólia Rútchkin começou no dia em que sua mão foi "explodida". Quase bem alimentado, quase aquecido. Os xingamentos da chefia, as ameaças dos médicos — tudo isso Kólia considerava bobagens. E eram mesmo bobagens.

 Algumas vezes ao longo desses dois abençoados meses que Kólia Rútchkin passou no hospital aconteceram coisas estranhas e terríveis. A mão decepada pela explosão, inexistente, doía tanto quanto antes. Kólia podia senti-la inteira: os dedos encurvados, dispostos na mesma posição na qual a mão enrijecera na lavra, segurando o cabo da pá ou a alça da picareta, nada além disso. Era difícil segurar uma colher com aquela mão, mas ninguém precisava de colher na lavra

O homem de negócios

— tudo que era comestível podia ser sorvido "pela borda" da tigela: sopa e mingau, pudim e chá. Com aqueles dedos eternamente encurvados era possível segurar a ração de pão. Mas Rútchkin os tinha decepado, explodido pelos ares. Então por que é que ele sentia esses dedos, encurvados como nos tempos de lavra e agora explodidos? Sua mão esquerda começara, um mês atrás, a desentortar, a se endireitar, como uma dobradiça enferrujada que recebia novamente um pouquinho de óleo lubrificante, e Rútchkin tinha chorado de alegria. Agora mesmo, deitado com a barriga sobre sua mão esquerda, ele conseguia esticá-la, esticá-la sem dificuldade. Mas a direita não esticava. Tudo isso acontecia geralmente à noite. Rútchkin ficava gelado de medo, acordava, chorava, e receava perguntar qualquer coisa a respeito disso até mesmo a seus vizinhos — não sabia o que aquilo poderia significar. Talvez ele estivesse ficando louco.

A dor na mão decepada surgia cada vez mais raramente, o mundo ia voltando ao normal. Rútchkin estava feliz e contente. E sorria, sorria, lembrando-se de como ele havia conduzido bem tudo aquilo.

O enfermeiro Pável Pávlovitch saiu da "cabininha" segurando na mão um cigarro de *makhorka* fumado pela metade, e sentou-se ao lado de Rútchkin.

— Quer fogo, Pável Pávlovitch? — disse Rútchkin inclinando-se para o enfermeiro. — Um momento!

Rútchkin precipitou-se em direção ao fogareiro, abriu a portinhola e, com a mão esquerda, lançou ao chão alguns carvões em brasa. Apanhando habilmente o carvão ainda ardente, Rútchkin puxou-o para a palma da mão e chacoalhou nela o carvão já enegrecido, mas que ainda mantinha sua chama; soprando-o desesperadamente para que o fogo não se apagasse, colocou-o junto ao rosto do enfermeiro, que estava inclinado de leve. O enfermeiro puxou o ar com força, mantendo o cigarro na boca, e este finalmente acendeu. Farrapos de uma fumaça azul ergueram-se sobre a cabeça do enfermeiro. As narinas de Rútchkin inflaram-se. Nas enfermarias, o cheiro despertava os pacientes, que tragavam em desespero a fumaça — não a fumaça, mas a sombra que se projetava da fumaça... Estava claro para todos que era Rútchkin quem iria acabar fumando. Rútchkin refletia: ele mesmo daria uns dois tragos, depois levaria o cigarro ao setor cirúrgico, para o *fráier* com a coluna fraturada. Lá estaria à sua espera uma ração de almoço, não era brincadeira. E, se Pável Pávlovitch deixasse um pouquinho mais, do "novilho" surgiria um novo cigarro, que custaria um pouco mais que uma ração.

— Logo você vai embora, Rútchkin — disse sem pressa Pável Pávlovitch. — Você se arranjou bem aqui, ficou redondo, tudo já passou... Conte para mim, como é que você conseguiu? De repente eu tenho uma história para contar para os meus filhos. Se eu puder revê-los.

— Eu nem escondo, Pável Pávlovitch — disse Rútchkin, refletindo. Pelo visto Pável Pávlovitch tinha enrolado mal o cigarro. Dava para ver que, quando ele inspirava, quando tragava a fumaça, o fogo se movia e o papel queimava. O cigarro do enfermeiro não ardia lentamente, mas queimava como um rastilho. Como um rastilho. Isso queria dizer que era o caso de contar de um jeito mais resumido.

— E então?

— Levantei de manhã, recebi a ração e meti para dentro do casaco. A ração que davam para nós era para um dia inteiro. Fui até o Michka, o petardeiro. "E então?", eu disse. "Às ordens." Entreguei a ração de oitocentos gramas inteira e recebi em troca uma cápsula e um pedaço de cordão. Fui até meus conterrâneos, no meu barracão. Eles não são meus conterrâneos de verdade, é só como costumam dizer. Fiédia e um tal de Petro. "Tudo pronto?", perguntei. "Pronto", disseram. "Podem me dar." Eles me deram suas rações.

O homem de negócios 61

Meti as duas rações para dentro do casaco, e seguimos para o trabalho.

Na produção, enquanto a nossa brigada recebia os instrumentos, pegamos um tição do fogareiro e fomos para o outro lado da leiva. Ficamos bem perto um do outro, os três segurando a cápsula, cada um com sua perna direita. Acendemos o cordão, tique — e os dedos saíram voando para todo lado. O chefe de brigada gritou: "O que é que vocês estão fazendo?". O oficial superior da escolta: "Marchar para o campo, para o setor médico!". Fizeram nossos curativos no setor médico. Depois os conterrâneos foram expulsos para algum outro lugar, enquanto eu tive febre e vim parar no hospital.

Pável Pávlovitch já estava quase terminando de fumar, mas Rútchkin tinha se empolgado com o relato e quase se esquecera do cigarro.

— E as rações, as duas rações que ficaram com você, conseguiu comer?

— E como não?! Comi logo depois dos curativos. Meus conterrâneos vieram pedir um pedacinho. Mandei todos eles ao diabo. É o meu comércio.

(1962)

CALÍGULA

O bilhete foi recebido no RUR[39] ainda antes da sirene do crepúsculo. O comandante acendeu a lamparina a gasolina, leu o papel e, apressado, foi transmitir a ordem. Não havia nada que o comandante achasse estranho.

— Ele é daqueles? — perguntou o carcereiro de plantão, apontando para a própria testa.

O comandante olhou com ar frio para o soldado, e o plantonista sentiu medo por sua frivolidade. Afastou o olhar em direção à estrada.

— Estão trazendo — disse ele —, o próprio Ardátiev está vindo.

Em meio à bruma, viam-se dois soldados de escolta com fuzis. Atrás deles, um carroceiro segurava as rédeas de um cavalo cinzento e descarnado. Por trás do cavalo, fora da estrada, pelo meio da neve, caminhava um homem grande e corpulento. Sua peliça de pele de carneiro estava aberta, o chapéu de pelo curtido e tingido ia jogado sobre a nuca. Nas mãos, ele segurava um pau, com que batia sem dó nas ancas ossudas, sujas e cavadas do animal. O cavalo se contorcia a cada golpe e continuava a arrastar-se, sem forças para apressar o passo.

Na guarita de entrada, os soldados de escolta pararam o cavalo, e Ardátiev, cambaleando, pôs-se adiante. Ele mes-

---

[39] Acrônimo de *Rota Ussílennogo Rejima* [Batalhão de Regime Reforçado]. (N. do T.)

mo respirava como um cavalo ofegante, envolvendo, com o odor do álcool, o retesado comandante.
— Tudo pronto? — disse ele, com voz rouca.
— Certamente! — respondeu o comandante.
— Podem levar! — berrou Ardátiev. — Coloquem na lista de mantimentos. Eu castigo as pessoas, não vou ter dó de um cavalo. Vou dar um fim nele. Já não faz o serviço há três dias — balbuciou, metendo o punho no peito do comandante. — Eu queria prender o carroceiro. O plano ia dando errado. O pla-ano... O carroceiro jurou: "Não sou eu, é o cavalo que não está fazendo o serviço". Eu en-entendo — soluçou Ardátiev —, eu a-acredito... Eu falei para me dar as rédeas. Peguei as rédeas. Não andava. Bati. Não andava. Dei açúcar, que eu trouxe de casa para aquilo mesmo. Não pegou. Pensei: "Ah, seu miserável, de onde é que eu vou tirar agora essas suas jornadas de trabalho, hein? Você vai para lá, para junto dos vagabundos, dos inimigos da humanidade, para o xadrez. Vai passar só com água. Três dias, para começar".

Ardátiev sentou-se na neve e tirou o chapéu. Seus cabelos molhados e embaraçados caíam-lhe nos olhos. Ao tentar levantar-se, ele balançou e caiu de novo, de costas.

O carcereiro e o comandante o arrastaram para a salinha de plantão. Ardátiev dormia.
— Levamos para casa?
— Melhor não. A esposa não gosta.
— E o cavalo?
— Tem que levar. Se ele acordar e ficar sabendo que não demos conta, vai querer matar. Coloque na quatro. Com a *intelligentsia*.

Dois guardas, oriundos dos presos, trouxeram lenha para a salinha de plantão, para a noite, e começaram a empilhá-la próximo ao fogareiro.

— O que você diz, Piotr Grigórievitch? — disse um deles, apontando com o olhar para a porta atrás da qual Ardátiev roncava.

— Digo que isso não é novidade... Calígula...

— Sim, sim, como em Derjávin — secundou o outro, que, aprumando-se, recitou com sentimento:

Teu cavalo, Calígula, no Senado
Não pôde brilhar, embora dourado
Brilham apenas as boas ações...[40]

Os dois velhos acenderam cigarros, e a fumaça azulada da *makhorka* flutuou pela sala.

(1962)

---

[40] Citação do poema "Grão-Senhor" (1794), de Gavriil Románovitch Derjávin (1743-1816). O imperador romano Calígula teria nomeado Incitatus, seu cavalo preferido, como senador. (N. do T.)

O ARTISTA DA PÁ

No domingo, depois do trabalho, disseram a Krist que ele seria transferido para a brigada de Kóstotchkin, para reforçar a lavra de ouro cuja brigada rapidamente minguava. A notícia era importante. Krist não precisava pensar se aquilo era bom ou ruim, pois a novidade era inevitável. Mas Krist ouvira muita coisa a respeito do próprio Kóstotchkin naquela lavra sem rumores, em barracões mudos, ensurdecidos.

Krist, como qualquer detento, não sabia de onde vinham as pessoas novas que entravam em sua vida: umas ficavam por pouco tempo, outras por muito tempo; mas em todos os casos as pessoas desapareciam da vida de Krist sem dizer nada a respeito de si mesmas; partiam como se tivessem morrido, morriam como se tivessem partido. Os chefes superiores, os chefes de brigada, os cozinheiros, os quarteleiros, os vizinhos de tarimba, os irmãos de carrinho de mão, os camaradas de picareta...

Esse caleidoscópico movimento de rostos infindáveis não aborrecia Krist. Ele simplesmente não pensava nisso. A vida não dava tempo para essas reflexões. "Não se preocupe, não pense nos novos chefes, Krist. Você é apenas um, e chefes você ainda vai ter muitos"; assim falava um brincalhão, um filósofo; mas Krist esquecera quem era que falava isso. Krist não conseguia se lembrar nem do nome, nem do rosto, nem da voz, a voz que tinha dito aquelas importantes frases jocosas. Importantes justamente por serem jocosas. Pessoas que ousavam brincar, sorrir, nem que fosse um sorriso profundamente oculto, dos mais secretos, mas ainda assim um sorriso, um indubitável sorriso: essas pessoas existiam, embora o próprio Krist não estivesse entre elas.

Quantos não foram os chefes de brigada de Krist... Era às vezes um dos seus camaradas do artigo 58, que levaram seu cargo a sério demais e logo foram destituídos, destituídos antes que tivessem tempo de se transformar em assassinos. Ou um dos camaradas do 58, um dos *fráieres*, mas *fráieres* calejados, experientes, *fráieres* entendidos, que podiam não apenas dar ordens para o trabalho, mas também organizar esse trabalho, e ainda entender-se com os encarregados das cotas, com o escritório, com as chefias diversas, dar propina, persuadir. Mas mesmo esses, os camaradas do 58, não queriam nem pensar que mandar para o trabalho no campo era o pior pecado por ali; que lá, onde se paga em sangue, onde o homem não tem direitos, tomar para si a responsabilidade de dispor da vontade alheia pela vida e a morte, tudo isso era um pecado grande demais, um pecado mortal, imperdoável. Havia chefes de brigada que morriam junto com sua brigada. Havia também aqueles a quem esse poder horrível sobre a vida alheia corrompia lentamente — o braço da picareta e o cabo da pá começavam, em suas mãos, a servir de argumento nas conversas com seus companheiros. E, quando se lembravam disso, diziam, repetindo como uma prece, o sombrio ditado do campo: "Que morra você hoje, e eu amanhã". De modo algum se pode dizer que os chefes de brigada de Krist eram sempre detentos do artigo 58. O mais recorrente — e, nos piores anos, acontecia sempre — era que os chefes de brigada fossem presos comuns, condenados por homicídio, por crimes no exercício da função. Eram pessoas normais, porém a culpa causada pelo poder e a pesada pressão de cima — uma torrente de instruções mortais — impunham a essas pessoas atos que elas talvez não cometessem em

O artista da pá

sua vida pregressa. A fronteira entre um crime e um "ato não sujeito a punição" nos artigos "de serviço" — e na maioria dos artigos comuns, também — era muito tênue, por vezes imperceptível. Era frequente julgarem hoje por aquilo que não haviam julgado ontem, isso sem falar da "medida de coerção", de toda aquela gama de nuances jurídicas que vão da contravenção ao crime. Os chefes de brigada recrutados entre os comuns eram animais por determinação das ordens. Mas os chefes de brigada oriundos dos *blatares* de modo algum eram animais apenas por determinação das ordens. Um chefe de brigada que vinha dos *blatares* era a pior coisa que podia acontecer com uma brigada. Mas Kóstotchkin não era nem *blatar*, nem comum. Kóstotchkin era filho único de algum funcionário graúdo do Partido ou do soviete no KVJD, implicado no "caso KVJD" e exterminado.[41] O único filho de Kóstotchkin, que estudara em Harbin e não vira nada além de Harbin, foi acusado, aos vinte e cinco anos, como "membro da família", como *líternik* a... quinze anos. Nascido e criado no exterior, em Harbin, onde pessoas condenadas injustamente existiam apenas em romances — romances de preferência traduzidos —, o jovem Kóstotchkin, nas profundezas de sua mente, não tinha certeza de que o pai fora condenado injustamente. O pai o criara com a crença na infalibilidade do NKVD.[42] O

---

[41] KVJD: sigla de *Kitaisko-Vostótchnaia Jeliéznaia Doroga* [Estrada de Ferro da China Oriental]. Foi construída pelos russos no fim do século XIX como trecho da Transiberiana. Nos anos 1930, a União Soviética se viu forçada a vender a ferrovia para o Manchukuo — Estado fantoche criado pelos japoneses na Manchúria —, e inúmeros cidadãos soviéticos que retornavam da região foram acusados de espionagem a favor do Japão. (N. do T.)

[42] Sigla do *Naródni Komissariat Vnútrennikh Diel* [Comissariado do Povo para Assuntos Internos], órgão associado ao serviço secreto soviético e grande responsável pela repressão política. (N. do T.)

jovem Kóstotchkin estava completamente despreparado para qualquer outra constatação. E quando o pai foi preso, quando o próprio Kóstotchkin foi condenado e enviado do extremo Extremo Oriente para o extremo Extremo Norte, Kóstotchkin ficou irritado acima de tudo com o pai, que arruinara sua vida com aquele crime secreto. O que ele, Kóstotchkin, sabia da vida dos adultos? Ele, que estudara quatro línguas, duas europeias, duas orientais; o melhor dançarino de Harbin, que aprendera todos os blues e rumbas possíveis com os forasteiros que dominavam o assunto; o melhor boxeador de Harbin, peso médio, passando para meio-pesado, que aperfeiçoara seus *uppercuts* e seus ganchos com um ex-campeão da Europa; o que ele sabia de toda aquela alta política? Se foi fuzilado, quer dizer que alguma coisa tinha. Talvez tivessem se exaltado no NKVD, talvez devessem ter dado dez, quinze anos. E para ele, para o jovem Kóstotchkin, devessem ter dado quando muito cinco, em vez de quinze.

Kóstotchkin repetia as cinco palavras — colocando-as em ordens diferentes —, e toda vez elas saíam num tom ruim, alarmado: "Deve ter feito alguma coisa. Alguma coisa deve ter feito".

Depois de provocar em Kóstotchkin o ódio pelo pai fuzilado, a vontade ardente de livrar-se daquele estigma, daquela maldição paterna, os responsáveis pelo inquérito obtiveram resultados significativos. Mas o juiz de instrução não sabia disso. O próprio juiz de instrução que conduzira o caso de Kóstotchkin tinha sido fuzilado havia muito tempo, no "caso NKVD" da vez.

Não foi só foxtrotes e rumbas que o jovem Kóstotchkin aprendeu em Harbin. Ele concluíra o Instituto Politécnico de Harbin; recebera o diploma de engenheiro mecânico.

Quando Kóstotchkin foi trazido para a lavra, para o lugar a que fora designado, conseguiu um encontro com o chefe da lavra e pediu que lhe dessem um trabalho de acordo com sua especialidade, prometendo trabalhar honestamente, amaldiçoando o pai, suplicando às chefias locais. "Você vai desenhar os rótulos das latas de conserva", disse secamente o chefe da lavra; mas o delegado local, que estava presente durante a conversa, captou certas notas familiares no tom do jovem engenheiro de Harbin. Os chefes conversaram entre si, depois o delegado conversou com Kóstotchkin, e de repente pelas brigadas e galerias começou a circular a notícia de que um novato fora indicado para chefe de uma das brigadas, um dos nossos, do artigo 58. Os otimistas viram nessa indicação um sinal de mudança para melhor num futuro breve; os pessimistas resmungavam algo acerca de novas varridas. Mas tanto uns, quanto outros ficaram surpresos — com a evidente exceção daqueles que haviam se desacostumado a surpreender-se muito tempo antes. Krist não ficou surpreso.

Cada brigada vive sua vida, em sua "divisão" no barracão, que tem uma entrada separada, e encontra-se com os demais moradores do barracão apenas no refeitório. Krist sempre encontrava Kóstotchkin — ele se destacava dos demais, tinha uma cara vermelha, era espadaúdo e robusto. Usava longas luvas de pele, de boca larga. Os chefes de brigada mais pobres usavam luvas de trapos, costuradas com algodão tirado de calças acolchoadas. O chapéu de Kóstotchkin também era "livre", uma *uchanka* de pele, e ele tinha botas de feltro, não *burki*[43] ou botinhas de algodão. Por tudo isso Kóstotchkin se destacava. Trabalhara como chefe de brigada apenas nesse mês de inverno; ou seja, cumpriu o plano, o percentual; dava para saber exatamente o quanto fora feito em um quadro perto do quartel da guarda; mas um velho detento como Krist não se interessava por tais questões.

[43] Botas de cano alto de feltro, sem corte, feitas especialmente para o clima muito frio. (N. do T.)

Nas tarimbas, Krist concebeu mentalmente a biografia de seu futuro chefe de brigada. Mas tinha certeza de que não tinha se enganado, não podia estar enganado. O ex-habitante de Harbin não podia ter traçado nenhum outro caminho até a função de chefe de brigada.

A brigada de Kóstotchkin minguava, como devem minguar todas as brigadas que trabalham numa galeria de ouro. De tempos em tempos — entenda-se de semana em semana, não de mês em mês —, enviavam reforços para a brigada de Kóstotchkin. Hoje, esse reforço era Krist. "Na certa Kóstotchkin até sabe quem é Einstein", pensou Krist, ao dormir em seu novo lugar.

Krist recebeu um lugar longe do fogareiro, como todo novato. Quem tinha chegado primeiro na brigada ocupava o melhor lugar. Era uma regra comum, e Krist já a conhecia muito bem.

O chefe da brigada estava sentado à mesa, num canto, perto de uma lâmpada, e lia um livrinho qualquer. E, embora o chefe de brigada, como senhor da vida e da morte de seus trabalhadores, pudesse, para sua comodidade, colocar a única lâmpada em sua mesinha, deixando sem luz todos os demais moradores do barracão, ninguém ali estava com ânimo para ler ou conversar... Até daria para conversar no escuro, mas não havia nada para conversar, nunca. O chefe de brigada Kóstochkin, porém, acomodava-se junto à lâmpada comunitária e lia, lia, às vezes esboçando um sorriso e fazendo um biquinho com seus lábios rechonchudos e infantis, e espremendo seus grandes e belos olhos cinzentos. Krist gostou tanto daquela tranquila cena de descanso do chefe e de sua brigada — que há tanto tempo ele não presenciava —, que decidiu consigo mesmo que ficaria nessa brigada de qualquer maneira, entregando todas as suas forças a seu novo chefe.

Na brigada havia até um subchefe de brigada, o faxineiro Oska, homem de baixa estatura, que tinha idade para ser pai de Kóstotchkin. Oska varria o barracão, dava comida para a brigada, ajudava o chefe — como acontece de verdade entre as pessoas. E, ao tentar dormir, Krist por algum motivo pensou que seu novo chefe de brigada certamente sabia quem era Einstein. E então, alegrando-se com esse pensamento, acalentado por uma caneca de água quente que acabara de tomar para a noite, Krist adormeceu.

Na nova brigada, ninguém fazia barulho algum durante a revista. Mostraram a Krist a sala de materiais — cada um recebeu seu instrumento, e Krist ajustou sua pá, como tinha ajustado milhares de vezes antes: cortou fora o punho curto com alça que vinha fixado na pá americana, alargou um pouco as bordas da pá usando a cabeça do machado e apoiando numa pedra; escolheu um cabo bem comprido e novo dos vários que estavam encostados num canto do galpão; encaixou o cabo no aro da pá, fixou, cravou no chão a pá com a parte metálica, alargada nos cantos, entre os pés; mediu e marcou — "delimitou" — o cabo da pá, usando como referência seu próprio queixo; e, de acordo com essa medida, cortou. Com o gume do machado, aparou e alisou, com todo o cuidado, o topo da nova empunhadura. Levantou-se e virou-se. Diante dele estava Kóstotchkin, observando atentamente o que fazia o novato. Krist, aliás, esperava por isso. Kóstotchkin não disse nada, e Krist entendeu que o chefe de brigada guardaria sua opinião para o trabalho, para a galeria.

A galeria não ficava longe, e o trabalho começou. O cabo vibrou, as costas começaram a reclamar, as palmas de ambas as mãos colocaram-se na posição costumeira, os dedos agarraram o cabo. Ele era um pouco mais grosso do que deveria, mas Krist arrumaria isso à noite. E afiaria a pá com uma lima. As mãos levavam a pá de um lado para o outro, uma vez após a outra, e o ruído melódico do metal contra a pedra ganhava um ritmo acelerado. A pá rangia, murmurava, e a pedra deslizava da pá com ímpeto, caía novamente, no fundo do carrinho, que respondia com um baque de madeira, e a pedra respondia à pedra — Krist conhecia bem toda aquela música da galeria. Por todos os lados, havia carrinhos como o dele, pás como a dele, rangendo, a pedra murmurando e deslizando dos paredões desbastados pelas picaretas, e novamente as pás rangendo.

Krist deitou a pá e rendeu o companheiro com quem formava dupla na "máquina OSO, dois braços e uma roda só", como chamavam em Kolimá o carrinho de mão no jargão dos prisioneiros.[44] Não era bem o jargão criminal, mas quase isso. Krist estacionou o carrinho sobre uma prancha, com os braços virados para o lado oposto à galeria. E encheu depressa o carrinho. Depois agarrou os braços, arqueou-se, tencionou o abdômen e, equilibrando-se, empurrou o carrinho para o tambor separador, para o aparelho de lavagem. Krist empurrou de volta o carrinho, de acordo com todas as regras dos carregadores de carrinho, herdadas de séculos de trabalhos forçados — com os braços para cima, a roda para a frente —, e as mãos Krist manteve apoiadas nos braços do carrinho, para descansar, e depois deitou o carrinho e pegou novamente a pá. A pá rangeu.

O engenheiro de Harbin e chefe de brigada Kóstotchkin escutava a sinfonia da galeria e, de pé, observava os movimentos de Krist.

— Mas você é um artista da pá, pelo que eu estou vendo — e Kóstotchkin gargalhou. Seu riso era infantil, incontrolável. O chefe de brigada enxugou os lábios com a manga. — Que categoria você recebia lá no lugar de onde veio?

---

[44] Máquina OSO: referência irônica a *Ossóboie Soveschánie* [Comissão Especial, ou *troika*], órgão do NKVD que tinha permissão para conduzir julgamentos sumários. (N. do T.)

O artista da pá

Ele se referia às categorias de alimentação, à "tabela estomacal" que usavam para estimular os detentos. Krist sabia que essas categorias tinham sido inventadas no Belomorkanal,[45] na "reforja". O romantismo meloso da reforja apoiava-se numa base realista, cruel e sinistra, manifesta por essa tabela estomacal.

— A terceira — respondeu Krist, tentando, com a voz, ressaltar o máximo que podia seu desprezo pelo antigo chefe de brigada, que não dava valor ao talento do artista da pá. Krist, vendo que poderia tirar vantagem, por costume mentiu um pouquinho.

— Comigo você vai receber a segunda. Logo no primeiro dia.

— Obrigado — disse Krist.

A nova brigada era, talvez, um pouco mais tranquila que as outras brigadas em que Krist tivera que viver e trabalhar, os barracões eram um pouco mais limpos, havia menos xingamentos. Krist, seguindo seu costume de muitos anos, quis tostar no fogareiro um pedaço de pão que tinha sobrado do jantar, mas seu vizinho — Krist ainda não sabia, e nunca viria a saber o nome dele — deu-lhe um cutucão e disse que o chefe de brigada não gostava quando tostavam pão no fogareiro.

Krist se aproximou do fogareiro de ferro, que ardia alegremente, espalmou as mãos na direção da torrente de calor e enfiou o rosto na lufada de ar quente. Das tarimbas que estavam bem ao lado, levantou-se Oska, o subchefe da brigada, e, com mãos firmes, tirou o novato da frente do fogareiro: "Vá para seu lugar. Não tampe o fogareiro. Deixe os outros se aquecerem". A bem da verdade aquilo era justo,

---

[45] Abreviação de *Belomórsko-Baltíiski Kanal* [Canal Mar Branco-Báltico]. Sua construção, iniciada em 1931, foi a primeira grande obra soviética feita com o trabalho forçado de prisioneiros. (N. do T.)

mas era muito difícil conter o próprio corpo, que se esticava em direção ao fogo. Os detentos da brigada de Kóstotchkin tinham aprendido a conter-se. Krist também teria que aprender. Voltou para seu lugar, tirou o *buchlat*.[46] Enfiou os pés nas mangas do *buchlat*, endireitou o chapéu, encolheu-se e adormeceu.

Enquanto tentava dormir, Krist ainda conseguiu ver alguém entrando no barracão, dando alguma ordem. Kóstotchkin praguejou, sem se afastar da lâmpada e sem parar de ler seu livrinho. Oska deu um salto em direção à pessoa que entrara e, com movimentos rápidos e ágeis, agarrou-o pelo cotovelo e o empurrou para fora do barracão. Em sua vida pretérita, Oska tinha sido professor de história em algum instituto.

Nos muitos dias que se seguiram, a pá de Krist rangeu, a areia farfalhou. Kóstotchkin logo entendeu que, por trás da elaborada técnica de movimentos de Krist, há muito tempo ele já não tinha força alguma, e que, por mais que se esforçasse, seu carrinho estava sempre um pouquinho menos cheio do que devia, o que não dependia de sua própria vontade; aquela medida era ditada por algum sentimento interno que governava os músculos, todos eles — os saudáveis e os débeis, os jovens e os desgastados — extenuados. Toda vez verificava-se que na aferição da galeria em que trabalhava Krist a produção não tinha sido aquela que o chefe de brigada esperava do artista da pá, com todo o profissionalismo de seus movimentos. Mas Kóstotchkin não atormentava Krist, não praguejava contra ele mais do que contra os outros, não descontava com xingamentos, não dava sermões. Talvez entendesse que Krist trabalhava com todas as suas forças, poupando apenas aquilo que era de fato impossível despender

---

[46] Casaco de inverno pesado, tradicionalmente usado por marinheiros, com tecido duplo para proteger das rajadas de vento. (N. do T.)

O artista da pá

para agradar a qualquer chefe de brigada em qualquer campo do mundo. Ou, se não entendia, então sentia — já que nossos sentimentos são muito mais ricos que nossos pensamentos — que a língua exangue do detento não estava revelando tudo o que se passava em sua alma. Os sentimentos também empalidecem, também se enfraquecem, mas muito depois dos pensamentos, muito depois da fala humana, da língua. E Krist de fato estava trabalhando como havia muito não trabalhava, e, embora o que ele produzisse não fosse suficiente para a segunda categoria, ele recebia essa segunda categoria. Pela aplicação, pelo esforço...

A segunda categoria, aliás, era o ponto mais alto que Krist poderia alcançar. A primeira eram os recordistas que recebiam, os que cumpriam 120% do plano, e até mais. Na brigada de Kóstotchkin não havia recordistas. Havia na brigada os da terceira, que cumpriam a cota, e da quarta categoria, que não cumpriam a cota, que tinham feito só oitenta, setenta por cento da cota. Mas mesmo assim não eram vagabundos descarados, dignos da ração punitiva, a quinta categoria. Desses também não havia ninguém na brigada de Kóstotchkin.

Os dias se passavam, e Krist enfraquecia cada vez mais, gostava cada vez menos do silêncio resignado do barracão da brigada de Kóstotchkin. Mas certa vez, à noite, Oska, o professor de história, puxou Krist para um canto e disse a ele em voz baixa: "Hoje vai vir o caixa. O chefe da brigada designou um dinheiro para você, fique sabendo". O coração de Krist bateu forte. Aquilo significava que Kóstotchkin dera valor ao esforço de Krist, à sua maestria. Aquele chefe de brigada de Harbin, que conhecia Einstein, tinha afinal consciência.

Nas brigadas em que Krist trabalhara antes, nunca haviam lhe designado dinheiro. Em todas as brigadas, sempre calhava de existir alguém mais digno: ou de fato mais forte fisicamente e que trabalhava melhor, ou simplesmente amigos do chefe da brigada. Krist nunca se permitia essas especulações infrutíferas, só cuidava de receber o cartão de alimentação da vez — as categorias mudavam a cada dez dias, o percentual era definido pela produção recente: pelo dedo do destino, pela felicidade ou infelicidade, pela sorte ou azar, e estes passavam, mudavam, não eram eternos.

A notícia do dinheiro que lhe seria pago naquela mesma noite preencheu o corpo e a alma de Krist com uma alegria cálida, incontrolável. Pelo visto ainda havia sentimento e forças para alegrar-se. Quanto dinheiro será que dariam?... Até cinco ou seis rublos; cinco ou seis quilos de pão, portanto. Krist estava disposto até a rezar por Kóstotchkin, e mal podia esperar o fim do trabalho.

O caixa chegou. Era uma pessoa das mais comuns, mas vestia uma boa peliça curtida, de homem livre. Com ele, veio um guarda, que tinha escondido em algum lugar o revólver ou a pistola, ou que tinha esquecido a arma no quartel. O caixa sentou-se à mesa, entreabriu a valise, que estava repleta de notas coloridas e amassadas, semelhantes a trapos recém-lavados. O caixa sacou uma lista com uma infinidade de linhas, coberta com todas as assinaturas possíveis, de pessoas animadas ou decepcionadas com o pagamento extra. O caixa chamou Krist e indicou-lhe o local marcado por um asterisco.

Krist prestou atenção, e sentiu que havia algo peculiar naquele pagamento, naquele acerto. Ninguém além dele fora chamado pelo caixa. Não havia fila alguma. Talvez os membros da brigada tivessem sido ensinados daquela maneira por seu diligente chefe. Mas para que ficar pensando naquilo?! Tinham designado o dinheiro, o caixa tinha pagado. Ou seja, sorte de Krist.

O próprio chefe da brigada não estava no barracão, ainda não havia chegado do escritório, e a verificação da identidade do beneficiado foi feita pelo subchefe da brigada,

Oska, o professor de história. Com o dedo indicador, Oska mostrou o local em que Krist deveria assinar.

— Mas... mas... quanto? — disse Krist, ofegante e com uma voz rouca.

— Cinquenta rublos. Satisfeito?

O coração de Krist começou a bater mais forte, a cantar em seu peito. Enfim, a felicidade. Com pressa, rasgando o papel com a ponta afiada da caneta e quase entornando o tinteiro, Krist assinou a lista.

— Muito bem, sujeitinho — disse Oska com aprovação.

O caixa fechou bruscamente sua valise.

— Mais ninguém na sua brigada?

— Não.

Krist ainda não tinha entendido o que se passava.

— E o dinheiro? E o dinheiro?

— O dinheiro eu entreguei para Kóstotchkin — disse o caixa. — Hoje de manhã — e o baixinho Oska, com uma mão de ferro, com uma força que nenhum dos trabalhadores das galerias daquela brigada jamais tivera, arrancou Krist da mesa e o atirou nas sombras.

A brigada continuava em silêncio. Nenhum deles amparou Krist ou perguntou qualquer coisa. Sequer chamaram Krist de idiota... Aquilo era mais terrível para Krist que Oska, aquele animal, e sua mão tenaz, de ferro. Mais terrível que os lábios infantis e rechonchudos do chefe de brigada Kóstotchkin.

A porta do barracão escancarou-se, e o chefe de brigada Kóstotchkin caminhou em direção à mesa iluminada com passos ligeiros e leves. As tábuas do assoalho do barracão quase não oscilavam sob seus passos leves, suaves.

— Aí está, o chefe em pessoa. Fale com ele — disse Oska, afastando-se. E explicou a Kóstotchkin, apontando para Krist: — Ele precisa de dinheiro!

Mas o chefe da brigada já havia entendido tudo no momento em que passara pela soleira. Kóstotchkin imediatamente se sentiu em um dos ringues de Harbin. Ele estendeu seu braço na direção de Krist, com um costumeiro e belo movimento de ombros, típico de boxeador; Krist caiu no chão, aturdido.

— Nocaute, nocaute — disse Oska com voz rouca, dançando ao redor do desfalecido Krist e imitando um juiz no ringue. — Oito... nove... Nocaute.
Krist não se levantou do chão.
— Dinheiro? Ele quer dinheiro? — disse Kóstotchkin, sentando-se sem pressa à mesa e pegando da mão de Oska uma colher, para em seguida atacar uma tigela com ervilhas.

— Esses trotskistas — disse Kóstotchkin devagar, em tom edificante — vão me arruinar e vão arruinar você, Oska.

— Kóstotchkin ergueu a voz. — Arruinaram o país. E vão arruinar nós dois. Dinheiro, o artista da pá precisa de dinheiro. Ei, vocês — gritou Kóstotchkin para a brigada. — Vocês, seus fascistas! Estão ouvindo?! Não vão me matar. Dance, Oska!

Krist continuava estirado no chão. As imensas silhuetas do chefe de brigada e do faxineiro encobriam a luz. E de repente Krist viu que Kóstotchkin estava bêbado, muito bêbado — tinha bebido aqueles mesmos cinquenta rublos que estavam designados para Krist... Quanto álcool não se podia "resgatar" com aquele dinheiro, álcool para ser distribuído, para ser dividido com a brigada...

Oska, o subchefe da brigada, obedientemente pôs-se a dançar, repetindo:

Comprei uma tina bem bonita
Para minha esposa Rosita.

— Essa é uma das nossas, chefe, de Odessa. Chama-se "Da ponte ao matadouro" — e Oska, professor de história em algum instituto da capital, pai de quatro filhos, novamente se pôs a dançar.

— Pare, encha o copo.

Oska tateou embaixo das tarimbas e tirou uma garrafa, entornou alguma coisa numa lata de conserva. Kóstotchkin bebeu e comeu as ervilhas que sobraram na tigela, agarrando-as com os dedos.

— Onde está esse artista da pá?

Oska ergueu Krist e empurrou-o na direção da luz.

— O que foi, não tem forças? Por acaso você não recebe sua ração? Quem é que recebe a segunda categoria? É pouco para você, seu trotskista miserável?

Krist continuou em silêncio. A brigada continuou em silêncio.

— Vou esganar todos vocês. Seus fascistas malditos — disse Kóstotchkin, arrebatado.

— Vá, vá lá para o seu canto, artista da pá, senão o chefe vai dar mais uma em você — recomendou pacificamente Oska, enlaçando o embriagado Kóstotchkin; empurrou-o para um lado e o derrubou sobre o aconchegante catre individual do chefe da brigada. Era o único catre do barracão, em que todas as tarimbas eram duplas, de dois andares, do tipo "ferroviário". Oska, por sua vez — subchefe da brigada e faxineiro, que dormia no leito mais da ponta — via começar agora a terceira de suas atribuições, uma atribuição de grande importância, plenamente oficial: a de guarda-costas, de guarda noturno, de mantenedor do sono, do descanso e da vida do chefe da brigada. Às apalpadelas, Krist dirigiu-se para seu leito.

Mas nem Kóstotchkin, nem Krist conseguiram dormir. A porta do barracão abriu-se, deixando entrar uma lufada de vapor branco; pela porta, entrou um homem usando uma *uchanka* e um casaco escuro, de inverno, com gola de astracã. O casaco estava deveras amarfanhado, o astracã estava gasto, mas ainda assim era um legítimo casaco, de legítimo astracã.

O homem atravessou o barracão inteiro, até a mesa, até a luz, até o catre de Kóstotchkin. Oska o saudou respeitosamente. Oska pôs-se a sacudir o chefe de brigada, para acordá-lo.

— Mínia Grek está chamando você — era um nome conhecido de Krist. Aquele era um dos chefes de brigada dos *blatares*. — Mínia Grek está chamando você — mas Kóstotchkin já tinha voltado a si, e estava sentado no catre, o rosto voltado para a luz.

— Ainda aprontando, Domador?

— Pois é... Veja a que ponto cheguei por causa desses parasitas...

Mínia Grek deu um grunhido em tom compassivo.

— Um dia ainda vão fazer você voar pelos ares, Domador. Hein? Vão meter amonita debaixo da sua cama, acender o pavio e lá se vai... — Grek apontou para cima. — Ou vão cortar a sua cabeça fora, com uma serra. Com esse seu pescoço gordo, vão demorar para serrar até o fim.

Kóstotchkin, voltando lentamente a si, esperava o que lhe diria Grek.

— Não quer tomar um golinho? É só falar, em dois tempos a gente dá um jeito.

— Não. Na nossa brigada tem bastante desse álcool, você sabe bem. Meu assunto é mais sério.

— Fico feliz em ser útil.

— "Feliz em ser útil" — riu Mínia Grek. — Então foi assim que ensinaram você a falar com as pessoas em Harbin.

— Falei por falar — disse apressado Kóstotchkin. — É que eu ainda não sei o que você quer.

— O que eu quero é o seguinte — Grek começou a falar algo depressa, e Kóstotchkin meneava a cabeça em sinal de concordância; Grek desenhou algo na mesa, e Kóstotchkin

O artista da pá

fez um gesto de que estava entendendo. Oska acompanhava a conversa com interesse. — Fui falar com o cotista — disse Mínia Grek; ele não falava de um jeito sombrio ou empolgado, mas com a mais normal das vozes —, e o cotista disse que era a vez de Kóstotchkin.

— Mas já tiraram de mim no mês passado...

— E o que eu posso fazer?... — a voz de Grek pareceu mais animada. — E os nossos, vão tirar os cúbicos de onde? Eu falei com o cotista. O cotista disse que era a vez de Kóstotchkin.

— Mas é que...

— Vamos lá, você conhece bem a nossa posição...

— Tudo bem — disse Kóstotchkin. — Você calcula lá no escritório, e depois fala para tirar de nós.

— Não tenha medo, *fráier* — disse Mínia Grek, dando um tapinha no ombro de Kóstotchkin. — Hoje você livra minha cara, amanhã eu livro a sua. Comigo não tem erro. Hoje é você que livra minha cara, amanhã sou eu que livro a sua.

— Amanhã nós dois nos beijaremos — começou a dançar Oska, contente pela decisão que finalmente tinha sido tomada e temendo que a lentidão do chefe de brigada estragasse o negócio.

— Bom, até mais, Domador — disse Mínia Grek, levantando-se do banco. — O cotista disse para vir sem medo falar com Kóstotchkin, com o Domador. Ele é um trapaceiro, está no sangue dele. Mas não tenha medo, não se apoquente. Seu pessoal vai dar conta. Você tem aí cada artista da pá...

(1964)

Mas será que não éramos robôs? Os robôs do *R.U.R.* de Capek?[47] Ou os mineiros da região carvoeira do Ruhr?[48] O nosso RUR era o batalhão de regime reforçado,[49] uma prisão na prisão, um campo no campo... Não, não éramos robôs. Na insensibilidade metálica dos robôs havia algo de humano.

Aliás, quem de nós pensaria, no ano de 38, em Capek, no Ruhr carvoeiro? Apenas vinte, trinta anos depois foi possível encontrar forças para fazer essa comparação, na tentativa de reviver o tempo, as cores e os sentimentos do tempo.

Na época, experimentávamos apenas uma alegria vaga e surda no corpo e nos músculos, mirrados pela fome, quando ao menos por um instante, ao menos por uma hora, ao menos por um dia, eles conseguiam livrar-se da galeria de ouro, do maldito serviço, do detestável trabalho. Trabalho e

[47] O escritor tcheco Karel Capek (1890-1938) publicou em 1920 a peça de ficção científica *R.U.R.*, que rapidamente obteve grande êxito. A obra disseminou a palavra "robô", do tcheco *robota*, que significa "trabalho forçado", "servidão". R.U.R., por sua vez, é o acrônimo de *Rosumovi Univerzální Roboti*, os Robôs Universais de Rossum, a indústria que, na peça, fabricava os robôs. (N. do T.)

[48] Em russo, o RUR a que se refere o relato de Chalámov tem a mesma grafia da região alemã do Ruhr. (N. do T.)

[49] Em russo *rota ussílennogo rejima*, cujo acrônimo é, portanto, RUR. (N. do T.)

morte eram sinônimos, e sinônimos não apenas para os presos, para os "inimigos do povo" fadados à morte. Trabalho e morte eram sinônimos também para a chefia dos campos e para Moscou; do contrário, não escreveriam nas "ordens especiais", os encaminhamentos moscovitas para a morte: "utilizar apenas em trabalhos físicos pesados".

Fomos trazidos para o RUR como mandriões, como vagabundos, como pessoas que não haviam cumprido a cota. Mas não éramos recusadores de trabalho. A recusa ao trabalho no campo é um crime que se pune com a morte. Fuzilam depois de três recusas, de três não comparecimentos. Três atas. Nós saíamos da zona do campo, nos arrastávamos até o lugar de trabalho. Não sobravam forças para o trabalho. Mas não éramos recusadores.

Fomos levados para o quartel da guarda. O carcereiro de plantão deu com a mão em meu peito, e eu cambaleei, mal conseguindo me manter em pé — o cutucão dado com o Nagant no peito me quebrou a costela. A dor não me deu sossego por alguns anos. Aliás, não era uma fratura, como mais tarde os especialistas me esclareceram. Era apenas uma ruptura do periósteo.

Fomos conduzidos ao RUR, mas verificou-se que o RUR não estava em seu lugar. Vi uma terra ainda viva, uma terra pedregosa e negra, coberta com as raízes carbonizadas das árvores, as raízes dos arbustos, lustradas por corpos humanos. Vi um quadrilátero negro de terra carbonizada, igualmente nítido tanto na impetuosa vegetação do curto e ardente verão de Kolimá, quanto no inverno morto, branco e interminável. A cova negra deixada pelas fogueiras, os rastros do calor, os rastros da vida humana.

A cova estava viva. Apressadas, as pessoas reviravam troncos, brigavam entre si, e, diante de meus olhos, um RUR rejuvenescido erguia-se: as paredes de um barracão de punição. Ali mesmo nos explicaram. Na noite anterior, um administrador de armazém, um preso comum, bêbado, tinha sido preso na cela comum do RUR. O administrador de armazém bêbado, como se podia notar, tinha arrancado e espalhado os troncos da prisão, um a um. A sentinela não atirou. O comum estava em fúria, mas as sentinelas entendiam muito bem o Código Penal, a política do campo e até mesmo os caprichos do poder. A sentinela não atirou. O administrador de armazém foi levado e preso no xadrez dentro do batalhão da guarda. Mas mesmo o administrador de armazém, o preso comum, claramente um herói, não ousava sair daquela cova negra. Ele tinha apenas derrubado as paredes. E agora centenas de pessoas do artigo 58, das quais o RUR estava cheio, reconstruíam sua prisão, com cuidado e pressa, erigiam as paredes, temendo ultrapassar a borda da cova, pisar imprudentemente na neve branca, ainda não maculada pelo homem.

Os do artigo 58 reconstruíam sua prisão apressados. Não era necessário incitar ou ameaçar.

Cem pessoas abrigavam-se em tarimbas, nas armações arrebentadas das tarimbas. Já não havia tarimbas: todas as tábuas e todas as varas de que as tarimbas tinham sido feitas — sem um só prego, já que o prego é uma coisa cara em Kolimá — foram incineradas pelos *blatares* presos no RUR. Os do artigo 58 não ousavam arrancar um pedacinho sequer de suas tarimbas para aquecer seus corpos resfriados, seus músculos mirrados, finos como cordas.

Próximo ao RUR ficava o edifício do batalhão da guarda, tão recoberto de fuligem quanto o do RUR. Por fora, o barracão dos soldados da guarda em nada diferia da habitação dos detentos, e por dentro as diferenças também eram poucas. Uma fumaça suja, um saco de pano na janela no lugar do vidro. Mas, mesmo assim, ainda era o barracão da guarda.

O RUR ia ao trabalho. Mas não para a galeria de ouro, e sim para cortar madeira, cavar valas, pisar estradas. Todos do RUR eram alimentados do mesmo jeito, e isso também era uma alegria. O dia de trabalho no RUR terminava antes do que na galeria. Quantas vezes nós, com inveja, não tínhamos erguido os olhos dos carrinhos, das picaretas e pás, e observado as colunas desorganizadas do RUR movendo-se em direção a seu local de pernoite. Nossos cavalos relinchavam ao ver os homens do RUR, como se exigissem o fim do trabalho. Ou talvez os cavalos soubessem o tempo melhor do que as próprias pessoas, e para isso não precisassem ver o tal RUR...

Naquele momento, eu mesmo saltitava, ora dentro, ora fora do passo geral, do ritmo geral, ora me adiantando, ora ficando para trás... Eu só queria uma coisa: que o RUR nunca acabasse. Eu não sabia por quantos dias — dez, vinte, trinta — ficaria "instalado" no RUR.

"Instalado" — esse termo prisional me era bem conhecido. Chega a parecer que o verbo "instalar" só é usado em locais de detenção. Em compensação, seu oposto, "expulsar", tomou o rumo da alta diplomacia: "expulsar do país" e assim por diante. Queriam atribuir a esse verbo uma nuance de ameaça e escárnio, mas a vida muda as escalas, e, em nosso caso, "instalar" soava quase como "salvar".

Todo dia, depois do trabalho, "tocavam" os homens do RUR para buscar lenha, "para uso próprio", como dizia a chefia. Aliás, as brigadas das galerias também tocavam. As viagens eram feitas com trenós, cujas alças de arame tinham sido fabricadas para caberem em pessoas — podia-se meter a cabeça e os ombros naqueles laços de arame, endireitar as alças e então puxar, puxar. Era preciso puxar o trenó até a montanha, por uns quatro quilômetros, onde ficavam as pilhas de *stlánik*[50] armazenadas durante o verão — um *stlánik* enegrecido, encurvado e leve. O trenó era carregado e con-

---

[50] *Stlánik*, espécie de pinheiro (*Pinus pumila*). (N. do T.)

duzido montanha abaixo. No trenó, iam sentados os *blatares* — aqueles que ainda mantinham suas forças —, que, gargalhando, desciam a montanha. Já nós descíamos nos arrastando, sem forças para correr. Mas deslizávamos depressa, nos agarrando aos galhos gelados e quebrados de salgueiros ou amieiros, que freavam a descida. Estávamos alegres: o dia estava chegando ao fim.

A cada dia, era preciso procurar a lenha, as pilhas de *stlánik* cobertas de neve em lugares mais distantes, mas não reclamávamos: a busca pela lenha era algo como a batida no trilho ou o som da sirene — um sinal para a hora de comer, para a hora de dormir.

Descarregamos a lenha e começamos alegremente a entrar em formação.

— Meia-volta... volver!

Ninguém se virou. Vi, nos olhos de todos, uma melancolia mortal, a insegurança das pessoas que não acreditam na sorte — são sempre tapeadas nas contas, enganadas nas medições, trapaceadas. E embora lenha não seja pedra, e um trenó não seja um carrinho de mão...

— Meia-volta... volver!

Ninguém se virou. O detento é extremamente sensível às quebras de promessas; mas, a bem da verdade, de que justiça se poderia falar ali?

Pela porta do barracão da guarda, saíram em direção ao terraço dois homens — o chefe do campo, o tenente mais velho, e o chefe do batalhão da guarda, o tenente mais novo. Nada é pior do que os momentos em que dois chefes com mais ou menos a mesma patente agem lado a lado, às vistas um do outro. Tudo que há de humano neles arrefece, e cada um quer manifestar a sua "vigilância", não "demonstrar fraqueza", cumprir as ordens do Estado.

— Atrelem-se aos trenós.

Ninguém se virou.

— Mas isto é uma ação organizada!
— Sabotagem!
— Se não forem por bem...
— E nós lá precisamos do seu bem?
— Quem disse isso? Um passo a frente.
Ninguém deu um passo.
A um comando, mais alguns soldados de escolta saíram correndo do barracão da guarda e nos cercaram, afundando na neve, estalando os fechos dos fuzis, ofegando de raiva por aquelas pessoas que os privavam do descanso, do turno, do horário de serviço.
— Deitados!
Nós nos deitamos na neve.
— De pé!
Ficamos de pé.
— Deitados!
Deitamos.
— De pé!
Ficamos de pé.
— Deitados!
Deitamos.
Assimilei facilmente aquele ritmo descomplicado. E me lembro bem: eu não sentia nem calor, nem frio. Como se não fosse comigo que fizessem tudo aquilo.
Alguns disparos ressoaram, como advertência.
— De pé!
Ficamos de pé.
— Quem for, um passo à esquerda.
Ninguém se moveu.
O chefe aproximou-se, chegou bem perto daqueles olhos ensandecidos e cheios de melancolia. Aproximou-se e bateu no peito do que estava mais perto:
— Você vai?
— Vou.

— Um passo à esquerda.
— Você vai?
— Vou!
— Ao trabalho! Escolta, levem e contem um por um. Os patins de madeira dos trenós começaram a ranger.
— Vamos!
— É assim que se faz — disse o tenente mais velho.

Mas nem todos partiram. Permaneceram dois: Serioja Ussóltsev e eu. Serioja Ussóltsev era um *blatar*. Todos os bandidos mais jovens, juntamente com os do artigo 58, já tinham começado a levar seu trenó pela estrada. Mas Serioja não podia admitir que um *fráier* lazarento qualquer aguentasse, e ele, um bandido de nascença, cedesse.

— Logo mais vão nos deixar entrar no barracão... Vamos ficar só um pouco aqui — disse Ussóltsev com um sorriso carrancudo —, e depois é barracão. Pegar um pouquinho de calor.

Mas não nos deixaram entrar no barracão.
— Cães! — ordenou o tenente mais velho.
— Pegue isso aqui — disse Ussóltsev, sem virar a cabeça, e os dedos do *blatar* colocaram na palma da minha mão algo muito fino e leve. — Entendeu?
— Entendi.

Eu segurava entre os dedos um pedaço de uma lâmina de segurança e, sem que os soldados de escolta percebessem, mostrava a lâmina ao cão. O cão viu, logo compreendeu. O cão rosnava, gania, debatia-se, mas não tentou atacar nem a mim, nem a Serioja. Nas mãos de Ussóltsev havia outro pedaço de lâmina.

— Ele ainda é novinho! — disse o onisciente e experiente chefe do campo, o tenente mais velho.
— Novinho! Se fosse o Valete aqui, já teria mostrado como é que se faz. Já estaria todo mundo pelado!
— Para o barracão!

As portas se abriram, foi posta de lado a trava de ferro que servia como ferrolho. Agora ficaríamos no calor, no calor. Mas o tenente mais velho disse alguma coisa ao carcereiro de plantão, e este lançou os tições fumegantes do fogareiro sobre a neve. Os tições sibilaram, ficaram cobertos por uma fumaça azulada, e o carcereiro cobriu-os com neve, que ele recolhia com o pé.

— Entrem no barracão.

Nós nos sentamos na armação da tarimba. Não sentimos nada além de frio, um frio súbito. Colocávamos as mãos dentro das mangas, ficávamos encolhidos...

— Não fique com medo — disse Ussóltsev. — Logo a rapaziada volta com a lenha. Por enquanto, vamos dançar.

— E começamos a dançar.

O rumor de vozes, o alegre rumor das vozes que se aproximavam, foi interrompido por um comando ríspido. Abriu-se a nossa porta, mas não se abriu para a luz, e sim para a mesma escuridão que havia no barracão.

— Saiam!

Nas mãos dos soldados da escolta havia lamparinas de querosene, do tipo "morcego".

— Em formação.

Não vimos de imediato, mas os que voltavam do trabalho estavam ali ao lado, em formação. Todos estavam de pé, em formação, esperando. Quem eles esperavam?

Nas brumas, brancas e obscuras, havia cães, tochas se moviam, iluminando o caminho das pessoas que rapidamente se aproximavam. Pelo movimento da luz, percebia-se que não eram presos que estavam chegando.

Na frente, ia a passos rápidos, ultrapassando seus guarda-costas, um coronel barrigudo, porém de andar ligeiro, que eu reconheci de imediato: ele tinha inspecionado muitas vezes as galerias de ouro em que nossa brigada trabalhava. Era

o coronel Garánin. Respirando pesadamente, desabotoando as abas de seu casaco militar, Garánin parou diante da formação e, mergulhando seu dedo macio e bem cuidado no peito do preso mais próximo, disse:
— Está aqui por quê?
— Meu artigo é o...
— Para que diabos eu quero saber o seu artigo? Está aqui no RUR por quê?
— Não sei.
— Não sabe? Ei, chefe!
— Aqui está o livro registro de ordens, camarada coronel.
— Ao diabo com o seu livro. Seus canalhas.
Garánin continuou andando, olhando para o rosto de cada um.
— E você, velhinho, por que veio parar no RUR?
— Estou sob inquérito. Nós comemos um cavalo morto. Estávamos de guarda.
Garánin cuspiu.
— Escutem o comando! Todos para seus barracões! Para suas brigadas! E amanhã, para a galeria!
A formação se desfez, todos correram pela estrada, pela trilha, pela neve em direção aos barracões, às brigadas. Ussóltsev e eu também nos arrastamos para lá.

(1965)

BOGDÁNOV

Bogdánov era um janota. Sempre bem barbeado, lavado, cheirando a perfume — sabe Deus que perfume era esse —, com uma *uchanka* macia de pele de rena, amarrada com um laço complicado, feito com uma faixa bem larga, de chamalote, ele vestia um agasalho bordado e tingido, de Iakutsk, e botas de pelos com ramagens. Tinha as unhas polidas, o colarinho era engomado, branquíssimo. Durante todo o ano de fuzilamentos de 1938, Bogdánov trabalhou como delegado do NKVD em um dos departamentos de Kolimá. Os amigos esconderam Bogdánov no lago Negro, numa área de prospecção carbonífera, quando os tronos do NKVD começaram a balançar e as cabeças dos chefes a rolar, um substituindo o outro. O novo chefe de unhas polidas chegou à taiga cerrada, onde, desde a criação do mundo, não havia nada, sequer poeira; chegou com a família, com a esposa e três filhinhos, um menor que o outro. Tanto os filhinhos quanto a esposa eram proibidos de sair da casa em que morava Bogdánov, de maneira que vi a família de Bogdánov só duas vezes: no dia da chegada e no dia da partida.

Víveres eram trazidos pelo almoxarife para a casa do chefe diariamente, e um barril de duzentos litros de álcool era empurrado pelos pobres trabalhadores para a morada do chefe, através de umas tábuas que formavam uma estradinha de madeira, montada em meio à taiga para tais situações. Pois o álcool é a principal coisa que se deve manter, como aprendeu Bogdánov em Kolimá. Um cão? Não, Bogdánov não tinha um cão. Nem um cão, nem um gato. Na prospecção havia um barracão de moradia, a tenda dos trabalhadores. Moravam todos juntos: os livres contratados e os *zek*[51] trabalhadores. Não havia diferença alguma entre eles, nem nos catres, nem nas coisas de uso doméstico, pois os livres, os presos de outrora, ainda não tinham adquirido malas, aquelas mesmas malas rústicas que os próprios detentos faziam, que todo *zek* conhecia.

Na tabela de horários — no "regime" —, tampouco havia qualquer diferença, pois o chefe anterior, que tinha aberto muitas e muitas lavras e que estava em Kolimá quase desde a criação do mundo, por algum motivo não aguentava mais todos os intermináveis "às ordens" e "a relatar". Na época de Paramónov — assim se chamava o primeiro chefe —, não tínhamos chamada; e mesmo assim nos levantávamos ao nascer do sol e nos deitávamos ao pôr do sol. Aliás, o sol polar não sumia do céu durante a primavera, no início do verão; que chamada poderia haver? A noite na taiga é curta. E nós não tínhamos sido ensinados a "saudar" o chefe. Aqueles que tinham sido ensinados esqueceram rapidamente aquele saber humilhante, e esqueceram com prazer. Por isso, quando Bogdánov entrou no barracão, ninguém gritou "atenção!", e um dos trabalhadores novatos, Ríbin, continuou a emendar sua capa de lona, que estava rasgada.

Bogdánov ficou indignado. Gritava que iria instaurar a ordem entre os fascistas. Que a política do poder soviético tinha duas faces: a corretiva e a punitiva. E por isso ele, Bogdánov, prometia empregar contra nós a segunda, de modo pleno, e garantia que a falta de escolha não nos ajudaria. Os

---

[51] Gíria do mundo criminal soviético, originária da abreviação da palavra *zakliutchónni*, "preso". (N. do T.)

moradores do barracão, os presos a quem Bogdánov se dirigia, eram cinco ou seis; mais provavelmente cinco, porque o quinto lugar era ocupado por dois guardas noturnos que se revezavam em turnos. Ao sair, Bogdánov agarrou a porta de madeira da tenda: ele queria bater a porta, mas a dócil lona apenas tremulou sem fazer ruído algum. Na manhã seguinte, foi lida uma ordem destinada a nós — cinco presos, mais um guarda ausente —, uma ordem, a primeira ordem do novo chefe.

Com uma voz alta e cadenciada, o secretário do chefe leu para nós a primeira obra literária do novo chefe: "A ordem nº 1". Paramónov, como se verificou, sequer tinha um livro de ordens, e um caderno novo, de matérias, pertencente à filha de Bogdánov, que estava em idade escolar, foi convertido no livro de ordens da região carbonífera.

"Tive a percepção de que os presos da região tornaram-se relaxados, esqueceram-se da disciplina do campo, o que se manifesta no ato de não se levantarem para a chamada e de não saudarem o chefe. Considerando essa infração das leis fundamentais do poder soviético, proponho categoricamente..."

Seguia a "tabela de horários", que Bogdánov trazia na memória desde seu último posto.

Essa mesma ordem instituía o posto de monitor e nomeava um faxineiro, que acumularia essa função a seu trabalho principal. As tendas foram divididas por cortinas de lona, que separavam os puros dos impuros. Os impuros tratavam aquilo com indiferença, mas os puros — os impuros de outrora — jamais perdoaram esse ato de Bogdánov. A ordem semeou a discórdia entre os trabalhadores livres e a chefia.

Bogdánov não entendia nada da produção, transferia tudo para os ombros do contramestre, e todo o afã administrativo do entediado chefe de quarenta anos foi direcionado contra os seis presos. A cada dia eram apontadas infrações, violações do regime do campo, que beiravam o crime. Na taiga, às pressas, usaram troncos para construir um xadrez, e o ferreiro Moissei Moisséievitch Kuznetsov recebeu a encomenda de uma fechadura de ferro para esse xadrez; a esposa do chefe doou seu próprio cadeado. O cadeado foi muito útil. Todo dia um dos presos era colocado no xadrez. Começaram a correr boatos de que logo seria convocada uma escolta, e também um batalhão de guarda.

Paramos de receber a vodca da ração polar. Foram instituídas cotas de açúcar e *makhorka*.

Toda noite algum *zek* era chamado ao escritório, e travava-se uma conversa com o chefe da região. Eu também fui chamado. Folheando minha polpuda ficha, Bogdánov lia trechos de inúmeros memorandos, ficando sobremaneira admirado com seu estilo e sua estrutura. E às vezes até parecia que Bogdánov tinha medo de desaprender a ler: na morada do chefe não havia um só livro, exceto uns poucos livrinhos infantis amassados.

De repente, vi que, para minha surpresa, Bogdánov estava muito bêbado, pura e simplesmente. O cheiro de perfume barato se misturava ao hálito de bebida. Seus olhos estavam turvos, opacos, mas sua fala era clara. Aliás, tudo que ele dizia era bastante banal.

No dia seguinte, perguntei a um dos livres, Kartachov, secretário do chefe, se era possível uma coisa dessas...

— Ora, mas você só percebeu agora? Ele fica bêbado o tempo todo. Todo dia, começando pela manhã. Não bebe muito de uma vez, mas quando sente que a embriaguez está para passar, toma mais meio copinho. Passada a embriaguez, mais meio copinho. Bate na mulher, o canalha — disse Kartachov. — É por isso que ela não sai. Tem vergonha de mostrar os roxos.

Não era só na mulher que Bogdánov batia. Socara Chatálin, socara Klimóvitch. A minha vez ainda não tinha chegado. Mas, uma vez, à noite, fui chamado de novo ao escritório.

— Para quê? — perguntei a Kartachov.

— Não sei. — Kartachov era tanto moço de recados, como secretário, como supervisor do xadrez.

Bati e entrei no escritório.

Bogdánov, sentado à mesa, penteava-se e embelezava-se diante de um espelho grande e escuro, que ele havia arrastado para o escritório.

— Ah, fascista — disse ele, virando-se para mim. Nem tive tempo de pronunciar a forma de tratamento exigida.

— Você vai trabalhar ou não? Seu testa. — "Testa" era uma expressão dos criminosos. Eram a fórmula e a conversa costumeiras...

— Eu trabalho, camarada chefe. — E essa era a resposta costumeira.

— Chegaram umas cartas para você, está vendo? — Fazia dois anos que eu não trocava cartas com minha mulher, não conseguia entrar em contato, não sabia qual tinha sido seu destino, o destino de minha filha de um ano e meio. E de repente a letra dela, a mão dela, as cartas dela. Não uma carta, mas cartas. Estendi meus dedos trêmulos para pegar as cartas.

Bogdánov, sem soltar as cartas de seus dedos, levantou os envelopes diante de meus olhos ressecados.

— Veja só o que eu faço com as suas cartas, seu fascista miserável! — Bogdánov fez em pedaços e jogou no fogareiro ardente as cartas de minha mulher, as cartas que eu esperara por mais de dois anos, esperara em meio ao sangue, aos fuzilamentos, às surras nas lavras de ouro de Kolimá.

Virei-me e saí sem a fórmula costumeira, "permissão para sair", e até hoje, passados muitos anos, a gargalhada ébria de Bogdánov ainda ecoa em meus ouvidos.

O plano não seria cumprido. Bogdánov não era engenheiro. Os trabalhadores contratados o odiavam. A gota d'água foi na verdade uma gota de álcool, pois o principal conflito entre a chefia e os trabalhadores residia no fato de que o barril era transportado para a casa do chefe e rapidamente secava. Podiam perdoar tudo a Bogdánov: a chacota que fazia com os presos, a sua incapacidade na produção, a sua soberba. Mas a questão interferiu na partilha do álcool, e a população do povoado engajou-se numa luta ora declarada, ora em surdina contra a chefia.

Numa noite de luar, no inverno, apareceu na região um homem à paisana; usava uma modesta *uchanka* e um velho casaco de inverno com uma gola preta, de pele de carneiro. A região ficava a vinte quilômetros da estrada, da via, da rodovia, e o homem fizera o caminho a pé, por um rio congelado. Depois de se despir no escritório, o recém-chegado pediu que acordassem Bogdánov. Bogdánov mandou responder que amanhã, receberia amanhã. Mas o recém-chegado era insistente, pediu que Bogdánov se levantasse, se vestisse e viesse para o escritório, explicando que havia chegado o novo chefe da região carbonífera, a quem Bogdánov deveria render o posto em 24 horas. Pediu que lessem a ordem. Bogdánov vestiu-se, saiu, convidou o recém-chegado para sua casa. O convidado recusou, declarando que assumiria imediatamente a região.

A novidade se espalhou num instante. O escritório ficou repleto de pessoas sem roupas.

— Onde fica o álcool de vocês?

— Comigo.

— Tragam para cá.

O secretário Kartachov trouxe o bujão juntamente com o faxineiro.

— E o barril?

Bogdánov pôs-se a balbuciar algo incompreensível.
— Muito bem. Chumbem o bujão. — O recém-chegado lacrou o bujão. — Alguém me dê papel para a ata.

Na noite seguinte, Bogdánov, barbeado, perfumado, balançando alegremente suas luvinhas de pelo tingido, partiu para o "centro". Estava completamente sóbrio.

— Esse não é aquele Bogdánov que ficava no departamento fluvial?

— Provavelmente, não. Não se esqueça de que nesse serviço eles trocam o sobrenome.

(1965)

O ENGENHEIRO KISSELIOV

Nunca entendi o coração do engenheiro Kisseliov. O jovem engenheiro de 33 anos, trabalhador enérgico, acabara de concluir o instituto e de chegar ao Extremo Norte para obter a prática obrigatória, de três anos. Era um dos poucos chefes que liam Púchkin, Liérmontov, Nekrássov — seu cartão de biblioteca era a prova disso. Mas, acima de tudo, não era do Partido, e, portanto, não viera ao Extremo Norte para verificar alguma coisa, de acordo com ordens de cima. Sem nunca antes ter se deparado com detentos ao longo de sua vida, Kisseliov sobrepujava em talento todos os demais carrascos.

Espancando pessoalmente os presos, Kisseliov dava o exemplo a seus capatazes, seus chefes de brigada, sua escolta. Depois do trabalho, Kisseliov não conseguia sossegar: ele andava de barracão em barracão, à procura de uma pessoa que ele pudesse ofender, socar, espancar impunemente. Havia duzentas dessas pessoas à disposição de Kisseliov. Essa obscura e sádica sede de homicídios vivia no coração de Kisseliov e, em meio ao despotismo e à arbitrariedade do Extremo Norte, ela teve vazão, pôde desenvolver-se, crescer. Mas a questão não era apenas derrubar — desse tipo de amador entre os chefes, grandes e pequenos, havia muitos em Kolimá, chefes cujas mãos coçavam, querendo aliviar a pressão, mas que um minuto depois já tinham se esquecido do dente que tinham arrancado, do rosto ensanguentado do detento. Este último se lembrava, pelo resto da vida, do dente arrancado pelo golpe do chefe. Não era apenas bater, mas derrubar e pisotear, pisotear o corpo quase inerte com suas botas chapeadas de metal. Não foram poucos os presos que levaram bem no rosto esses pedaços de ferro que ficavam na sola e no salto das botas de Kisseliov.

Hoje, quem é que estava estirado debaixo das botas de Kisseliov, quem estava sentado na neve? Zelfugárov. Era meu vizinho de cima no compartimento de vagão do trem que seguia, sem escalas, para o inferno, um menino de dezoito anos, de compleição fraca e musculatura exaurida, precocemente exaurida. O rosto de Zelfugárov estava coberto de sangue, e eu não teria reconhecido meu vizinho se não fosse pelas sobrancelhas, negras e em tufos: era mesmo Zelfugárov, o turco, o falsificador de dinheiro. Um falsário condenado pelo 59.12, e ainda vivo — nenhum procurador acreditaria nisso, nenhum agente de instrução, já que o Estado tinha uma única resposta para a falsificação de papel-moeda: a morte. Mas Zelfugárov era um menino de dezesseis anos quando se deu o inquérito.

— O dinheiro que nós fazíamos era muito bom. Idêntico ao verdadeiro — sussurrava Zelfugárov, emocionado pelas recordações, no barracão, uma tenda aquecida feita com uma armação de compensado coberta por uma lona impermeável (até esse tipo de invenção existe). O pai e a mãe de Zelfugárov tinham sido fuzilados, os tios também, e o menino ficou vivo; aliás, ele morreria logo, algo garantido pelas botas e pelos punhos do engenheiro Kisseliov.

Inclinei-me sobre Zelfugárov, e ele cuspiu na neve seus dentes arrancados. Seu rosto estava inchando a olhos vistos.

— Vá embora, vá embora, Kisseliov vai ver, vai ficar irritado — disse, cutucando-me nas costas, o engenheiro Vronski, engenheiro de minas de Tula, natural de Tvier; era um dos últimos modelos dos processos de Chákhti.[52] Um delator e um canalha.

Nós escalávamos os estreitos degraus talhados na montanha para alcançar o local de trabalho. Era o "talho" da mina, o túnel, cavado de acordo com o declive; muita pedra já tinha sido arrancada dali, por cordas — os trilhos desciam bem fundo, até as profundezas, onde sondavam, perfuravam, extraíam a rocha e a levavam até a superfície.

Tanto Vronski como eu, como Sávtchenko, carteiro em Harbin, como o maquinista Kriúkov — todos estávamos fracos demais para trabalharmos em galerias, para termos a honra de receber a picareta e a pá, além da ração "reforçada", que aparentemente se distinguia da nossa, de produção, por uma porção extra de mingau. Eu sabia bem o que era a escala de alimentação do campo, que conteúdo ameaçador se escondia nessas rações alimentares de incentivo, e não me queixava. Os demais — os novatos — debatiam acaloradamente a questão principal: que categoria de alimentação dariam a eles na próxima década — a ração e os cartões eram substituídos a cada dez dias. Qual? Para receber a ração reforçada estávamos fracos demais; fazia muito tempo que os músculos de nossos braços e pernas tinham virado algo como barbantes, como cordinhas. Mas ainda tínhamos músculos nas costas, no peito, ainda tínhamos pele e ossos, podíamos criar calos no peito para realizar os desejos do engenheiro Kisseliov. Todos os quatro tinham calos no peito e remendos brancos nos agasalhos sujos e rasgados, costurados na altura do peito, como se todos usassem o mesmo uniforme de prisioneiro.

---

[52] No processo de Chákhti, conduzido em 1928, um grupo de engenheiros que atuavam na região do Don foi acusado de sabotagem contra a economia soviética. Dos condenados, cinco foram fuzilados, sendo os demais enviados para campos de trabalho. (N. do T.)

O engenheiro Kisseliov101

Pelo túnel corriam trilhos, e por esses trilhos, com cordas, com cordões de cânhamo, nós descíamos vagonetas, que eram carregadas lá embaixo e puxadas para cima por nós. É claro que nós não conseguíamos arrastar essas vagonetas com as mãos, mesmo se todos os quatro puxassem juntos, ao mesmo tempo, como arrancam os cavalos de tração das troicas de Moscou. No campo, cada um puxa ou com metade da força, ou com força redobrada. No campo, não conseguem puxar todos juntos, com vontade. Mas nós tínhamos um mecanismo; era o mesmo mecanismo que já existia no Antigo Egito e que permitiu a construção das pirâmides. Pirâmides, e não uma mina, uma minazinha qualquer. É o sarilho para cavalos. Só que em vez de cavalos, ali se atrelavam pessoas — nós —, e cada um de nós apoiava-se com o peito em seu tronco, empurrava, e a vagoneta lentamente se arrastava para cima. Então, largando o sarilho, nós puxávamos a vagoneta até a leiva, descarregávamos, arrastávamos de volta, colocávamos nos trilhos e empurrávamos em direção à garganta negra do túnel.

Os calos sangrentos e os remendos no peito de cada um eram o rastro deixado pelos troncos do sarilho para cavalos, do sarilho egípcio.

Ali nos esperava, com as mãos na cintura, o engenheiro Kisseliov. Observava para garantir que ocuparíamos nossos lugares naquela parelha. Depois de terminar seu cigarro e de cuidadosamente pisar na ponta, de esmagá-la contra as pedras com suas botas, Kisseliov ia embora. E, ainda que nós soubéssemos que Kisseliov tinha esmigalhado a ponta de propósito, pisando nela para que não nos sobrasse um único punhadinho de tabaco — pois o contramestre tinha visto os olhos ávidos e injetados, as narinas dos detentos, inalando à distância a fumaça dos cigarros de Kisseliov —, mesmo assim não conseguimos nos conter e saímos correndo, nós quatro, em direção ao cigarro estraçalhado e destruído, tentando recolher pelo menos um punhadinho de tabaco, um grãozinho que fosse; mas é claro que não foi possível juntar nem uma migalha, nem um pedacinho. E ficamos todos com lágrimas nos olhos, e voltamos para nossas posições de trabalho, para os troncos surrados do sarilho para cavalos, para aquela frisa rotatória.

Foi Kisseliov, Pável Dmítrievitch Kisseliov, quem ressuscitou, em Arkagala, a cela de gelo dos tempos de 1938, talhada na rocha, no *permafrost*, uma cela de gelo. No verão, as pessoas eram despidas até ficarem só com a roupa de baixo — de acordo com as recomendações de verão do *gulag* — e colocadas nessa cela descalças, sem chapéu, sem luvas. No inverno, eram colocadas de roupa — de acordo com as recomendações de inverno. Depois de passar uma só noite nessa cela, muitos presos perderam a saúde para sempre.

Muito se falava de Kisseliov nos barracões, nas tendas. Os espancamentos metódicos, diários e mortais, pareciam, a muitos dos que não haviam passado pela escola de 1938, horríveis demais, insuportáveis.

Todos ficavam pasmos, ou surpresos, talvez ofendidos, pelo fato de que o chefe do destacamento participava pessoalmente dessas execuções diárias. Os detentos perdoavam facilmente os golpes, os cutucões dos soldados de escolta, dos carcereiros, perdoavam seus próprios chefes de brigada, mas sentiam-se envergonhados pelo chefe do destacamento, aquele engenheiro que não era do Partido. A atividade de Kisseliov causava embaraço até naqueles cujos sentimentos tinham sido embotados por muitos anos de prisão, que tinham visto de tudo, que tinham aprendido aquela imensa indiferença que o campo gera nas pessoas.

É horrível ver o campo de prisioneiros, e nenhum homem no mundo deveria conhecer o campo de prisioneiros. A experiência do campo é inteiramente negativa, cada minuto dela. O homem só piora. Nem pode ser de outro modo. No campo há muita coisa que um homem não deveria ver. Mas ver o ponto mais fundo da vida ainda não é a coisa mais terrível. A coisa mais terrível é quando o homem passa a sentir — para sempre — que esse ponto mais fundo é parte de sua própria vida, quando suas medidas morais são tiradas da experiência do campo, quando a moral dos *blatares* se sobrepõe à da vida em liberdade. Quando a razão do homem serve não apenas para justificar esses sentimentos do campo, mas serve a esses próprios sentimentos. Conheci muitos intelectuais — e não apenas intelectuais — que adotaram como limite secreto de seu comportamento em liberdade justamente os limites dos criminosos. São pessoas que travaram uma batalha contra o campo, e quem venceu foi o campo. Há também a assimilação da moral do "melhor roubar que pedir", essa diferenciação, forjada pelos bandidos, entre a ração pessoal e a do Estado. Essa relação excessivamente atrevida com tudo que é público. Há muitos exemplos de corrupção. A fronteira moral e os limites são muito importantes para o preso. É a questão mais importante da sua vida; tenha ele permanecido ou não um ser humano.

A distinção é muito sutil, e ninguém deveria sentir-se envergonhado pelas lembranças de ter sido um *dokhodiaga*, um "pavio", de ter corrido desesperado, remexendo nos montes de lixo, mas sim sentir-se envergonhado por assimilar a moral dos bandidos, mesmo que isso tenha proporcionado a possibilidade de sobreviver como bandido, de se passar por um "comunzinho" e de se comportar de tal maneira, que, graças a Deus, nem a chefia, nem os camaradas soubessem dizer se você era do artigo 58 ou do 162, ou de algum relativo a crimes no exercício da função, como peculato ou negligência. Resumindo, o intelectual quer ser uma Zoia Kosmodemiánskaia do campo,[53] quer ser um bandido entre os

---

[53] Zoia Anatólievna Kosmodemiánskaia (1923-1941), participante

bandidos, um criminoso entre os criminosos. Rouba, bebe, e até fica contente quando recebe uma sentença baseada em algum artigo "comum": a maldita marca do "crime político" é finalmente removida dele. Mas nele nunca houve nada de político. Não havia criminosos políticos no campo. Eram inimigos imaginários, inventados, com quem o governo lidava como se fossem inimigos legítimos: fuzilava, assassinava, matava de fome. A foice stalinista da morte ceifava a todos, sem distinção, nivelando com as requisições, as listas, o cumprimento do plano. Entre os mortos do campo havia o mesmo número de canalhas e de covardes que havia em liberdade. Todos eles eram pessoas fortuitas, fortuitamente transformadas em vítimas, vítimas que podiam ser escolhidas entre os indiferentes, entre os covardes, entre os cidadãos comuns, e até mesmo entre os carrascos.

O campo era uma imensa prova para as forças morais do homem, para a moral humana comum, e 99% das pessoas não eram aprovadas. Os que eram aprovados morriam juntamente com os que não eram aprovados, tentando ser melhores que todos, mais resistentes que todos — e apenas para si mesmos...

Era o outono profundo, caía uma nevasca densa. Um jovem pato, que se atrasara na migração, não conseguira lutar contra a neve e enfraquecera. No espaço aberto da mina haviam acendido um holofote, e o pato, enganado por aquele brilho frio, lançou-se, batendo suas asas encharcadas e pesadas, em direção ao holofote, como se fosse em direção ao sol, ao calor. Mas a chama fria do projetor não era a chama do sol, a chama que dá vida, e o pato desistiu de lutar contra a

---

do movimento *partisan* soviético durante a Segunda Guerra Mundial. Foi capturada pelos alemães e torturada, e acabou sendo enforcada por não entregar seus companheiros. Tornou-se símbolo da resistência à ocupação alemã. (N. do T.)

neve. O pato desceu no espaço aberto em frente ao túnel, onde nós — esqueletos vestindo agasalhos esfarrapados — fazíamos força com o peito contra os paus do sarilho, debaixo dos gritos de incitação dos soldados da escolta. Sávtchenko capturou o pato com as mãos. Ele o manteve aquecido dentro do casaco, junto a seu peito ossudo, secou suas penas com seu corpo faminto e frio.

— Vamos comer? — disse eu, embora o plural ali não tivesse qualquer razão de ser: aquela era a caça de Sávtchenko, sua presa, e não a minha.

— Não. É melhor entregar...

— Para quem? Para a escolta?

— Para Kisseliov.

Sávtchenko levou o pato para a casa em que morava o chefe do setor. A esposa do chefe do setor trouxe a Sávtchenko dois pedaços de pão, de uns trezentos gramas, e serviu uma panelinha inteira de um *schi*[54] ralo de repolho azedo. Kisseliov sabia acertar as contas com os presos, e ensinou isso à esposa. Decepcionados, nós engolimos aquele pão — Sávtchenko, o pedacinho maior, eu, o menor. Viramos a sopa.

— Teria sido melhor se nós mesmos tivéssemos comido o pato — disse Sávtchenko, tristemente.

— Não precisava ter trazido para Kisseliov — corroborei.

Tendo permanecido vivo por acaso depois do ano de extermínio de 38, eu não pretendia me condenar outra vez àquelas conhecidas torturas. Dia após dia, hora após hora, condenar-me às humilhações, às surras, à zombaria, às confrontações — com a escolta, com o cozinheiro, com o responsável pelos banhos, com o chefe de brigada, com qualquer chefe —, à luta infinita por um pedaço de qualquer coi-

---

[54] Tradicional sopa russa à base de repolho. (N. do T.)

sa que se pudesse comer, tudo para não morrer uma morte de fome, para sobreviver até o dia seguinte, um dia que seria exatamente igual ao anterior.

Precisei juntar os últimos resquícios de força de vontade que havia em mim — por mais abalada, extenuada e em frangalhos que ela estivesse — para acabar com toda aquela zombaria, mesmo que o preço a pagar fosse a vida. A vida não é uma aposta assim tão alta no jogo do campo de prisioneiros. Eu sabia que todos pensavam da mesma maneira, só não diziam. Eu tinha encontrado um jeito de nos livrar de Kisseliov.

Um milhão e meio de toneladas de semicoque — que, em termos de poder calorífico, não ficava a dever nada ao do Donbass: tal era o depósito carbonífero de Arkagala, a área carvoeira da região de Kolimá, onde as árvores foliáceas, deformadas pelo frio nos topos e pelo *permafrost* nas raízes, atingem a maturidade aos trezentos anos. Qualquer chefe em Kolimá sabia qual era o significado de tal reserva de carvão numa floresta como aquela. Por isso, a mais alta chefia de Kolimá estava sempre nas minas de Arkagala.

— Assim que algum chefe graúdo chegar a Arkagala, é dar uma na fuça de Kisseliov. Em público. Porque eles vão passar por todos os barracões, pela mina, não tem erro. É sair das fileiras e mandar a bofetada.

— E se atirarem quando você sair das fileiras?

— Não vão atirar. Não vão esperar por isso. Quando o assunto é receber bofetadas, a experiência dos chefes de Kolimá não é lá muito grande. E você não vai dar no chefe de fora, mas no seu contramestre.

— Alguma condenação vão dar.

— Vão dar uns dois anos. Por um cão desses não dariam mais que isso. Mas uns dois anos devem dar.

Dos veteranos de Kolimá, ninguém esperava voltar vivo do Norte: uma nova condenação não tinha qualquer signifi-

O engenheiro Kisseliov 107

cado para nós. Contanto que não nos fuzilassem, não nos matassem. E mesmo isso...

— E é claro que, depois da bofetada, vão tirar Kisseliov daqui, vai ser transferido, realocado. Entre a alta chefia uma bofetada não deixa de ser considerada uma desonra. Nós, presos, não pensamos assim, e Kisseliov provavelmente também não. Essa bofetada vai ressoar por toda a Kolimá.

Tendo assim devaneado sobre a coisa mais importante de nossas vidas junto ao fogareiro, junto à lareira que esfriava, trepei na parte de cima da tarimba, fui até meu lugar, onde estava mais quente, e adormeci.

Dormi e não tive sonho algum. De manhã, fomos levados para o trabalho. A porta do escritório abriu-se, e o chefe do setor atravessou a soleira. Kisseliov não era um covarde.

— Ei, você — gritou ele —, saia.

Saí.

— Quer dizer que vai ecoar por toda a Kolimá? Hein? Pois bem, atenção...

Kisseliov não me bateu, sequer levantou a mão para constar, para manter a própria honra de chefe. Ele se virou e foi embora. Eu teria que me portar com muito cuidado. Kisseliov não se aproximou mais de mim, não fez nenhuma reprimenda, apenas me excluiu de sua vida; mas eu sabia que ele não tinha esquecido nada, e às vezes sentia nas minhas costas o olhar de ódio do homem que ainda não conseguira conceber um meio de se vingar.

Fiquei muito tempo refletindo sobre o grande prodígio do campo: o prodígio do dedurismo, o prodígio da delação. Quando é que tinham me delatado a Kisseliov? Aquilo significava que o dedo-duro não tinha dormido de madrugada, só para correr até o quartel da guarda ou até a casa do chefe. Esgotado pelo trabalho do dia, o fervoroso dedo-duro roubou de si próprio o descanso noturno, torturou-se, sofreu e "demonstrou". Mas quem? Éramos quatro naquela conversa. Eu mesmo não tinha denunciado, sabia disso muito bem. Há certas situações na vida em que nem a própria pessoa sabe se denunciou ou não seus companheiros. Por exemplo, as infinitas declarações de arrependimento de qualquer desviacionista do Partido. Aquilo era ou não era uma delação? Não estou nem me referindo ao estado de consciência durante os interrogatórios feitos com o auxílio de um maçarico de solda incandescente. Isso também acontecia. Há até hoje em Moscou um professor, um buriate, que traz no rosto as cicatrizes do maçarico de solda, do ano de 37. Quem mais? Sávtchenko? Sávtchenko dormia do meu lado. O engenheiro Vronski. Sim, o engenheiro Vronski. Era ele. Eu precisava ter pressa, e escrevi um bilhete.

Na noite seguinte, vindo de carona, o médico detento Kúnin chegou de Arkagala, que ficava a onze quilômetros de distância. Eu o conhecera de passagem, num campo provisório uns anos antes. Depois de examinar os doentes e os sadios, Kúnin piscou para mim e foi na direção de Kisseliov.

— E então, como foi o exame? Em ordem?

— Sim, quase, quase. Tenho um pedido para lhe fazer, Pável Dmítrievitch.

— Fico feliz em ajudar.

— Libere o Andrêiev aqui para Arkagala. Eu dou o encaminhamento.

Kisseliov explodiu.

— Andrêiev? Não, quem você quiser, Serguei Mikháilovitch, menos Andrêiev. — E deu uma risada. — Ele é... Como lhe dizer de um modo mais literário?... meu inimigo pessoal.

Há duas escolas de chefes no campo. Uns consideram que todos os presos — e não só os presos, mas qualquer um que tenha incomodado pessoalmente o chefe — devem ser enviados para outro lugar, transferidos, expulsos do trabalho.

A outra escola considera que todos que cometem uma ofensa, todos os inimigos pessoais, devem ser mantidos bem perto, à vista, para que se verifique pessoalmente a eficácia das medidas punitivas concebidas pelo chefe, para satisfação de seu próprio orgulho, de sua própria crueldade. Kisseliov professava os princípios da segunda escola.

— Não ouso insistir — disse Kúnin. — Para falar a verdade, não foi de forma alguma para isso que eu vim. Aqui estão os registros, tenho uma quantidade bastante grande — Kúnin abriu uma valise de lona, amarrotada. — Os registros das surras. Eu ainda não assinei. Sabe, sobre essas coisas eu tenho uma opinião simples, "popular", por assim dizer. Não dá para ressuscitar os mortos, não dá para emendar os ossos quebrados. Mas não há mortos nesses registros. Estou falando de mortos para soar bonito. Não lhe desejo o mal, Pável Dmítrievitch, e poderia abrandar certos diagnósticos médicos. Não eliminar, mas abrandar, justamente isso. Expor o que aconteceu, mas de maneira mais branda. Mas, vendo seu estado de nervos, é claro que eu não quero inquietá-lo com um pedido pessoal.

— Não, não, Serguei Mikháilovitch — disse Kisseliov, segurando o ombro de Kúnin, que já se levantava do banco. — Mas por quê? Será que não dá para rasgar de uma vez esses registros idiotas? Porque foi por precipitação, juro. E depois, são uns tremendos de uns canalhas. Qualquer um fica louco.

— Quanto ao fato de que esses canalhas deixam qualquer um louco, tenho uma opinião particular, Pável Dmítrievitch. Mas os registros... É claro que não posso rasgá-los, mas posso abrandar.

— Então faça isso!

— Faria de bom grado — disse Kúnin, friamente, olhando bem nos olhos de Kisseliov. — Mas eu pedi para transferir um *zek* para Arkagala, unzinho, esse *dokhodiaga*, Andrêiev, e você nem quis ouvir. Deu risada e tudo...

Kisseliov ficou em silêncio.

— Mas vocês são todos uns miseráveis — disse ele. — Escreva o encaminhamento para o hospital.

— Isso quem fará é o enfermeiro do seu setor de acordo com a sua ordem — disse Kúnin.

Naquela mesma noite, com o diagnóstico de "apendicite aguda", fui transferido para Arkagala, para a zona principal de campo, e não vi mais Kisseliov. Mas não tinham se passado nem seis meses quando ouvi falar dele. Nas obscuras galerias de minas, um jornal farfalhava, ouviam-se risos. No jornal, estava impressa uma nota sobre a morte súbita de Kisseliov. Contavam pela centésima vez os detalhes, sufocando de alegria. De madrugada, um ladrão tinha entrado na casa do engenheiro, pela janela. Kisseliov não era um covarde, perto de sua cama ficava sempre pendurada uma espingarda de caçador, de dois canos, carregada. Ouvindo o ruído, Kisseliov saltou da cama e, engatilhando a arma, partiu para o cômodo vizinho. O ladrão, ao ouvir os passos do dono da casa, correu em direção à janela, perdendo um pouco de tempo na janela estreita.

Kisseliov golpeou o ladrão por trás com a coronha, como se faz nos combates defensivos corpo a corpo — de acordo com as regras de combate corpo a corpo ensinadas a todos os cidadãos livres durante a guerra, ensinadas por um método obsoleto. A espingarda disparou. A carga inteira voou na direção da barriga de Kisseliov. Duas horas depois, ele morreu: a menos de quarenta quilômetros não havia nenhum cirurgião, e não permitiram que Serguei Mikháilovitch, um preso, conduzisse aquela operação urgente.

O dia em que chegou à mina a notícia da morte de Kisseliov foi um dia de festa para os presos. Dizem até que a cota foi cumprida naquele dia.

(1965)

O AMOR DO CAPITÃO TOLLY

O trabalho mais fácil nas brigadas das galerias de ouro é o trabalho de tabueiro: é o carpinteiro que arma o passadouro de madeira, fixando com pregos as tábuas em cima das quais são empurrados os carrinhos com areia em direção ao tambor separador, ao aparelho de lavagem. Do passadouro central, "anteninhas" de madeira conduzem a cada uma das galerias. Tudo isso visto lá de cima, do tambor separador, é semelhante a uma centopeia gigante, achatada, ressecada e pregada eternamente à base da mina de ouro a céu aberto. O trabalho de tabueiro — um "kant" — é mais leve em comparação ao trabalho de mineiro ou de empurrador de carrinhos. As mãos de um tabueiro não levam os braços de um carrinho, ou uma pá, ou uma alavanca, ou uma picareta. Um machado e um punhado de pregos: estes são seus instrumentos. No importante, imprescindível e obrigatório trabalho de tabueiro o chefe de brigada geralmente revezava os trabalhadores, dando-lhes um descanso, ainda que pequeno. É claro que aqueles dedos, que tinham segurado com toda a força, como se fosse para sempre, a alça de uma pá ou o cabo de uma picareta, não iriam endireitar-se depois de um dia de trabalho leve; para isso seria necessário um ano ou mais de ócio. Mas há certa gota de justiça nesse revezamento entre o trabalho leve e o pesado. Não há turnos — quem está mais fraco tem uma chance maior de passar pelo menos um dia trabalhando como tabueiro. Não é preciso ser marceneiro ou carpinteiro para pregar pregos ou desbastar tábuas.

Pessoas com educação superior podiam perfeitamente dar conta daquele trabalho.

Em nossa brigada não havia revezamento desse "kant".

O posto de tabueiro da brigada era fixo, e ocupado por um só homem: Issai Rabinóvitch, ex-diretor do Serviço de Segurança Social da União Soviética. Rabinóvitch tinha 68 anos, mas era um velhinho forte, que tinha a esperança de suportar sua sentença de dez anos no campo. No campo, o trabalho mata, e por isso qualquer um que louve essa labuta do campo é um canalha ou um idiota. Morria gente de vinte anos, de trinta anos, um atrás do outro — era para isso mesmo que eram levados para essas zonas especiais —, e, enquanto isso, o tabueiro Rabinóvitch continuava vivo. Tinha certas relações com a chefia do campo, certos laços secretos, pois Rabinóvitch ora trabalhava temporariamente no setor administrativo, ora no escritório. Issai Rabinóvitch compreendia que cada dia, cada hora passada fora da galeria, para um velhinho, significavam vida, salvação, enquanto a galeria significava apenas perdição e morte. Não deveriam mandar para as zonas especiais velhinhos em idade de se aposentar. Foram os dados de registro de Rabinóvitch que o levaram para a zona especial, para a morte.

E ali Rabinóvitch obstinou-se, não quis morrer.

Certa vez, fomos trancafiados juntos, "isolados" no 1º de maio, como faziam todos os anos.

— Faz tempo que eu venho acompanhando você — disse Rabinóvitch, e inesperadamente fiquei satisfeito de saber que alguém estava me acompanhando, que alguém estava me estudando, e que não era um daqueles que tinham a obrigação de fazer aquilo. Sorri para Rabinóvitch com meu sorriso torto, os lábios cobertos de feridas e as gengivas dilaceradas pelo escorbuto. — Você pelo visto é um bom homem. Você nunca fala das mulheres de um jeito vulgar.

— Eu mesmo não acompanho muito o que acontece comigo, Issai Davídovitch. Mas será que mesmo aqui falam das mulheres?

— Falam, mas você não se envolve nesse tipo de conversa.

— Para falar a verdade, Issai Davídovitch, eu considero as mulheres melhores que os homens. Entendo a unidade que há na dualidade do ser humano, que o homem e a mulher são um só e assim por diante. E mesmo assim a maternidade é um ofício. Até o trabalho as mulheres fazem melhor que os homens.

— Verdade verdadeira — disse o vizinho de Rabinóvitch, o contador Beznójenko. — Em todos os batalhões exemplares, em todas as jornadas voluntárias dos sábados é melhor não ficar junto com uma mulher, ela vai atormentar, vai ficar apressando. Você vai parar para um cigarro, ela vai ficar irritada.

— E tem isso também — disse Rabinóvitch, distraído.

— Com certeza, com certeza.

— Veja só Kolimá. Muitas mulheres vieram para cá atrás de seus maridos. É um destino terrível. Os galanteios dos chefes, de todos aqueles grosseirões, infectados com sífilis. Você sabe de tudo isso melhor que eu. Mas nenhum marido veio atrás da esposa exilada e condenada.

— Fui diretor do Serviço de Segurança Social por pouquíssimo tempo — disse Rabinóvitch. — Mas o suficiente para "pegar uma dezena". Dirigi por muitos anos os fundos externos do Serviço. Entende do que estou falando?

— Entendo — disse eu irrefletidamente, pois eu não entendia.

Rabinóvitch sorriu de modo muito decente e muito cortês.

— Além do trabalho no exterior pelo Serviço... — e de repente, olhando em meus olhos, Rabinóvitch sentiu que nada daquilo me interessava. Pelo menos não antes do almoço.

A conversa recomeçou depois de uma colherada de sopa.
— Se quiser, posso contar um pouco de minha história. Vivi muito no exterior, e agora, no hospital onde fiquei internado, nos barracões em que morei, todos pediam para que eu contasse a mesma coisa: como, onde e o que eu comia lá. Assuntos gastronômicos. Os pesadelos, sonhos e devaneios gastronômicos. Gostaria de ouvir esse relato?
— Sim, eu também gostaria — disse eu.
— Muito bem. Sou um agente de seguros de Odessa. Trabalhei na "Rússia", havia lá uma agência de seguros com esse nome. Eu era jovem, tentava agir para com a chefia da maneira mais honesta e correta possível. Estudei línguas. Fui enviado ao exterior. Casei-me com a filha do chefe. Morei no exterior até a revolução. Meu chefe não ficou muito assustado com a revolução: ele, assim como Savva Morózov,[55] apoiava os bolcheviques. Eu estava no exterior quando se deu a revolução, com minha esposa e minha filha. Meu sogro morreu por acaso, não por conta da revolução. Eu tinha muitas relações, mas nenhuma dessas relações precisava muito da Revolução de Outubro. Você me entende?
— Sim.
— O poder soviético estava começando a erguer-se. Umas pessoas vieram me ver: a Rússia, a RSFSR[56] faria suas primeiras compras no exterior. Precisavam de crédito. E para receber crédito não bastavam as garantias do Banco Estatal. Mas bastava uma carta de recomendação da minha par-

---

[55] Savva Timofiêievitch Morózov (1862-1905), empreendedor russo que apoiou e financiou a facção bolchevique do Partido Social-Democrata Russo. (N. do T.)

[56] República Socialista Federativa Soviética da Rússia. Em 1924 o país adotou oficialmente o nome de URSS (União das Repúblicas Socialistas Soviéticas). (N. do T.)

te. Foi assim que eu coloquei em contato Kreuger,[57] o rei dos fósforos, e a RSFSR. Com algumas daquelas operações recebi a permissão para voltar à pátria, e então passei a me ocupar de certos assuntos delicados. Já ouviu falar alguma coisa da venda de Spitsbergen e do pagamento dessa venda?[58]

— Ouvi alguma coisa.

— Pois bem. Fui eu que carreguei o ouro dos noruegueses para a nossa escuna no Mar do Norte. Além dos fundos externos, recebi também uma porção de missões desse tipo. O governo soviético virou meu novo chefe. Servi da mesma maneira que na agência de seguros: honestamente.

Os olhos inteligentes e calmos de Rabinóvitch olhavam para mim.

— Vou morrer. Já sou velho. Vi a vida. Tenho pena de minha esposa. Ela está em Moscou. Minha filha também está em Moscou. Ainda não foram pegas em alguma batida em busca dos membros da família... Pelo visto, não vou conseguir vê-las. Elas sempre me escrevem. Mandam encomendas. Para você mandam? Mandam encomendas?

— Não. Eu escrevi dizendo que não precisavam mandar. Se eu sobreviver, será sem qualquer ajuda de fora. Será graças a mim mesmo.

---

[57] Ivar Kreuger (1880-1932), grande industrial sueco, chegou a controlar dois terços da produção mundial de fósforos antes da depressão de 1929. (N. do T.)

[58] Spitsbergen é uma das ilhas do arquipélago de Svalbard, localizado entre a Noruega e o Polo Norte. Concedido formalmente à Noruega pelo Tratado de Paris, em 1920, o arquipélago continuou a ser chamado de Spitsbergen pelos russos, que ainda tinham interesses econômicos nele durante o período de constituição do Estado soviético. A fala da personagem refere-se a rumores de que os soviéticos teriam feito um acordo extraoficial com o governo norueguês para a obtenção de uma indenização. (N. do T.)

— Há nisso qualquer coisa de cavaleiresco. Sua esposa e sua filha não vão entender.

— Não tem nada de cavaleiresco. E não é que você e eu estejamos além do bem e do mal, mas sim fora de tudo que há de humano. Depois de tudo que eu vi, não quero ficar em dívida com ninguém, nem mesmo com minha própria esposa.

— Um pouco confuso. Já eu escrevo e peço. As encomendas significam continuar por mais um mês numa função administrativa. Entreguei meu melhor terno para ter essa função. Você na certa achou que a chefia tinha ficado com pena de um velhinho...

— Eu achava que você tivesse alguma relação especial com a chefia do campo.

— Que eu era um dedo-duro, é isso? Mas quem é que precisa de um dedo-duro de setenta anos? Não, eu simplesmente dei um suborno, um suborno bem grande. E estou vivo. E não compartilhei com ninguém o saldo desse suborno; nem mesmo com você. Recebo, escrevo e peço.

Depois daquela reclusão de maio, voltamos para o barracão juntos, e ocupamos dois lugares vizinhos nas tarimbas do sistema de compartimento ferroviário. Não que tenhamos nos tornado amigos — é impossível fazer amigos no campo —, mas simplesmente tínhamos uma relação de respeito um com o outro. Eu tinha muita experiência no campo, e o velho Rabinóvitch tinha uma jovem curiosidade para com a vida. Percebendo que era impossível reprimir a minha raiva, ele passou a me tratar com respeito — com respeito, nada mais. Ou talvez fosse a nostalgia, típica dos velhos, daquele costume de contar a própria história num compartimento de trem para a primeira pessoa que encontrasse. A vida que se quer deixar na terra.

Não tínhamos medo dos piolhos. Bem na época em que conheci Issai Rabinóvitch, roubaram meu cachecol — era de algodão, claro, mas ainda assim um verdadeiro cachecol de malha.

Saíamos juntos para a revista, para a revista "sem o último", que era a maneira vivaz e terrível pela qual chamavam tais revistas nos campos. Revista "sem o último". Os carcereiros pegavam as pessoas, os soldados da escolta empurravam com a coronha, derrubando, tocando a multidão de maltrapilhos para descer a montanha de gelo, forçando-os para baixo; e quem não conseguisse, quem se atrasasse era agarrado pelas mãos e pelos pés, balançado e arremessado montanha de gelo abaixo. Tanto eu como Rabinóvitch tentávamos correr o mais rápido possível para baixo, aos saltos, entrar na linha, arrastar-nos até a área em que a escolta já aguardava, organizando aos murros a fila para o trabalho. Na maioria dos casos nós conseguíamos rolar para baixo com êxito, conseguíamos alcançar lentamente a galeria — e lá era o que Deus quisesse.

O último, aquele que se atrasava, que era arremessado da montanha, era amarrado a um trenó rústico e arrastado para o lugar de trabalho na galeria. Tanto eu como Rabinóvitch, felizmente, conseguimos escapar daquele passeio mortal.

O local para a zona do campo fora escolhido levando isso em consideração: era preciso voltar do trabalho pela montanha, trepando pelos degraus, agarrando-se aos restos de pequenas árvores desfolhadas e quebradas, escalando. Imaginava-se que, depois de um dia de trabalho na galeria de ouro, um homem não iria encontrar forças para escalar. E mesmo assim escalávamos. E, ainda que depois de meia, uma hora, chegávamos, arrastando-nos, aos portões do quartel da guarda, chegávamos à zona, aos barracões, a nossas moradas. No frontão dos portões, havia a inscrição costumeira: "O trabalho é questão de honra, glória, bravura e heroísmo". Íamos até o refeitório, tomávamos algo com nossas tigelas, íamos para o barracão e nos deitávamos. De manhã, começava tudo de novo.

Nem todos passavam fome ali — e nunca descobri o porquê disso. Quando esquentava um pouco, na primavera, começavam as noites brancas, e no refeitório do campo começavam a jogar o terrível jogo de "isca viva". Sobre a mesa vazia, colocavam uma porção de pão, depois se escondiam num canto e esperavam até que a vítima faminta, um *dokhodiaga* qualquer, se aproximasse, fascinada pelo pão, e tocasse, agarrasse aquela porção. Então todos saíam correndo do canto, das sombras, numa emboscada, e começava uma surra fatal sobre o ladrão, um esqueleto vivo; era um passatempo novo, que eu não tinha encontrado em lugar nenhum além da Djelgala. O organizador desse passatempo era o doutor Krivitski, um velho revolucionário, ex-vice do Comissariado do Povo para a Indústria de Defesa. Juntamente com o jornalista do *Izviéstia* Zaslávski, Krivitski era o principal organizador dessas sangrentas "iscas vivas", desses terríveis engodos.

Eu tinha um cachecol; de algodão, é claro, mas de malha, um cachecol legítimo. Um enfermeiro do hospital tinha me dado de presente quando recebi alta. Quando nosso comboio foi descarregado na lavra Djelgala, surgiu diante de mim um rosto cinzento, sem sorriso, recoberto de profundas rugas do Norte, com manchas de velhas queimaduras de frio.

— Vamos trocar!
— Não.
— Então venda!
— Não.

Todos os locais — e uns vinte deles tinham corrido em direção ao nosso veículo — olhavam para mim com assombro, espantados com minha irreflexão, com minha estupidez, com minha arrogância.

— Esse é o monitor, é o monitor do campo — alguém me soprou, mas eu balancei a cabeça. Naquele rosto sem sorriso, as sobrancelhas se ergueram. O monitor acenou para alguém, apontando para mim. Mas naquela zona não ousavam roubar, assaltar. Uma outra coisa era muito mais fácil, e eu sabia o que seria essa outra coisa. Amarrei o cachecol ao redor do pescoço com um nó e nunca mais tirei — nem nos banhos, nem de madrugada, nunca.

Seria fácil manter o cachecol, mas os piolhos atrapalhavam. Havia tantos piolhos no cachecol que ele se mexia quando, para sacudi-lo e expulsar os piolhos, eu o tirava por um minuto e colocava sobre a mesa, perto da lâmpada.

Por umas duas semanas, batalhei com as sombras dos ladrões, tentando me convencer de que eram sombras, e não ladrões. Duas semanas depois, na única vez em que eu, depois de pendurar o cachecol na tarimba, bem na minha frente, me virei para servir uma caneca de água, ele imediatamente desapareceu, tomado pela mão experiente de um ladrão. Fiquei tão cansado de lutar por aquele cachecol, tamanha era a força da tensão causada por aquele roubo iminente — roubo que eu sabia que aconteceria, que eu sentia, que eu quase via —, que até fiquei contente por não ter mais o que guardar. E, pela primeira vez desde a chegada na Djelgala, dormi profundamente, e tive um sonho bom. Ou talvez fosse porque milhares de piolhos tinham desaparecido, e o corpo tinha sentido um alívio imediato.

Issai Rabinóvitch acompanhou com compaixão minha batalha heroica. É evidente que ele não me ajudou a manter meu cachecol piolhento — no campo é cada um por si —, mas eu nem esperava sua ajuda.

Mas ele trabalhou alguns dias no setor administrativo, e me passou um talão alimentício, tentando me consolar por minha perda. E eu agradeci a Rabinóvitch.

Depois do trabalho, todos se deitavam imediatamente, estendendo por baixo do corpo a suja roupa de trabalho.
Issai Rabinóvitch disse:
— Queria um conselho seu a respeito de certa questão. Nada relativo ao campo.
— É sobre o general De Gaulle?
— Não, e não faça piadas. Recebi uma carta muito importante. Quer dizer, para mim é importante.
Espantei o sono que se aproximava, fazendo um esforço com todo o corpo, sacudindo-o, e comecei a ouvir.
— Já disse a você que minha esposa e minha filha estão em Moscou. Ninguém tocou nelas. Minha filha quer se casar. Recebi uma carta dela. E do noivo dela, aqui está — e Rabinóvitch tirou de debaixo do travesseiro um maço de cartas, um pacote de lindas folhas, escritas com uma letra precisa e veloz. Olhei com atenção: as letras não eram russas, mas latinas.
— Moscou permitiu que essas cartas me fossem encaminhadas. Você sabe inglês?
— Eu? Inglês? Não.
— Está em inglês. É do noivo. Ele está pedindo permissão para se casar com minha filha. Ele diz: meus pais já deram o aval, falta apenas o aval dos pais da minha futura esposa. Eu lhe peço, meu pai querido... E essa é a carta da minha filha. Papai, meu marido, o adido da marinha dos Estados Unidos da América, o capitão de primeira classe Tolly, é quem pede sua permissão para o nosso casamento. Papai, responda o quanto antes.
— Que absurdo é esse? — disse eu.
— Não é absurdo nenhum, é uma carta do capitão Tolly para mim. E uma carta da minha filha. E uma carta da minha esposa.
Rabinóvitch tateou devagar o interior de seu casaco, tirou de lá um piolho e o espremeu contra a tarimba.

O amor do capitão Tolly 121

— Sua filha está pedindo permissão para se casar?
— Sim.
— O noivo de sua filha, o adido da marinha dos Estados Unidos, o capitão de primeira classe Tolly, está pedindo permissão para se casar com sua filha?
— Sim.
— Então vá correndo até a chefia e apresente um requerimento para que permitam a você enviar uma carta urgente.
— Mas eu não quero dar a minha permissão para o casamento. Era sobre isso que eu queria o seu conselho. Fiquei absolutamente aturdido com aquelas cartas, com aquele relato, com aquele ato.
— Se eu permitir o casamento, nunca mais vou vê-la. Ela vai embora com o capitão Tolly.
— Escute, Issai Davídovitch. Logo você vai completar setenta anos. Eu o considero um homem sensato.
— É só o que estou sentindo, ainda não refleti sobre isso. Vou mandar a resposta amanhã. Está na hora de dormir.
— É melhor amanhã celebrarmos esse acontecimento. Vamos comer o mingau antes da sopa. E a sopa depois do mingau. Podemos também tostar o pão. Fazer umas torradas. Ou cozinhar o pão na água. Hein, Issai Davídovitch?

Nem mesmo um terremoto teria contido meu sono, o torpor que me dominou. Fechei os olhos e esqueci o capitão Tolly.

No dia seguinte, Rabinóvitch escreveu uma carta e jogou-a na caixa de correio perto do quartel da guarda.

Logo fui levado a juízo. Fui julgado e, um ano depois, trazido novamente para a mesma zona especial. Eu não tinha cachecol, mas aquele monitor já não estava mais lá. Cheguei ao campo como um *dokhodiaga* ordinário, um "homem-pavio" sem qualquer peculiaridade. Mas Issai Rabinóvitch me reconheceu e trouxe um pedaço de pão. Issai Rabinóvitch tinha se consolidado no setor administrativo, e aprendera a não pensar no dia de amanhã. A galeria tinha ensinado muito a Rabinóvitch.

— Pelo que me lembro, você esteve aqui quando minha filha se casou.

— Estive, e como não?

— Aquela história tem uma continuação.

— Diga.

— O capitão Tolly se casou com minha filha. Acho que foi aí que eu parei — começou a contar Rabinóvitch. Os olhos dele sorriam. — Passaram três meses juntos. Três meses de festa, e depois o capitão de primeira classe Tolly recebeu um encouraçado no oceano Pacífico e partiu para seu novo posto de serviço. Minha filha, a esposa do capitão Tolly, não recebeu permissão para sair do país. Stálin via esses casamentos com estrangeiros como uma ofensa pessoal, e, no Comissariado do Povo para Assuntos Externos, sussurraram para Tolly: vá sozinho, farrear por Moscou; você é jovem, o que é que prende você? É só se casar de novo. Resumindo, essa foi a resposta final: essa mulher vai ficar em casa. O capitão Tolly partiu, e por um ano não escreveu nenhuma carta. E um ano depois minha filha foi enviada para trabalhar em Estocolmo, na embaixada sueca.

— Como espiã ou o quê? No serviço secreto?

Rabinóvitch olhou para mim com ar de reprovação, condenando minha indiscrição.

— Não sei, não sei em que serviço. Na embaixada. Minha filha passou uma semana trabalhando por lá. Chegou um avião da América, e ela voou para encontrar o marido. Agora as cartas que eu vou esperar não serão mais de Moscou.

— E a chefia daqui?

— Os daqui têm medo, não ousam ter sua opinião acerca dessas questões. Veio um investigador de Moscou, me interrogou sobre esse caso. E foi embora.

A felicidade de Issai Rabinóvitch não parou por aí. Muito maior do que qualquer milagre foi o milagre da conclusão de sua sentença no prazo, dia por dia, sem desconto dos dias de trabalho. O organismo do ex-agente de seguros era tão resistente que Issai Rabinóvitch ainda trabalhou algum tempo como contratado em Kolimá, na função de inspetor financeiro. Não permitiram a ele que retornasse ao "continente". Rabinóvitch morreu uns dois anos antes do XX Congresso do Partido.

(1965)

A CRUZ

O padre cego atravessava o pátio, tateando com os pés o estrado fixado ao chão, semelhante a uma prancha de navio. Caminhava lentamente, quase sem tropeçar, sem desistir, roçando com as pontas das imensas e surradas botas do filho em seu caminho de madeira. Em ambas as mãos, o padre levava baldes contendo uma beberagem fumegante para suas cabras, que estavam trancadas num galpão baixo e escuro. Eram três cabras: Machka, Ella e Tônia. Os nomes tinham sido escolhidos de maneira deliberada, com diferentes sons consonantais. Geralmente apenas a cabra que ele chamava atendia; de manhã, na hora da distribuição do alimento, as cabras baliam desordenadamente, como loucas, enfiando, uma após a outra, o focinho pela fresta da porta do galpão. Meia hora antes, o padre cego as tinha ordenhado com um grande tarro, e levado o leite fumegante para casa. Na ordenha, era comum que ele, em sua eterna escuridão, errasse, e um fino jato de leite caísse fora do tarro, sem ruído; as cabras observavam alarmadas seu próprio leite, ordenhado diretamente no chão. Ou talvez nem observassem.

Ele errava muito não só porque era cego. Os pensamentos o atrapalhavam tanto quanto, e, apertando regularmente com sua mão quente a teta fria da cabra, ele costumava esquecer de si mesmo e de seu afazer, pensando na sua família.

O padre tinha ficado cego logo depois da morte do filho, soldado do Exército Vermelho, de um batalhão de defesa química, morto no *front* do Norte. O glaucoma, a "água amarela", agravou-se bastante, e o padre perdeu a visão. O padre tinha outros filhos — mais dois homens e duas mulheres —, mas esse, o do meio, era o favorito, e de certa forma o único.

O cuidado com as cabras, a alimentação, a limpeza, a ordenha — tudo isso o cego fazia sozinho, e esse trabalho desesperado e desnecessário era uma medida de assegurá-lo na vida: o cego se acostumara a ser o chefe de uma grande família, se acostumara a ter uma função e um lugar na vida, sem depender de ninguém, nem da sociedade, nem dos próprios filhos. Ele ordenou que a esposa anotasse cuidadosamente as despesas com as cabras e as receitas recebidas com a venda do leite de cabra durante o verão. Na cidade, compravam leite de cabra aos montes: ele era considerado especialmente útil para combater a tuberculose. O valor médico dessa crença não era grande, não muito maior que o das famosas rações de carne de filhote de cão preto, recomendadas por alguém para os doentes de tuberculose. O cego e sua esposa bebiam um ou dois copos de leite por dia, e o custo desses copos o padre também mandava anotar. No primeiro verão, revelou-se que a forragem custava muito mais caro que o leite obtido, e que ainda por cima o imposto sobre "animais miúdos" não era lá tão miúdo; mas a esposa do padre escondeu a verdade do marido, e disse-lhe que as cabras davam lucro. E o padre cego agradeceu a Deus por ter achado forças para, de algum jeito, ajudar sua esposa.

A esposa, que até 1928 era chamada por todos na cidade de "mãe", o que pararam de fazer em 1929 — as igrejas da cidade foram quase todas demolidas, e a catedral "fria", na qual Ivan, o Terrível, outrora rezara, foi transformada em museu —, a esposa tinha sido outrora tão corpulenta, tão gorda, que o próprio filho, que tinha uns seis anos, fazia manha e chorava, repetindo: "Não quero andar com você, tenho vergonha. Você é tão gorda". Fazia muito tempo que ela não era mais gorda, mas a obesidade, aquela insalubre obesidade dos doentes do coração, continuava em seu corpo imenso. Ela mal conseguia andar pela sala, movendo-se com dificuldade do fogareiro da cozinha até a janela da sala. No início, o padre pedia para que ela lesse alguma coisa para ele, mas a esposa nunca tinha tempo — faltavam sempre milhares de afazeres domésticos, precisava fazer a comida, a refeição para eles e para as cabras. A esposa do padre não ia às lojas: suas pequenas compras eram feitas pelos filhos dos vizinhos, para quem ela servia leite de cabra ou dava uma balinha qualquer.

Na beirada do forno russo ficava um caldeirão — um ferro fundido, como chamam esse vasilhame no Norte. O ferro fundido tinha uma borda quebrada, e a borda tinha sido quebrada no primeiro ano de casamento. A beberagem fervente para as cabras escorria do ferro fundido pela borda quebrada e se derramava na beirada do forno e pingava da beirada para o chão. Ao lado do ferro fundido, ficava um pequeno pote com mingau — o almoço do padre e de sua esposa: as pessoas precisavam de bem menos que os animais.

Mas mesmo as pessoas precisavam de alguma coisa.

Havia pouco o que fazer, mas a mulher se movia de modo excessivamente lento pela sala, segurando-se com as mãos na mobília, e, ao fim do dia, estava tão cansada que não encontrava forças para ler. Ela caía no sono, e o padre ficava irritado. Ele dormia muito pouco, embora se forçasse a dormir, dormir. Certa vez, seu segundo filho, que estava de licença e viera fazer uma visita, ficou amargurado com a situação do pai, e perguntou, aflito:

— Papai, por que você dorme dia e noite? Por que é que dorme tanto?

— Seu tolo — respondeu o padre —, no sonho eu enxergo...

A cruz

E o filho, até a morte, não conseguiu esquecer aquelas palavras.

Àquela época, a radiodifusão estava em sua infância: os receptores desmoduladores dos amadores chiavam, e ninguém ousava juntar o fio terra à bateria do aquecimento ou ao aparelho telefônico. O padre tinha apenas ouvido falar de receptores de rádio, mas entendia que seus filhos, espalhados pelo mundo, não poderiam, não conseguiriam juntar dinheiro sequer para comprar fones de ouvido para ele.

O cego não entendia bem por que, alguns anos antes, eles tinham precisado deixar a casa em que haviam morado por mais de trinta anos. A esposa tinha lhe sussurrado alguma coisa, de modo incompreensível, perturbado e irritado, com sua imensa boca desdentada, resmunguenta. A esposa nunca lhe disse a verdade: de como os policiais levaram pela porta de sua casa infeliz as cadeiras quebradas, a velha cômoda, a caixa com fotografias e daguerreótipos, o ferro fundido e os potinhos, além de alguns livros — os que haviam sobrado de uma biblioteca outrora imensa — e o baú em que ficava guardada a última coisa que tinham: uma cruz peitoral de ouro. O cego não entendeu nada, foi levado para a nova casa e permaneceu quieto, rezando a Deus em silêncio. As cabras, gritando, foram levadas para a nova casa, e um carpinteiro, um conhecido, acomodou-as no novo lugar. Uma cabra se perdeu em meio ao rebuliço: era a quarta cabra, Ira.

Os novos moradores daquela casa na beira do rio — um jovem procurador com uma esposa embonecada — esperavam no Hotel Central a notícia de que a casa estava livre. A casa do padre foi ocupada por um serralheiro e a família, que viviam na casa em frente, enquanto as duas moradias do serralheiro passaram ao procurador. O procurador municipal nunca tinha visto e nem chegaria a ver nem o padre, nem o serralheiro em cujo local de moradia ele fixara residência.

O padre e sua esposa raramente relembravam sua antiga casa — ele, porque era cego; ela, porque tivera muitas tristezas naquela casa, muito mais que alegrias. O padre nunca ficou sabendo que sua esposa, enquanto pôde, cozinhou pastéis e vendeu na feira, e passou o tempo todo escrevendo cartas a diversos de seus conhecidos e parentes, pedindo que ajudassem com qualquer coisa para o sustento dela e de seu marido cego. E por vezes o dinheiro chegava; era pouco dinheiro, mas mesmo assim podia-se comprar com ele feno e bagaço de semente para as cabras, quitar os impostos, pagar o pastor.

Deveriam ter vendido as cabras havia muito tempo: elas só atrapalhavam, mas ela tinha medo até de pensar nisso, já que aquela era a única ocupação de seu marido cego. E ela, lembrando-se do homem vivo e enérgico que seu marido fora antes da terrível doença, não conseguiu encontrar forças para falar com ele a respeito da venda das cabras. E tudo continuou como antes.

Ela também escrevia para os filhos, que já tinham crescido havia muito tempo e tinham suas próprias famílias. E os filhos respondiam às suas cartas: todos tinham suas preocupações, seus filhos; aliás, nem todos os filhos respondiam.

O filho mais velho renegara o pai havia muito tempo, ainda nos anos 20. À época, estava na moda renegar os pais: não foram poucos os escritores e poetas posteriormente famosos que começaram sua atividade literária com uma declaração semelhante. O filho mais velho não era nem um poeta, nem um miserável: apenas tinha medo da vida, e entregou a declaração ao jornal quando começaram a atormentá-lo no serviço com conversas a respeito de sua "origem social". A declaração não trouxe qualquer benefício, e ele carregou sua marca de Caim até o túmulo.

As filhas do padre tinham se casado. A mais velha morava em algum lugar no Sul, não provia a família de dinheiro, tinha medo do marido, mas mandava para casa cartas lacrimosas, repletas das suas desgraças, e a velha mãe respondia, chorando com as cartas da filha e tentando consolá-la. A filha mais velha enviava anualmente à mãe um pacote com algumas dezenas de quilos de uvas. O pacote demorava para chegar do Sul. E a mãe nunca escrevia à filha para contar que todo ano as uvas chegavam estragadas — do pacote inteiro, ela só conseguia escolher algumas frutinhas para o marido e para ela. E toda vez a mãe agradecia, agradecia humildemente e sentia vergonha de pedir dinheiro.

A segunda filha era enfermeira, e depois do casamento ela pretendia separar seu salário miserável e enviar ao pai cego. Seu marido, funcionário de um sindicato, aprovou sua intenção, e por uns três meses a irmã levou o ordenado para a casa dos pais. Mas depois do parto ela não pôde mais trabalhar, e passava dia e noite tomando conta de seus gêmeos. Logo ficou claro que seu marido, funcionário do sindicato, era um bêbado inveterado. No serviço, sua carreira logo decaiu, e em dois anos ele tinha se tornado agente de abastecimento, e mesmo nesse trabalho não conseguiu se manter por muito tempo. A esposa, com dois filhos pequenos, depois de ficar sem qualquer meio de subsistência, começou a trabalhar novamente, e batalhava como podia para manter, com o salário de enfermeira, os dois filhos pequenos e a si mesma. De que maneira ela poderia ajudar a velha mãe e o pai cego?

O filho mais novo não era casado. Ele até poderia viver com o pai e a mãe, mas decidira tentar a sorte sozinho. O irmão do meio deixara uma herança: uma espingarda de caça, uma Sauer quase nova, sem cão, e o pai mandou a mãe vender a arma por noventa rublos. Por vinte rublos, mandaram costurar duas novas camisas de cetim, estilo Tolstói, e ele partiu para a casa da tia em Moscou para trabalhar como operário numa fábrica. O filho mais novo mandava dinheiro para casa, de pouco em pouco, cinco ou dez rublos a cada mês, mas logo ele foi preso e exilado por sua participação num comício ilegal, e seu rastro se perdeu.

O padre cego e sua esposa sempre se levantavam às seis horas da manhã. A velha mãe acendia o fogo, o cego ia alimentar as cabras. Não havia dinheiro algum, mas a velha mulher conseguia pegar alguns rublos emprestados com os vizinhos. Mas era preciso devolver esses rublos, e já não havia o que vender — todos os utensílios domésticos, todas as toalhas de mesa, os lençóis, as cadeiras, tudo já tinha sido vendido havia muito tempo, trocado por farinha para as cabras ou cereais para a sopa. Ambas as alianças de casamento e o colarzinho de prata tinham sido vendidos no Torgsin[59] ainda no ano anterior. Apenas em ocasiões muito especiais faziam sopa com carne, e os velhinhos só compravam açúcar para festas. Às vezes, se alguém fizesse uma visita e deixasse um doce ou um pãozinho, a velha mãe pegava-os e levava para seu quarto, e lá os colocava nos dedos do marido, descarnados, nervosos e que se moviam continuamente. E ambos riam e beijavam um ao outro, e o velho padre beijava os dedos de sua esposa, dedos deformados pelo trabalho doméstico, inchados, rachados e sujos. E a velha mulher chorava e beijava a cabeça do velho, e eles agradeciam um ao outro por tudo de bom que haviam dado um ao outro na vida, e por aquilo que eles faziam um pelo outro naquele momento.

Toda noite o padre ficava em pé diante do ícone, rezava fervorosamente e agradecia a Deus por sua esposa, uma vez após a outra. Ele fazia aquilo diariamente. Nem sempre ele ficava de rosto voltado para o ícone, e então a esposa, arrastando-se para fora da cama, segurava-o pelos ombros e vira-

---

[59] Acrônimo de *Vsiesoiúznoie Obediniénie po Torgóvlie s Inostrántsami* [Associação Soviética de Comércio com Estrangeiros], rede estatal de lojas que trocavam moeda forte, ouro ou joias por víveres. (N. do T.)

va-o com o rosto na direção do ícone de Jesus Cristo. E o velho padre se irritava.

A velha tentava não pensar no amanhã. E afinal chegou o dia em que não havia nada para dar às cabras, e o padre cego despertou e começou a vestir-se, tateando em busca de suas botas debaixo da cama. E então a velha começou a gritar e a chorar, como se ela tivesse culpa pelo fato de que eles não tinham o que comer.

O cego calçou as botas e sentou-se em sua poltrona de oleado macia e remendada. Todo o restante da mobília tinha sido vendida fazia muito tempo, mas o cego não sabia disso — a mãe tinha dito que dera de presente para as filhas.

O padre cego permanecia sentado, recostado no espaldar da poltrona, em silêncio. Mas não havia confusão em seu rosto.

— Dê-me a cruz — disse ele, estendendo ambas as mãos e movendo os dedos.

A esposa foi manquitolando até a porta e passou o ganchinho. Juntos, eles ergueram a mesa e retiraram o baú de debaixo dela. A esposa do padre tirou uma chavinha de dentro de uma caixa de madeira com costuras e destrancou o baú, que estava cheio, cheio de tudo quanto era coisa: roupinhas dos filhos e das filhas, maços de cartas amareladas, que eles tinham escrito um para o outro quarenta anos antes, velas nupciais com adornos de arame, cujo ornamento de cera já caíra muito tempo antes, novelos de lã coloridos, montes de retalhos para fazer remendos. Bem no fundo, havia duas pequenas caixinhas, dessas em que costumam colocar condecorações, ou relógios, ou objetos preciosos.

A mulher suspirou, pesada e altivamente, aprumou-se e abriu a caixinha, em cuja almofadinha de cetim, ainda novinha, jazia a cruz peitoral com uma pequena escultura, a imagem de Jesus Cristo. A cruz era de um ouro avermelhado, de lei.

O padre cego tateou a cruz.

— Traga o machado — disse ele em voz baixa.

— Não precisa, não precisa — sussurrou ela, e abraçou o cego, tentando tomar a cruz de suas mãos. Mas o padre cego arrancou a cruz dos dedos nodosos e inchados de sua esposa, machucando sua mão e causando muita dor.

— Traga — disse ele —, traga... Por acaso Deus está nisso?

— Não vou... Faça você mesmo, se quiser.

— Sim, sim, eu mesmo, eu mesmo.

E a esposa do padre, meio ensandecida pela fome, saiu manquitolando em direção à cozinha, onde sempre ficavam o machado e uma tora seca, usada para escorar o samovar.

Ela trouxe o machado para a sala, tirou o ganchinho e começou a chorar, sem lágrimas, quase gritando.

— Não olhe — disse o padre cego, colocando a cruz no chão. Mas ela não conseguia não olhar. A cruz jazia ali, com a imagem virada para baixo. O padre cego tateou a cruz e ergueu o machado. Ele deu um golpe, e a cruz saltou, ressoando de leve contra o chão: o padre cego errara o alvo. O padre apalpou a cruz, e novamente colocou-a no mesmo lugar, e novamente levantou o machado. Dessa vez, a cruz cedeu, e foi possível arrancar um pedacinho dela com os dedos. O ferro era mais duro que o ouro: no fim, partir a cruz não foi nem um pouco difícil.

A esposa do padre já não chorava e não gritava, como se a cruz, agora feita em pedaços, tivesse deixado de ser algo sagrado, tivesse se tornado simplesmente um metal precioso, como uma pepita de ouro. Às pressas, e ainda assim lentamente, ela embrulhou os pedacinhos da cruz num trapinho e colocou-os de volta na caixinha de condecoração.

Ela pôs os óculos e examinou atentamente o gume do machado, para ver se não havia sobrado ali alguns grãozinhos de ouro.

A cruz

Quando tudo estava escondido e o baú tinha sido colocado em seu lugar, o padre vestiu sua capa de lona e seu chapéu, pegou o tarro e atravessou o pátio, ao longo do estrado, comprido e alongado, para alimentar as cabras. Ele demorou para voltar da ordenha; já era dia claro, e as lojas estavam abertas fazia tempo. As lojas do Torgsin, onde os víveres eram trocados por ouro, abriam às dez horas da manhã.

(1959)

O CURSO

Em primeiríssimo lugar:
O ser humano não gosta de relembrar as coisas ruins. Essa característica da natureza do homem torna a vida mais fácil. Verifique por si mesmo. Sua memória tende a reter o que é bom, luminoso, e esquecer o que é duro, sombrio. Nas situações duras da vida, não se faz amizade alguma. A memória de modo algum "entrega" com indiferença o passado inteiro, sem distinção. Não, ela escolhe aquilo com que é mais fácil e mais alegre viver. É como se fosse uma reação de defesa do organismo. Essa característica da natureza humana é, no fundo, uma deturpação da verdade. Mas o que é a verdade?

Dos meus muitos anos de vida em Kolimá, o melhor período foram os meses de estudo no curso de enfermagem no hospital de campo perto de Magadan. Todos os presos que estiveram por pelo menos um ou dois meses no quilômetro 23 da via de Magadan sustentam a mesma opinião.

Reuniram-se ali alunos vindos de todos os cantos de Kolimá: do norte e do sul, do oeste e do sudoeste. O sul mais ao sul ainda ficava bem ao norte do povoado litorâneo para o qual tinham vindo.

Os alunos dos departamentos mais distantes tentavam ocupar as tarimbas inferiores; não porque a primavera estivesse chegando, mas pela incontinência urinária que quase todos os prisioneiros "de minas" tinham. As manchas escuras das velhas queimaduras de frio nas bochechas eram parecidas com um estigma do Estado, com uma marca que Kolimá tinha estampado neles com ferro quente. No rosto daqueles provincianos havia o mesmíssimo sorriso lúgubre de indiferença, de uma raiva oculta. Todos os "mineradores" mancavam um pouco: tinham chegado próximo do polo do frio, tinham atingido o polo da fome. A missão de ir para o curso de enfermagem era uma aventura funesta. Cada um tinha a impressão de ser um camundongo, um camundongo semimorto que o gato do destino tinha soltado de suas garras e com que pretendia brincar um pouco. Muito bem, os camundongos também não têm nada contra esse jogo; desde que o gato soubesse disso.

    Os provincianos terminavam avidamente de fumar os cigarros de *makhorka* dos "janotas"; de qualquer maneira, eles não se atreviam a atirar-se para recolher as pontas na frente de todos, embora para as lavras de ouro e para as minas de estanho a caça livre pelos "novilhos" era um comportamento plenamente digno de um verdadeiro prisioneiro de campo. E, apenas ao ver que não havia ninguém ao redor, o provinciano apanhava rapidamente a ponta e metia no bolso, amassando-a com o punho para depois, nas horas vagas, enrolar um cigarro "avulso". Muitos "janotas" que tinham chegado havia pouco de além-mar — do navio, do comboio, mantinham a camisa, a gravata, o boné dos tempos de liberdade.

    Jenka Katz a todo instante tirava de seu bolso um espelhinho militar esmigalhado, e penteava cuidadosamente suas densas madeixas com um pentinho quebrado. Os provincianos de cabeça raspada achavam fátuo o comportamento de Katz, mas não o repreendiam, "não o ensinavam a viver": isso era proibido por uma lei tácita dos campos.

    Os alunos foram alojados em barracões limpos do tipo "compartimento de vagão trem"; ou seja, com tarimbas de dois andares com um lugar separado para cada. Dizem que essas tarimbas são mais higiênicas e ainda agradam aos olhos da chefia; e como não? Um lugar separado para cada. Mas os veteranos piolhentos que chegavam de lugares distantes sabiam que eles não tinham carne suficiente nos ossos para aquecer-se sozinhos, e que a luta contra os piolhos é igualmente difícil, tanto nos compartimentos como nas tarimbas contínuas. Os provincianos relembravam com saudade as tarimbas contínuas dos distantes barracões da taiga, o fedor e o abafado conforto das prisões provisórias.

Os alunos se alimentavam no mesmo refeitório em que a equipe do hospital comia. Os almoços eram muito mais encorpados que os das lavras. Os "mineradores" se aproximavam e pediam para repetir — e eles davam. Aproximavam-se uma segunda vez — e de novo o cozinheiro enchia calmamente a tigela estendida em sua direção pela janelinha. Nas lavras nunca era assim. Os pensamentos se moviam devagar pelo cérebro esvaziado, e uma decisão ia amadurecendo, ficava mais clara, mais categórica — era preciso ficar naquele curso a qualquer preço, virar um "estudante", fazer com que o dia de amanhã fosse parecido com o de hoje. O dia de amanhã era literalmente o dia de amanhã. Ninguém pensava em trabalhar como enfermeiro, numa qualificação médica. Tinham medo de projetar algo tão longínquo. Não, só o dia de amanhã, com aquele mesmo *schi* no almoço, com o linguado cozido, com o mingau de painço no jantar, com o cessar das dores das osteomielites, ocultas pelas *portiankas*[60] rasgadas e enfiadas em *burki* rústicas de algodão.

Os alunos já não podiam com os boatos, um mais alarmante que o outro, com as "latrinas" do campo. Ora diziam que não seria permitido aos presos com mais de trinta, quarenta anos fazer as provas. No barracão dos futuros alunos

---

[60] Pano para enrolar os pés e protegê-los do frio. (N. do T.)

O curso 137

havia gente tanto de dezenove, quanto de cinquenta anos. Ora se dizia que não abririam o curso em absoluto: tinham mudado de ideia, não havia recursos, e já no dia seguinte enviariam os alunos para trabalhos comuns e — o que era o mais terrível — devolveriam todos para o local prévio de habitação, para as lavras de ouro e para as minas de estanho.

E de fato no dia seguinte os alunos foram acordados às seis horas da manhã, enfileirados junto ao posto da guarda e mandados a uns dez quilômetros de distância para nivelar uma estrada. O trabalho de construtor de estradas, na floresta, com o qual sonhava qualquer preso das lavras, aqui pareceu a todos extraordinariamente pesado, ultrajante, injusto. Os alunos "trabalharam" de tal forma que no dia seguinte já não foram enviados.

Havia boatos de que a chefia proibira o ensino misto de homens e mulheres. De que as pessoas do artigo 58, parágrafo 10 (agitação antissoviética), até então reconhecido como um artigo plenamente "comum", não poderiam fazer as provas. Provas! Esta era a palavra principal. Porque deveria haver provas de admissão. As últimas provas de admissão da minha vida tinham sido as provas para entrar na universidade. Aquilo fazia muito, muito tempo. Eu não me lembrava de nada. As células do cérebro tinham passado um bom número de anos sem serem treinadas, as células do cérebro estavam passando fome, tinham perdido para sempre a capacidade de absorção e transmissão de conhecimento. Uma prova! Tive um sono intranquilo. Não conseguia achar uma solução. Uma prova com "o conteúdo de todas as séries". Era inacreditável. Aquilo não correspondia em absoluto com o trabalho em liberdade ou com a vida em reclusão. Uma prova!

Por sorte, a primeira prova foi de língua russa. Um ditado — uma página de Turguêniev — nos foi passado por um conhecedor da literatura russa que havia no local, o enfermeiro oriundo dos presos Borski. Borski me deu uma nota alta no ditado, e fui liberado da chamada oral de língua russa. Exatos vinte anos antes, na aula magna da universidade de Moscou, eu fizera um trabalho escrito — uma prova de admissão —, e tinha sido liberado de fazer exames orais. A história se repete: a primeira vez como tragédia, a segunda como farsa. Não era possível chamar o meu caso de farsa.

Devagar, com uma sensação de dor física, recompus as células da memória: algo importante, interessante, deveria revelar-se para mim. Junto com a alegria do primeiro sucesso, veio a alegria de rememorar: havia tempos eu me esquecera da minha vida, me esquecera da universidade.

A prova seguinte foi de matemática; um trabalho escrito. De maneira inesperada para mim, resolvi rapidamente o problema proposto na prova. Uma nervosa concentração já se manifestava, as forças que me restavam se mobilizaram e, de um modo prodigioso e inexplicável, deram a solução necessária. Uma hora antes ou depois da prova eu não teria conseguido resolver aquele problema.

Em todos os estabelecimentos de ensino possíveis existia uma matéria obrigatória e com reprovação, "A constituição da URSS". Porém, levando em consideração o "corpo discente", os chefes do KVO[61] da administração do campo eliminaram essa matéria espinhosa, para satisfação de todos.

A terceira matéria era química. A prova foi aplicada pelo antigo doutor em ciências químicas, antigo colaborador científico da Academia de Ciências da Ucrânia, A. I. Bóitchenko, na época diretor do laboratório hospitalar, um homem cheio de amor-próprio, trocista e pedante. Mas a questão não eram as qualidades humanas de Bóitchenko. A química era uma matéria que estava particularmente acima

---

[61] Acrônimo de *Kulturno-Vospitátelni Otdiel* [Seção Cultural-Educacional]. (N. do T.)

O curso

das minhas forças. Aprende-se química no ensino secundário. Passei pelo ensino secundário durante os anos de guerra civil. Acontece que o professor de química da escola, Sókolov, um antigo oficial, foi fuzilado na época em que a conspiração de Noulens[62] foi liquidada em Vólogda, e eu fiquei para sempre sem química. Eu não sabia do que era feito o ar, e lembrava a fórmula da água apenas pela antiga canção estudantil:

> Minha bota é de dar dó,
> deixa entrar $H_2 0$.

Os anos seguintes mostraram que se podia viver sem química, e eu já começava a esquecer toda essa história quando, de repente, aos quarenta anos de vida, fez-se necessário o conhecimento da química, e justamente de acordo com o programa da escola secundária.

Como eu, que tinha escrito no formulário "ensino secundário concluído, ensino superior inconcluso", explicaria para Bóitchenko que não tinha estudado justamente química?

Não recorri a ninguém para me ajudar, nem aos colegas, nem à chefia: minha vida, na prisão e no campo, ensinara que eu devia contar apenas comigo mesmo. Começou a "química". Até o dia de hoje me lembro daquela prova.

— O que são os óxidos e os ácidos?

Comecei a explicar de um jeito confuso e vacilante. Consegui lhe contar da fuga de Lomonóssov para Moscou, do fuzilamento do arrendatário Lavoisier, mas dos óxidos...

— Diga-me a fórmula da cal...

— Não sei.

---

[62] Joseph Noulens (1864-1936), embaixador francês na Rússia de 1917 a 1919. Manifestou-se contrário ao governo dos bolcheviques, por quem foi acusado de organizar diversos complôs e levantes. (N. do T.)

— E a fórmula da soda?
— Não sei.
— Por que você veio fazer a prova? E eu tenho que anotar as perguntas e respostas na ficha.

Fiquei em silêncio. Mas Bóitchenko não era jovem, entendia como eram as coisas. Insatisfeito, percorreu com os olhos a lista de minhas notas prévias: duas notas cinco.[63] Deu de ombros.

— Escreva o símbolo do oxigênio.

Escrevi um *H* maiúsculo.

— O que você sabe sobre a tabela periódica dos elementos criada por Mendeléiev?

Contei. Em meu relato havia pouco de "química" e muito de Mendeléiev. Sobre Mendeléiev eu sabia algumas coisas. E como não saber? Ele era o pai da esposa de Blok!

— Pode ir — disse Bóitchenko.

No dia seguinte, fiquei sabendo que tinha tirado três em química e que estava matriculado, estava matriculado, matriculado no curso de enfermagem do hospital central da Administração Nordeste dos Campos do NKVD.

Não fiz nada nos dois dias seguintes: fiquei deitado no leito, respirando o fedor do barracão e olhando para o teto coberto de fuligem. Começava um período muito importante da minha vida, extraordinariamente importante. Podia senti-lo com todo o meu ser. Eu estava tomando o caminho que poderia me salvar. Teria que me preparar não para a morte, mas para a vida. E eu não sabia o que era mais difícil.

Deram-nos papel: folhas enormes, chamuscadas nas bordas, rastros do incêndio do ano anterior, causado por uma explosão que destruíra totalmente a cidade de Nakhodka.

---

[63] No sistema educacional russo e soviético, a nota máxima é cinco. (N. do T.)

Com esse papel costuramos nossos cadernos. Deram-nos lápis e canetas.

Dezesseis homens e oito mulheres! As mulheres ficavam sentadas na parte esquerda da sala, mais perto da luz; os homens, à direita, onde era mais escuro. Um corredor de um metro de largura dividia a sala. Tínhamos mesas novinhas, estreitas, com uma pequena prateleira embaixo. No ensino secundário eu estudava em mesas exatamente como aquelas.

Mais tarde, aconteceu de eu ir parar no povoado de pescadores Ola; próximo à escola dos evenki[64] de Ola, havia uma carteira, e fiquei um longo tempo examinando aquela estrutura misteriosa, até finalmente perceber o que era: a carteira de Erisman.[65]

Não tínhamos nenhum manual, e, de material didático, apenas alguns cartazes de anatomia.

Aprender era um ato de heroísmo; ensinar, uma façanha.

Primeiro, os heróis. Nenhum de nós — nem as mulheres, nem os homens — pensava em se tornar enfermeiro para viver no campo despreocupadamente, para se tornar mais depressa um "avental".

Para alguns — eu, entre eles —, o curso era a salvação da vida. E, embora eu beirasse os quarenta anos, me dediquei por inteiro e estudei no limite das minhas forças, físicas e mentais. Além disso, esperava ajudar algumas pessoas, acertar com algumas pessoas contas de dez anos atrás. Tinha a esperança de me tornar um ser humano novamente.

Para outros, o curso daria uma profissão para a vida inteira, ampliaria os horizontes, teria um significado conside-

---

[64] Povo nativo do nordeste da Ásia. (N. do T.)

[65] Fiódor Fiódorovitch Erisman (ou Friedrich Huldreich Erismann, 1842-1915), médico sanitarista de origem suíça, introdutor da higiene na Rússia. Foi o inventor da carteira descrita por Chalámov neste trecho. (N. do T.)

rável para sua educação geral, proporcionaria uma posição social sólida no campo.

Na primeira mesa, no primeiro lugar junto à passagem, sentava-se Min Garípovitch Chabáiev, o escritor tártaro Min Chabai, condenado pelo artigo de agitação antissoviética, uma vítima do ano de 37.

Chabáiev falava bem o russo, anotava as aulas em russo, embora, como elucidei anos mais tarde, ele escrevesse prosa em tártaro. No campo, muitos escondem seu passado. É compreensível e lógico não apenas para os antigos investigadores e procuradores. Um escritor, como intelectual, como homem de trabalho mental, um "quatro-olhos", nos locais de reclusão sempre provoca ódio, tanto dos companheiros como da chefia. Chabáiev compreendera isso havia tempos, fazia-se passar por comerciante e não se metia nas conversas sobre literatura — em sua opinião, assim era melhor, mais tranquilo. Ele sorria para todos, e sempre estava mastigando alguma coisa. Foi um dos primeiros alunos a começar a inchar, a adquirir um aspecto inflado; os anos de lavra não tinham passado de graça para Min Garípovitch. Ele estava completamente enlevado com o curso.

— Você entende, eu tenho quarenta anos e só agora fiquei sabendo que o homem tem apenas um fígado. Eu pensava que tinha dois, já que tudo é em par.

A presença do baço no corpo humano levou Min Garípovitch ao absoluto êxtase.

Depois da libertação, Min Garípovitch não passou a trabalhar como enfermeiro, e sim voltou para o trabalho no setor de abastecimento, tão caro a seu coração. Tornar-se agente de abastecimento era uma perspectiva ainda mais brilhante que a carreira médica.

Ao lado de Chabáiev sentava-se Bokis, um letão de imensas proporções, futuro campeão de pingue-pongue de Kolimá. Ele tinha "aterrissado" no hospital fazia mais de um ano, primeiro como paciente, depois como auxiliar de enfermagem oriundo dos pacientes. Os médicos prometeram e arranjaram um diploma para Bokis. Já com o diploma de enfermeiro, Bokis saiu para a taiga, viu as lavras de ouro. A taiga era para ele um espectro medonho, mas ele não temia nela o que devia temer: a depravação de sua alma. É indiferença, mas ainda não é baixeza.

No terceiro lugar ficava sentado Buka, um soldado caolho da Segunda Guerra Mundial, condenado por pilhagem. Em três meses, a lavra expeliu Buka de volta, direto para o leito do hospital. Ter concluído o ensino primário, seu caráter complacente, a esperteza ucraniana: a combinação de tudo isso fez Buka ser aceito no curso. Com um olho, Buka via nas lavras mais do que muitos viam com dois; o mais importante ele via: que era possível construir seu destino longe do artigo 58 e de suas muitas variantes. No curso, não havia pessoa mais reservada que Buka.

Depois de uns dois meses, Buka trocou sua venda preta por um olho artificial. Mas o hospital não dispunha naquele momento de olhos castanhos, e foi preciso escolher um azul. Aquilo causava uma impressão forte, mas logo todos se acostumaram — antes até do próprio Buka — com os olhos de cores diferentes. Tentei consolar Buka com a história sobre os olhos de Alexandre Magno; Buka me ouviu polidamente — os olhos de Alexandre Magno tinham algo a ver com "política". Buka rosnou algo incompreensível e afastou-se para um lado.

O quarto, que se sentava num canto junto à parede, era Lábutov; assim como Buka, um soldado da Guerra Mundial. Operador de rádio, homem desenvolto e cheio de amor-próprio, ele fabricou um receptor em miniatura, com o qual ouvia as transmissões de rádio dos fascistas. Contou a um camarada, foi denunciado. O tribunal deu-lhe dez anos por AAS. Lábutov tinha o ensino secundário completo, adorava desenhar esquemas de todo tipo, semelhantes a mapas de estado-maior de imensas proporções, com setas, símbolos e o título das aulas; por exemplo, nas de anatomia: "Cirurgia", "Coração". Ele não conhecia Kolimá. Naquele dia de primavera em que nos mandaram para o trabalho, Lábutov inventou de tomar banho no fosso mais próximo, e nós só conseguimos detê-lo com muita dificuldade. Virou um bom enfermeiro, especialmente mais tarde, quando dominou os segredos da fisioterapia — o que não era difícil para ele, como eletricista e operador de rádio — e consolidou-se no trabalho em um laboratório de eletroterapia.

Na segunda fileira, sentavam-se Tchérnikov, Katz e Malínski. Tchérnikov era um menino cheio de si, sempre sorridente; também viera do *front*, condenado por algum artigo criminal. Nem pusera o pé em Kolimá; para o curso, viera do Maglag — o departamento municipal responsável pelos campos. Instruído o bastante para estudar, ele supôs, de modo justo, que não seria expulso do curso mesmo se houvesse infrações, e logo juntou-se com uma das alunas.

Jenka Katz, amigo de Tchérnikov, era um presinho comum, desenvolto, que apreciava ao extremo seus cachos exuberantes. Como veterano do curso, era complacente e não tinha autoridade alguma. Depois da conclusão do curso, já trabalhando na triagem ambulatorial, ao ouvir "Permanganato!" do médico que examinava o paciente, Jenka colocou sobre a ferida não uma gaze embebida com uma solução diluída de permanganato de potássio, mas cobriu a ferida com cristaizinhos de uma coloração violeta, escura. O paciente, que sabia bem como eram tratadas as queimaduras, não afastou os braços, não reclamou, não piscou. Era um morador antigo de Kolimá. A negligência de Jenka Katz livrou-o do trabalho por quase um mês. Em Kolimá, a sorte é algo raro. É preciso agarrá-la com firmeza e segurá-la enquanto há forças.

Malínski era o mais novo de todos na classe. Tinha dezenove anos; recruta do último ano da guerra, criado em tempos de guerra, com uma moral pouco firme, Kóstia Malínski foi condenado por pilhagem. O acaso o trouxera para o hospital, onde um tio seu, um clínico de Moscou, trabalhava como médico. O tio o ajudara a conseguir vaga no curso. No curso, Kóstia tinha pouco interesse. Sua natureza pervertida, ou talvez simplesmente a juventude, o impelia o tempo todo a aventuras no campo: obtenção de manteiga com talões falsos, venda de sapatos, viagens para Magadan. Sempre tinha que se explicar a respeito daquilo (será que apenas a respeito daquilo?) com os encarregados. Pois alguém devia ser um informante.

O curso rendeu a Kóstia uma profissão. Alguns anos depois, encontrei-me com ele no povoado de Ola. Lá, Kóstia se passava por um enfermeiro que concluíra o curso bienal do período de guerra, e eu involuntariamente poderia ser o motivo do desmascaramento de sua mentira.

Em 1957, peguei o mesmo ônibus que Kóstia em Moscou; chapéu de feltro, casaco macio.

— O que você está fazendo?

— Medicina, estou metido com medicina — gritou Kóstia para mim à despedida.

Os demais alunos eram pessoas dos departamentos de minas, pessoas com outros destinos.

Orlov era *litiorka*, condenado por um artigo designado por letra, ou seja, por uma *troika*, ou Comissão Especial.

O mecânico moscovita Orlov chegara ao fundo do poço nas lavras três vezes. Como escória, a máquina de Kolimá o expelira em direção ao hospital local, e de lá ele foi parar no curso. O que estava em jogo era sua vida. Orlov não queria saber de nada além das aulas, mesmo a medicina sendo infinitamente difícil para ele. Pouco a pouco ele se acostumou às aulas, e passou a confiar em seu futuro.

Professor de escola secundária, o geógrafo Sukhoventchenko era mais velho que Orlov: passava dos quarenta anos. Estava preso havia oito anos, dos dez que recebera — já faltava pouco. E ainda Sukhoventchenko era daqueles que saíram incólumes, fortalecidos — já tinha um trabalho tranquilo e podia sobreviver. Tivera seu tempo de *dokhodiaga* e permanecera vivo. Trabalhara como geólogo, coletor, ajudante do chefe da equipe. Mas todos esses benefícios podiam sumir repentinamente, como fumaça — para isso bastava que trocassem a chefia. Sukhoventchenko, afinal, não tinha diploma. E a lembrança dos anos de lavra estava fresca demais. Havia a possibilidade de receber uma autorização para entrar no curso. O curso estava previsto para oito meses — faltaria pouco para o fim da sentença. Iria adquirir uma profissão para o campo. Sukhoventchenko abandonou a equipe de geologia e foi aprender a ser enfermeiro. Mas não deu para médico: ou a idade já não era a certa, ou as qualidades de espírito eram diferentes. Após concluir o curso, Sukhoventchenko sentiu que não poderia tratar de ninguém, que não tinha força de vontade para tomar decisões. Diante dele estavam pessoas vivas, não pedras para serem coletadas. Depois de trabalhar um tempo como enfermeiro, Sukhoventchenko voltou à sua profissão de geólogo. Foi, portanto, um daqueles que haviam sido ensinados inutilmente. Sua honestidade e bondade estavam acima de qualquer suspeita. Temia a "política" como fogo, mas não denunciaria ninguém.

Silaikin não completara o primário, era um homem já idoso, tinha muita dificuldade no estudo. Se Kunduch, Orlov e eu a cada dia nos sentíamos mais confiantes, Silaikin tinha cada vez mais dificuldade. Mas ele continuava a estudar, contando com sua memória — tinha uma memória magnífica —, com sua habilidade de agir com esperteza, mas não apenas de agir com esperteza, como também de compreender as pessoas. Pelas observações de Silaikin, não havia em absoluto infratores, exceto pelos *blatares*. Todos os demais presos se comportavam em liberdade assim como todos os outros: roubavam do Estado tanto quanto, erravam tanto quanto, infringiam a lei tanto quanto aqueles que não haviam sido condenados pelos artigos do Código Penal e que continuavam a cuidar de seu trabalho. O ano de 37 frisou isso com ênfase especial, ao destruir qualquer garantia jurídica que os russos tivessem. Tornou-se impossível evitar a prisão, para qualquer um.

Infratores, tanto em liberdade como nos campos, havia só de um tipo: os *blatares*. Silaikin era inteligente, um grande entendedor do coração humano; condenado por estelionato, era, à sua maneira, um homem decente. Existe a decência que vem dos sentimentos, do coração. E existe a decência que vem da razão. O que faltava a Silaikin não era a convicção de ser honesto, mas o costume de ser honesto. Era direito porque entendia então que aquilo era vantajoso. Ele não fazia nada contra as regras porque entendia que não podia fazer isso. Não acreditava nas pessoas, e considerava a cobiça de cada um o principal motor do progresso social. Era espirituoso. Na aula de cirurgia geral, quando Meerson, um professor de enorme experiência, não conseguiu de forma alguma fazer os alunos entenderem a "supinação" e a "pronação", Silaikin levantou-se, pediu a palavra e esticou a mão, virada para cima em forma de concha: "sopinha, por favor"; depois virou a mão para baixo: "prosseguiu sem me servir". Todos — inclusive Meerson — memorizaram, possivelmente para a vida toda, o sombrio recurso mnemônico de Silaikin e apreciaram sua espirituosidade kolimana. Silaikin se deu muitíssimo bem nos exames finais, e trabalhou como enfermeiro na lavra. É possível que tenha trabalhado bem, porque era inteligente e "entendia a vida". "Entender a vida" era, em sua opinião, a coisa mais importante.

O mesmo grau de instrução tinha seu colega de mesa, Logvínov, Iliucha Logvínov. Logvínov, condenado por latrocínio, não sendo um *blatar*, caía cada vez mais sob a influência da reincidência criminal. Ele via com clareza a força dos *blatares* no campo, uma força tanto moral, quanto material. A chefia bajulava os *blatares*, temia os *blatares*. Os *blatares* viam o campo como sua "própria casa". Quase não trabalhavam, gozavam de diversos privilégios e, embora pelas costas deles fossem criadas listas para comboios de escolta às escondidas, e de quando em quando viesse um "corvo negro" com uma escolta e recolhesse os *blatares* mais dados a folias, sabiam que assim era a vida; nos novos lugares os *blatares* também viveriam bem. Nas zonas de punição eles também eram senhores.

Logvínov, que viera de uma família trabalhadora e cometera o crime na época da guerra, viu que havia apenas um caminho. O chefe do campo, ao ler o inquérito de Logvínov, convenceu-o a ir para o curso. Passou com dificuldade na prova, e começou a estudar de maneira ardente e desesperada. As matérias da medicina eram complicadas demais para Iliucha. Mas ele encontrou em si força espiritual para não abandonar, concluiu o curso e trabalhou diversos anos como enfermeiro-chefe de uma grande seção clínica. Ganhou a liberdade, casou-se, formou família. O curso abriu-lhe um caminho para a vida.

Estávamos na aula introdutória de cirurgia geral. O professor enumerava os nomes das pessoas que estavam na vanguarda da medicina no mundo.

— ... E recentemente um cientista fez uma descoberta revolucionária para a cirurgia, para a medicina em geral...

Meu vizinho curvou-se para a frente e disse:
— Fleming.
— Quem disse isso? Levante-se!
— Eu.
— Sobrenome.
— Kunduch.

O curso

— Sente-se.

Tive uma sensação de profundo ultraje. Eu sequer fazia ideia de quem era Fleming. Tinha passado quase dez anos na prisão e no campo, desde o ano de 37, sem jornais e sem livros, e não sabia nada além do fato de que a guerra tinha começado e terminado, de que existia uma tal penicilina, de que existia uma tal estreptocida.[66] Fleming!

— Quem é você? — perguntei a Kunduch pela primeira vez. Nós dois tínhamos chegado juntos do Departamento Ocidental de Redistribuição, ambos tínhamos sido enviados para o curso por nosso salvador em comum, o médico Andrei Maksímovitch Pantiukhov. Passamos fome juntos — ele menos, eu mais; mas nós dois sabíamos o que era a lavra. Não sabíamos nada um do outro.

E Kunduch contou uma história incrível.

Em 1941 ele foi designado chefe de um distrito fortificado. Os postos camuflados e as casamatas vinham sendo erguidas sem pressa, até que, numa manhã de julho, a neblina que havia na enseada dissipou-se, e a guarnição viu diante de si, bem próximo à costa, o encouraçado alemão *Almirante Scheer*. O navio aproximou-se ainda mais e disparou à queima-roupa contra todas as fortificações inacabadas, transformando tudo em cinzas e um monte de pedras. Kunduch recebeu dez anos. A história era interessante e instrutiva; nela havia somente um ponto obscuro: o artigo de Kunduch era AAS. Não podiam usar esse artigo com base numa falha descoberta pelo *Almirante Scheer*. Quando nos conhecemos melhor, fiquei sabendo que Kunduch tinha sido condenado no famigerado "caso NKVD", um dos processos em massa, públicos ou fechados, da época de Lavrenti Béria — o "caso de Leningrado", o "caso NKVD", o processo de Ríkov, o pro-

---

[66] Também chamada de sulfanilamida. Um dos primeiros antibióticos, era utilizado em casos de infecção nas vias respiratórias. (N. do T.)

cesso de Bukhárin, o "caso Kírov"; tudo isso eram "etapas do grande caminho".[67] Kunduch era um homem irascível, impetuoso, que nem sempre conseguia conter sua irritabilidade, mesmo no campo. Era um homem inegavelmente honesto, em especial depois de ter visto com os próprios olhos a "prática" dos locais de reclusão. Seu próprio trabalho num tempo não muito distante — o de chefe de seção em Leningrado junto a Zakóvski[68] — revelou-se diante dele em seu aspecto genuíno e verdadeiro. Sem perder o interesse pelos livros, pelo conhecimento, pela novidade, e sabendo apreciar o bom humor, Kunduch era um dos alunos mais fascinantes. Trabalhou por alguns anos como enfermeiro, mas depois de liberto passou a trabalhar como agente de abastecimento, virou diretor dos estivadores no porto de Magadan, até ser reabilitado e voltar para Leningrado.

Um amante dos livros — especialmente das notas e dos comentários —, que nunca deixava passar algo impresso em letras miúdas, Kunduch possuía conhecimentos amplos, mas dispersos, debatia com prazer qualquer tema abstrato e tinha

[67] O "caso de Leningrado" foi uma série de processos conduzidos entre o fim dos anos 1940 e o início dos anos 1950; nele foram condenados por conspiração e atividade antissoviética os membros do Partido Aleksei Aleksándrovitch Kuznetsov (1905-1950), Nikolai Aleksêievitch Voznessiênski (1903-1950) e Piotr Serguêievitch Popkov (1903-1950), entre outros. O "caso NKVD" e os processos de Aleksei Ivánovitch Ríkov (1881-1938) e Nikolai Ivánovitch Bukhárin (1888-1938) fazem parte do chamado Terceiro Processo de Moscou, em que foram condenados diversos líderes do Partido e da polícia política, entre eles Guênrikh Grigórievitch Iagoda (1891-1938). O "caso Kírov" refere-se ao assassinato de membro do Partido Serguei Mirónovitch Kírov (1886-1934), episódio que desencadeou a primeira onda de repressões dos anos 1930. (N. do T.)

[68] Leonid Mikháilovitch Zakóvski (Guênrikh Ernéstovitch Stubis, 1894-1938), agente do NKVD. Participou ativamente das repressões de Stálin, mas acabou fuzilado no auge do Terror. Não foi reabilitado postumamente. (N. do T.)

uma opinião própria a respeito de todas as questões. Toda a sua natureza protestava contra o regime do campo, contra a violência. Provou sua própria coragem mais tarde, numa ousada viagem para se encontrar com uma moça, uma prisioneira — era espanhola, filha de um dos membros do governo de Madri.

Kunduch era de compleição débil. Todos nós, é claro, comíamos gatos, cães, esquilos, gralhas e, é claro, carniça de cavalo, se conseguíssemos arranjar. Mas depois de virar enfermeiros, não fazíamos mais isso. Kunduch, ao trabalhar no setor de neurologia, cozinhou um gato no esterilizador e o comeu sozinho. Conseguiu abafar o escândalo com dificuldade. Na lavra, Kunduch conhecera a Senhora Fome, e ele se lembrava bem do rosto dela.

Será que Kunduch contara tudo a respeito de si mesmo? Quem sabe? Mas para que saber? "Se não acredita, entenda como uma fábula." No campo não fazem perguntas nem sobre o passado, nem sobre o futuro.

À minha esquerda ficava sentado Barateli, um georgiano, condenado por algum crime de peculato. Falava mal o russo. No curso, encontrou um conterrâneo, o professor de farmacologia; achou apoio tanto material como moral. Chegar tarde da noite na "cabine" de uma seção hospitalar, onde é seco e quente como numa floresta de coníferas no verão, beber chá com açúcar até se fartar ou comer sem pressa um mingau de cevadinha com grossos fios de óleo de girassol, sentir uma felicidade doída e relaxante em todos os músculos, que vão voltando à vida: acaso isso não é o extremo das maravilhas para um homem que veio da lavra? Barateli estivera na lavra.

Kunduch, Barateli e eu nos sentávamos na quarta mesa. A terceira mesa era mais curta que as outras — ali havia a saliência de um fogão de azulejos —, e nessa mesa ficavam duas pessoas, Serguêiev e Petrachkévitch. Serguêiev era um "comunzinho", que trabalhava na prisão como agente de abastecimento — ele não precisava muito da escola de enfermagem. Era desleixado com os estudos. Nas primeiras aulas práticas de anatomia no necrotério — se havia uma coisa que não faltava eram cadáveres à disposição dos alunos — Serguêiev desmaiou e foi excluído do curso.

Petrachkévitch não desmaiaria. Tinha vindo da lavra, e ainda por cima era um *líternik*, do artigo KR.[69] Era uma sigla bem comum no ano de 37: "condenado como membro da família", e nada mais. Desta maneira, receberam "sentenças" filhos, pais, mães, irmãs e outros parentes dos condenados. O avô de Petrachkévitch (o avô, não o pai!) era um notório nacionalista ucraniano. Por esta razão em 1937 fuzilaram o pai de Petrachkévitch, um professor ucraniano. O próprio Petrachkévitch, aos dezesseis anos, em idade escolar, recebeu "dez *rokiv*",[70] "como membro da família".

Mais de uma vez percebi que a reclusão, especialmente no Norte, de certa forma conserva as pessoas: seu crescimento espiritual e suas capacidades ficam estagnadas no nível que tinham à época do aprisionamento. Essa anabiose dura até a libertação. Uma pessoa que tenha passado vinte anos na prisão ou no campo não adquire a experiência de uma vida normal: um menino permanece um menino; um sábio, apenas um sábio, mas nunca mais sábio.

Petrachkévitch tinha 24 anos. Ele corria pela classe, gritava, colava uns papeizinhos nas costas de Chabáiev ou de Silaikin, soltava aviõezinhos, dava risada. Respondia aos professores com todas as artimanhas estudantis. Mas era um bom rapaz, tornou-se um ótimo enfermeiro. Fugia da "política" como o diabo da cruz, e tinha medo de ler jornais.

[69] Atividade contrarrevolucionária. (N. do T.)

[70] Chalámov emprega aqui uma forma declinada do substantivo ucraniano *rik*, "ano". (N. do T.)

O curso

O organismo do menino não era forte o suficiente para Kolimá. Petrachkévitch morreu de tuberculose alguns anos depois, sem conseguir sair dali e voltar para a Terra Grande.

Havia oito mulheres. A veterana era Muza Dmítrievna. No passado, fora funcionária do Partido ou, mais provavelmente, de um sindicato, uma ocupação que deixa uma marca indelével em todos os hábitos, modos e interesses. Tinha uns 45 anos, e tentava justificar a confiança da chefia. Usava uma *katsaveika*[71] de veludo e um bom vestido de lã. Durante a guerra, uma quantidade enorme de roupas de lã americana tinha sido doada para os habitantes de Kolimá. É claro que esses presentes não chegavam até as profundezas da taiga, até as lavras, e já na costa a chefia local tentava arrancá-los, pedindo ou simplesmente tomando dos presos os casacos e malhas. Mas alguns dos moradores de Magadan ficaram com esses "trapos". Muza também os guardou.

Ela não se intrometia nos assuntos do curso, restringindo seu poder apenas ao grupo das mulheres. Muza fez amizade com a aluna mais nova do curso, Nádia Iegôrova, protegendo Nádia das tentações do mundo do campo. Nádia não se deixou controlar tanto por Muza, que não conseguiu impedir o impetuoso desenrolar de um romance entre Nádia e um cozinheiro do campo.

— O caminho para o coração de uma mulher passa pelo estômago — repetia sempre Silaikin, satisfeito. Diante de Nádia e de sua vizinha Muza começaram a aparecer refeições dietéticas: todo tipo de bolinho de carne, bifes de alcatra, panquecas. As porções eram duplas, às vezes até triplas. As investidas duraram pouco, Nádia cedeu. Muza, agradecida, continuou a proteger Nádia — agora não mais do cozinheiro, mas da chefia do campo.

Nádia não ia bem nos estudos. Mas ela compensava na

---

[71] Espécie de casaco tradicional feminino. (N. do T.)

brigada cultural. A brigada cultural, o clube de arte amadora, era o único lugar do campo em que permitiam que homens e mulheres se encontrassem. E, embora o olhar alerta da vigilância do campo acompanhasse tudo, de maneira a evitar que as relações entre homens e mulheres ultrapassasse o limite do permitido, era preciso, de acordo com o costume local, provar o adultério de forma tão convincente quanto o fez, no *Bel-Ami* de Maupassant, o comissário de polícia. Os carcereiros observavam, ficavam à espreita. Nem sempre tinham paciência, pois, como disse Stendhal, o cativo pensa mais em suas grades que o guardião da prisão em suas chaves. A vigilância relaxava.

Embora nem mesmo na brigada cultural fosse possível contar com o amor em sua variante mais antiga, mais eterna, ainda assim os ensaios eram como que um outro mundo para os presos, um mundo mais semelhante àquele em que eles outrora viveram. Tal consideração não era de pouca importância, embora o cinismo do campo não permitisse que admitíssemos tais sentimentos. Eram plenamente reais as pequenas vantagens obtidas por um membro da brigada cultural: uma inesperada remessa de *makhorka*, de açúcar. A permissão de não cortar os cabelos não era algo irrelevante no campo. Por um corte de cabelo surgiam muitas pelejas e escândalos, cujos participantes não eram em absoluto atores e ladrões...

Iákov Zavodnik, homem de cinquenta anos, antigo comissário do *front* de Koltchak[72] (colega de classe de Zeliénski, secretário do comitê moscovita do Partido, fuzilado du-

---

[72] O almirante Aleksandr Vassílievitch Koltchak (1874-1920) foi um dos líderes do Exército Branco durante a Guerra Civil. Chegou a ser proclamado Chefe Supremo do Governo Provisório Russo, que, situado em Omsk, no sudoeste da Sibéria, rivalizou brevemente com o governo bolchevique de Moscou. (N. do T.)

rante o processo de Ríkov), ameaçou com um atiçador os barbeiros do campo, e por causa de seus cabelos foi parar numa lavra de punição. Mas o que era aquilo? Por acaso a força de Sansão não era uma lenda? Qual seria o motivo de tamanha fúria? Estava claro que seu lado psíquico fora prejudicado pelo desejo de afirmar-se, ainda que em algo pequeno, insignificante — mais uma evidência do grande deslocamento das escalas.

A monstruosidade da vida na prisão — a vida separada de homens e mulheres — na brigada cultural se atenuava um pouco. No fim das contas isso também era um engano, mas mesmo assim nos era mais caro que as "verdades baixas".

Qualquer um que cantasse mais ou menos, que tivesse declamado poesias em casa e participado de espetáculos domésticos, que arranhasse o bandolim ou dançasse sapateado "teria uma chance" de ir parar na brigada cultural.

Nádia Iegôrova cantava no coral. Não sabia dançar, movia-se no palco de maneira desajeitada, mas ia sempre aos ensaios. Sua agitada vida pessoal tomava muito do seu tempo.

Eliena Serguêievna Melodze, uma georgiana, também era "membro da família" de seu marido fuzilado. Com a alma profundamente perturbada pela prisão do marido — Melodze ingenuamente achava que ele era culpado de alguma coisa —, acalmou-se quando ela mesma foi parar na prisão. Tudo tornou-se claro, lógico, simples: como ela, havia dezenas de milhares.

A diferença entre o canalha e o homem honrado consiste no seguinte: quando o canalha vai parar na prisão injustamente, ele acredita que apenas ele não é culpado, e que todos os demais são inimigos do Estado e do povo, criminosos e miseráveis. O homem honrado, ao ir parar na prisão, acredita que, uma vez que puderam colocá-lo atrás das grades injustamente, o mesmo pode ter acontecido com seus colegas de tarimba.

Aqui

Hegel e a sabedoria dos livros
E o sentido de toda a filosofia[73]

resume os acontecimentos de 1937. Melodze recuperou a calma de espírito, o temperamento alegre e constante. Melodze escapou de ser enviada para trabalhos pesados no Elguen, na "missão" feminina da taiga. E então ela foi para o curso de enfermagem. Acabou não virando uma profissional da medicina. Depois da libertação — sua pena terminou no início dos anos cinquenta —, ela, assim como todos que foram libertos à época, foi "inscrita" como habitante vitalícia de Kolimá. Casou-se.

Ao lado de Melodze ficava a jovial e risonha Gálotchka Bazárova, uma moça condenada por algumas contravenções na época da guerra. Gálotchka sempre ria, até gargalhava, o que não lhe favorecia nem um pouco: tinha dentes excepcionalmente imensos. Mas isso não a embaraçava. O curso rendeu a ela a profissão de enfermeira cirúrgica, e por longos anos após a libertação ela trabalhou no hospital de Magadan; lá, com seu primeiro salário, colocou nos dentes coroas de aço inoxidável e imediatamente ficou mais bonita.

Atrás de Bazárova ficava Aino, uma finlandesa de dentes brancos. Sua sentença começara no inverno de 1939-40. Tinha aprendido russo depois de ser presa, e, por ser uma moça trabalhadora, cuidadosa como todos os finlandeses, atraíra a atenção de um dos médicos, conseguindo vir para

---

[73] Versos do poema "Doutrina", de Heinrich Heine (1797-1856), na tradução de Aleksei Nikoláievitch Pleschéiev (1825-1893). O original alemão diz: "Das ist die Hegel'sche Philosophie,/ Das ist der Bücher tiefster Sinn!". (N. do T.)

o curso. Tinha dificuldade nos estudos, mas estudou e conseguiu se formar como enfermeira... Gostava da vida no curso.

Ao lado de Aino ficava uma mulher pequena. Não consigo me lembrar nem do nome, nem do rosto dela. Era ou alguma agente infiltrada, ou de fato a sombra de uma pessoa.

No banco seguinte ficava sentada Marússia Dmítrieva, amiga de Tchérnikov, e sua colega Tamara Nikíforova. Ambas haviam sido condenadas com base em artigos comuns, ambas tinham sido poupadas de passar pela taiga, ambas estudavam com afinco.

Ao lado delas, ficava Vália Tsukánova, de olhos negros, uma cossaca de Kuban, paciente do hospital. Nas primeiras aulas ela ainda usava o avental hospitalar. Tinha passado pela taiga, e ia extremamente bem nos estudos. Os rastros da fome e das doenças demoraram a sair de seu rosto, mas, quando saíram, revelou-se que Vália era uma bela mulher. Quando recuperou as forças, começou a "andar de amores", sem esperar pela conclusão do curso.

Muitos a cortejavam, mas sem sucesso. Envolveu-se com um ferreiro, e corria para encontrá-lo na forja. Depois de liberta, trabalhou muitos anos como enfermeira num destacamento isolado.

Nós queríamos aprender, e nossos professores queriam ensinar. Sentiam saudades da palavra viva, de transmitir o conhecimento, o que lhes fora proibido e que antes da prisão constituíra o sentido de suas vidas. Mestres, docentes, pesquisadores em ciências médicas, palestrantes de cursos de especialização, eles podiam, pela primeira vez em anos, dar vazão a suas energias. Todos os professores do curso eram do artigo 58, com exceção de um.

A chefia subitamente percebeu que a circulação sanguínea não está necessariamente ligada à propaganda antissoviética, e o curso foi provido de professores altamente qualificados. É claro que os cursantes deveriam ser presos comuns. Mas onde iriam achar tantos comuns com o secundário completo? E eles ainda cumpriam suas penas em funções privilegiadas e não precisavam de nenhum curso. A alta chefia não queria nem ouvir falar em puxar para o curso os do artigo 58. No fim das contas, acharam um meio-termo: os AAS e os do parágrafo 10º do artigo 58 — que já era quase crime comum — foram autorizados a participar dos exames de admissão.

Foi organizado e afixado na parede o horário das aulas. O horário das aulas! Tudo como na vida real. Um veículo semelhante a um velho caminhão da taiga, mal-ajambrado, sobrecarregado com peso, pôs-se em movimento de modo hesitante pelas estradas esburacadas e pelos pântanos de Kolimá.

A primeira aula foi de anatomia. Quem dava a matéria era o anatomopatologista do hospital, David Umanski, um velho de setenta anos.

Emigrado nos tempos do tsar, Umanski obteve seu diploma de doutor em medicina em Bruxelas. Viveu e trabalhou em Odessa, onde a prática médica era bem-sucedida: em alguns anos, Umanski tornou-se o proprietário de muitos imóveis. A revolução mostrou que os imóveis não são o tipo mais seguro de investimento. Umanski retornou à atividade médica. Em meados dos anos 30, sentindo os ventos da época, decidiu mandar-se para o lugar mais distante, e foi trabalhar no Dalstroi. Isso não o salvou. Ele "caiu na distribuição" do Dalstroi, em 1938 foi preso e condenado a quinze anos. Desde então, trabalhava no hospital como diretor do necrotério. O desprezo pelas pessoas e o ressentimento por sua própria vida atrapalhavam seu trabalho. Tinha inteligência suficiente para não discutir com os médicos responsáveis; durante as autópsias, podia proporcionar a eles muitos aborrecimentos. Talvez não fosse inteligência, mas desprezo, e ele cedia nos debates durante as "secções" por um simples sentimento de desprezo.

O doutor Umanski tinha uma grande inteligência. Ele era até muito bom com línguas: aquilo era seu *hobby*, seu assunto favorito. Conhecia muitas línguas, no campo estudara idiomas orientais e estava tentando estabelecer as leis da formação das línguas, empregando nisso todo o seu tempo livre no necrotério, onde ele morava com seu assistente, o enfermeiro Dunáiev.

Ao mesmo tempo, sem esforço e quase como que de brincadeira, Umanski dava também o curso de latim para os futuros enfermeiros. O que era afinal essa língua latina não sei dizer, mas comecei a pegar o jeito do caso genitivo nas receitas.

O doutor Umanski era um homem vívido, que comentava qualquer acontecimento político e que tinha uma opinião bem definida a respeito de qualquer questão da vida interior ou internacional. "O mais importante, caros amigos", dizia ele em suas conversas privadas, "é continuar vivendo e sobreviver a Stálin. A morte de Stálin é o que nos trará a liberdade." Infelizmente, Umanski morreu em Magadan em 1953, sem chegar a ver o que tinha esperado por tantos anos.

Era um professor razoável, mas dava aulas meio que a contragosto. Era também o mais indiferente de todos os professores. De tempos em tempos fazia questionários, revisões, passava da anatomia geral à anatomia específica. Apenas uma divisão de sua ciência Umanski recusava-se categoricamente a ensinar: a anatomia dos órgãos sexuais. Ninguém conseguiu convencê-lo, e os alunos concluíram o curso sem receber orientações acerca do assunto, devido ao excessivo pudor do professor de Bruxelas. Quais eram as razões de Umanski? Ele acreditava que o nível moral, cultural e intelectual dos alunos não era suficientemente alto para que semelhantes temas não suscitassem um interesse nocivo. Esse interesse nocivo também era suscitado nos ginásios, pelo atlas de anatomia, por exemplo, e Umanski lembrava-se disso. Ele não estava certo: os provincianos, por exemplo, lidariam com a questão com toda a seriedade. Era um homem honesto e, diferentemente de muitos outros professores, via os alunos como seres humanos. O doutor Umanski era um weismannista[74] convicto. Ao falar sobre a divisão dos cromossomos, ele nos contou de passagem que agora aparentemente havia uma outra teoria sobre a divisão dos cromossomos, mas que ele simplesmente não conhecia essa nova teoria e por isso preferia expor apenas o que já era bem conhecido. E assim fomos educados como weismannistas. O triunfo completo dos weismannistas veio com a invenção do microscópio eletrônico, mas o doutor Umanski já não estava entre os vivos. Esse triunfo teria proporcionado ao velho médico uma grande alegria.

Os nomes dos ossos, os nomes dos músculos nós aprendemos de cor; os nomes em russo, é claro, não em latim. Nós decorávamos com entusiasmo, com ardor. No ato de decorar há sempre certo princípio democrático: éramos todos iguais perante a ciência da anatomia. Ninguém tentava entender nada. Tentavam apenas memorizar. As coisas iam especialmente bem para Bazárova e para Petrachkévitch, que até ontem estavam na escola (se não considerássemos o tempo de prisão, que no caso de Petrachkévitch se aproximava dos oitos anos).

Tentando decorar a lição com todo o cuidado, eu me lembrei do alojamento da primeira universidade de Moscou, em 1926, a Tcherkaska, onde à noite, por escuros corredores, os alunos de medicina vagavam, inebriados pelo estudo,

---

[74] Seguidor das teorias de August Weismann (1834-1914), biólogo evolucionista alemão cuja pesquisa buscava negar a transmissão de características adquiridas, proposta pelo lamarckismo. (N. do T.)

O curso

com os dedos enfiados nos ouvidos, decorando, decorando. O alojamento ressoava, gargalhava, vivia. Os joviais estudantes de ciências humanas, alunos de crítica literária, de história, riam dos pobres alunos de medicina, do pessoal da decoreba. Nós desprezávamos as ciências em que não era preciso entender, mas sim decorar.

Vinte anos depois, lá estava eu, decorando a anatomia. Ao longo daqueles vinte anos, entendi bem o que era uma especialização, o que eram as ciências exatas, o que era a medicina, a engenharia. E então Deus concedeu a oportunidade para que eu mesmo estudasse aquilo.

O cérebro ainda era capaz tanto de receber como de transmitir conhecimento.

O doutor Blagorázumov dava aula de "Princípios de saneamento e higiene". A matéria era enfadonha, Blagorázumov não ousava animar as aulas com chistes, ou talvez não quisesse, por motivos de sensatez política: ele se lembrava bem de 38, quando todos os especialistas, todos os médicos, engenheiros e contadores tinham sido colocados para trabalhar com picareta e carrinho de mão, de acordo com as "instruções especiais" recebidas de Moscou. Por dois anos, Blagorázumov empurrou o carrinho de mão; por três vezes, quase morreu devido à fome, ao frio, ao escorbuto, às surras. No terceiro ano, permitiram a ele exercer a medicina, como enfermeiro, num posto de saúde, junto a um médico vindo dos presos comuns. Muitos médicos morreram naquele ano. Blagorázumov permaneceu vivo, e reteve firmemente na memória: nenhuma conversa, com ninguém. Amizades só até o ponto do "comer e tomar um gole". Era adorado no hospital. Seus acessos de bebedeira eram acobertados pelos enfermeiros, e, quando não era possível acobertar, arrastavam Blagorázumov para o cárcere, para o xadrez. Ele saía do xadrez e continuava a dar sua aula. Ninguém achava aquilo estranho.

Era muito zeloso em suas aulas, nos fazia anotar as coisas mais importantes com o auxílio de ditados e conferia sistematicamente as anotações para garantir que tínhamos assimilado tudo — resumindo, Blagorázumov era um professor escrupuloso e sensato.[75]

A aula de farmacologia era dada por um enfermeiro do hospital, Gogoberidze, ex-diretor do Instituto de Farmacologia da Transcaucásia. Conhecia muito bem o russo, e ao falar tinha um sotaque georgiano menos forte que o de Stálin. No passado, Gogoberidze tinha sido um notório membro do Partido: sua assinatura estava na "Plataforma dos 15" de Saprónov.[76] Passou o período de 1928 a 1937 no exílio, e em 1937 recebeu uma nova condenação: quinze anos nos campos de Kolimá. Gogoberidze tinha quase sessenta anos. Sofria de hipertensão. Sabia que logo morreria, mas não temia a morte. Odiava os canalhas e, ao descobrir que um dos médicos da seção em que ele trabalhava, um homem de nome Krol, extorquia e exigia subornos dos prisioneiros, Gogoberidze espancou o médico e o fez devolver as botas de couro de bezerro e os *chkéri*[77] listrados que ele tomara de alguém. Gogoberidze jamais saiu de Kolimá. Foi libertado para o exílio vitalício em Narim, mas solicitou permissão para trocar Narim por Kolimá. Viveu no povoado de Iágodnoie, e lá morreu no início dos anos 50.

O único preso comum entre os nossos professores era o doutor Krol, de Khárkov, um especialista em doenças de pe-

---

[75] Chalámov emprega o adjetivo *blagorázumni*, "sensato", do qual deriva o sobrenome do professor. (N. do T.)

[76] Trata-se de um dos muitos grupos de oposição que atuaram dentro do Partido nos anos 1920. Timofiei Vladímirovitch Saprónov (1887-1937), um de seus líderes, foi fuzilado no auge do Terror. (N. do T.)

[77] No jargão criminal, botas ou calças. (N. do T.)

le e venéreas. Todos os nossos mestres tentavam criar a integridade em nós, descrevendo, em digressões líricas, um ideal de pureza moral; tentavam criar a força da responsabilidade pela grande causa do auxílio ao doente, um doente além de tudo prisioneiro, e prisioneiro em Kolimá, repetindo, cada um como podia, a mesma coisa que lhes fora incutida na juventude pelos institutos e faculdades de medicina, o juramento dos médicos. Todos, menos Krol. Krol nos apresentava outras perspectivas, abordava nosso futuro trabalho por outro lado, mais conhecido dele. Ele não cansava de descrever para nós cenas da prosperidade material dos enfermeiros. "Vocês vão ganhar dinheiro para comprar manteiga", dizia Krol em meio a risadinhas, e sorria de maneira lasciva. Krol tinha sempre assuntos obscuros com os ladrões: eles chegavam a visitá-lo no intervalo das aulas. Ele vendia, comprava, trocava, sem pudor algum em relação aos alunos. Tratava a impotência de alguns dos integrantes da chefia, o que proporcionava a Krol grandes lucros e lhe garantia proteção dentro da prisão. Nesse campo, Krol meteu-se em certas operações misteriosas, dignas de um curandeiro; não se podia denunciá-lo para ninguém, tinha muitas ligações.

Os dois sopapos que ele recebeu do enfermeiro Gogoberidze não tiraram Krol do sério. "Ficou exaltado, meu irmão, ficou exaltado", dizia ele a Gogoberidze, que estava verde de tanta raiva.

Krol era desprezado por todos, tanto por seus colegas professores quanto pelos alunos. Além disso, suas aulas eram confusas, não tinha talento para ensinar. Depois do curso, a única matéria que precisei revisar atentamente, lápis e papel na mão, foi a de doenças de pele.

Olga Stepánovna Semeniak, ex-professora da cátedra de Medicina Diagnóstica do Instituto de Medicina de Khárkov, não dava aulas no nosso curso. Mas fizemos prática com ela. Ela me ensinou a percutir, a auscultar o paciente. Ao final da prática, ela me deu de presente um velho estetoscópio — uma de minhas poucas relíquias de Kolimá. Olga Stepánovna tinha por volta de cinquenta anos, sua sentença de dez anos ainda não estava perto de terminar. Tinha sido condenada por agitação contrarrevolucionária. Na Ucrânia tinham ficado o marido e os dois filhos; todos morreram durante a guerra. A guerra terminou, terminou a sentença de prisão de Olga Stepánovna, mas ela não tinha para onde ir. Ficou em Magadan depois da libertação.

Olga Stepánovna passara alguns anos no destacamento feminino do Elguen. Ela encontrou em si forças para superar sua grande dor. Olga Stepánovna era uma pessoa observadora, e viu que no campo só um grupo de pessoas conseguia manter algo de humano: os religiosos, fossem da Igreja, fossem sectários.[78] Sua desgraça pessoal fez com que se aproximasse dos sectários. Em sua pequena "cabine", ela rezava duas vezes por dia, lia o Evangelho, tentava fazer boas ações. Não era difícil para ela fazer boas ações. Ninguém pode fazer mais boas ações que um médico do campo; mas seu caráter atrapalhava — era teimosa, irascível, insolente. Semeniak não atentava para a necessidade de aperfeiçoar-se nesse sentido.

Era uma diretora severa, pedante, que mantinha seu pessoal com mão de ferro. Com os pacientes era sempre atenciosa.

Depois do dia de trabalho, os "estudantes" eram alimentados durante a hora da refeição do hospital. Semeniak geralmente ficava sentada ali mesmo, tomando chá.

— E o que você está lendo?
— Nada além das lições.

---

[78] Religiosos russos que se opunham ao Patriarcado de Moscou. (N. do T.)

— Leia isso — e ela me estendeu um pequeno livrinho, parecido com um livro de orações. Era um volume de Blok, da série "Biblioteca do Poeta".

Uns três dias depois, devolvi o livro de poesia.

— Gostou?

— Sim — tive vergonha de dizer que eu conhecia bem aqueles versos, como ainda os conheço.

— Leia para mim "A moça cantava no coral da igreja".

Li.

— Agora "Oh, distante Mary, radiante Mary"... Muito bem. Agora esta aqui...

Li "Num distante quartinho azul".

— Você entendeu que o menino está morto...?

— Sim, é claro.

— O menino está morto — repetiu Olga Stepánovna com seus lábios secos, franzindo sua testa branca e proeminente. Ela ficou um tempo em silêncio. — Posso emprestar mais uma coisa?

— Sim, por favor.

Olga Stepánovna abriu a gaveta de sua escrivaninha e tirou um livrinho parecido com o volume de Blok. Era o Evangelho.

— Leia, leia. Especialmente isso aqui: a epístola do apóstolo Paulo aos Coríntios.

Depois de alguns dias, devolvi o livrinho. Essa falta de religião em que vivi por toda a minha vida consciente não contribuiu para fazer de mim um cristão. Mas não havia pessoas mais honradas no campo que os religiosos. A corrupção tomava conta da alma de todos, e apenas os religiosos resistiam. Isso tanto quinze anos como cinco anos atrás.

Na pequena "cabine" de Semeniak conheci Vássia Chvetsov, um capataz de construção, oriundo dos presos. Vássia Chvetsov, um bonitão de 25 anos, fazia um enorme sucesso entre as senhoras do campo. Na seção de Semeniak ele andava às voltas com Nina, uma agente de distribuição. Moço sensato e capaz, ele via e explicava as coisas de modo claro, mas que ficou marcado em minha lembrança por um motivo particular. Eu tinha dado uma bronca em Vássia, por causa de Nina — ela tinha engravidado.

— Mas foi ela que veio para cima de mim — disse Chvetsov. — O que eu podia fazer? Eu cresci no campo. Estou na prisão desde criança. Você pode não acreditar, mas eu já perdi a conta de quantas dessas eu já tive, essas mulheres. E sabe o que mais? Não dormi nenhuma vez com uma delas na cama. Foi sempre daquele jeito: uma vez num saguão, outra num galpão, às vezes quase que andando. Acredita?

— Assim me contava Vássia Chvetsov, o maior bonitão do hospital.

Nikolai Serguêievitch Mínin, cirurgião e ginecologista, comandava o setor feminino. Não dava aulas para nós, mas fizemos prática com ele, prática sem qualquer teoria.

Durante as grandes tempestades, o povoado do hospital ficava coberto de neve até o teto, e só era possível orientar-se pela fumaça das chaminés. Degraus eram talhados para baixo, em direção à porta de cada setor. De dentro dos nossos alojamentos, nós subíamos, corríamos até o setor feminino e entrávamos no escritório de Mínin às oito e meia, vestíamos os jalecos e, entreabrindo a porta, nos esgueirávamos para dentro da sala. Corria a habitual reunião de cinco minutos que se fazia durante a rendição do plantão noturno. Mínin, um imenso velho de barba grisalha, ficava sentado atrás de uma mesinha, o rosto franzido. Concluído o relatório do plantão noturno, Mínin fazia um gesto com a mão. Começava o barulho... Mínin virava a cabeça para a direita. Numa pequena bandeja de vidro, a enfermeira-chefe trazia um copinho com um líquido azulado. O cheiro era conhecido. Mínin pegava o copinho, bebia e alisava seus bigodes grisalhos.

— É o licor Noite Azul — dizia ele, piscando para os alunos.

Presenciei algumas vezes suas operações. Ele sempre operava "de fogo", mas assegurava que suas mãos não tremeriam. As enfermeiras cirúrgicas garantiam a mesma coisa. Mas depois da operação, quando, ao lavar-se, ele colocava as mãos na grande bacia, seus dedos, grossos e poderosos, tremiam bem de leve, e ele observava com tristeza suas mãos desobedientes e trepidantes.

— Já não servem mais para trabalhar, Nikolai Serguêievitch, já não servem mais — dizia ele para si, baixinho. Mas continuou a operar por mais alguns anos.

Antes de Kolimá, ele trabalhava em Leningrado. Preso em 37, empurrou o carrinho de mão em Kolimá por uns dois anos. Foi coautor de um grande manual de ginecologia. O sobrenome do outro autor era Serebriakov. Após a prisão de Mínin, o manual passou a ser publicado somente com o nome de Serebriakov. Depois da libertação, Mínin não teve forças para correr atrás de questões jurídicas. Foi liberto, como todos, sem o direito de deixar Kolimá. Começou a beber ainda mais, e em 1952 enforcou-se em seu quarto, no povoado de Débin.

Durante a revolução, o velho bolchevique Nikolai Serguêievitch Mínin conduziu as negociações com a ARA[79] em nome do governo soviético, encontrou-se com Nansen.[80] Mais tarde, ministrou palestras pelo rádio sobre questões antirreligiosas.

---

[79] Sigla de American Relief Administration, organização humanitária norte-americana que atuou na Europa durante a Primeira Guerra Mundial e na Rússia durante a Guerra Civil. (N. do T.)

[80] Fridtjof Nansen (1861-1930), explorador e naturalista norueguês, participou de diversas missões humanitárias durante e após a Primeira Guerra Mundial. (N. do T.)

Todos gostavam muito dele; de certa forma, Mínin desejava o bem a todos, embora não fizesse nada de bom ou de ruim a ninguém. O doutor Serguei Ivánovitch Kulikov dava aula de tisiologia. Nos anos 30, enfiaram na cabeça dos cidadãos da Terra Grande que o clima de Kolimá e o clima do Extremo Oriente eram iguais. As montanhas de Kolimá supostamente favoreciam a cura da tuberculose e, em todo caso, estabilizavam a condição dos doentes do pulmão. Os defensores de tal afirmação se esqueciam de que as colinas de Kolimá eram cobertas de pântanos, de que os rios das zonas auríferas tinham seu curso nesses pântanos, de que as florestas e a tundra de Kolimá eram o lugar mais nocivo para os que sofrem dos pulmões. Esqueciam-se da incidência generalizada de tuberculose entre os evenki, os iacutos e os yukaghir[81] de Kolimá. Nos hospitais para prisioneiros, não haviam planejado setores para tuberculosos. Mas o bacilo de Koch é o bacilo de Koch, e foi preciso criar setores bastante espaçosos para os doentes de tuberculose.

Na aparência, Serguei Ivánovitch era grisalho e decrépito, com um nítido princípio de surdez; mas tinha uma boa disposição de corpo e de espírito. Considerava sua matéria a mais importante, e se irritava quando o contrariavam. Ao ficar sabendo das novidades importantes que vinham pelos jornais, ficava calado, mas dava risada, e seus olhos cintilavam.

O doutor Kulikov cumpriu dez anos com base em algum parágrafo do artigo 58. Quando foi posto em liberdade, recebeu a inscrição vitalícia. Sua família veio para Kolimá: a esposa idosa e a filha, também médica especializada em tuberculose.

O químico Bóitchenko conduzia a prática laboratorial para os alunos. Ele se lembrava muito bem de mim, e tra-

---

[81] Povos nativos do nordeste da Ásia. (N. do T.)

tava com total desprezo aquela pessoa que não conhecia a química.

Anna Izráilevna Ponizóvskaia dava aula de doenças nervosas. Àquela época, estava em liberdade, e até já conseguira defender sua dissertação de mestrado. Os muitos anos de reclusão deram-lhe a oportunidade de trabalhar com um grande neuropatologista, o doutor Skoblo, que a ajudou muito na formação do tema — era o que diziam no hospital. Essa relação com o professor Skoblo começou depois que eu o conheci — na primavera de 1939, nós dois esfregávamos juntos o chão da prisão provisória de Magadan. O mundo é pequeno, Anna Izráilevna era uma senhora de extrema importância. Tinha amavelmente aceitado dar algumas aulas no curso de enfermagem. Essas aulas eram cercadas de tanta solenidade que de todas elas memorizei apenas o vestido negro e farfalhante de Anna Izráilevna e o aroma penetrante de seu perfume — nenhuma das nossas colegas tinha perfume. É verdade que o cozinheiro tinha dado de presente para Nádia Iegôrova um vidrinho minúsculo da água-de-colônia da marca Sereia, mas Nádia a colocava com tanto cuidado e com tanta parcimônia para as aulas que duas fileiras para trás não se sentia cheiro algum. Ou talvez atrapalhasse minha eterna coriza, presente de Kolimá.

Lembro que trouxeram uns cartazes para a sala — deviam ser esquemas sobre o reflexo condicionado, mas não sei se serviram para alguma coisa.

Decidiram não oferecer aulas de doenças psíquicas, reduzindo o programa já bastante apertado. Mas havia professores: o presidente da comissão de seleção para o curso, o doutor Sidkin, era o psiquiatra do hospital.

A aula sobre doenças do ouvido, da garganta e do nariz era dada pelo doutor Zader, um húngaro autêntico. Um rematado bonitão, com olhos bovinos, o doutor Zader falava muito mal o russo e era quase incapaz de transmitir algo aos alunos. Ofereceu-se para dar aulas a fim de praticar o russo. Estudar com ele era uma absoluta perda de tempo.

Nós importunávamos Meerson, que à época fora nomeado médico-chefe do hospital, perguntando como poderíamos entender o que Zader falava.

— Bom, se isso for a única coisa que vocês não conseguirem entender, já está bom — respondeu Meerson, em seu modo habitual.

Zader tinha chegado fazia pouco tempo em Kolimá, logo depois da guerra. Em 1956, foi reabilitado, mas isso aconteceu no fim do ano, e ele decidiu não voltar para a Hungria; recebeu um bom montante de dinheiro no acerto com o Dalstroi e fixou-se em algum lugar no Sul. Logo depois de receber as provas finais de todos os alunos do curso, aconteceu certa história envolvendo o doutor Zader.

O doutor Janus Zader, otorrinolaringologista, era um prisioneiro de guerra, um partidário de Szálasi.[82] Seu "prazo" era de quinze anos. Aprendeu rápido o russo, era médico; a época em que mantinham médicos nos trabalhos comuns passara (e além disso essa instrução referia-se apenas à letra T, ou seja, aos trotskistas), e além disso sua especialização era a mais rara: ouvido, garganta e nariz. Ele operava e tratava as pessoas com sucesso. Trabalhava no centro cirúrgico, como interno, o que o sobrecarregava e o atrapalhava na atuação em sua especialidade. Nas cirurgias abdominais ele dava assistência a Meerson, o médico que geralmente comandava o centro cirúrgico. Resumindo, o doutor Zader tinha sorte; até entre os trabalhadores livres ele tinha certa clientela, vestia-se como um liberto, tinha cabelos cres-

---

[82] Ferenc Szálasi (1897-1946), líder do *Nyilaskeresztes Párt*, o Partido da Cruz Flechada, ligado aos nazistas. Foi usado pelo Terceiro Reich como governante fantoche da Hungria no final da guerra. (N. do T.)

O curso

cidos e não passava fome, e poderia até beber, se quisesse; mas ele não colocava uma gota de álcool sequer na boca. Sua notoriedade só crescia, até que aconteceu uma história que privou nosso hospital de um otorrinolaringologista por muito tempo.

Tudo aconteceu porque os eritrócitos, ou seja, os glóbulos vermelhos, vivem 21 dias. O sangue humano vivo encontra-se em renovação contínua. Mas o sangue extraído do organismo humano não pode durar mais que 21 dias. Como deve ser, no centro cirúrgico havia uma estação de transfusão de sangue, para a qual doavam sangue trabalhadores livres e prisioneiros; os livres recebiam um rublo por metro cúbico, enquanto os prisioneiros recebiam dez vezes menos. Para qualquer hipertenso isso era uma receita considerável, doava de trezentos a quatrocentos gramas por mês: por que não doar, se você precisa daquilo para o tratamento e além disso ainda recebe uma ração complementar e um dinheiro? Entre os presos, os doadores eram servidores (auxiliares de enfermagem etc.), que aliás eram mantidos no hospital para dar sangue aos doentes. Ali, transfusões de sangue eram mais necessárias que em qualquer outro lugar do mundo, mas é claro que as transfusões de sangue eram feitas por indicações médicas comuns, contra o esgotamento físico, por exemplo, mas apenas nos casos em que era preciso em consequência de uma cirurgia, ou no preparo dela, ou em condições especialmente críticas nos diversos setores clínicos.

Nas estações de transfusão de sangue, havia sempre uma reserva de sangue previamente coletado. A existência dessa reserva era motivo de orgulho para nosso hospital. Em todos os outros hospitais, quando havia uma transfusão de sangue, ela era feita diretamente de uma pessoa para outra. O doador e o recebedor ficavam deitados lado a lado em macas vizinhas durante o procedimento.

O sangue cujo prazo de validade vencia era jogado fora.

Próximo ao hospital, havia um *sovkhoz*[83] de criação de porcos, no qual, de tempos em tempos, juntavam o sangue dos porcos abatidos; esse sangue era levado para o hospital. Lá, diluíam no sangue uma solução de citrato de sódio para prevenir a coagulação, e davam para os pacientes beberem esse líquido, algo como um suplemento hematogênico caseiro, muito nutritivo e querido pelos pacientes, cuja alimentação consistia de todo tipo de sopa de peixe e de mingau de cevada. Administrar esse suplemento hematogênico para os pacientes não era uma novidade.

Aconteceu que o responsável pelo centro cirúrgico, o médico Meerson, precisou fazer uma viagem a trabalho, e a responsabilidade pelo centro passou para o doutor Zader.

Durante a inspeção do centro, ele considerou sua obrigação visitar a estação de transfusão de sangue, onde descobriu que uma parte considerável da reserva estava prestes a vencer, e ouviu das enfermeiras que elas pretendiam descartar aquele sangue. O doutor Zader ficou espantado. "Mas será que é necessário jogar fora esse sangue?", perguntou ele. A enfermeira respondeu que aquilo era feito sempre daquela maneira.

— Derrame esse sangue naquela chaleira e administre para os pacientes mais graves, *per os*[84] — ordenou Zader. A enfermeira distribuiu o sangue, e os pacientes ficaram muito satisfeitos. — No futuro — disse o húngaro —, administre todo o sangue que envelhecer dessa mesma maneira.

Assim começou a prática de distribuição do sangue doado nas enfermarias. Quando o responsável pelo centro retornou, armou um escândalo de grandes proporções: que o fas-

---

[83] Unidade agrícola gerida pelo Estado, voltada para a produção de alimentos em larga escala. (N. do T.)

[84] Em latim, no original: "pela boca". (N. do T.)

O curso 173

cista Zader estava alimentando os pacientes com sangue humano, nem mais, nem menos. Os pacientes ficaram sabendo disso no mesmo dia, pois nos hospitais os boatos se espalham ainda mais rápido que nas prisões, e aqueles que tinham em algum momento recebido sangue começaram a vomitar. Zader foi afastado do trabalho sem qualquer explicação, e um relatório detalhado, que acusava Zader de todos os crimes possíveis, foi rapidamente enviado para a administração hospitalar. Zader, desconcertado, tentou explicar que em princípio não há diferença alguma entre a transfusão pela veia e a ingestão pela boca, que aquilo era sangue, um bom complemento alimentar, mas ninguém o ouviu. Cortaram os cabelos de Zader, tiraram seu paletó de homem livre, vestiram nele um macacão de prisioneiro e o transferiram para a brigada de Lúrie, de corte e armazenamento de madeira; o doutor Zader já tinha conseguido alcançar o quadro stakhanovista do destacamento florestal quando uma comissão da administração hospitalar apareceu, menos preocupada, aliás, com o tal caso da transfusão de sangue do que com o fato de que os doentes de ouvido e garganta tinham ficado sem médico. Por uma feliz coincidência, essa comissão era comandada por um major do serviço médico militar que acabara de receber baixa do exército e que passara toda a guerra trabalhando nos centros cirúrgicos de um batalhão de saúde. Depois de familiarizar-se com o conteúdo da "acusação", ele não conseguiu entender qual era o problema. Por que motivo perseguiam Zader? E quando esclareceram que Zader distribuíra aos pacientes sangue humano, "deu de beber sangue", o major disse, encolhendo os ombros:

— Fiz isso no *front* durante quatro anos. E aqui o que acontece, não se pode fazer isso? Eu não sei, cheguei aqui faz pouco tempo.

Da floresta, Zader foi trazido de volta para o centro cirúrgico, a despeito do protesto por escrito do chefe de brigada madeireiro, que acreditava que, por um capricho de alguém, haviam lhe tirado seu melhor lenhador.

Mas Zader perdeu o interesse pelo trabalho, e não elaborou mais nenhuma proposta de racionalização.

O doutor Doktor era um perfeito canalha. Diziam que era um corrupto, que desviava recursos — mas será que na chefia de Kolimá havia pessoas com outros costumes? Era vingativo e mexeriqueiro, e isso também era perdoável. O doutor Doktor odiava os presos. Não que os tratasse mal, ou desconfiasse deles. Não, ele os tiranizava, humilhava todos os dias, todas as horas, atormentava, ofendia, aproveitava totalmente seu poder irrestrito (nos limites do hospital) para rechear as solitárias, os destacamentos de punição. Não considerava ex-presos como seres humanos, e mais de uma vez ameaçou o cirurgião Traut; o doutor Doktor disse por exemplo que não hesitaria em dar uma nova condenação para Traut. Todo dia levavam para seu apartamento ora peixes frescos — que a brigada dos "pacientes" pegava para ele no mar, com redes —, ora verduras cultivadas em estufa, ora carne vinda do *sovkhoz* de criação de porcos, tudo isso em quantidades suficientes para alimentar um Gulliver. O doutor Doktor tinha um criado, um faxineiro oriundo dos presos, que o ajudava a gerir todas aquelas oferendas. Do "continente", chegavam ao endereço do doutor Doktor pacotes de *makhorka* — a moeda de Kolimá. Foi chefe do hospital durante muitos anos, até que afinal um outro gângster derrubou o doutor Doktor. O chefe de Doktor achou que a "verba" era insuficiente.

Mas tudo isso foi depois; na época do curso, o doutor Doktor era um tsar e um deus. Diariamente organizavam reuniões, e lá Doktor proferia discursos, indo bastante para o lado do culto à personalidade.

Doktor também era mestre em matéria de "memorandos" caluniadores, podendo "enquadrar" quem bem entendesse.

Era um chefe vingativo, e vingativo com coisas pequenas.

— Você aí, não me cumprimentou ao me ver. Vou escrever uma denúncia, mas não qualquer denúncia, e sim um memorando oficial. Vou escrever "trotskista de carteirinha, inimigo do povo". Pode ficar tranquilo que a lavra de punição já está garantida para você.

O curso, sua própria criação, deixou o doutor Doktor amargurado. No fim havia alunos demais do artigo 58, o doutor Doktor passou a temer por sua carreira. Típico administrador do ano de 37, o doutor Doktor iria se demitir do Dalstroi no final dos anos quarenta, mas, ao ver que tudo continuava como antes e que no "continente" era preciso trabalhar, voltou para o serviço em Kolimá. Embora fosse necessário trabalhar para obter novamente sua cota de juros, Doktor acabou indo parar em sua posição costumeira.

Ao visitar o curso antes dos exames finais, o doutor Doktor ouviu com benevolência os relatos sobre o bom desempenho dos cursantes, passou seus vítreos olhos azul-claros por todos os alunos e perguntou:

— E ventosas, todos sabem aplicar?

A resposta foi uma gargalhada respeitosa dos professores e dos "estudantes". Por azar, justamente ventosas nós não tínhamos aprendido a aplicar: nenhum de nós pensava que esse procedimento simples pudesse ter os seus segredos.

As doenças oculares eram ensinadas pelo doutor Loskutov. Tive a sorte de conhecê-lo e de trabalhar por muitos anos com Fiódor Iefímovitch Loskutov, uma das figuras mais notáveis de Kolimá. Comissário político de batalhão durante a guerra civil — uma bala do exército de Koltchak estava eternamente alojada em seu pulmão esquerdo —, Loskutov obteve sua educação médica no início dos anos 20, e trabalhou como médico militar no exército. Uma piada casual direcionada a Stálin o levou à corte marcial. Chegou a Kolimá com uma sentença de três anos, e no primeiro ano trabalhou como serralheiro na lavra Partizan. Depois, foi autorizado a trabalhar como médico. Sua sentença de três anos se aproximava do fim. Era a época conhecida em Kolimá e em toda a Rússia sob a alcunha de *garáninschina*, embora fosse mais correto chamar aquela época de *pávlovschina*, de acordo com o nome do então chefe do Dalstroi. O coronel Garánin era apenas o vice de Pávlov, o chefe do campo, mas era justamente ele o presidente da *troika* de fuzilamento, e passou todo o ano de 1938 assinando intermináveis listas de fuzilados. Em 1938 era perigoso alguém do artigo 58 ser libertado. Sobre todos aqueles cujas sentenças se aproximavam do fim pairava a ameaça de um novo "caso", criado, tramado, organizado. Era mais tranquilo ter uma sentença de uns dez, quinze anos, do que de três, cinco. Era mais fácil respirar.

Loskutov foi condenado novamente — pela "*troika* de Kolimá", comandada por Garánin —, a dez anos. Médico capaz, ele tinha se especializado em doenças oculares, operava, era um especialista de valor inestimável. A administração hospitalar o mantinha perto de Magadan, no quilômetro 23: quando necessário, ele era levado sob escolta para a cidade de Magadan para consultas, operações. Um dos últimos médicos de *ziémstvo*,[85] Loskutov era um polivalente: podia conduzir operações abdominais menos complicadas, conhecia ginecologia, além de ser especialista em doenças dos olhos.

Em 1947, quando sua nova sentença se aproximava do fim, foi novamente fabricado um caso pelo delegado Simo-

---

[85] Organismo eletivo rural instituído em 1864 pelo tsar Alexandre II para cuidar de questões de nível local, como a assistência médica. (N. do T.)

novski. No hospital, prenderam alguns enfermeiros e auxiliares, que foram condenados a sentenças diversas. O próprio Loskutov de novo recebeu dez anos. Desta vez, insistiram para que fosse expulso de Magadan e transferido para o Berlag, o novo campo interno de Kolimá para reincidentes políticos, de regime severo. Por alguns anos a chefia do hospital conseguiu manter Loskutov afastado do Berlag, mas no fim das contas ele foi parar lá e, com alguns ajustes nos cômputos *de sua terceira sentença*, foi libertado em 1954. Em 1955, foi inteiramente reabilitado de todas as três condenações.

Quando se viu em liberdade, tinha apenas uma muda de roupa, uma camisa militar e um par de calças.

Homem de grandes qualidades morais, o doutor Loskutov dedicou toda a sua carreira médica, toda a sua vida, a uma missão: ajudar as pessoas ativamente, constantemente, de preferência os detentos. Não se pode dizer de forma alguma que essa ajuda era só médica. Ele sempre arranjava algo, recomendava alguém para um determinado trabalho depois da alta no hospital. Sempre estava dando de comer a alguém, trazendo encomendas — para este um pouquinho de *makhorka*, para aquele um pedaço de pão.

Cair com ele no atendimento (ele também atuava como médico clínico) era considerado sorte pelos pacientes.

Era constantemente atarefado, vivia andando, escrevendo.

E isso não um mês, não um ano, mas vinte longos anos, dia após dia, sem receber da chefia nada além de novas sentenças e condenações.

Conhecemos uma figura assim na história. É o médico de prisão Fiódor Petróvitch Gaas, sobre o qual A. F. Kóni escreveu um livrinho.[86] Mas os tempos de Gaas eram outros.

---

[86] Fiódor Petróvitch Gaas (Friedrich Joseph Haass, 1780-1853), mé-

Eram os anos 60 do século passado, uma época de elevação moral da sociedade russa. Os anos 30 do século vinte não se distinguiram por tal elevação. Na atmosfera de denúncias, calúnias, punições e arbitrariedades, recebendo ainda condenações à prisão por conta de inquéritos criados por provocadores, fazer boas ações era muito mais difícil que na época de Gaas.

Para um, Loskutov conseguia permissão para ir ao "continente", como inválido; para outro, encontrava um trabalho suave, sem perguntar nada ao paciente, decidindo seu destino de uma maneira inteligente e útil.

Fiódor Iefímovitch Loskutov não tinha lá uma grande instrução — no sentido escolar desta palavra; ele havia entrado no instituto de medicina com uma educação insuficiente. Mas lia muito, observava muito bem a vida, pensava muito e tinha posições independentes a respeito de diferentes questões: era um homem amplamente educado.

Homem de uma modéstia extraordinária, que raciocinava de forma paciente, era uma figura notável. Tinha apenas um defeito: sua ajuda, a meu ver, era por demais indiscriminada, e por isso os *blatares* tentavam "montar" nele, sentindo o famigerado ponto fraco. Mas posteriormente até isso ele conseguiu resolver bem.

Três condenações para o campo, a intranquila vida de Kolimá, com as ameaças da chefia, as humilhações, a incerteza sobre o dia de amanhã: nada disso fez de Loskutov um cético ou um cínico.

Depois de conseguir sua justa liberdade, de receber a reabilitação e ainda um bom dinheiro, ele ainda assim o dis-

---

dico e filantropo de origem alemã, estabeleceu-se em Moscou para cuidar de prisioneiros doentes. O jurista e político Anatóli Fiódorovitch Kóni (1844-1927) escreveu um artigo a respeito de sua biografia. (N. do T.)

tribuiu a quem precisava, ainda ajudou; não tinha sequer uma peça extra de roupa de baixo, mesmo recebendo alguns milhares de rublos por mês.

Tal era o professor de doenças oculares. Depois da conclusão do curso, passei algumas semanas — minhas primeiras semanas como enfermeiro — trabalhando justamente com Loskutov. A primeira noite terminou na sala de medicação. Trouxeram um paciente com um abscesso na laringe.

— O que é isso? — Loskutov me perguntou.
— Um abscesso na laringe.
— E qual é o tratamento?
— Retirar o pus, tomando cuidado para o paciente não sufocar com esse líquido.
— Coloque os instrumentos para ferver.

Coloquei os instrumentos no esterilizador, fervi, chamei Loskutov:
— Pronto.
— Tragam o paciente.

O paciente sentou-se no banco, de boca aberta. A lâmpada iluminava sua laringe.
— Lave as mãos, Fiódor Iefímovitch.
— Não, lave você — disse Loskutov. — É você quem vai fazer essa operação.

Um suor frio começou a correr pela minha espinha. Mas eu sabia muito bem que, se uma pessoa não faz algo com as próprias mãos, ela não pode dizer que sabe fazer aquilo. Algo descomplicado revela-se difícil, acima de nossas forças; algo complexo, incrivelmente simples.

Lavei as mãos e caminhei resoluto em direção ao paciente. De olhos esbugalhados, ele me fitava com censura e espanto.

Eu me preparei e perfurei o abscesso, bem maduro, com o lado cego da faca.
— A cabeça! A cabeça! — gritou Fiódor Iefímovitch.

Consegui inclinar a tempo a cabeça do paciente para a frente, e ele cuspiu o pus bem na barra do meu avental.

— Bom, era só isso. Só troque de avental.

No dia seguinte, Loskutov me enviou numa missão à unidade "semifixa" do hospital, em que ficavam os inválidos, com a tarefa de medir a pressão arterial de todos. Pegando um aparelho de Riva-Rocci, medi todos os sessenta e anotei num pedaço de papel. Eram hipertensos. Fiquei uma semana inteira tirando a pressão, dez vezes de cada um, e só depois Loskutov me mostrou a ficha daqueles pacientes.

Fiquei contente por efetuar aquelas medições a sós. Muitos anos depois me dei conta de que aquilo era algo calculado — me deixar praticar com calma; foi necessário comportar-se de maneira bem diferente no primeiro caso, que exigira uma decisão rápida e uma mão firme.

A cada dia, eu descobria coisas novas, e ao mesmo tempo bem conhecidas, graças ao material das aulas.

Fiódor Iefímovitch não desmascarava os simuladores e agravadores.

— Eles só acham — dizia Loskutov com tristeza — que são agravadores e simuladores. Têm doenças muito mais graves do que eles mesmos imaginam. A simulação e a agravação em meio a uma distrofia alimentar, ao marasmo mental da vida no campo, é um fenômeno inaudito, inaudito...

Aleksandr Aleksándrovitch Malínski, que dava aula de doenças internas, era um homem asseado, bem alimentado, sanguíneo, um brincalhão de rosto escanhoado, grisalho, que estava começando a engordar. Tinha lábios quase rosados, que sempre formavam um biquinho. Em suas costas rubras dançavam pintinhas aristocráticas, de perninhas longas — assim ele aparecia de vez em quando diante dos alunos, na estufa da casa de banhos do hospital. Ele dormia com um camisolão masculino comprido, que ia até o tornozelo, feito sob encomenda — era o único dos médicos de Kolimá, o úni-

O curso 181

co habitante de Kolimá, creio eu, que fazia isso. Aquilo foi descoberto quando houve um incêndio em seu setor. O incêndio logo foi apagado, e rapidamente se esqueceram dele, mas do camisão noturno do doutor Malínski falou-se no hospital durante muitos meses.

Ex-professor em um curso de aperfeiçoamento médico em Moscou, teve dificuldade de adaptar-se ao nível de conhecimento dos alunos.

Havia sempre uma frieza e um distanciamento entre o palestrante e seus ouvintes. Aleksandr Aleksándrovitch até gostaria de romper essa barreira, mas não sabia como fazer isso. Contava algumas anedotas meio vulgares, o que não tornava o conteúdo de suas aulas mais acessível.

Material de apoio didático? Mas se até nas aulas de anatomia nós conseguimos nos virar sem um esqueleto. Umanski desenhava a giz na lousa os ossos em questão.

Malínski dava aulas tentando de todo o coração transmitir a maior quantidade de informação possível. Conhecendo muito bem o campo — ele tinha sido preso em 37 —, Malínski dava, durante as aulas, muitos conselhos importantes no que se referia à ética médica aplicada ao campo. "Aprendam a acreditar no paciente", conclamava Aleksandr Aleksándrovitch com ardor, saltitando junto à lousa e batendo nela com o giz. O assunto era lombalgia, dores nas costas, mas nós entendíamos que aquele clamor concernia a coisas mais importantes: a questão era a conduta de um verdadeiro médico no campo, a necessidade de evitar que a monstruosidade da vida no campo de prisioneiros desviasse o médico de seu verdadeiro caminho.

Devíamos muito ao doutor Malínski: pelas informações, pelo conhecimento. E, embora sua constante tentativa de manter-se a uma razoável distância de nós infelizmente, em nossa visão, não provocasse lá grande simpatia, nós reconhecíamos o valor que ele tinha.

Aleksandr Aleksándrovitch se dava bem com o clima de Kolimá. Já depois da reabilitação, ele, por vontade própria, preferiu continuar sua vida em Seimtchan, em uma das unidades de produção agrícola de Kolimá.

Aleksandr Aleksándrovitch lia jornais regularmente, mas não compartilhava suas opiniões com ninguém — a experiência, a experiência... Livros, lia só os de medicina.

A responsável pelo curso era a médica Tatiana Mikháilovna Iliná, trabalhadora livre contratada, irmã de Serguei Ilyin, o famoso futebolista,[87] como ela mesma se apresentava. Tatiana Mikháilovna era uma senhora, que se esforçava para estar alinhada com a alta chefia mesmo nas coisas mais ínfimas. Fez uma grande carreira em Kolimá. Sua bajulação moral era quase infinita. Uma vez, ela pediu para que trouxessem "algo bom" para ela ler. Eu trouxe uma preciosidade: um volume de Hemingway, com *A quinta-coluna e 49 contos*. Iliná revirou o livrinho de cor avermelhada em suas mãos, folheou.

— Não, leve esse de volta: isso é um luxo, e nós precisamos é de pão preto.

Era obviamente um fingimento, aquelas eram palavras copiadas de alguém, que ela pronunciava com prazer, mas não de maneira pertinente. Depois dessa afronta, parei de pensar no papel de conselheiro literário da doutora Iliná.

Tatiana Mikháilovna era casada. Chegara em Kolimá com os dois filhos, viera pelo marido. Seu marido, um oficial de carreira, assinara, depois da guerra, um acordo com o Dalstroi, e partira com a família para o Nordeste: lá ainda haveria as rações privilegiadas, a patente, as regalias; e sua família era grande, ele tinha dois filhos. Foi nomeado chefe

---

[87] Serguei Ilyin (1906-1997), capitão do Dínamo de Moscou entre 1935 e 1939, e considerado um dos melhores pontas-esquerdas russos de todos os tempos. (N. do T.)

da seção política de um dos departamentos mineradores de Kolimá, uma posição de importância significativa, quase de general, e ainda com boas perspectivas. Mas Nikoláiev — o sobrenome do marido de Tatiana Mikháilovna era Nikoláiev — era uma pessoa observadora, escrupulosa, não era nem de longe um carreirista. Depois de se familiarizar com toda aquela arbitrariedade, com a especulação, as denúncias, o roubo, as armações, os desvios, as propinas, o peculato e todas as crueldades que os chefes de Kolimá impingiam aos presos, Nikoláiev começou a beber. Ele compreendeu e condenou profunda e irreversivelmente a influência desmoralizante da crueldade humana. A vida abria diante dele suas páginas mais terríveis, muito mais terríveis que os anos do *front*. Não era um corrupto, nem um canalha. Ele começou a beber.

Logo foi afastado do cargo de chefe da seção política, e num curto período — no máximo dois ou três anos — refez toda a sua carreira, de cima para baixo, chegando afinal no cargo sinecurístico, mal remunerado e nada influente de inspetor do KVTch[88] do hospital para prisioneiros. A pesca tornou-se sua paixão forçada. Nas profundezas da taiga, às margens do rio, Nikoláiev sentia-se melhor, mais tranquilo. Quando seu contrato terminou, voltou para o "continente".

Tatiana Mikháilovna não foi atrás dele. Pelo contrário: ela ingressou no Partido, iniciou sua carreira. Eles dividiram os filhos: a menina ficou com o pai, o menino, com a mãe.

Mas tudo isso foi depois; naquela época, a doutora Iliná era a responsável pelo nosso curso, atenciosa e discreta. Temendo um pouco os presos, ela tentava manter o mínimo possível de contato com eles, e parece que sequer chegou a adotar um dos presos como criado.

---

[88] Acrônimo de *Kulturno-Vospitátelnaia Tchast* [Divisão Cultural--Educacional]. (N. do T.)

Meerson dava aula de cirurgia, geral e específica. Meerson tinha sido aluno de Spassokukótski,[89] era um cirurgião com um grande futuro, com um destino promissor na ciência. Mas era casado com uma parente de Zinóviev,[90] e em 1937 foi preso e condenado a dez anos como cabeça de alguma organização terrorista, de sabotagem, antissoviética... Em 1946, quando foi aberto o curso de enfermagem, ele tinha acabado de ser posto em liberdade. (Conseguiu escapar dos trabalhos comuns em menos de um ano — foi cirurgião durante todo o restante de seu tempo de prisão.) Na época, estava começando a moda das "inscrições vitalícias" — também Meerson foi inscrito em caráter vitalício. Recém-liberto, ele era excepcionalmente cauteloso, excepcionalmente formal, excepcionalmente inacessível. Seu grande futuro tinha sido reduzido a cinzas, e sua irritação buscava um escape em chistes e zombarias...

Suas aulas eram excelentes. Por dez anos, Meerson tinha sido privado de seu caro trabalho de professor — não dava para contar, é claro, as conversas apressadas com as enfermeiras cirúrgicas pelos corredores. Pela primeira vez ele via diante de si uma classe, "estudantes", alunos sedentos por receber os conhecimentos médicos. E, embora a composição dos alunos fosse muito variada, isso não incomodava Meerson. No início, suas aulas eram fascinantes, ardentes. Mas as primeiras perguntas foram um balde de água fria derramado na cabeça do inflamado Meerson. A classe era de um nível

[89] Serguei Ivánovitch Spassokukótski (1870-1943), destacado médico soviético, especialista em cirurgias pulmonares e do aparelho digestivo. (N. do T.)

[90] Grigóri Ievséievitch Zinóviev (1883-1936), um dos mais importantes membros do Partido durante a Revolução e ao longo dos anos 1920 e 1930. Foi um dos primeiros opositores de Stálin a serem eliminados, logo no início do Terror. (N. do T.)

O curso

baixo demais: palavras como "elemento", "forma", tinham que ser explicadas, e explicadas de maneira bem pormenorizada. Meerson logo percebeu isso, ficou extremamente desgostoso, mas não demonstrou e esforçou-se para se adaptar àquele nível. Teve que se equiparar ao nível mais baixo — o da finlandesa Aino, ou do administrador de loja Silántiev etc.

— Forma-se uma fístula — dizia o professor. — Quem sabe o que é uma fístula?

Silêncio.

— É um buraco, uma espécie de buraco...

As aulas começaram a perder a chama inicial, embora não tivessem perdido seu conteúdo prático.

Como cabe a um cirurgião, Meerson tratava todas as outras especialidades médicas com evidente desprezo. Em seu setor, conseguiu levar os cuidados do pessoal com a esterilização quase até os níveis da capital, exigindo um cumprimento rigoroso das normas das clínicas cirúrgicas. Já nos outros setores, ele se comportava com um menosprezo premeditado. Quando vinha para uma consulta, ele nunca tirava a peliça e o chapéu, e, ainda vestido com a peliça, sentava-se na cama do lado do paciente, em qualquer setor clínico. Fazia aquilo de propósito, para ofender. As enfermarias eram limpas, apesar de tudo, e, quando o consultante saía, os faxineiros, resmungando, passavam um bom tempo esfregando os rastros molhados das botas de feltro de Meerson. Essa era uma das diversões do cirurgião — ele tinha a língua solta, e sempre estava pronto para verter nos médicos clínicos seu fel, sua raiva, sua insatisfação com o mundo.

Não dava as aulas por diversão. Expondo tudo de maneira clara, precisa, pormenorizada, ele sabia achar exemplos que todos entendiam, ilustrações vivas, e, se via que a assimilação do conhecimento ia bem, ficava contente. Era o cirurgião principal do hospital, e, depois, o médico-chefe; em nosso curso, sua opinião tinha um caráter decisivo em todas as questões envolvendo a vida no curso. Todas as suas ações diante dos alunos e todas as suas conversas eram bem pensadas e razoáveis.

No primeiro dia em que visitamos uma operação de verdade, quando nos amontoávamos num canto da sala de operação, usando pela primeira vez aventais esterilizados e fantásticas máscaras de gaze, era Meerson quem estava operando. Era auxiliado por sua habitual enfermeira de operação, Nina Dmítrievna Khártchenko, empregada contratada, secretária da organização do Komsomol no hospital. Meerson dava comandos entrecortados:

— Pinça!... Agulha!

E Khártchenko pegava da mesinha os instrumentos e com cuidado colocava-os na mão esticada do cirurgião, apertada por uma luva amarela de borracha.

Mas então ela entregou algo errado, Meerson praguejou de modo grosseiro e, agitando os braços, atirou a pinça no chão. A pinça tilintou, Nina Dmítrievna corou e entregou timidamente o instrumento correto.

Ficamos ofendidos por Khártchenko, enraivecidos com Meerson. Achávamos que ele não deveria ter feito aquilo, embora fosse por nós que ele agisse como um grosseirão.

Depois da operação, fomos até Nina Dmítrievna com palavras de compaixão.

— Pessoal, o cirurgião é responsável pela operação — disse ela em tom sério e confidencial. Em sua voz não havia embaraço ou ressentimento.

Como que adivinhando tudo que se passava no espírito dos neófitos, Meerson dedicou a aula seguinte a um tema especial. Foi uma palestra brilhante a respeito da responsabilidade do cirurgião, da vontade do cirurgião, da necessidade de sobrepujar a vontade do paciente, da psicologia do médico e da psicologia do paciente.

A palestra produziu um êxtase generalizado, e com o

tempo ela fez com que, entre os alunos, Meerson fosse colocado acima de todos os outros.

Tão brilhante quanto, quase literalmente poética, foi sua palestra "As mãos do cirurgião", que versava, com grande intensidade, sobre a essência da profissão médica, sobre o conceito de esterilização. Meerson falava para si mesmo, quase sem olhar para os ouvintes. Havia muitas histórias em sua palestra. Como a do pânico que dominou a clínica de Spassokukótski devido a uma misteriosa infecção que acometia os pacientes depois de operações assépticas: descobriram que a causa era uma verruga no dedo de um assistente. Era uma palestra sobre a constituição da pele, sobre a necessidade da cirurgia ser impecável. Falou ainda sobre o motivo pelo qual nenhum cirurgião, nenhuma enfermeira cirúrgica ou enfermeiro de centro cirúrgico tinha direito de participar dos "batalhões exemplares" do campo, de fazer trabalhos físicos. Por trás disso víamos também a antiga e acalorada batalha do cirurgião Meerson contra a ignorância da chefia do campo.

Às vezes, no dia dedicado à verificação do que fora assimilado, Meerson conseguia fazer as perguntas mais depressa do que esperava. O restante do tempo era dedicado a interessantíssimos relatos "sobre o tema": sobre destacados cirurgiões russos, sobre Oppel, Fiódorov[91] e especialmente sobre Spassokukótski, que Meerson venerava. Era tudo muito espirituoso, inteligente, útil, tudo muito "autêntico". Nossa visão de mundo mudava, nos tornávamos médicos graças a Meerson. Aprendíamos o pensamento médico, e aprendíamos bem. Cada um de nós era uma pessoa diferente depois daquele curso de oito meses, baseado num programa de dois anos.

Posteriormente, Meerson transferiu-se de Magadan pa-

---

[91] Vladímir Andréievitch Oppel (1872-1932) e Serguei Petróvitch Fiódorov (1869-1936), famosos cirurgiões russos. (N. do T.)

ra Neksikan, para o departamento ocidental. Em 1952, foi subitamente preso e levado para Moscou: estavam tentando "arrastá-lo" para o caso dos médicos;[92] foi posto em liberdade junto com eles, em 1953. De volta a Kolimá, Meerson passou pouco tempo trabalhando lá, temendo acabar ficando num lugar tão instável e perigoso. Partiu para o continente.

O hospital tinha um clube, mas os alunos do curso não o frequentavam — exceto as moças, Jenka Katz e Boríssov. Achávamos um sacrilégio perder uma hora que fosse de nosso tempo livre em qualquer coisa que não as aulas. Estudávamos dia e noite. No início, eu tentava passar as anotações a limpo num caderno em branco, mas faltava tempo e papel para isso.

O hospital do campo já estava repleto de pessoas que chegavam da guerra: emigrantes russos da Manchúria, prisioneiros japoneses — que eram alimentados com arroz, em vez de pão —, milhares e milhares de pessoas condenadas como espiãs pelos tribunais militares; mas tudo aquilo ainda não tinha adquirido a envergadura que iriam adquirir as repressões pouco depois, no fim da época de navegação de 1946, quando cinco mil presos trazidos pelo navio *KIM* foram molhados com água de uma mangueira de incêndio durante uma viagem que se delongava demais. Conduzimos o trabalho de transporte e amputação daqueles presos com queimaduras de frio já como enfermeiros titulares, e não em Magadan.

---

[92] Deflagrado em 1953, o "caso dos médicos" foi uma armação da polícia secreta para prender os médicos do Kremlin, em sua maioria judeus, acusando-os de tentar matar dirigentes do Partido. Acredita-se que fazia parte de um plano de Stálin para iniciar uma perseguição sistemática aos judeus do país, que só não foi levada a cabo por conta da morte do próprio Stálin, em março daquele ano. (N. do T.)

A cada dia éramos atormentados pela dúvida: será que não fechariam o curso? Boatos, um mais terrível que o outro, não me deixavam dormir. Mas as aulas aos poucos avançaram, avançaram, e finalmente chegou o dia em que os últimos choramingas e incrédulos puderam respirar aliviados. Mais de três meses se passaram, e o curso continuava a funcionar. Novas dúvidas surgiram: seríamos aprovados no exame final? O curso, afinal, era uma instituição plenamente oficial, que dava o direito de exercer a profissão de enfermeiro. É verdade que em 1953 a direção sanitária do Dalstroi explicou às autoridades sanitárias municipais de Kalínin que os alunos que concluíram aquele curso podiam exercer apenas em Kolimá, mas essas estranhas delimitações do conhecimento médico não foram levadas em consideração nas localidades.

Um grande desgosto era o fato de que o programa fora reduzido, e só daria o título de auxiliar de enfermagem. Mas mesmo isso era secundário. O pior foi não entregarem nenhum documento em mãos. "As informações serão anexadas a suas fichas individuais", explicou Iliná. Ocorre que em nossas fichas individuais não havia qualquer rastro de nossa formação médica. Depois da libertação, alguns de nós tiveram que colher declarações autenticadas de cada um dos professores do curso.

Depois de três meses de curso, o tempo começou a passar muito, muito depressa. A aproximação do dia dos exames não alegrava ninguém — a prova fecharia a conta de nossa esplêndida vida no quilômetro 23. Nós, que tínhamos visto Kolimá, nós, veteranos do ano de 37, sabíamos que não haveria uma vida melhor. E por isso estávamos inquietos e tristes, numa escala moderada, aliás, pois Kolimá tinha nos ensinado a não projetar nada além do dia seguinte.

O dia dos exames se aproximava. Já falavam abertamente que aquele hospital seria transferido para um local taiga adentro, a quinhentos quilômetros dali, na margem esquerda do rio Kolimá: o povoado de Débin.

Um mês antes da conclusão do curso, organizaram um simulado, com todas as matérias. Não dei importância àquele acontecimento, e só depois do exame final percebi que todos os cartões de pergunta que os alunos receberam no exame verdadeiro continham, em todas as matérias, as mesmas perguntas do exame preliminar. É claro que os membros da comissão — a alta chefia da direção sanitária do Dalstroi — podiam fazer perguntas complementares, e faziam. Mas a confiança do examinado e a boa impressão causada no examinador já estavam consolidadas, graças àquele grato e conhecido cartão. Eu me lembro do meu cartão de cirurgia: "dilatação varicosa das veias".[93]

Já antes do exame, correu um boato tranquilizador, segundo o qual todos seriam aprovados, sem exceção, ninguém seria privado daquele modesto título médico. Aquilo alegrou a todos. O boato acabou se revelando verdadeiro.

Pouco a pouco, nossas relações se fortaleceram, se ampliaram. Já não éramos estranhos, éramos iniciados, éramos membros da grande ordem médica. Tanto os médicos como os pacientes já nos enxergavam assim.

Deixamos de ser pessoas comuns. Passamos a ser especialistas.

Eu me sentia — pela primeira vez em Kolimá — uma pessoa imprescindível: para o hospital, para o campo, para a vida, para mim mesmo. Eu me sentia uma pessoa com direitos plenos, com quem ninguém poderia gritar e que ninguém podia aviltar.

E, embora muitos chefes me colocassem no xadrez por diversos atos contra o regime do campo — tanto inventados

---

[93] Na União Soviética e na Rússia contemporânea, os exames são orais, e o aluno sorteia um cartão com o tema da pergunta. (N. do T.)

como reais —, mesmo no xadrez eu continuava sendo uma pessoa necessária ao hospital. Eu saía do xadrez e seguia de volta para o trabalho de enfermeiro.

Meu amor-próprio, feito em pedaços, recebeu aquela imprescindível cola, aquele cimento com o auxílio do qual eu poderia juntar e reorganizar os cacos.

O curso se aproximava do fim, e os rapazes mais jovens arranjaram namoradas, tudo como deve ser. Mas aqueles que eram mais velhos não deixavam o sentimento de amor intrometer-se no futuro. O amor era uma aposta muito arriscada no jogo do campo. Os anos nos ensinaram a moderação, e não ensinaram em vão.

O mais agudo amor-próprio crescia em mim. Uma excelente resposta de outra pessoa em qualquer aula era vista por mim como uma humilhação, como uma ofensa pessoal. Eu é que deveria saber a resposta de todas as perguntas do professor.

Nossos conhecimentos cresciam pouco a pouco, mas o mais importante era que o interesse aumentava, e nós perguntávamos e perguntávamos aos médicos — mesmo que fossem coisas ingênuas, coisas estúpidas. Mas os médicos não consideravam as nossas perguntas ingênuas ou estúpidas. Todas recebiam uma resposta, sempre, de maneira bastante categórica. As respostas geravam novas perguntas. Ainda não nos atrevíamos a travar debates médicos entre nós. Isso seria muita presunção.

Mas... uma vez me chamaram para reduzir uma luxação de ombro. O médico aplicou a anestesia Rausch, e eu tentei a redução com o pé, de acordo com o método de Hipócrates. Sob meu calcanhar algo macio estalou, e o úmero entrou em seu lugar. Fiquei contente. Tatiana Mikháilovna Iliná, que presenciou a redução do ombro, disse:

— Veja como você foi bem ensinado — e eu não podia discordar dela.

É evidente que não fui uma vez sequer nem ao cinematógrafo, nem às montagens da brigada cultural, que em Magadan — e no hospital também — era plenamente competente e se destacava por sua capacidade inventiva e por seu bom gosto — dentro daquilo que conseguia passar pelo gargalo da censura do KVTch. A brigada cultural de Magadan era dirigida naquela época por L. V. Varpakhóvski, posteriormente diretor geral do Teatro Iermólova de Moscou. Eu não tinha tempo, e os segredos da medicina, que lentamente se abriam para mim, me interessavam muito mais.

A terminologia médica deixou de ser uma coisa sem nexo para mim. Passei a ler artigos e livros médicos sem a fraqueza e a impotência prévias.

Já não era uma pessoa comum. Eu tinha a obrigação de saber prestar primeiros socorros, de saber identificar à distância o que acometia um paciente grave, mesmo que em linhas gerais. Eu tinha a obrigação de ver o perigo que ameaçava a vida das pessoas. Aquilo me deixava feliz, mas alarmado. Eu temia: será que conseguiria cumprir aquele meu elevado dever?

Eu sabia fazer um enema, sabia manusear o aparelho de Bobrov,[94] um bisturi, uma seringa...

Sabia arrumar a roupa de cama de um paciente grave e conseguia ensinar aquilo a um auxiliar. Conseguia explicar aos auxiliares por que razão era feita a desinfecção, a limpeza.

Aprendi milhares de coisas que eu não sabia antes, coisas necessárias, imprescindíveis, úteis para as pessoas.

O curso acabou, começaram pouco a pouco a enviar os novos enfermeiros para seus locais de trabalho. E lá estava a lista, na mão do guarda da escolta estava a lista na qual cons-

---

[94] Aleksandr Aleksêievitch Bobrov (1850-1904), cirurgião russo. O aparelho em questão era usado para realizar injeções subcutâneas de líquidos. (N. do T.)

tava o meu nome. Mas fui o último a entrar no veículo. Eu acompanharia alguns pacientes para a Margem Esquerda. O veículo ia abarrotado; fui sentado bem na borda, com as costas coladas na carroceria. Enquanto me acomodava, minha camisa se deslocou, e um vento soprou pela borda da carroceria. Em minhas mãos havia um pacote com frasquinhos: valeriana, convalarina, iodo, amoníaco. Junto aos meus pés, um saco repleto com os meus cadernos de estudo do curso de enfermagem.

Durante vários anos, aqueles cadernos foram meu maior apoio, até que finalmente, num momento de ausência minha, um urso entrou furtivamente no ambulatório da taiga e despedaçou todas as minhas anotações, depois de estilhaçar todos os vidros e todos os frascos.

(1960)

O PRIMEIRO TCHEKISTA

Os olhos azuis desbotam. Na infância, são de um azul vivo; com os anos, vão se transformando nos olhinhos pardacentos, turvos e de um azul acinzentado dos pequeno-burgueses; ou nos tentáculos vítreos dos juízes de instrução e dos homens da guarda; ou nos olhos "de aço" dos soldados — as nuances são muitas. E é muito raro os olhos manterem a cor da infância...

Um feixe de raios solares vermelhos passando pelo caixilho das grades da prisão dividiu-se em alguns feixes menores; em algum ponto no centro da cela, os feixes uniram-se novamente numa única corrente, dourada e avermelhada. Nesse jato luminoso, dourejava uma densa nuvem de grãos de poeira. As moscas que passavam por aquela faixa de luz também ficavam douradas, como o sol. Os raios do crepúsculo batiam diretamente na porta, selada pelo ferro cinzento e lustroso.

Retiniu o cadeado, aquele som que, na cela da prisão, é ouvido por qualquer preso, os de vigília e os que dormem, é ouvido a qualquer hora. Não há na cela conversa que possa abafar esse som, não há na cela sonho que possa desviar a atenção desse som. Não há na cela pensamento que possa... Ninguém consegue se concentrar em coisa alguma para deixar de lado esse som, para não ouvi-lo. O coração de todos para quando se ouve o som do cadeado, o destino batendo à porta da cela, batendo na alma, no coração, na mente. É um som que traz a inquietação a todos. E é impossível confundi-lo com o som de qualquer outra coisa.

Retiniu o cadeado, a porta se abriu, e uma torrente de raios escapou para fora da cela. Pela porta aberta, foi possível ver os raios atravessando o corredor, lançando-se em direção à janela do corredor, cruzando num voo o pátio da prisão e despedaçando-se nos vidros das janelas de outro pavilhão prisional. Todos os sessenta habitantes da cela conseguiram observar aquilo no curto tempo em que a porta esteve aberta. A porta bateu com um ruído melódico, semelhante ao ruído de velhos baús quando têm sua tampa fechada. E logo todos os detentos, que tinham acompanhado avidamente o ímpeto da torrente de luz, o movimento dos raios, como se fosse de um ser vivo, de um irmão ou de um camarada, compreenderam que o sol estava novamente ali, trancafiado com eles.

E somente então todos viram que, junto à porta, recebendo em seu peito amplo e negro aquela torrente de raios dourados do crepúsculo, estava parado um homem, apertando os olhos devido àquela brusca luz.

O homem tinha certa idade, era alto e espadaúdo, uma cabeleira densa e clara recobria sua cabeça. Somente olhando com bastante atenção alguém perceberia que a brancura havia muito clareara aqueles cabelos amarelos. Seu rosto enrugado, semelhante a um mapa topográfico, estava coberto por muitas e profundas bexigas, como crateras lunares.

O homem vestia um blusão de lã preta, de exército, sem cinto, desabotoado no peito, calças militares de lã preta e botas. Nas mãos, segurava um capote preto, amassado, bastante surrado. As roupas mal se sustentavam sobre seu corpo: os botões estavam todos despregados.

— Aleksêiev — disse ele em voz baixa, virando a palma de sua mão grande e peluda em direção ao peito. — Olá...

Mas já vinham na direção dele, incentivando-o com o riso nervoso e explosivo dos detentos, batendo em seu ombro e apertando sua mão. Já se aproximava dele o veterano da cela, a chefia eleita, para indicar o lugar do novato. "Gavriil Aleksêiev", repetia o homem de aspecto ursino. E ainda: "Gavriil Timofiêievitch Aleksêiev"... O homem de negro afastou-se para um lado, e o raio de sol já não impedia que víssemos os olhos de Aleksêiev: eram olhos graúdos, de um azul vivo, infantis.

A cela logo ficou sabendo dos detalhes da vida de Aleksêiev: era o chefe da brigada de incêndio de uma fábrica de Naro-Fominsk — daí sua roupa preta, do Estado. Sim, tinha sido membro do Partido desde o verão de 1917. Sim, soldado da artilharia, tomara parte nos combates de outubro em Moscou. Sim, foi desligado do Partido em 1927. Foi reintegrado. E novamente desligado — uma semana atrás.

Os detentos se comportam de maneira diferente na reclusão. Quebrar a desconfiança de uns é algo muito difícil. Gradualmente, dia após dia, eles se acostumam a seu destino, começam a entender as coisas.

Aleksêiev tinha outro modo de ser. Como se ele tivesse permanecido em silêncio por muitos anos, e de repente a reclusão, a cela da prisão, tivesse lhe devolvido o dom da fala. Ele tinha encontrado ali a possibilidade de entender a coisa mais importante, de compreender o andar do tempo, de compreender seu próprio destino e de entender por quê. Encontrar a resposta para aquele imenso, aquele gigantesco "por quê?", que pairava sobre toda a sua vida e todo o seu destino; e não apenas sobre a vida e o destino dele, mas também de centenas de milhares de outros como ele.

Aleksêiev contava sem se justificar, sem perguntar, mas simplesmente tentando entender, comparar, compreender.

Da manhã até a noite ele ficou andando para frente e para trás pela cela, imenso, com seu aspecto ursino, vestin-

do aquele blusão de exército sem cinto, segurando alguém pelos ombros com suas enormes patas, perguntando, perguntando... Ou contando.
— Por que desligaram você, Gavriucha?
— Você imagina como. Foi numa aula do grupo de estudos políticos. O tema era o Outubro em Moscou. E eu tinha sido um soldado de Murálov, da artilharia, fui ferido duas vezes. Apontei pessoalmente minha arma para os cadetes nos portões de Nikitski. O professor me disse na aula: "Quem comandou as tropas do poder soviético em Moscou durante o golpe?". Eu disse: "Murálov, Nikolai Ivánovitch Murálov".[95] Eu o conheci bem, pessoalmente. Que outra coisa eu poderia ter dito? O que poderia dizer?
— Foi uma pergunta provocadora, Gavriil Timofiêievitch. Mas você sabia que Murálov tinha sido declarado um inimigo do povo?
— Mas o que eu poderia ter dito? Não era por causa de um manual de política que eu sabia aquilo. Naquela mesma noite fui preso.
— E como você foi parar em Naro-Fominsk? Na brigada de incêndio?
— Eu bebia muito. Recebi baixa da Tcheká já no ano de 18. Foi Murálov quem me encaminhou para lá. Por ser particularmente fiel... Bom, e foi lá que começou minha doença.
— Que doença, Gavriucha? Você é tão saudável, é um urso...
— Vocês ainda vão ver. Eu mesmo não sei que doença é essa que eu tenho... Não consigo guardar na memória. Não lembro o que acontece comigo. Mas alguma coisa acontece... Começa uma inquietação, uma raiva, e aí Ela vem...
— É por causa da vodca?

---

[95] Nikolai Murálov (1877-1937), revolucionário russo, alvo das primeiras repressões durante o Terror. (N. do T.)

— Não, não é a vodca... É a vida. A vodca dá no mesmo.
— E estudar?... Os caminhos estavam todos abertos.
— E estudar como? Uns estudavam, mas outros tinham que lutar para defender esse tal estudo. Não falo lá muito bonito, não é, conterrâneo? E depois os anos se passaram, não dava mais para entrar no cursinho profissionalizante. Sobrou esse diabo desse serviço de segurança. E a vodca. E Ela.
— E filhos, você tem?
— Tive uma filha com minha primeira esposa. Acabou se afastando de mim. Agora moro com uma tecelã. Bom, ela quase morreu de susto com a minha prisão, se é que não morreu. Mas para mim a prisão logo vai ficar fácil. Não preciso pensar em nada. Tudo vai ser decidido sem passar por mim. Vão pensar sem mim. Como é que o Gavriucha Aleksêiev vai viver daqui para a frente?

Alguns dias se passaram, uns poucos dias. E Ela chegou.

Aleksêiev deu um grito lamurioso, abriu os braços e desabou de costas na tarimba. Seu rosto ficou cinzento, bolhas de baba escorriam de sua boca azulada, de seus lábios enfraquecidos. Um suor quente brotava em suas bochechas acinzentadas, em seu peito peludo. Os vizinhos o agarraram pelos braços, caíram sobre as pernas de Aleksêiev. Um forte tremor percorria seu corpo.

— A cabeça, tomem cuidado com a cabeça — e alguém enfiou o capote preto debaixo da cabeça despenteada e suarenta de Aleksêiev.

Tinha chegado, era Ela. A crise de grande mal durou muito tempo, os potentes músculos se inchavam em nódulos, os punhos batiam, e os dedos ineptos dos vizinhos tentavam afrouxar aqueles poderosos punhos. As pernas pareciam tentar correr, mas o peso de alguns homens apoiados nele conteve Aleksêiev na tarimba.

E então os músculos aos poucos foram enfraquecendo, os dedos foram se abrindo, e Aleksêiev adormeceu.

O primeiro tchekista

Durante todo esse tempo, os plantonistas da cela ficaram batendo na porta, chamando furiosamente um médico. Afinal, deveria existir algum médico na Butírskaia. Algum Fiódor Petróvitch Gaas. Ou simplesmente um médico militar de plantão, de alguma patente, como um tenente do serviço médico.

No fim, não foi fácil chamar um médico, mas mesmo assim o médico veio. Apareceu de avental, com um uniforme de oficial, acompanhado por dois ajudantes bem alentados, que pareciam enfermeiros. O médico escalou a tarimba e examinou Aleksêiev. Naquele momento a crise já tinha passado, e Aleksêiev dormia. Sem dizer uma palavra sequer e sem responder a nenhuma das perguntas despejadas pelos detentos que o rodeavam, o médico foi embora. Atrás dele foram seus ajudantes silenciosos. O cadeado retiniu, e provocou uma explosão de indignação. E quando aquela primeira agitação arrefeceu, abriram a "manjedoura" na porta da cela, e o carcereiro de plantão, recurvando-se para espiar pela manjedoura, disse: "O médico falou que não precisa fazer nada. Isso é epilepsia. Tomem cuidado para a língua não enrolar... Quando acontecer a próxima crise, não precisam chamar ninguém. Essa doença não tem cura".

E a cela não chamou mais um médico para Aleksêiev. Mas ele ainda teve muitos ataques de epilepsia.

Ao recuperar as forças após as crises, Aleksêiev queixava-se de dores de cabeça. Um ou dois dias se passavam, e novamente se arrastava a imensa figura ursina de blusão de lã preta, do exército, e calças militares de lã preta, e caminhava, caminhava pelo chão de cimento da cela. Novamente cintilavam os olhos azuis. Depois de duas desinfecções da cela, as "tostaduras", o tecido preto da roupa de Aleksêiev ficou cinza, já não parecia mais preto.

Mas Aleksêiev continuava caminhando, caminhando, contando ingenuamente sobre sua vida passada, sobre sua vida antes da doença, apressando-se a relatar para o ouvinte da vez aquilo que ainda não tinha sido contado naquela cela.

— ... Dizem que agora existem executores especiais. Mas sabe como era conduzido o caso na época de Dzerjínski?[96]

— Como?

— Se o Colégio decidia pela pena máxima, a sentença devia ser executada pelo agente que tinha conduzido o caso... Aquele que ofereceu as provas e exigiu a pena capital. Você exige a pena de morte para essa pessoa? Está convencido da culpa, tem certeza de que é um inimigo e merece a morte? Então mate com as próprias mãos. A diferença entre assinar um papel, confirmar a sentença e matar você mesmo é muito grande...

— É grande...

— Além disso, todo agente de instrução tinha que achar ele mesmo o tempo e o lugar para essas coisas... Era diferente. Uns no gabinete, outros no corredor, ou em algum porão. Na época de Dzerjínski era o próprio agente que preparava tudo isso... Você tinha que pensar mil vezes antes de começar a pedir a morte de alguém...

— E você viu algum fuzilamento, Gavriucha?

— Vi, sim. E quem é que não viu?

— E é verdade que quem é fuzilado cai com a cara para a frente?

— É verdade, sim. Quando ele está de frente para você.

— E se atirarem por trás?

— Aí ele cai para trás, de costas.

— E você teve que... Bom...

— Não, eu não era agente. Não tenho instrução para isso. Eu estava só no pelotão. Lutava contra a bandidagem,

---

[96] Felix Dzerjínski (1877-1926), fundador e comandante da Tcheká de 1917 até sua morte. (N. do T.)

O primeiro tchekista

coisa e tal. Fiquei doente com esse negócio, aí me deram baixa. Por causa dos ataques. E foi aí que eu comecei a beber. E também dizem que não ajuda no tratamento.

A prisão não gosta de espertalhões. Na cela, todos ficam 24 horas por dia à vista dos outros. As pessoas não têm forças para esconder seu verdadeiro caráter, fazer de conta que ele não é o que é na cela da prisão provisória, durante os minutos, horas, dias, semanas, meses de tensão, de nervosismo, quando tudo que é supérfluo e aparente some das pessoas, como se fosse uma casca. E fica a verdade, que não foi criada pela prisão, mas por ela verificada e provada. A vontade ainda não foi alquebrada, não foi esmagada, como acontece de modo quase inevitável no campo. Mas quem então pensava no campo, quem pensava no que era aquilo? Alguns talvez soubessem e ficassem contentes de contar sobre o campo, advertir os novatos. Mas o homem acredita naquilo em que quer acreditar.

E lá estava Weber, um comunista silesiano de barba negra, do Komintern, que tinha sido trazido de Kolimá para um "inquérito complementar". Ele sabia o que era o campo. E também Aleksandr Grigórievitch Andrêiev, ex-secretário geral da Sociedade dos Presos Políticos, um SR de direita,[97] que conhecia tanto os galés tsaristas como o degredo soviético. Andrêiev: aquele sabia alguma verdade desconhecida da maioria. Não se pode contar sobre essa verdade. Não porque ela seja um segredo, mas porque não se pode crer nela. E por isso tanto Weber como Andrêiev ficavam em silêncio. A prisão é a prisão. A prisão provisória é a prisão provisória. Cada um tem seu caso, sua luta, sua conduta, que ninguém pode explicar, seu dever, seu caráter, sua alma, sua reserva de forças morais, sua experiência. As qualidades hu-

---

[97] Membros mais moderados do Partido Socialista Revolucionário, contrários ao terrorismo como prática política. (N. do T.)

manas são colocadas à prova não apenas — e nem tanto — na cela da prisão, mas além de suas paredes, em algum gabinetezinho de inquérito. É o destino, que depende de uma cadeia de casualidades, ou, mais frequentemente, não depende em absoluto de casualidades.

Até a prisão provisória — e não só a prisão em que se cumpre a sentença — ama os ingênuos, os sinceros. A cela tinha uma atitude benevolente para com Aleksêiev. Mas será que o amavam? Será que é possível amar alguém numa cela de prisão provisória? Afinal, é um local de inquérito, de transferência, é a *tranzitka*.[98] A cela tinha uma atitude benevolente para com Aleksêiev.

Passaram-se semanas, meses. Aleksêiev ainda não tinha sido convocado para o interrogatório. E continuava caminhando, caminhando.

Há duas escolas de agentes de instrução. A primeira acredita que é necessário atordoar o detento, aturdi-lo imediatamente. Essa escola baseia seu sucesso num rápido ataque psicológico, na pressão, no esmagamento da vontade do detento submetido a inquérito, antes que ele volte a si, oriente-se, junte as forças morais. Os agentes dessa escola começam os interrogatórios na noite da prisão, e eles duram muitas horas, com todas as ameaças possíveis. A segunda escola acredita que a cela da prisão só pode torturar o detento, enfraquecer sua disposição para resistir. Quanto mais tempo o detento passar na cela provisória antes de encontrar o agente, mais vantagem o agente obtém. O detento prepara-se para o interrogatório, o primeiro interrogatório de sua vida, reunindo todas as suas forças. E o interrogatório não acontece. Não acontece por uma semana, por um mês, dois me-

---

[98] Local de detenção dos prisioneiros que aguardam transferência para os campos ou que estão voltando para o continente. (N. do T.)

ses. Em vez do agente, quem faz todo o trabalho de esmagar a parte psíquica do detento é a cela de prisão.

Não se sabe nada a respeito do uso, pela primeira e pela segunda escola, de uma arma muito efetiva: a tortura. Esse relato se passa no início do ano de 37, e começaram a torturar só na segunda metade do ano.

O agente de Gavriil Timofiêievich Aleksêiev pertencia à segunda escola.

Perto do fim do terceiro mês das caminhadas de Aleksêiev pela cela, chegou correndo uma moça, vestindo um blusão de exército, e chamou Aleksêiev "pelas iniciais", mas sem suas coisas — para o interrogatório, portanto. Aleksêiev penteou seus claros cachos com os próprios dedos e, ajeitando seu blusão desbotado, atravessou a soleira da cela.

Ele voltou logo do interrogatório. Ou seja, tinha sido interrogado num pavilhão específico, destinado aos interrogatórios, não tinha sido levado para nenhum outro lugar. Aleksêiev estava surpreso, abatido, pasmo, abalado e assustado.

— Aconteceu alguma coisa, Gavriil Timofiêievitch?

— Aconteceu, sim. Uma coisa nova no interrogatório. Fui acusado de complô contra o governo.

— Calma, Gavriucha. Nessa cela todos foram acusados de complô contra o governo.

— Disseram que eu tinha intenção de matar.

— Isso também acontece bastante. E do que você tinha sido acusado antes?

— Daquilo em Naro-Fominsk, depois de ser preso. Eu era chefe da brigada de incêndio numa fábrica têxtil. Quer dizer, não era uma posição muito alta.

— Aqui não ligam para a sua posição, Gavriucha.

— E interrogaram sobre a aula do grupo de estudos políticos. Por ter elogiado Murálov. Mas eu estava no batalhão dele em Moscou. O que eu ia dizer? E agora de repente a questão não tem mais nada a ver com Murálov.

204 O artista da pá

As bexigas e rugas ficaram ainda mais destacadas. Aleksêiev sorria de um modo como que propositalmente calmo e ao mesmo tempo hesitante, e seus olhos azuis ficaram ainda mais acesos. Mas estranhamente os ataques epiléticos tornaram-se mais raros. Parecia que o perigo iminente e a necessidade de lutar pela vida tinham afastado para lá os ataques.

— O que fazer?... Eles vão acabar comigo.
— Não tem que fazer nada. Diga apenas a verdade. Mostre a verdade, enquanto ainda tem forças.
— Então você acha que não vai acontecer nada?
— Pelo contrário, na certa alguma coisa vai acontecer. Sem isso não deixam sair daqui, Gavriucha. Mas fuzilamento não é a mesma coisa que uma sentença de dez anos. E dez anos não são cinco.
— Entendi.

Gavriil Timofiêievitch começou a cantar com mais frequência. E ele cantava maravilhosamente bem. Era um tenor de voz límpida, clara. Aleksêiev cantava baixinho, no lugar mais distante do buraco de vigia da porta:

Quão bela foi aquela noite azul,
Quão terno o brilho do pálido luar...

Mas era muito mais frequente uma outra:

Abre a janela, abre,
Tenho pouco tempo para viver.
E deixa-me ir em liberdade,
Para amar e para sofrer.

Aleksêiev interrompia a canção, dava um salto e saía caminhando, caminhando...
Ele brigava com muita frequência. A vida na prisão, na prisão provisória, predispõe às brigas. É preciso saber disso,

entender, controlar-se o tempo todo ou saber desviar a própria atenção... Gavriil Aleksêiev não conhecia essas nuances da cadeia e metia-se em discussões, em brigas. Um disse algo atravessado para Gavriil Aleksêiev, outro ofendeu Murálov. Murálov era um deus para Aleksêiev. Era o deus de sua juventude, o deus de sua vida inteira.

Quando Vássia Jávoronkov, um maquinista que trabalhava no depósito de locomotivas da estação Saviôlovski, disse qualquer coisa a respeito de Murálov, no espírito dos manuais mais recentes do Partido, Aleksêiev partiu para cima de Vássia e agarrou a chaleira de cobre que usavam para distribuir chá na cela.

Essa chaleira, que ficava na prisão Butírskaia desde os tempos do tsar, era um imenso cilindro de cobre. Polida com pó de tijolo, a chaleira brilhava como o sol do crepúsculo. Traziam essa chaleira com o auxílio de uma vara, e, quando serviam o chá, era preciso dois dos nossos carcereiros de plantão para segurá-la.

Homem forte, um hércules, Aleksêiev não hesitou em pegar a chaleira pela alça, mas não conseguiu tirá-la do lugar. A chaleira estava cheia de água — ainda faltava muito para a hora da janta, quando a levavam embora.

Assim, tudo terminou em riso, embora Vássia Jávoronkov, pálido, já tivesse se preparado para levar o golpe. Vássia Jávoronkov estava quase que no mesmo caso de Gavriil Timofîeievitch. Também foi preso depois da aula do grupo de estudos políticos. O monitor da aula fez a ele a pergunta: "O que você faria, Jávoronkov, se de repente não existisse o Poder Soviético?". O ingênuo Jávoronkov respondeu: "Como assim, o quê? Trabalharia como maquinista no depósito de locomotivas, como agora. Tenho quatro filhos". No dia seguinte, Jávoronkov foi preso, e o inquérito já estava concluído. O maquinista estava à espera da sentença. O caso era semelhante, Gavriil Timofîeievitch consultava-se com Jávoronkov, e eles acabaram ficando amigos. Mas quando as circunstâncias do caso de Aleksêiev mudaram — e ele passou a ser acusado de complô contra o governo —, o covarde Jávoronkov afastou-se do amigo. E não perdeu a oportunidade de fazer aquela observação a respeito de Murálov.

Mal tinham conseguido acalmar Aleksêiev nessa peleja quase cômica com Jávoronkov, e uma nova briga estourou. Aleksêiev novamente chamou alguém de espertalhão. Novamente tiveram que tirar Aleksêiev de cima de alguém. Toda a cela já tinha entendido e já sabia: logo Ela chegaria. Os companheiros de cela caminhavam ao lado de Aleksêiev, segurando-o pelos braços, a cada segundo prontos para agarrar seus braços, suas pernas, segurar sua cabeça. Mas Aleksêiev de repente irrompeu, saltou no peitoril da janela, aferrou-se com as mãos à grade da cela e começou a sacudi-la, praguejando, rugindo. O corpo negro de Aleksêiev pendia nas grades, como uma grande cruz negra. Os presos tentavam soltar seus dedos das grades, abrir as palmas das mãos, com muita pressa, porque a sentinela do torreão já tinha percebido aquela azáfama junto à janela aberta.

E então Aleksandr Grigórievitch Andrêiev, secretário-geral da Sociedade dos Presos Políticos, disse, apontando para o corpo negro que deslizava das grades:

— O primeiro tchekista...

Mas na voz de Andrêiev não havia nenhuma maldade.

(1964)

O WEISMANNISTA

No chão, junto à soleira do ambulatório, havia marcas frescas das garras de um urso. A fechadura — uma engenhosa fechadura parafusada com que se trancava a porta — estava jogada em meio aos arbustos, arrancada junto com as armelas e com lascas da madeira...
Dentro da casinha, os frasquinhos, as garrafas e as latas tinham sido derrubados das prateleiras e transformados numa farinha de vidro. O cheiro áspero das gotas de valeriana ainda permanecia na casinha.
Os cadernos do curso de enfermagem em que Andrêiev tinha estudado estavam despedaçados. Durante algumas horas, Andrêiev juntou, com dificuldade, folha por folha, suas preciosas anotações — afinal, no curso de enfermagem não havia qualquer manual didático. Na luta contra as doenças, em meio à taiga cerrada, o enfermeiro Andrêiev tinha como armas apenas aqueles cadernos. Um dos cadernos sofrera mais que os outros. O caderno de anatomia. Na primeira página, com o traço desajeitado da mão de Andrêiev, que nunca estudara desenho, via-se representado o esquema da divisão da célula, com os elementos do núcleo celular e os enigmáticos cromossomos. Mas as garras do urso tinham rasgado com tanta fúria aquele traçado no caderno com capa de celofane, que foi preciso jogar o caderno no fogo, dentro do fogareiro de ferro. Foi uma perda irreparável. Eram as palestras do curso do professor Umanski.

O curso de enfermagem foi realizado no hospital para presos, mas Umanski era anatomopatologista, chefe do serviço de autópsia e responsável pelo necrotério. O anatomopatologista fazia o controle mais extremo, o póstumo, do trabalho dos médicos que tratavam no hospital. Nas "secções", nas aberturas, nas dissecações dos cadáveres, eles julgavam a correção do diagnóstico, a correção do tratamento.

Mas o necrotério dos presos é um necrotério especial. Seria de imaginar que à morte, essa grande democrata, não devesse interessar quem está deitado na mesa de autópsia do necrotério, e que ela não devesse falar com os cadáveres em línguas diferentes.

Tratar de um paciente prisioneiro não é fácil, ainda mais para um médico prisioneiro, se esse médico não for um canalha.

Tanto no hospital como no necrotério dos presos, tudo é feito da mesmíssima forma que se deve observar em qualquer hospital do mundo. Mas as escalas são alteradas, e o verdadeiro conteúdo da história da doença que aflige o detento é muito diferente daquela que aflige um trabalhador livre.

A questão não é apenas o fato de que o próprio representante da morte — o anatomopatologista — ainda é uma pessoa viva com paixões vivas, com ressentimentos, com qualidades e defeitos, com diferentes experiências. A questão é algo muito maior, pois a aridez oficial das atas das "secções" não basta nem para a vida, nem para a morte.

Se o paciente morria com um diagnóstico de câncer, e durante a autópsia não fosse encontrado um tumor maligno — se houvesse apenas um esgotamento físico profundíssimo, negligenciado —, Umanski se indignava e não perdoava os médicos que não tinham conseguido salvar o detento da fome. Mas se fosse evidente que o médico entendia o que se passava e, sem ter o direito de citar o verdadeiro diagnóstico de "distrofia alimentar" — fome —, procurava avidamente um sinônimo — a fome como avitaminose, semiavitaminose, escorbuto III, pelagra, e outros inúmeros —, Umanski ajudava o médico com um parecer firme. E mais que isso. Se o médico quisesse limitar-se ao diagnóstico plenamente respeitável de pneumonia gripal ou de insuficiência cardíaca, o anatomopatologista levantava seu dedo para chamar a atenção dos médicos às peculiaridades que o campo conferia a qualquer doença.

A consciência médica de Umanski também estava tolhida, agrilhoada. O primeiro diagnóstico de "distrofia alimentar" foi dado depois da guerra, depois do cerco de Leningrado, quando a fome era chamada por seu nome verdadeiro até nos campos.

O anatomopatologista deve ser um juiz, mas Umanski era um cúmplice... E justamente por ser um juiz é que ele podia ser um cúmplice. Por mais tolhido que ele estivesse pelas instruções, pela tradição, pelas ordens, pelos esclarecimentos, Umanski olhava mais a fundo, mais longe, com mais princípios. Ele via sua obrigação não em apanhar os médicos em coisas pequenas, em erros insignificantes, mas em ver — e indicar aos outros! — aquilo que havia de grande por trás dessas coisas pequenas, aquele "plano de fundo" do esgotamento pela fome, que mudava todo o quadro da doença que o médico conhecia só por seu manual. Um manual sobre doenças dos presos ainda não tinha sido escrito. Ele nunca foi escrito.

As queimaduras de frio dos campos deixavam aturdidos os cirurgiões que vinham do "continente", do *front*. O tratamento das fraturas é feito contra a vontade dos pacientes. Para ir parar no setor dos tuberculosos, os pacientes levavam consigo as "escarradas" de algum outro paciente e, antes do exame de triagem, colocavam na boca aquela coisa obviamente infectada pelo bacilo, aquele veneno. Os pacientes misturavam sangue à urina, mesmo que cortando o próprio dedo, para ir parar no hospital, para se livrar, mesmo que só por um dia, só por uma hora, da coisa mais terrível que existe na reclusão: o humilhante e mortal trabalho.

Umanski, como todos os velhos médicos de Kolimá, sabia de tudo isso, aprovava e perdoava. O manual sobre as doenças dos prisioneiros não foi escrito.

Umanski tinha recebido sua educação médica em Bruxelas, mas durante a revolução voltara para a Rússia, para morar em Odessa, tratar os doentes...

No campo, ele entendeu que para manter a consciência tranquila era melhor abrir os mortos que tratar dos vivos. Umanski tornou-se o responsável pelo necrotério, o anatomopatologista.

O velhinho, de setenta anos, mas ainda não senil, usando próteses vacilantes na boca inteira, a cabeça prateada, com os cabelos curtos, cortados à moda dos prisioneiros, um brincalhão de nariz arrebitado, entrou na sala.

Para os alunos, sua aula tinha um significado especial. Não porque fosse a primeira aula, mas porque dali em diante, a partir da primeira palavra dita pelo professor Umanski, o curso começou a se tornar vivo, começou a existir a olhos vistos, a sério, por mais que para os alunos tudo parecesse um conto de fadas. O tempo da inquietação tinha passado. Para muitos, terminara para sempre o trabalho extenuante nas galerias de ouro, a luta diária pela vida. O estudo se iniciou com as aulas do professor Umanski sobre anatomia e fisiologia humanas.

O velhinho de cabeça prateada, que usava uma peliça desabotoada, uma peliça escura, surrada — uma peliça, e não um casaco militar de algodão, como nós usávamos —, aproximou-se da lousa e pegou um enorme pedaço de giz com seu pequenino punho. O chapéu, uma *uchanka* amarfanhada, o professor tinha largado sobre a mesa — era abril, ainda estava frio.

O weismannista

— Vou começar minhas aulas contando sobre a estrutura da célula. Hoje em dia há muitos debates na ciência... Onde? Que debates? A vida passada de todas as trinta pessoas — do ex-inspetor até o vendedor de armazém — estava muito distante de qualquer ciência... A vida passada dos alunos estava mais distante de nós do que a vida após a morte — e disso todos os alunos tinham certeza... O que é que eles tinham a ver com qualquer debate na ciência? E que ciência era essa? Anatomia? Fisiologia? Biologia? Microbiologia? Nenhum dos alunos teria conseguido dizer naquele dia o que era a biologia. Os alunos mais instruídos tinham passado fome o suficiente para não manter qualquer interesse nos debates das ciências...

— ... Há muitos debates na ciência. Hoje em dia é recorrente expor essa parte do curso de outra maneira, mas vou contar como acho mais certo. Eu combinei com a administração de expor essa seção do meu jeito.

Andrêiev tentou imaginar a tal administração com quem o professor de Bruxelas tinha combinado aquilo. O chefe do hospital, que tinha perscrutado com seu olhar penetrante de soldado da guarda todos os alunos do curso durante o exame de admissão. Ou o homem cheirando a álcool, soluçando e de nariz vermelho, que cumpria as funções de chefe da direção sanitária. Andrêiev não conseguiu vislumbrar, imaginar nenhuma outra administração superior.

— Essa seção eu vou expor do meu jeito. E não quero esconder de vocês a minha opinião.

"Esconder a minha opinião", repetiu Andrêiev num sussurro, enlevado por aquelas extraordinárias palavras da extraordinária ciência.

— Não quero esconder a minha opinião. Sou um weismannista, meus amigos...

Umanski fez uma pausa para que nós pudéssemos apreciar sua coragem e sua delicadeza.

Um weismannista? Aquilo não queria dizer nada aos alunos. Nenhuma das trinta pessoas sabia ou jamais viria a saber o que é a mitose e o que são os filamentos nucleoproteicos — os cromossomos que contêm o ácido desoxirribonucleico. Ninguém se interessava pelo ácido desoxirribonucleico e pela administração hospitalar.

Mas um ou dois anos se passaram, e toda a vida social foi transpassada pelos raios obscuros das discussões biológicas, vindos de todos os lados, e a palavra "weismannista" tornou-se bastante compreensível para qualquer investigador com uma noção mediana de direito e para as pessoas comuns submetidas às tempestades das repressões políticas. "Weismannista" soava como algo ameaçador, algo sinistro, algo semelhante aos já bem conhecidos "trotskista" e "cosmopolita".[99]

Foi justamente nessa época, um ano depois das discussões biológicas, que Andrêiev lembrou e apreciou tanto a coragem como a delicadeza do velho Umanski.

Em trinta cadernos, trinta lápis desenhavam cromossomos imaginários. Foi bem esse caderno com os cromossomos que despertou em particular a fúria do urso.

Não apenas pelos misteriosos cromossomos, não ape-

---

[99] A partir do final dos anos 1920, o biólogo russo Trofim Deníssovitch Lissenko (1898-1976) elaborou teorias genéticas que contrariavam a escola mendeliana. Em meio à necessidade de combater a crise agrária que assolava o país, Lissenko foi altamente prestigiado pelo regime, e suas teorias tornaram-se canônicas na União Soviética, ocasionando a perseguição dos defensores da genética tradicional. Lissenko teve suas teorias desbancadas durante a década de 1940, e a genética mendeliana foi oficialmente reintroduzida nos anos 1960. (N. do T.)

nas pelas "secções" condescendentes e inteligentes que Andrêiev se lembrou de Umanski.

No fim do curso, quando os recrutas da medicina já tinham sobre si o avental branco dos enfermeiros, que separa os profissionais da medicina dos simples mortais, Umanski novamente deu uma estranha declaração:

— Não vou falar nas aulas sobre a anatomia dos órgãos sexuais. Combinei com a administração do curso de vocês. Essa parte foi dada para as turmas anteriores. Não veio nada de bom daquilo. É melhor dedicarmos essas horas à prática clínica; pelo menos vocês vão aprender a aplicar ventosas.

Assim, os alunos receberam seus diplomas sem terem passado por aquela importante divisão da anatomia. Mas por acaso era só aquilo que os futuros enfermeiros não sabiam?

Um mês ou dois depois do início do curso, quando aquela fome eternamente massacrante tinha sido afinal detida, vencida, atenuada, e Andrêiev já não corria para apanhar qualquer ponta de cigarro que via no caminho, na rua, na terra, no chão, e em seu rosto começavam a surgir alguns novos — ou velhos? — traços humanos — o próprio olhar, e não só os olhos, começou a ficar mais humano —, Andrêiev foi convidado a beber chá com o professor Umanski.

Chá era literalmente chá. Não haveria pão e açúcar, mas Andrêiev nem esperava beber chá dessa maneira, com pão. O chá era uma conversa noturna com o professor Umanski, uma conversa num lugar quente, uma conversa cara a cara.

Umanski morava no necrotério, no escritório do necrotério. A sala de autópsia não tinha porta, e a mesa das dissecações — que era recoberta, aliás, por um oleado — era visível de qualquer ponto do quarto de Umanski. A porta da sala de autópsia não existia, mas Umanski tinha se acostumado com todos os cheiros do mundo e agia como se a porta existisse. Andrêiev não entendeu de imediato o que exatamente fazia daquele quarto um quarto, mas depois percebeu que o chão do quarto era assoalhado, e ficava meio metro acima do chão da sala de autópsia. O trabalho terminava, e Umanski colocava sobre sua mesa de trabalho uma foto de uma mulher jovem; a fotografia tinha uma espécie de moldura, de lata, coberta, de modo grosseiro e desigual, com um vidrinho esverdeado. A vida pessoal do professor Umanski começava a partir desse movimento habitual, regulado. Os dedos da mão direita seguravam a parte da frente da gaveta, puxavam a gaveta, apoiando-a na barriga do professor. Com a mão esquerda, Umanski alcançava a fotografia e a colocava sobre a mesa, diante de si...

— Sua filha?

— Sim. Se fosse um filho, seria bem pior, não é verdade?

Andrêiev sabia muito bem qual era a diferença entre um filho e uma filha para um preso. Das gavetas da mesa — havia muitas gavetas — o professor ia extraindo inúmeras folhas de papel cortado de uma bobina, amassadas, surradas, recobertas de colunas, muitas colunas e muitas linhas. Em cada um dos quadradinhos estava escrita uma palavra, com a letrinha miúda de Umanski. Milhares, dezenas de milhares de palavras, escritas com tinta indelével, mas desbotadas com o tempo, retocadas aqui e ali. Certamente Umanski conhecia umas vinte línguas...

— Conheço vinte línguas — disse Umanski. — Antes mesmo de Kolimá já sabia. Sei bem o hebraico antigo. É a raiz de tudo. Aqui, nesse mesmo necrotério, na companhia dos cadáveres, estudei árabe, turco, persa... Montei uma tabela, um esquema de uma língua única. Sabe do que se trata?

— Acredito que sim — disse Andrêiev. — *Mat*, "Mutter"; *brat*, "Bruder".[100]

---

[100] Respectivamente, as palavras russas e alemãs para "mãe" e "irmão". (N. do T.)

— Sim, sim, mas é muito mais complexo, mais relevante. Fiz certas descobertas. Esse dicionário será minha contribuição para a ciência, vai justificar minha vida. Você não é linguista?

— Não, professor — disse Andrêiev, e uma dor lancinante transpassou seu peito: naquele momento, ele queria muito ser um linguista.

— Que pena — o traçado das rugas no rosto de Umanski mudou um pouco, e novamente surgiu a expressão irônica de costume. — Que pena. É uma ocupação mais interessante que a medicina. Mas a medicina dá mais esperança, é salvadora.

Umanski estudou em Bruxelas. Depois da revolução retornou à pátria, trabalhou como médico, tratou dos doentes. Umanski decifrou a essência do ano de 37. Entendeu que sua longa permanência no exterior, seu conhecimento de línguas, seu pensamento livre eram motivo suficiente para provocar repressão; o velhinho tentou enganar o destino. Umanski fez um movimento ousado: assumiu um cargo no Dalstroi, alistou-se para ir para Kolimá, para o Extremo Norte, como médico, e chegou em Magadan como trabalhador livre. Viveu, tratou os doentes. Infelizmente, Umanski não levou em conta o universalismo dos regulamentos vigentes, Kolimá não o salvou, como não o salvaria mesmo se fosse o Polo Norte. Umanski foi preso, julgado pelo tribunal e recebeu uma sentença de dez anos. A filha renegou o inimigo do povo, desapareceu da vida de Umanski; ficou apenas a fotografia, mantida casualmente na escrivaninha do professor de Bruxelas. A sentença de dez anos já chegava ao fim, o acerto dos dias trabalhados foi recebido devidamente por Umanski, que se interessou muito por esses acertos dos dias trabalhados.

Chegou o dia em que Andrêiev foi novamente convidado para beber chá com o professor Umanski.

Uma caneca arranhada e esmaltada cheia de chá quente esperava por Andrêiev. Ao lado da caneca estava o copo do dono da casa: um verdadeiro copo de vidro, esverdeado, turvo e incrivelmente sujo, mesmo aos olhos experientes de Andrêiev. Umanski nunca lavava seu copo. Isso também tinha sido uma descoberta de Umanski, sua contribuição à ciência da higiene, um princípio que Umanski introduziu na vida com toda a rigidez, perseverança e intolerância pedagógica.

— Um copo não lavado, em nossas condições, é mais limpo, mais esterilizado que um lavado. É a melhor higiene, a única, talvez... Entendeu?

Umanski estalou os dedos.

— Na toalha há mais agentes infecciosos que no ar. *Ergo*: não se deve lavar o copo. Tenho um copo próprio, de velho crente. Também não é preciso enxaguar: no ar há menos agentes infecciosos que na água. É o abecê da ciência sanitária e da higiene. Entendeu? — Umanski apertou os olhos: — Essa descoberta não é só para o necrotério.

Depois do chá habitual e dos apelos linguísticos, Umanski sussurrou no ouvido de Andrêiev, quase sufocando:

— O mais importante é sobreviver a Stálin. Todos que sobreviverem a Stálin vão poder viver. Entendeu? Não é possível que as maldições de milhões de pessoas sobre a cabeça dele não se materializem. Entendeu? Ele na certa vai morrer por causa desse ódio generalizado. Vai ter um câncer ou algo assim! Entendeu? Nós ainda vamos viver.

Andrêiev ficou calado.

— Eu entendo e aprovo sua cautela — disse Umanski, já sem sussurrar. — Deve estar pensando que eu sou algum provocador. Mas eu tenho setenta anos.

Andrêiev ficou calado.

— Faz bem em ficar calado — disse Umanski. — Já vi provocadores que eram velhinhos de setenta anos. Vi de tudo...

O weismannista

Andrêiev ficou calado, admirado com Umanski, sem forças para sobrepujar a si mesmo e começar a falar. Aquele silêncio involuntário, todo-poderoso, era parte do comportamento a que Andrêiev se acostumara em sua vida no campo de trabalhos, com uma infinidade de acusações, inquéritos e interrogatórios — eram regras internas, que não poderiam ser destruídas ou superadas assim tão facilmente. Andrêiev apertou a mão de Umanski, aquela palma seca, quente, pequena e senil, com dedos tenazes e quentes. Quando o professor cumpriu sua sentença, recebeu uma inscrição vitalícia em Magadan. Umanski morreu no dia 4 de março de 1953, continuando até o último minuto seu trabalho sobre linguística, que não foi legado a ninguém, nem continuado por ninguém. O professor tampouco chegou a saber que o microscópio eletrônico tinha sido inventado, e que a teoria dos cromossomos recebera sua confirmação experimental.

(1964)

PARA O HOSPITAL

Krist era alto, mas o enfermeiro era ainda mais alto, espadaúdo, com uma fuça grande — havia muito tempo, alguns anos, que Krist achava que todos os chefes tinham fuça grande. Depois de colocar Krist num canto, o enfermeiro observava sua presa com claro ar de aprovação.

— Você é que trabalhou de auxiliar, foi?
— Fui eu.
— Que bom. Porque eu preciso de um auxiliar. Um auxiliar de verdade. Para botar ordem. — E o enfermeiro fez um gesto para mostrar o ambulatório, grande e morto, semelhante a uma estrebaria.

— Estou doente — disse Krist. — Preciso ir para o hospital...
— Todo mundo está doente. Vai chegar sua vez. Mas vamos colocar umas coisinhas em ordem. A gente vai colocar esse armário aqui em uso — o enfermeiro bateu na porta de um imenso armário vazio. — Bom, um pouco mais tarde. Você lave aí o chão e vá se deitar. E me acorde na hora do toque da alvorada.

Krist mal tivera tempo de espalhar a água quase congelada por todos os cantos do ambulatório frio, gelado, quando a voz sonolenta do novo chefe interrompeu seu trabalho.

Krist entrou na sala vizinha — o mesmo aspecto de estrebaria. Num canto, estava socado um catre. Encoberto por um amontoado de cobertores rasgados, de peliças, de trapos, o enfermeiro, quase pegando no sono, chamava Krist.

— Tire as minhas botas, auxiliar.

Krist arrancou dos pés do enfermeiro as botas, que fediam.

— Ponha no fogareiro, no alto. E de manhã me dê elas quentinhas. Eu adoro quando elas ficam quentinhas.

Krist empurrou com um pano para o canto do ambulatório a água quase congelada, que se solidificou, transformou-se numa massa de gelo, como as que surgem sobre os rios, cobriu-se de cristais de gelo. Krist enxugou o chão do ambulatório e deitou-se no catre; logo caiu naquele seu torpor de sempre e, como que depois de um instante, acordou. O enfermeiro sacudia-o pelos ombros:

— Mas o que é que você está fazendo? A revista já começou faz tempo.

— Eu não quero trabalhar de auxiliar. Mande-me para o hospital.

— Para o hospital? Tem que merecer o hospital. Quer dizer que você não quer trabalhar de auxiliar?

— Não — disse Krist, protegendo, num movimento costumeiro, o rosto do golpe que viria.

— Já para fora, para o trabalho! — O enfermeiro empurrou Krist para fora do ambulatório e caminhou com ele através da névoa em direção ao quartel da guarda.

— Olhem só o preguiçoso, o simulador. Levem daqui, levem — gritou o enfermeiro para os soldados da escolta que conduziam o grupo de prisioneiros da vez para o outro lado do arame. Os soldados da escolta, experientes, cutucaram Krist sem muita força com suas baionetas e coronhas.

Estavam carregando madeira flutuante para o campo, um trabalho leve. Carregavam por dois quilômetros a madeira, obtida em amontoados formados na primavera em rios da montanha, agora congelados quase até o fundo. Os troncos, já com a casca retirada, molhados e secos ao vento, eram difíceis de serem removidos do amontoado — eram detidos pelos braços das algas, dos ramos, pela força das pedras. Havia muita madeira. Não era preciso pegar troncos pesados demais. Krist se alegrava com isso. Cada preso escolhia um tronco para si de acordo com sua força. A viagem de dois quilômetros é quase um dia inteiro de trabalho. Era uma missão de inválidos, um povoado, não havia muita exigência. Era um OLP[101] vitamínico: um posto destacado do campo, vitamínico. E viva a *vita*! Mas Krist não entendia, não queria entender essa terrível ironia.

Os dias se passavam, um após o outro, e Krist não era enviado para o hospital. Mandavam outros, mas não Krist.

Todo dia o enfermeiro chegava no quartel da guarda e, apontando para Krist com a luva, gritava para os soldados da guarda:

— Levem daqui, levem.

E tudo começava do início.

O hospital, o tão desejado hospital, ficava a não mais que quatro quilômetros do povoado. Mas para chegar lá era preciso o encaminhamento, o papel. O enfermeiro sabia que era o senhor da vida e da morte de Krist. Krist também sabia disso.

Entre o barracão em que Krist dormia — o que também se chama "morar" no campo — e o quartel da guarda eram uns cem passos. O povoado vitamínico era um dos mais abandonados — o que fazia o enfermeiro ainda mais alto, maior e mais ameaçador, e Krist, ainda mais insignificante.

Neste caminho de cem passos, Krist encontrou alguém, mas não conseguia lembrar quem era. A pessoa já tinha passado por ele, oculta pela névoa. A memória enfraquecida e faminta de Krist não conseguia lhe sugerir nada. E mesmo

---

[101] Abreviação de *Otdélnii Láguernii Punkt* [Posto Destacado do Campo]. (N. do T.)

Para o hospital 221

assim... Krist pensava dia e noite, aguentando o frio, a fome e a dor das mãos e dos pés congelados: quem era? Quem ele tinha encontrado na trilha? Ou Krist estava ficando louco? Krist conhecia aquela pessoa que sumira na névoa, mas não conhecia de Moscou, da época de liberdade. Não, era algo bem mais importante, bem mais próximo. E Krist lembrou. Dois anos antes, esse homem era chefe do campo, mas não do vitamínico, e sim do de ouro, na lavra de ouro onde Krist conhecera a verdadeira Kolimá, face a face. Era um chefe, um dos "xeretas" do campo, como diziam os criminosos. Um chefe dos trabalhadores livres — e ele fora julgado na época de Krist. Depois do julgamento, o chefe sumiu, ou foi fuzilado, como diziam — e lá estava ele, encontrara Krist no meio de uma trilha, numa missão vitamínica. Krist achou o ex-chefe no escritório do campo. Trabalhava em alguma função qualquer, certamente burocrática; o ex-chefe era sem dúvida do artigo 58, mas não tinha letra e podia trabalhar no escritório.

É claro que era Krist quem conhecia e reconhecia o chefe. O chefe não poderia lembrar-se de Krist. E mesmo assim... Krist aproximou-se do cercado atrás do qual ficam funcionários de escritório em todo o mundo...

— O que foi, me pegou em flagrante? — disse, na língua dos criminosos, o ex-chefe do campo, virando o rosto na direção de Krist.

— Foi. É que eu vim da lavra — disse Krist.

— É bom ver um conterrâneo. — E, compreendendo bem Krist, o ex-chefe disse: — Venha me ver à noite. Levo um arenque para você.

Eles não sabiam nem o nome, nem o sobrenome um do outro. Mas aquela coisa insignificante e efêmera que os unira outrora de modo casual subitamente se transformou na força que poderia mudar a vida de uma pessoa. O próprio chefe, ao dar seu arenque não para seus famintos companheiros vitamínicos, mas para Krist, que estivera com ele nas minas de ouro, também lembrava, sabia que as minas de ouro e as missões vitamínicas eram coisas diferentes. Nem um, nem outro falavam disso. Ambos lembravam, ambos sentiam — Krist, o seu direito, nascido no subterrâneo; o ex-chefe, sua dívida. Toda noite, o ex-chefe trazia arenque para Krist. A cada vez, o arenque ficava maior. O cozinheiro do campo não se surpreendeu pelo súbito capricho do funcionário do escritório, que antes nunca pegava sua porção de arenque. Krist comia esse arenque de acordo com o costume da época da lavra: com a pele, com a cabeça, com os ossos. Às vezes, o ex-chefe trazia também um pão roído, comido pela metade. Krist achou que continuar a comer aquele arenque saboroso seria um perigo: ele podia não ser admitido no hospital — o corpo perderia o aspecto necessário para a hospitalização. A pele não fica seca o suficiente, o osso sacro não parece anguloso o suficiente. Krist contou ao ex-chefe que ele, Krist, tinha sido mandado para o hospital, mas que o enfermeiro, com seu poder, tinha-o deixado ali, e então...

— É, o enfermeiro daqui é um belo de um patife. Estou aqui há mais de um ano, e ninguém nunca elogiou esse avental. Mas nós vamos enganá-lo. Aqui mandam gente para o hospital todos os dias. E quem escreve as listas sou eu. — E o ex-chefe sorriu.

À noite, Krist foi chamado no quartel da guarda. Lá, já estavam dois presos; nas mãos de um deles havia uma pequena malinha de compensado.

— Não tem escolta para mandar vocês — um plantonista saiu para o terraço. — Vamos mandar amanhã.

Isso para Krist era a morte: no dia seguinte tudo seria desmascarado. O enfermeiro enxotaria Krist para um inferno qualquer. Krist não sabia como se chamava esse inferno onde ele poderia ir parar, que seria pior que aquele que Krist

Para o hospital

já vira. Mas Krist não tinha dúvidas de que esses lugares ainda piores existiam. Restava a ele esperar e não dizer nada.

De novo saiu o plantonista.

— Voltem para o barracão. Não vai ter escolta.

Mas o preso da malinha se adiantou:

— Dê-me o encaminhamento, cidadão plantonista. E eu levo todos eles. Melhor que qualquer soldado. Você por acaso não me conhece? Já fizeram isso mais de uma vez. Eu vou sem escolta, e eles correm para onde for. Noite adentro, para o frio...

O plantonista foi para dentro do quartel, voltou logo depois e entregou para o homem da malinha um envelope de papel-jornal.

— Está com suas coisas?

— Que coisas...

— Bom, vamos lá!

O ferrolho se abriu e deixou sair três presos em direção à bruma branca e gelada.

O sem escolta foi à frente, correndo, ao que pareceu a Krist. A névoa dissipou-se em alguns pontos, deixando passar a luz amarela das luminárias elétricas de rua.

Passou um tempo interminável. Gotas de suor quente escorriam pela barriga mirrada de Krist, por suas costas descarnadas. O coração de Krist batia, batia. Mas Krist continuava correndo, correndo atrás de seus companheiros, que iam sumindo bruma adentro. Na esquina do povoado começava uma grande rodovia.

— Toda hora esperando você!...

Krist assustou-se com o fato de que o estavam deixando, estavam largando.

— Escute aqui — disse o sem escolta. — Você sabe onde fica o hospital?

— Sei.

— Nós vamos na frente. E esperamos no hospital.

Os detentos sumiram na escuridão, e Krist, tomando fôlego, arrastou-se pela sarjeta, parando a cada minuto e novamente seguindo adiante. Krist perdeu as luvas, mas não percebeu que estava arranhando a neve, o gelo e a pedra com as palmas de suas mãos nuas. Krist rugia, resfolegava, raspava a terra. Não se via nada adiante, além da bruma branca. Dessa bruma branca, apitando ferozmente, emergiam caminhões, que imediatamente se ocultavam na névoa. Mas Krist não parava para deixar o carro passar por ele e de novo começar a arrastar-se em direção ao hospital. Krist segurava-se com as mãos à sarjeta, à borda da sarjeta — como se fosse uma corda esticada sobre um abismo gelado — em direção ao calor e à salvação. Krist se arrastava, se arrastava, se arrastava.

A bruma rareou de leve, e Krist viu a curva que dava no hospital e as casinhas miúdas do povoado do hospital. A uns trezentos passos, não mais. E, novamente rugindo, Krist voltou a se arrastar.

— Nós já estávamos achando que você tinha batido as botas — disse de modo bondoso e indiferente o sem escolta, que estava de pé no terraço do barracão hospitalar. — Sem você não vão nos admitir aqui.

Mas Krist não ouvia, e não respondeu. Agora chegara a hora mais importante, mais difícil: ele seria ou não internado no hospital?

Chegou um médico, um homem jovem e asseado, usando um avental de uma brancura inverossímil, que anotou o nome de todos num livro.

— Dispam-se.

A pele de Krist descascava, saía do corpo em leves placas, como impressões digitais numa ficha pessoal.

— Chama-se pelagra — disse o sem escolta.

— Eu também tive isso — disse o terceiro, e aquelas foram as primeiras palavras que Krist ouviu dele. — Tiraram algo como luvas das minhas duas mãos. Mandaram para Magadan, para um museu.

— Para um museu? — disse o sem escolta, com desdém. — Como se fossem poucas as luvas desse tipo em Magadan. Mas o terceiro detento não ouviu o sem escolta.

— Você — ele segurou o braço de Krist. — Escute aqui! Com essa doença vão passar injeções quentes[102] para você, na certa. Passaram para mim, eu troquei com os *blatares* por um pouquinho de pão. Foi assim que eu engordei um pouco. Haviam tirado do armário os formulários de histórico clínico. Três formulários. Todos seriam internados. O auxiliar entrou.

— Por enquanto na dois.

Uma ducha de água quente, lençóis sem piolhos. Um corredor em que, na mesinha do plantonista, ainda não tinha se apagado o pavio da lamparina, que queimava óleo de peixe, vertido num pires do fundo de uma lata de conserva. A porta para a enfermaria vazia, de onde vinha o cheiro de frio, de rua, de gelo. O auxiliar tinha ido buscar lenha, para reavivar a chama que se apagara no fogareiro de ferro.

— É o seguinte — disse o sem escolta —, vamos ficar deitados juntos, senão nós vamos cair duros aqui.

Todos se deitaram no mesmo leito, abraçando um ao outro. Depois o sem escolta deslizou dos três cobertores que tinha, reuniu todos os colchões, todos os cobertores que havia na enfermaria, amontoou-os todos no leito em que os detentos estavam e mergulhou nos braços descarnados de Krist. Os pacientes caíram no sono.

(1964)

[102] Nome informal dado às injeções de cloreto de cálcio, usado, entre outras coisas, no combate a certas doenças de pele. (N. do T.)

JUNHO

Andrêiev saiu do túnel da mina e foi para o depósito de lâmpadas para entregar sua Wolf, que se apagara. "Vão me amolar de novo", pensou preguiçosamente sobre o serviço de segurança. "O fio está partido..." Na mina fumavam, apesar da proibição. O ato de fumar trazia a ameaça de uma nova pena, mas ninguém fora pego ainda.

Próximo à entulheira de rochas, Andrêiev encontrou Stupnítski, professor da academia de artilharia. Na mina, Stupnítski trabalhava como capataz de superfície, apesar de seu artigo 58. Era um empregado zeloso e expedito, consciencioso e ágil, apesar da idade; a chefia das minas nem poderia sonhar com um capataz assim.

— Escute — disse Stupnítski. — Os alemães bombardearam Sevastópol, Kíev, Odessa.[103]

Andrêiev escutou educadamente. A informação soou como uma notícia sobre uma guerra no Paraguai ou na Bolívia. O que Andrêiev tinha a ver com aquilo? Stupnítski estava bem alimentado, era um capataz — por isso se interessava por coisas como a guerra.

Aproximou-se Gricha Grek, um ladrão.

---

[103] Em 22 de junho de 1941 os exércitos nazistas iniciaram a invasão da União Soviética. (N. do T.)

— E o que são essas automáticas?
— Não sei. Deve ser um tipo de metralhadora.
— Uma faca é mais terrível que qualquer bala — disse Gricha de modo judicioso.
— É verdade — disse Boris Ivánovitch, um preso cirurgião. — Uma faca na barriga é infecção na certa, sempre há o perigo de peritonite. Uma ferida de arma de fogo é melhor, mais limpa...
— O melhor mesmo é um prego — disse Gricha Grek.
— Em fo-o-orma!
Formaram filas, partiram da mina para o campo. A escolta nunca entrava na mina — a escuridão subterrânea protegia as pessoas das surras. Os capatazes livres também se precaviam. Deus proteja de um bloco de carvão cair de algum "forno" bem na cabeça... Por mais afeito a dar sovas que fosse Nikolai Antónovitch, o "mandachuva", mesmo ele tinha quase se desacostumado do antigo hábito. O único que brigava era Michka Timochenko, um jovem supervisor, oriundo dos presos, que tentava "fazer carreira".

Michka Timochenko ia andando e pensando: "Vou fazer um requerimento para ir para o *front*. Mandar, não vão mandar, mas vai ser útil. Senão, brigando ou não brigando, não vou conseguir nada além de uma outra pena". De manhã ele foi até a chefia. Kossarenko, chefe do posto de campo, era até um bom rapaz. Michka fez como manda o figurino.

— Aqui está um requerimento para ir ao *front*, cidadão chefe.

— Mas veja só... Bom, venha, venha. Você vai ser o primeiro. Mas você eles não vão levar...

— Por causa do artigo, cidadão chefe?

— Pois é.

— E o que é que eu faço com esse artigo? — disse Michka.

— Não vai se dar mal. Você é um espertalhão — rouquejou Kossarenko. — Mande chamar o Andrêiev para mim.

Andrêiev ficou surpreso com o chamado. Ele nunca tinha sido convocado à preclara presença do chefe do posto de campo. Mas havia a indiferença, a impassibilidade, o desinteresse costumeiros. Andrêiev bateu na porta de compensado do gabinete:

— Apresentando-me, de acordo com suas ordens. Preso Andrêiev.

— Você é o Andrêiev? — disse Kossarenko, examinando com curiosidade o visitante.

— Andrêiev, cidadão chefe.

Kossarenko revirou uns papéis sobre a mesa, encontrou alguma coisa, começou a ler para si. Andrêiev esperava.

— Tenho um trabalho para você.

— Eu trabalho de acarretador no terceiro destacamento...

— Com quem?

— Com Koriáguin.

— Amanhã você vai ficar em casa. Vai trabalhar no campo. Koriáguin não vai morrer sem um acarretador.

Kossarenko levantou-se, sacudindo o papel, e rouquejou:

— Você vai desmantelar a zona. Enrolar o arame. A sua zona.

Andrêiev entendeu que ele se referia à zona do artigo 58 — diferentemente de muitos outros campos, o barracão em que viviam os "inimigos do povo" era cercado por arame farpado dentro da própria zona do campo.

— Sozinho?

— Junto com Maslakov.

"A guerra", pensou Andrêiev. "É para um plano de mobilização, na certa..."

— Posso ir, cidadão chefe?

— Sim. Tenho dois relatórios aqui sobre você.

— Não trabalho pior que os outros, cidadão chefe...

— Bom, pode ir...

Soltaram os pregos enferrujados e tiraram o arame farpado, enrolando-o num pau. Dez fileiras, dez cabos de ferro, e ainda por cima fios transversais tortos: aquele trabalho tomou um dia inteiro de Andrêiev e Maslakov. Esse trabalho não era em nada melhor que qualquer outro trabalho. Kossarenko estava errado: a sensibilidade dos presos tinha se endurecido.

No almoço, Andrêiev ficou sabendo de mais novidades: a ração de pão tinha sido diminuída de um quilo para quinhentos gramas. Era uma novidade terrível, pois nenhuma das provisões decidia nada no campo. O que decidia era o pão.

No dia seguinte, Andrêiev voltou para a mina.

Na mina, estava frio como de costume e escuro como de costume. Andrêiev desceu pela passagem destinada às pessoas, que dava na galeria inferior. Ainda não haviam mandado de cima os carrinhos, e Kuznetsov, segundo acarretador do turno, estava sentado não muito longe da plataforma inferior, na luz, esperando os vagões.

Andrêiev sentou-se ao lado dele. Kuznetsov era um preso comum, um assassino vindo de alguma vila no campo.

— Escute — disse Kuznetsov. — Fui chamado.

— Para onde?

— Para lá. Do outro lado da ponte.

— E daí?

— Mandaram apresentar uma declaração contra você.

— Contra mim?

— Sim.

— E você?

— Eu apresentei. Podia fazer o quê?

"Realmente", pensou Andrêiev. "Podia fazer o quê?"

— E o que é que você escreveu lá?

— Bom, escrevi o que disseram. Que você elogiou Hitler...

"Não, ele não é um canalha", pensou Andrêiev. "É só um homem infeliz..."

— E o que vão fazer comigo agora? — perguntou Andrêiev.

— Não sei. O delegado disse: "É assim mesmo, para manter a ordem".

— Pois é — disse Andrêiev. — Claro que é para manter a ordem. Afinal a minha pena termina este ano. Vão conseguir arrumar uma nova.

Os vagõezinhos rangeram declive abaixo.

— Ei, vocês! — gritou o mineiro-chefe. — Contadores de histórias! Peguem esses carrinhos vazios!

— Talvez eu me recuse a trabalhar com você — disse Kuznetsov. — Porque vão chamar de novo, aí eu digo: "Não sei, eu não trabalho com ele". É assim...

— Esse é o melhor jeito — concordou Andrêiev.

A partir do turno seguinte, o parceiro de trabalho de Andrêiev passou a ser Tchudakov, também um preso comum. Ao contrário do loquaz Kuznetsov, esse ficava em silêncio. Ou era calado de nascença, ou tinha sido advertido "para lá da ponte".

Alguns turnos depois, Andrêiev e Tchudakov foram colocados na galeria de ventilação, na plataforma superior, para descer os vagõezinhos vazios pelo declive de trinta metros e puxá-los de volta carregados. Os vagõezinhos eram virados na plataforma, as rodas eram colocadas sobre os trilhos que desciam pelo declive, cabos de aço eram fixados aos vagõezinhos e, depois de engatar o cilindro no cabo da grua, empurravam o vagãozinho para baixo. Engatavam um de cada vez. Era a vez de Tchudakov.

Os vagõezinhos seguiam, um atrás do outro; o dia de trabalho estava chegando a seu auge, quando de repente

Tchudakov errou: empurrou o vagãozinho para baixo sem fixá-lo ao cabo. "Seu asno!" Acidente na mina! Ouviu-se um baque surdo, o tinido do ferro, o estalo das estacas; colunas de poeira branca encheram o declive.

Tchudakov foi preso ali mesmo, e Andrêiev voltou para o barracão. À noite, foi chamado por Kossarenko, pelo chefe.

Kossarenko andava pelo gabinete, agitado.

— O que foi que você fez? O que foi que você fez? Estou perguntando! Sabotador!

— Mas o senhor enlouqueceu, cidadão chefe — disse Andrêiev. — Se foi Tchudakov que por acaso...

— Você que ensinou, seu verme! Sabotador! Parou a mina!

— Mas o que eu tenho a ver com isso? E ninguém parou a mina. A mina está funcionando... Por que o senhor está gritando?

— Ele não sabe! Veja só o que Koriáguin escreveu... Ele é membro do Partido.

Um grande relatório, escrito na letra miúda de Koriáguin, de fato estava sobre a mesa do chefe.

— Você vai responder!

— Como o senhor quiser!

— Pode ir embora, seu verme!

Andrêiev saiu. No barracão, na cabine dos capatazes, transcorria uma conversa ruidosa, interrompida pela chegada de Andrêiev.

— Veio falar com quem?

— Com você, Nikolai Antónovitch — dirigiu-se Andrêiev ao mandachuva. — Aonde devo ir trabalhar amanhã?

— Você tem é que chegar vivo até amanhã — disse Michka Timochenko.

— Isso não é assunto seu.

— Foi por causa de espertalhões assim que eu peguei essa pena, juro que foi, Antônitch — disse Michka. — Por causa de um Ivan Ivánovitch como esse aí.[104]

— Você vai com o Michka, então — disse Nikolai Antónovitch. — Ordens de Koriáguin. — Isso se você não for preso. E o Michka vai dar motivo para você chorar.

— Precisa saber onde você está — disse com severidade Timochenko. — Seu fascista maldito.

— Fascista é você, seu idiota — disse Andrêiev, e saiu para entregar algumas coisas a seus camaradas: suas *portiankas* reservas e um cachecol de algodão velho, mas ainda resistente, para que no momento da prisão não estivesse com nada sobrando.

O vizinho de tarimba de Andrêiev era Tikhomírov, ex-diretor do Instituto de Minas. Ele trabalhava na mina como estivador. O engenheiro-chefe tentou "promover" o professor, pelo menos a capataz, mas o chefe da região carvoeira, Svischov, recusou categoricamente, vendo com hostilidade seu subalterno.

— Se colocarmos Tikhomírov — disse Svischov ao engenheiro-chefe —, você não vai ter o que fazer na mina. Entendeu? E não quero mais ouvir falar nisso.

Tikhomírov esperava por Andrêiev.

— E então?

— Vamos dormir, deixar isso para amanhã — disse Andrêiev. — É a guerra.

Andrêiev não foi preso. Verificou-se que Tchudakov não queria mentir. Ele foi mantido por um mês no xadrez, e sua ração consistia em uma caneca d'água e trezentos gramas de pão, mas não conseguiram arrancar nenhuma declaração: não era a primeira vez de Tchudakov na prisão, e ele sabia o preço justo de todas as coisas.

---

[104] "Ivan Ivánovitch" é o equivalente russo de "zé-ninguém". (N. do T.)

— O que é que você está querendo me ensinar? — disse ele ao investigador. — Andrêiev não me fez nada de mal. Sei como são as coisas. Vocês não têm interesse em julgar. Precisam condenar Andrêiev. Bom, enquanto eu estiver vivo, não vão condenar; vocês ainda comeram pouco mingau aqui no campo.

— Bem — disse Koriáguin a Michka Timochenko. — Toda esperança está em você. Você vai dar conta.

— Pois não, compreendido — disse Timochenko. — Primeiro vai ser "pela barriga": vamos diminuir a ração. Se der com a língua nos dentes...

— Idiota — disse Koriáguin. — Que tem a ver dar com a língua nos dentes? Você nasceu ontem, por acaso?

Koriáguin tirou Andrêiev do trabalho subterrâneo. No inverno, o frio na mina chega a no máximo vinte graus nos níveis mais profundos, mas na rua chega a sessenta. Andrêiev ficou de pé, no turno da noite, na elevada entulheira em que as rochas eram amontoadas. Vagõezinhos com rocha eram erguidos até lá de tempos em tempos, e Andrêiev tinha que descarregá-los. Os vagõezinhos eram poucos, o frio era terrível, e mesmo um vento de nada transformava a madrugada num inferno. Ali, pela primeira vez na terra de Kolimá, Andrêiev chorou — antes aquilo nunca tinha acontecido com ele, talvez somente nos anos de juventude, quando chegavam cartas da mãe, e Andrêiev não tinha forças para lê-las e lembrar-se delas sem chorar. Mas isso tinha sido há muito tempo. Ali, por que chorava? A fraqueza, a solidão, o frio: Andrêiev se acostumara, se dispusera a relembrar versos, a sussurrar alguma coisa, repeti-la de modo inaudível; mas no frio extremo era impossível pensar. O cérebro humano não consegue funcionar no frio extremo.

Alguns turnos glaciais depois, Andrêiev se viu novamente na mina, novamente no acarretamento, e seu parceiro de trabalho era Kuznetsov.

— Que bom que você está aqui! — alegrou-se Andrêiev.
— E que eu fui trazido de novo para a mina. O que aconteceu com Koriáguin?
— Pois é, dizem que já reuniram o material contra você. O suficiente — disse Kuznetsov. — Não precisam de mais. E aí eu voltei. É bom trabalhar com você. Tchudakov também saiu. Deram xadrez para ele. Está parecendo um esqueleto. Vai ficar nos banhos por enquanto. Não vai mais trabalhar na mina.

As novidades eram significativas.

Os capatazes oriundos dos presos andavam pelo campo sem escolta depois do turno, cumprindo suas obrigações de controle. Michka Timochenko decidiu passar pelos banhos antes da chegada dos trabalhadores do campo, como fazia sempre.

Um funcionário dos banhos, desconhecido e descarnado, tirou o trinco e abriu a porta.

— Aonde você vai?

— Eu sou o Timochenko.

— Estou vendo que é o Timochenko.

— Você então fale menos — disse o capataz. — Ainda não provou o meu termômetro, mas logo vai provar. Vamos, quero vapor. — E, empurrando o funcionário dos banhos, Timochenko entrou. Uma escuridão negra e úmida preenchia os banhos da mina. O teto negro, coberto de fuligem, as selhas negras, os bancos negros ao longo das paredes, as janelas negras. Nos banhos estava escuro e seco, como na mina, e uma lâmpada de mineração Wolf, com o vidro rachado, estava cravada num poste no meio dos banhos, como uma viga de mina.

Michka se despiu rapidamente, escolheu um barril meio cheio com água fria e levou até lá o tubo de vapor — no local dos banhos havia um boiler, que esquentava a água até tornar-se um vapor quente.

Da soleira, o descarnado funcionário dos banhos olhava em silêncio para o corpo roliço e rosado de Timochenko.
— Eu gosto assim — disse Timochenko. — De um vaporzinho vivo. Você esquenta a água um pouquinho, eu entro no barril e você vai soltando o vapor aos poucos. Se estiver bom, eu dou uma batida no tubo, e você desliga o vapor. O antigo funcionário daqui, o caolho, já conhecia todos os meus hábitos. Onde ele está?
— Não sei — respondeu o descarnado. Suas clavículas marcavam a blusa.
— E você veio de onde?
— Do xadrez.
— Você por acaso não é o Tchudakov?
— Sim, sou o Tchudakov.
— Não reconheci você. Vai ficar rico — riu o capataz.
— É que eu sequei desse jeito no xadrez, nem tem como reconhecer! Escute aqui, Michka — disse Tchudakov. — Sabe que eu vi você...
— Onde?
— Do outro lado da ponte. Ouvi o que você passou lá para o delegado...
— Cada um tenta se salvar — disse Timochenko. — É a lei da taiga. Tempo de guerra. E você é um idiota. Você é um idiota, Tchudakov. Um tonto de marca maior. Veja o que levou por causa desse diabo desse Andrêiev.
— Bom, isso é assunto meu — disse o funcionário do banho, e saiu. O vapor começou a sibilar, a borbulhar no barril, a água esquentava. Michka bateu no tubo, Tchudakov desligou o vapor.

Michka deslizou até o banco e do banco passou para um barril alto e estreito... Havia barris mais baixos, mais largos, mas o capataz adorava tomar seu banho de vapor exatamente naquele. A água chegava até a garganta de Michka. Com os olhos semicerrados de satisfação, o capataz bateu no tubo. O vapor imediatamente começou a borbulhar. Ficou quente. Michka sinalizou para o funcionário dos banhos, mas o vapor quente continuou a jorrar do tubo. O vapor queimava o corpo, e Timochenko assustou-se, bateu mais uma vez, tentando sair à força, saltar para fora do barril, mas o barril era estreito, o tubo de ferro atrapalhava o movimento — nos banhos não se via nada em meio ao vapor branco, fervente, denso, e Michka começou a dar gritos selvagens.

Naquele dia, não houve banho para os trabalhadores.

Quando abriram as portas e as janelas, a névoa espessa, turva e branca dissipou-se; veio o médico do campo. Timochenko já não respirava: tinha sido cozinhado vivo.

Tchudakov foi transferido dos banhos para algum outro lugar, voltou caolho; ninguém o tirou do trabalho, simplesmente um dia ele ficou no grupo "T" — temporariamente liberado do trabalho, por motivo de doença. Ele estava com febre.

(1959)

MAIO

O fundo do barril de madeira tinha se rompido, e depois fora remendado com uma grade de tiras de ferro. No barril, ficava sentado o cão Kazbek. Sótnikov alimentava Kazbek com carne crua e pedia a todos que passavam que cutucassem o cão com um pau. Kazbek rosnava e roía o pau até despedaçá-lo. O contramestre Sótnikov infundia raiva no futuro cão de guarda.

Durante toda a guerra, lavavam o ouro com bateias — um tipo de extração anteriormente proibido nas lavras. Antes, só o lavador do serviço de prospecção podia lavar com bateia. O plano diário era medido antes da guerra em metros cúbicos de solo, e durante a guerra em gramas de metal.

O bateador maneta recolhia habilmente a terra na bateia com uma raspadeira e, extraindo a água, sacudia com cuidado a bateia sobre as águas do riacho, livrando-se nelas das pedras lavadas na bateia. No fundo da bateia, quando a água corria, ficavam os grãos de ouro, e, depois de colocar a bateia no chão, o trabalhador catava com a unha os grãozinhos e passava-os para um pedaço de papel. O papel era dobrado, como fazem com os remédios em pó nas farmácias. Toda a brigada de manetas automutiladores no inverno e no verão "lavava" ouro. E entregava os grãozinhos de metal, os pedacinhos de ouro ao caixa da lavra. E com isso alimentavam os manetas.

O investigador Ivan Vassílievitch Iefriêmov apanhou um misterioso assassino que vinha sendo procurado havia uma semana. Uma semana antes, na cabaninha da equipe de prospecção, a uns oito quilômetros do povoado, quatro petardeiros tinham sido mortos a machadadas. O pão e a *makhorka* tinham sido roubados, o dinheiro não foi encontrado. Passou-se uma semana, e no refeitório dos trabalhadores um tártaro da brigada dos carpinteiros de Ruslánov trocou uma pitada de *makhorka* por um peixe cozido. Não se via *makhorka* na lavra desde o início da guerra — traziam "amonal", um tabaco caseiro verde extraordinariamente forte, tentavam cultivar tabaco. Só os livres tinham tabaco. O tártaro foi preso e confessou tudo, até mostrou o lugar na floresta em que ele largou na neve o machado ensanguentado. Ivan Vassílievitch Iefriêmov recebeu uma enorme condecoração.

Ocorreu de Andrêiev ser vizinho de tarimba desse tártaro; era o rapazinho faminto mais comum, um "pavio". Andrêiev também foi preso. Foi solto depois de duas semanas; nesse meio-tempo surgiram muitas novidades: Kolka Júkov tinha matado a machadadas o abominável chefe de brigada Koroliov. Aquele chefe batia em Andrêiev diariamente na frente de toda a brigada, batia sem maldade, sem pressa, e Andrêiev tinha medo dele.

Andrêiev tateou no bolso do *buchlat* em busca de um pedaço da ração de pão branco americano que tinha sobrado do almoço. Havia milhares de maneiras de prolongar o prazer da refeição. Era possível lamber o pão até ele desaparecer da palma da mão; era possível arrancar migalhas dele, migalhas minúsculas, e chupar cada migalha, girando-a na boca com a língua. Era possível tostar no fogareiro sempre aceso, secar esse pão e comer os pedacinhos queimados, de um marrom escuro — não eram exatamente torradas, mas já não eram mais só pão. Era possível cortar o pão com uma faca, tirando fatias bem fininhas e só então secá-las. Era possível cozinhar o pão com água quente, fervê-lo, dissolvê-lo e transformá-lo numa sopa quente, numa beberagem de fari-

Maio

nha. Era possível esfarelar os pedacinhos na água fria e salgá-los: o resultado era uma espécie de *tiúria*.[105] Tudo isso era preciso fazer naquele quarto de hora que restava a Andrêiev do horário de almoço. Andrêiev terminava de comer o pão à sua maneira. Na pequena lata de conserva fervia-se a água, água doce feita com neve, suja por conta dos pedacinhos de carvão ou de folhas de *stlánik* que caíam na lata. Na esbranquiçada água fervente, Andrêiev metia seu pão e esperava. O pão se inflava como uma esponja, uma esponja branca. Com um pauzinho ou um palito, Andrêiev apanhava os pedacinhos quentes da esponja e os colocava na boca. O pão embebido desaparecia instantaneamente na boca.

Ninguém prestava atenção nos caprichos de Andrêiev. Ele era só um das centenas de milhares de "pavios", de *dokhodiagas* cuja razão vacilava havia muito tempo.

O mingau também viera pelo *lend-lease*[106] — era uma papa de aveia com açúcar. O pão também era do *lend-lease* — de farinha canadense com uma mistura de ossos e arroz. O pão quando cozido ficava extraordinariamente macio, e nenhum dos distribuidores se arriscava a preparar as rações na noite anterior — cada pão de duzentos gramas perdia durante a madrugada de dez a quinze gramas de seu peso, e mesmo o mais honesto dos cortadores de pão poderia acabar sendo um trapaceiro contra sua vontade. O pão branco quase não produzia resíduos — o organismo humano se livrava do supérfluo apenas uma vez por semana.

---

[105] Alimento frio feito com pão fresco ou torrada misturados na água ou no *kvas* (bebida fermentada feita à base de pão de centeio), salgado e por vezes temperado com cebolas. (N. do T.)

[106] Programa dos Estados Unidos de ajuda aos países aliados na Segunda Guerra Mundial, com o fornecimento de máquinas, equipamentos, roupas e alimentos. (N. do T.)

A sopa, a entrada, também era do *lend-lease* — o cheiro de carne de porco enlatada e algumas fibras de carne, semelhantes ao bacilo da tuberculose visto ao microscópio, apareciam nas tigelas de todos durante o almoço. Diziam que havia ainda *kolbassá*,[107] *kolbassá* em conserva, mas para Andrêiev aquilo continuava sendo uma lenda, assim como o leite condensado Alfa, que muitos lembravam da infância, das remessas da ARA. A empresa Alfa ainda existia.

Também eram do *lend-lease* as botas vermelhas de couro, com solas grossas coladas. Essas botas de couro eram distribuídas só para a chefia — mesmo entre os especialistas em mineração não era qualquer um que podia adquirir um sapato importado. Para a chefia das lavras iam também caixas com conjuntos de terno, paletó e camisa com gravata.

Dizem que distribuíam também coisas de lã recolhidas entre a população americana, mas elas não chegavam até os presos: as esposas da chefia percebiam a qualidade do material.

Em compensação, havia um instrumento que chegava bastante até os presos. Esse instrumento também era do *lend-lease*: as pás curvas americanas, com cabos curtos, pintados. As pás eram bem-acabadas: alguém tinha pensado na própria forma da pá. Todos ficaram satisfeitos com a pá. As alças pintadas das pás eram arrancadas, e com elas faziam outras novas, retas e compridas, cada um com sua medida — a ponta da pá deveria bater no queixo.

Os ferreiros desdobravam um pouquinho o nariz da pá, afiavam-na, e o resultado era um instrumento excelente.

Os machados americanos eram muito ruins. Não eram machados, e sim machadinhas, como os *tomahawks* dos ín-

---

[107] Tradicional embutido russo, semelhante ao salame. (N. do T.)

dios de Mayne Reid,[108] e não serviam para um trabalho sério de carpinteiro. Os machados deixaram uma forte impressão em nossos carpinteiros — aquele instrumento milenar, pelo visto, estava em extinção.

As serras transversais eram pesadas, grossas e desconfortáveis para trabalhar.

Em compensação, a graxa lubrificante era excelente, branca, como manteiga, sem odor. Os *blatares* fizeram algumas tentativas de vender aquela graxa como manteiga, mas na lavra já não havia quem comprasse manteiga.

Os Studebakers recebidos pelo *lend-lease* corriam para cima e para baixo pelas escarpas de Kolimá. Era o único veículo no Extremo Norte que não tinha dificuldade nas subidas. Os imensos Diamonds, também recebidos pelo *lend-lease*, levavam uma carga de até noventa toneladas.

Nós éramos tratados pelo *lend-lease* — os medicamentos eram americanos, e pela primeira vez surgiu a inicialmente miraculosa sulfapiridina. O material de laboratório era um presente da América. Os aparelhos de raio X, as bolsas de água quente feitas de borracha, os frascos...

Já no ano anterior, depois da batalha de Kursk,[109] falavam que o pão branco americano logo chegaria ao fim, mas Andrêiev não acreditava nessas "latrinas", nesses boatos do campo. O que tiver que ser, será. Mais um inverno se passou, e ele ainda estava vivo, ele, que nunca contava nem com o fim do dia.

O pretinho chegaria logo, chegaria. O pão preto. Os nossos estavam a caminho de Berlim.

— O preto é mais saudável — diziam os médicos.

---

[108] Thomas Mayne Reid (1818-1883), escritor britânico de livros de aventura, muito popular na Rússia no início do século XX. (N. do T.)

[109] Maior batalha de tanques da Segunda Guerra Mundial, ocorrida em julho de 1943, vencida pelos russos. (N. do T.)

— Os americanos são bobos, na certa.

Naquela futura lavra não havia um aparelho de rádio sequer.

"A infecção do assassinato", como dizia Vóronov — lembrou-se Andrêiev. O assassinato era contagioso. Se em algum lugar matavam um chefe de brigada, logo apareciam imitadores, e os chefes de brigada precisavam encontrar pessoas que ficassem de plantão enquanto o chefe de brigada dormia, que guardassem o sono do chefe. Mas era tudo em vão. Um era morto a machadadas, um segundo tinha a cabeça partida por um pé de cabra, um terceiro tinha o pescoço serrado com uma serra de duas mãos...

Não mais que um mês antes, Andrêiev estava sentado junto à fogueira — era sua vez de se aquecer. O turno estava acabando, a fogueira se apagava, e os quatro detentos da vez se sentavam nas quatro direções, circundando a fogueira, encurvando-se e esticando as mãos em direção à chama que se extinguia, ao calor que sumia. Cada um deles, com as mãos descobertas, quase tocava as brasas avermelhadas com seus dedos congelados e insensíveis. Uma bruma branca recaía sobre seus ombros, os ombros e as costas tinham calafrios, e era cada vez mais forte o desejo de manter-se junto ao calor da fogueira, e tinham medo de endireitar-se e de olhar para os lados, e não tinham forças para levantar-se e ir para seu lugar, cada um para seu poço, onde eles perfuravam, perfuravam... Não tinham forças para levantar-se e afastar-se do chefe de brigada, que já se aproximava deles.

Andrêiev preguiçosamente imaginava com o que o chefe de brigada iria querer bater se quisesse arranjar briga. Com um tição, pelo visto, ou com uma pedra... Com um tição, muito provavelmente...

O chefe de brigada já estava a uns dez passos da fogueira. De repente, do poço próximo à trilha em que caminhava o chefe, saltou um homem com um pé de cabra. Aquele homem alcançou o chefe de brigada e ergueu o pé de cabra. O chefe caiu com o rosto para a frente. O homem largou o pé de cabra na neve e passou ao largo da fogueira em que Andrêiev estava sentado com três outros trabalhadores. Foi até a fogueira grande, em que se aqueciam os soldados da guarda.

Andrêiev não mudou de posição durante o assassinato. Nenhum dos quatro saiu do lugar, nenhum tinha forças para se afastar da fogueira, do calor que parecia escapar deles. Cada um queria ficar sentado até o fim, até o momento em que seriam expulsos dali. Mas não havia quem pudesse expulsá-los — o chefe de brigada tinha sido morto, e Andrêiev estava contente, assim como seus camaradas daquele dia.

Fazendo um último esforço com seu pobre cérebro, desnutrido e mirrado, Andrêiev entendeu que seria preciso procurar alguma saída. Andrêiev não queria compartilhar o destino dos bateadores manetas. Ele, que em algum momento tinha jurado para si mesmo que não seria um chefe de brigada, não buscaria a salvação nos perigosos cargos do campo. Seu caminho seria outro: ele não iria roubar, nem bater nos camaradas, nem denunciá-los. Andrêiev esperou pacientemente.

Naquela manhã, o novo chefe de brigada mandou Andrêiev buscar amonita — o pó amarelo que o petardeiro colocava num pacote de papel. Na grande fábrica de amonita, em que eram manuseados e empacotados os explosivos que chegavam do continente, trabalhavam as esposas dos presos — era um trabalho considerado leve. A fábrica de amonita deixava sua marca nas trabalhadoras: seus cabelos ficavam dourados, como se elas tivessem passado água oxigenada.

Nos fogareirozinhos de ferro das isbás dos petardeiros, ardiam os pedacinhos amarelos de amonita.

Andrêiev mostrou o bilhete ao supervisor, desabotoou o *buchlat* e desenrolou seu cachecol esburacado.

— Preciso de umas *portiankas*, pessoal — disse ele. — Um saco.

— E por acaso nossos sacos... — começou o jovem petardeiro, mas o que era mais velho cutucou o companheiro com o cotovelo, e o outro se calou.

— Vamos dar um saco para você — disse o petardeiro mais velho. — Aqui.

Andrêiev tirou o cachecol e entregou-o ao petardeiro. Depois rasgou o saco para fazer as *portiankas* e enrolou-as nas pernas — ao modo camponês. Pois no mundo existem três modos de "atadura" das *portiankas*: o modo camponês, o militar e o urbano.

Andrêiev atou ao modo camponês, colocando a *portianka* no pé de cima para baixo. Com esforço, Andrêiev meteu os pés nas botas, levantou-se e, pegando a caixa com amonita, saiu. Nos pés, sentia calor — na garganta, frio. Andrêiev sabia que tanto uma coisa quanto a outra não seriam por muito tempo. Entregou a amonita ao supervisor e voltou para a fogueira. Teria que esperar o supervisor.

O supervisor afinal aproximou-se da fogueira.

— Vamos fumar — disseram apressadamente algumas vozes.

— Alguns vão fumar, mas alguns não — e o supervisor, levantando a pesada aba de sua peliça, sacou uma latinha com *makhorka*.

Só então Andrêiev desatou os trapos que mantinham juntas as botas, e tirou-a dos pés.

— Belas *portiankas* — disse sem inveja alguém enrolado em trapos, apontando para os pés de Andrêiev, embrulhados com pedaços daquele pano de saco, resistente e reluzente.

Andrêiev se acomodou, moveu as pernas e deu um grito. Uma chama amarela irrompeu. As *portiankas*, impregnadas de amonita, ardiam viva e lentamente. As calças e o aga-

Maio

salho, tomados pelo fogo, também queimavam. Os vizinhos saltaram bruscamente para o lado. O supervisor derrubou Andrêiev de costas e o cobriu com neve.

— Mas o que você fez, seu verme?!

— Mande buscar um cavalo. E escreva um relatório do acidente.

— Logo é o almoço, talvez dê para esperar...

— Não, não dá para esperar — mentiu Andrêiev e fechou os olhos.

No hospital, derramaram nas pernas de Andrêiev uma solução quente de permanganato e o colocaram sem ataduras no leito. O cobertor foi fixado na armação — aquilo ficou parecendo uma tenda. Andrêiev estava garantido por um bom tempo pelo hospital.

Antes do fim da tarde, um médico entrou na enfermaria.

— Escutem, senhores trabalhadores forçados — disse ele. — A guerra acabou. Acabou uma semana atrás. O segundo contínuo do departamento chegou. Dizem que o primeiro contínuo foi morto por uns fugitivos.

Mas Andrêiev não estava ouvindo o médico. Sua febre estava subindo.

(1959)

NOS BANHOS

Naquelas piadas maldosas que só podem surgir no campo de prisioneiros, os banhos costumam ser chamados de "arbitrariedade". "Os *fráieres* gritam: 'Arbitrariedade!', e o chefe já toca para os banhos" — é uma ironia costumeira, tradicional por assim dizer, trazida pelos bandidos, que, com sua perspicácia, percebem tudo. Nesse comentário jocoso esconde-se uma amarga verdade.

Os banhos são sempre um acontecimento negativo para os presos, algo que piora seu dia a dia. Essa observação é mais uma das evidências daquele deslocamento das escalas que é a característica principal e mais fundamental que o campo confere ao homem que vai parar lá para cumprir uma sentença, um "prazo", como se expressou Dostoiévski.

Alguém poderia pensar: como isso é possível? A recusa aos banhos é constante motivo de perplexidade entre os médicos e todos os chefes, que enxergam nesse abstencionismo dos banhos um tipo de protesto, uma infração da disciplina, certo desafio ao regime do campo. Mas fato é fato. E durante anos a organização dos banhos é um acontecimento no campo. A escolta é mobilizada e instruída, todos os chefes participam pessoalmente na caçada aos que se recusam. Nem é preciso falar dos médicos. Conduzir os banhos e fazer a higienização das roupas de cama e de baixo na câmara de desinfecção é uma obrigação absoluta do serviço sanitário. Toda a camada mais baixa da administração do campo, oriunda dos presos (veteranos de cela, patrulhas), também deixam de lado seus afazeres e cuidam apenas dos banhos. Finalmente, a chefia de produção também é inevitavelmente engajada nessa grandiosa tarefa. Toma-se uma série de medidas administrativas nos dias dos banhos (são três por mês). E nesses dias, todos ficavam de pé desde bem cedo de manhã até tarde da noite.

Mas o que acontece? Será possível que um homem, por mais baixo que seja o nível de penúria a que ele foi levado, possa se recusar a lavar-se nos banhos, tirar de si a sujeira e o suor que cobriam seu corpo corroído pelas doenças de pele, e pelo menos por uma hora sentir-se mais limpo?

Há um ditado russo: "Feliz como quem sai do banho". Esse ditado é verdadeiro, e reflete perfeitamente aquele deleite físico que uma pessoa sente com o corpo limpo e lavado.

Será possível que essas pessoas tenham a tal ponto perdido a razão, que elas não entendem, ou não querem entender, que estar sem piolhos é melhor que estar com piolhos? E os piolhos são muitos, e erradicá-los sem uma câmara de desinfecção é quase impossível, especialmente naqueles barracões abarrotados.

É claro que a piolhagem é um conceito que precisa de uma definição melhor. Qualquer meia dúzia de piolhos na roupa não é algo que se leve em consideração. A piolhagem só começa a incomodar os companheiros e os médicos quando eles começam a cair da roupa, quando um blusão de lã se mexe sozinho, chacoalhado pelos piolhos nele aninhados.

Será então possível que um homem — seja ele quem for — não queira livrar-se dessa tortura que o impede de dormir e contra a qual ele luta, vertendo sangue ao coçar seu corpo sujo?

É claro que não. O primeiro "porém" é o fato de que os dias de banho não são considerados folga. Levam para os banhos ou depois, ou antes do trabalho. E, depois de muitas horas de trabalho no frio (embora no verão não seja mais fácil), quando todos os desígnios e esperanças se concentram na vontade de alcançar, de qualquer maneira, o mais depressa possível, as tarimbas, a comida, e dormir, esse tempo que se perde nos banhos é quase insuportável. Os banhos ficam sempre numa distância considerável das habitações. Isso acontece porque esses mesmos banhos não servem apenas aos presos, mas também os trabalhadores livres do povoado lavam-se lá, e geralmente o local não fica no campo, mas nesse povoado dos livres.

Esse embaraço nos banhos não é, de modo algum, só aquela hora em que se lavam e se desinfetam as coisas. Muitas pessoas são lavadas, um grupo de cada vez, e todos os que se atrasam (que são levados para os banhos diretamente do trabalho, sem passar pelo campo, pois lá eles se dispersam e acham algum jeito de se esconder do banho) esperam sua vez no frio. Quando o frio é muito intenso, a chefia tenta diminuir a permanência dos detentos na rua — são levados a um local para se despirem, com espaço para dez ou quinze pessoas, e lá enfiam cem pessoas, de roupa. Esse local não é aquecido, ou é mal aquecido. Todos ficam misturados — gente nua e gente vestida de peliça —, todos se espremem, xingam, resmungam. Aproveitando o barulho e o aperto, tanto os ladrões quanto os que não são ladrões roubam as coisas dos companheiros (pois logo chegam outros, brigadas que vivem em lugares separados, e fica impossível achar o que foi roubado). Não há um lugar para guardar as coisas.

O segundo "porém" — ou, mais propriamente, o terceiro — é o fato de que, enquanto a brigada lava-se nos banhos, os funcionários do campo são obrigados, sob a supervisão do serviço sanitário, a fazer a arrumação dos barracões: varrer, lavar, jogar fora tudo o que for supérfluo. O ato de jogar fora o supérfluo é feito de maneira implacável. E no entanto cada trapo é valioso no campo, e gasta-se muita energia para se ter um par sobressalente de luvas, um par sobressalente de *portiankas*; isso sem falar de outras coisas, menos portáteis, e sem falar também de víveres. Tudo isso desaparece sem deixar rastro, e de maneira legal, enquanto acontece o banho. É inútil levar consigo as coisas para o trabalho e depois para os banhos — elas logo são notadas pelo olho vigilante e experiente dos *blatares*. Por um par de luvas ou de *portiankas* qualquer ladrão consegue pelo menos alguma coisa para fumar.

É característico do ser humano cercar-se rapidamente de pequenas coisas — seja ele um mendigo ou alguém laureado, tanto faz. A cada mudança (e aqui já não falo em absoluto do âmbito prisional), cada um descobre consigo tantas coisinhas que até fica admirado: como foi possível juntar tanta coisa? E então essas coisas são presenteadas, vendidas, jogadas fora, e é com enorme esforço que a mala atinge aquele nível que permite fechar a tampa. Cerca-se dessa maneira também o detento. Ele, afinal, é um trabalhador: precisa ter tanto uma agulha como material para fazer remendos, talvez também uma tigela velha sobressalente. Tudo isso é jogado fora, e depois de cada banho todos têm novamente que adquirir o "equipamento", se não tiveram tempo de enfiar tudo antecipadamente em algum lugar bem fundo no meio da neve, para desenterrar depois de um dia.

Nos tempos de Dostoiévski, nos banhos davam uma selha de água quente (o resto era comprado pelos *fráieres*). Esse padrão se manteve até os dias de hoje. Uma selha de madeira, com água não muito quente, e pedacinhos pungentes de gelo, que grudavam nos dedos, amontoados num barril e disponíveis à vontade. A selha é só uma; não dão uma segunda tina para separar a água. A água quente, portanto, esfria com os pedacinhos de gelo, e é só com essa porção de água que o detento deve lavar a cabeça e o corpo. No verão, em vez do gelo, dão água fria; água, de qualquer maneira, e não gelo.

Supõe-se que o detento deva saber lavar-se com qualquer quantidade de água — desde uma colher até um tanque. Se for uma colher, ele vai lavar os olhos, talvez cobertos de pus, e vai considerar a toalete como feita. Se for um tanque, vai espirrar águas nos vizinhos, trocar a água a cada minuto e dar um jeito de usar toda a água de sua porção no tempo determinado. Para uma caneca, uma caçamba ou uma bacia também existe um cálculo próprio e uma técnica ensinada de maneira tácita.

Tudo isso mostra sagacidade na resolução das questões do dia a dia, como o banho. Mas é claro que não resolve a questão da limpeza. O sonho de lavar-se nos banhos é um sonho irrealizável.

Nos próprios banhos, que também se distinguem pelo mesmo barulho, pela fumaça, pelos gritos e pelo aperto ("gritam, como nos banhos" é uma expressão frequente), não há qualquer água sobrando, e ninguém pode comprá-la. Mas ali não é só água que falta. Falta calor. Os fogareiros de ferro nem sempre estão em brasa, e nos banhos (na grande maioria dos casos) simplesmente faz frio. Essa sensação é acentuada pelas milhares de correntes de ar que vêm das portas, das frestas. Naquelas construções, assim como em todas as construções de madeira, as tábuas são assentadas com musgo entre elas, que logo seca e se esfarela, abrindo buracos pelas paredes. Cada banho é um risco de resfriado, e todos sabem disso (inclusive, é claro, os médicos). Após cada dia de banho aumenta a lista dos que são dispensados do trabalho por doença, a lista dos que estão realmente doentes, e isso é sabido por todos os médicos.

Vale lembrar que a lenha é trazida para os banhos na véspera pela própria brigada, nos ombros, o que mais uma vez atrasa em umas duas horas o retorno para o barracão e involuntariamente cria animosidade contra os dias de banho.

Mas tudo isso não basta. A parte mais terrível é a câmara de desinfecção, que, de acordo com o regulamento, é obrigatória a cada lavagem.

No campo, a roupa é dividida em "individual" e "comunitária". São expressões burocráticas, empregadas oficialmente, ao lado de pérolas literárias como "empercevejamento", "empiolhamento" e assim por diante. A roupa "individual" é a roupa melhor e mais nova, que são guardadas para os funcionários do campo, capatazes oriundos dos presos e outros privilegiados do gênero. A roupa não é fixa de algum desses detentos em particular, mas ela é lavada separadamente, de modo mais cuidadoso, e é frequente serem trocadas por novas. A roupa "comunitária" é roupa comunitária. Ela é distribuída ali mesmo, nos banhos, depois de todos terem se lavado, em troca das sujas, que são aliás recolhidas e contadas antes, separadamente. Nem se cogita falar em escolher o tamanho. A roupa limpa é pura loteria: era estranho e de causar lágrimas ver pessoas adultas chorando de raiva ao receber uma roupa limpa toda puída no lugar de uma suja ainda resistente. Nada pode fazer um homem rejeitar aqueles aborrecimentos de que é feita a vida. Nem a óbvia consideração de que afinal é só por um banho; de que, no fim das contas, sua vida está arruinada, e não faz sentido ficar pensando na roupa de baixo; de que, afinal, a roupa resistente também foi recebida de modo casual; mas eles discutem, choram. Este fenômeno evidentemente faz parte daqueles deslocamentos psíquicos em relação às normas, típicos de quase todos os atos dos presos; é aquela mesma demência que um médico neuropatologista classificou como a doença universal.

A vida do detento, em meio a suas inquietações mentais, é reduzida a uma posição tal, que o recebimento da roupa, através de um guichê escuro, que leva às misteriosas profundezas do estabelecimento em que ficam os banhos, é um acontecimento que afeta os nervos. Muito antes da distribuição, as pessoas que acabaram de se lavar são reunidas aos montes junto a esse guichê. Confabulam e debatem sobre o tipo de roupa que foi distribuído da última vez, que roupa foi distribuída cinco anos atrás no Bamlag,[110] e, assim que se abre a tabuinha que cobre o guichê por dentro, todos se lançam na direção dele, empurrando uns aos outros com seus corpos escorregadios, sujos e fedorentos.

Essa roupa nem sempre é entregue seca. Muito frequentemente ela é entregue molhada — não têm tempo de secá-la, faltou lenha. E vestir uma roupa molhada ou úmida depois do banho dificilmente é agradável para alguém.

Imprecações chovem sobre os funcionários dos banhos, acostumados a tudo. Os que vestem as roupas molhadas começam a congelar de vez, mas é preciso esperar a desinfecção da roupa do corpo.

O que é a câmara de desinfecção? É uma cova aberta no chão, coberta com uma lona e recoberta com barro por dentro, aquecida por um fogareiro de ferro cuja fornalha dá para a entrada do recinto. Lá, são pendurados em varas os *buchlats*, agasalhos e calças; a porta é fechada hermeticamente, e o desinfetador começa a "dar calor". Não há termômetro algum, nem qualquer saquinho de enxofre para definir se foi atingida a temperatura. O sucesso depende ou do acaso, ou da escrupulosidade do desinfetador.

Na melhor das hipóteses, ficam bem aquecidas só as coisas penduradas perto do fogo. As demais, separadas do calor pelas primeiras, ficam úmidas, enquanto as do canto mais distante são tiradas frias. Essa câmara não mata nenhum piolho. É tudo pró-forma, um aparato criado para causar mais tormentos aos detentos.

---

[110] Abreviação de *Baikalo-Amurski Ispravítelno-Trudovoi Lager*, campo de trabalhos forçados do Baikal e do Amur, que funcionou entre 1932 e 1941. (N. do T.)

Nos banhos

Os médicos também sabem bem disso, mas não se pode deixar o campo sem a câmara de desinfecção. E então, depois de uma hora de espera na grande "sala de vestir", começam a trazer as coisas, amontoadas nos braços, mudas de roupa completamente iguais; são jogadas no chão: achar o que é seu cabe a cada um, por conta própria. O detento, praguejando, com esforço, mete em si os casacos, agasalhos de lã e calças de lã tratados com vapor, umedecidos. Agora, de madrugada, perdendo o pouco de sono que tem, ele vai ter que secar seu agasalho e suas calças no fogareiro do barracão.

Não é difícil entender por que ninguém gosta do dia do banho.

(1955)

A NASCENTE ADAMANTINA

O caminhão parou junto à passagem, e as pessoas começaram a descer, saltando da carroceria do Studebaker, de modo desajeitado e lento, com suas pernas enrijecidas. A margem esquerda do rio era baixa; a direita, escarpada, como elas devem ser de acordo com a teoria do acadêmico Ber.[111] Descemos pelo caminho que levava diretamente para o leito do rio de montanha, e avançamos uns duzentos passos pelas pedras, limpas e secas, que ressoavam debaixo de nossos pés. Aquela escura faixinha de água, que parecera tão estreita da margem, revelou-se um pequeno rio de montanha largo e veloz. Éramos esperados por um barquinho, uma chata, e o barqueiro, com uma vara no lugar dos remos, levava o barco para o outro lado, com três passageiros, e retornava depois, sozinho. A passagem durou até a noite. Na outra margem, nós trepávamos lentamente pela trilha estreita e rochosa que subia, ajudando um ao outro, como alpinistas. A trilha estreita, que mal se via em meio à grama amarelada e murcha, levava a um desfiladeiro, onde, num horizonte azulado, amontoavam-se, à direita e à esquerda, os topos das

---

[111] Karl Ernst von Baer, ou, como era chamado na Rússia, Karl Maksímovitch Ber (1792-1876), foi membro da Academia de Ciências de São Petersburgo, presidente da Sociedade Russa de Entomologia e fundador da Sociedade Russa de Geografia. Formulou a teoria, citada por Chalámov, acerca da erosão dos leitos e margens dos rios, relacionando-a com a rotação terrestre. (N. do T.)

montanhas. Chamavam o riacho desse desfiladeiro de nascente Adamantina.

Era uma missão extraordinária — tratava-se daquela mesma nascente Adamantina para onde nós tínhamos por tanto tempo desejado ir, mas sem sucesso, ao sair das galerias de ouro, e sobre a qual todos nós tínhamos ouvido tanta coisa incrível. Diziam que nessa nascente não havia soldados de escolta, nem controle, nem chamadas infinitas, nem arame farpado, nem cães.

Estávamos acostumados ao estalo do fecho do fuzil, e aprendêramos de cor a advertência do soldado da escolta: "Um passo para a esquerda ou um passo para a direita vou considerar como fuga — marchar!". E nós andávamos, e algum dos piadistas — há sempre um deles em qualquer situação, mesmo nas mais difíceis, pois a ironia é a arma dos desarmados — algum dos piadistas repetia o eterno chiste do campo: "Um pulinho para cima vou considerar como agitação". Esse chiste mordaz era dito baixinho, para que o soldado de escolta não escutasse. Ele trazia alento, dava um pequenino alívio, por um breve momento. Nós recebíamos aquela advertência quatro vezes ao dia: de manhã, quando saíamos para o trabalho; à tarde, quando íamos almoçar e quando voltávamos; e à noite, como uma espécie de recomendação antes de retornarmos ao barracão. E toda vez, depois da conhecida fórmula, alguém sussurrava o comentário sobre o pulinho, e ninguém se cansava daquilo, ninguém se irritava. Pelo contrário: estávamos dispostos a ouvir aquele chiste mil vezes.

E agora nossos sonhos tinham se realizado — estávamos na nascente Adamantina, e conosco não havia nenhuma escolta; somente um jovem de barba preta, que obviamente tinha deixado a barba crescer para parecer mais sério, armado com uma espingarda tipo Íjevka, observava nossa passagem. Já tinham nos explicado que aquele era o chefe do destacamento florestal, nosso chefe, o capataz, um trabalhador livre.

Na nascente Adamantina, fazia-se o processamento dos postes para uma linha elétrica de alta voltagem.

Em Kolimá, não há muitos lugares em que cresçam árvores altas; iríamos conduzir o corte seletivo, a tarefa mais vantajosa para gente como nós.

A galeria de ouro é um trabalho que mata o homem, e rapidamente, por sinal. A ração lá é maior, mas no campo o que mata é quando a ração é grande, não pequena. Nós já tínhamos nos convencido havia muito tempo da veracidade desse ditado do campo. Depois de se tornar um *dokhodiaga*, não é qualquer chocolate que vai fazer um trabalhador da galeria engordar de novo.

O corte seletivo é mais vantajoso que o corte contínuo, pois a floresta é rala, de pequeno porte — as árvores crescem no pântano, não há entre elas árvores gigantes; o transporte e a distribuição da madeira nas pilhas, carregando-a nos próprios ombros, pela neve fofa, é torturante. E os postes de doze metros de altura para a eletricidade nem podem ser carregados por pessoas. Quem deve fazer isso é um cavalo ou um trator. Portanto, daria para viver. Além disso, era uma missão sem escolta — ou seja, nada de xadrez, nada de surras; o chefe do destacamento era um trabalhador livre, um engenheiro ou tecnólogo. Certamente tivemos sorte.

Pernoitamos na margem, e de manhã seguimos pela trilha até nosso barracão. O sol ainda não tinha nascido quando chegamos a uma estrutura baixa e comprida, típica da taiga, com um teto coberto de musgo e pedras. No barracão viviam 52 pessoas, e nós, que chegávamos, éramos vinte. As tarimbas de mola eram altas, o teto, baixo, e ficar de pé à vontade só era possível na entrada.

O chefe era um rapaz ágil, ligeiro. Seus olhos jovens, mas experientes, observavam as fileiras de seus novos trabalhadores. Ele rapidamente se interessou por meu cachecol. O cachecol obviamente não era de malha, era de algodão, mas ainda assim era um cachecol, o cachecol de um homem livre. Eu tinha ganhado o cachecol de presente no ano passado, de um enfermeiro do hospital, e desde então eu não o tinha tirado do pescoço nem no inverno, nem no verão. Eu o lavava como podia, no banho, mas nenhuma vez entreguei para que exterminassem os piolhos. Havia muitos piolhos no cachecol, e a sala quente não os mataria; o cachecol, porém, seria roubado rapidamente. Meus vizinhos de barracão, de vida e de trabalho, conduziram uma caçada justa por meu cachecol. Mas uma outra, nada justa, também acontecia — qualquer pessoa ao acaso poderia participar dela; afinal, quem se recusaria a ganhar uns trocados para o tabaco, para o pão? Um cachecol daqueles seria comprado por qualquer um dos trabalhadores livres, que poderia vaporizá-lo para matar os piolhos. Fazer isso só era difícil para um detento. Mas, de maneira heroica, eu atava o cachecol ao pescoço com um nó antes de dormir, sofrendo com os piolhos, aos quais não é possível acostumar-se, da mesma maneira como é impossível acostumar-se ao frio.

— Não quer vender? — disse o de barba preta.

— Não — respondi.

— Bom, você é quem sabe. Você não precisa de um cachecol.

Não gostei daquela conversa. Também era ruim o fato de que ali só davam de comer uma vez por dia, depois do trabalho. De manhã, só água quente e pão. Mas antes eu já tinha passado por coisa parecida. Os chefes davam pouca atenção à forragem dos detentos. Cada um organizava as coisas da maneira mais simples.

Todos os víveres ficavam guardados com o capataz, trabalhador livre, que morava com sua espingarda do tipo Íjevka numa cabaninha minúscula a dez passos do barracão. Esse tipo de armazenamento dos víveres também era uma novidade: geralmente os víveres não eram guardados com o chefe de produção, e sim com os próprios presos; mas a ordem na nascente Adamantina era nitidamente melhor: manter as provisões de comida nas mãos dos presos famintos é sempre arriscado e perigoso, e todos sabem desse risco.

Era longa a ida ao trabalho, uns quatro quilômetros, e estava claro que a cada dia o corte seletivo iria se deslocar para cada vez mais longe nas profundezas do desfiladeiro.

É mais provável que, para o detento, uma longa caminhada, mesmo com escolta, seja algo bom, não ruim: quanto mais tempo se passa na caminhada, menos se passa no trabalho, por mais cálculos que os responsáveis pela cota e os capatazes façam.

O trabalho não era nem pior, nem melhor que qualquer outro trabalho para os detentos na floresta. Cortávamos as árvores marcadas pelo capataz com um entalhe, acepilhávamos as árvores, limpávamos dos galhos, juntávamos os galhos num montão. A tarefa mais pesada de todas era cortar a parte mais grossa da árvore e colocá-la no cepo, para proteger da neve, mas o capataz sabia que a retirada seria urgente, que viriam tratores, sabia que no início do inverno não haveria neve tão profunda a ponto de cobrir essas árvores derrubadas, e nem sempre exigia que a árvore fosse erguida no cepo.

Algo incrível me esperava à noite.

O jantar na nascente Adamantina era um café da manhã, um almoço e um jantar; todos somados, eles não pareciam mais ricos ou mais nutritivos que qualquer almoço ou jantar servido na lavra. Meu estômago insistia em me persuadir de que seu valor calórico e nutricional era ainda menor que na lavra, onde nós recebíamos menos da metade da ração que nos cabia — todo o resto ia parar nas tigelas dos chefes, dos funcionários do campo e dos *blatares*. Mas eu não confiava no estômago, que passara tanta fome em Kolimá. Suas avaliações eram exageradas ou subestimadas — ele queria muito, exigia de modo muito obsessivo, era por demais tendencioso.

Depois do jantar, por algum motivo, ninguém se deitava para dormir. Todos ficavam à espera de alguma coisa. Chamadas? Não, ali não havia chamadas. Finalmente a porta se abriu, e o incansável capataz de barba preta entrou com um papel na mão. O faxineiro tirou um candeeiro de gasolina da tarimba de cima e colocou-o na mesa que ficava no meio do barracão. O capataz sentou-se junto à luz.

— O que será isso? — perguntei ao meu vizinho.

— O desempenho do dia de hoje — disse o vizinho, e no tom de sua voz percebi algo que me assustou. Tinha ouvido aquele tom em situações muito sérias, quando as vítimas de 1938 tinham, todo dia, seu trabalho na galeria de ouro medido "de modo individual". Eu não podia estar errado. O que acontecia ali era algo do tipo, que mesmo eu ainda não sabia, alguma novidade perigosa.

O capataz, sem olhar para ninguém, com uma voz uniforme, monótona, leu o sobrenome e o percentual de cumprimento da cota que cada um atingira, dobrou cuidadosamente o papel e saiu. O barracão estava em silêncio. Só se ouvia a respiração pesada de algumas dezenas de pessoas no escuro.

— Quem tiver menos de cem — explicou o animado vizinho — não vai receber pão amanhã.

— Nada?

— Nada.

Isso de fato eu não tinha visto nunca, em lugar nenhum. Nas lavras, a ração era determinada pela produção da brigada nos últimos dez dias. Na pior das hipóteses, davam a ração punitiva: trezentos gramas; mas nunca deixavam de dar pão. Fiquei pensando, tenso. Ali, o pão era nosso principal alimento. Metade das calorias nós adquiríamos pelo pão. A comida, afinal, era algo indefinido — seu valor nutricional dependia de milhares de questões diferentes: da honestidade do cozinheiro; de quão bem alimentado ele estava; de sua dedicação ao trabalho — pois os cozinheiros indolentes eram ajudados pela "gente trabalhadora", a quem o cozinheiro dava de comer —; de quão enérgico e constante era o controle; da honestidade da chefia; da honestidade dos faxineiros; da honradez dos soldados de escolta e de quão bem alimentados também eles estavam; da presença ou ausência de *blatares*. Finalmente, mesmo acontecimentos inteiramente casuais — a concha do funcionário que distribuía a comida pegar só caldo — podem levar as qualidades nutritivas da comida quase a zero.

É claro que o diligente capataz tinha calculado o porcentual a esmo. Jurei para mim mesmo: se acontecesse comigo essa privação de pão, esse método de incentivo à produção, eu não esperaria.

Uma semana se passou, e nesse meio-tempo entendi por que os víveres eram mantidos debaixo do catre do capataz. Ele não tinha esquecido o cachecol.

— Escute, Andrêiev, me venda o cachecol.

— Ganhei de presente, cidadão chefe.

— Não brinque.

Mas eu recusei categoricamente. Naquela mesma noite, eu estava na lista dos que não tinham cumprido a cota. Eu não pretendia provar nada. De manhã, desenrolei meu cachecol e entreguei-o ao nosso sapateiro.

— Só trate de passar no vapor.

— Eu sei, não nasci ontem — respondeu alegremente o sapateiro, regozijando-se com sua aquisição inesperada.

O sapateiro me deu uma ração de quinhentos gramas em troca. Parti um pedaço do pão e escondi dentro do casaco. Bebi a água quente e saí junto com todos para o trabalho, mas fui ficando para trás, ficando para trás, e depois saí da estrada e fui para a floresta; contornando bem de longe nosso pequeno povoado, passei por aquele mesmo caminho que eu fizera para chegar ali, um mês antes. Eu caminhava a meia versta da estrada; a neve que caía não me atrapalhava a caminhada, o capataz de barba preta não tinha cães farejadores, e só depois fiquei sabendo que ele conseguira chegar esquiando até a cabine do barqueiro, pois o riozinho de montanha não ficava ali congelado por muito tempo, e comunicou a uma escolta que ia para o campo a respeito de minha fuga.

Sentei-me na neve e atei com um trapo as *burki* logo abaixo do joelho. De *burki*, esse tipo de sapato só tinha o nome: era um produto econômico dos tempos de guerra. Eram confeccionados aos milhares a partir de velhas e desgastadas calças acolchoadas de algodão. A sola era feita do mesmo material, que era costurado diversas vezes e munido de cadarços. Eram acrescentadas então *portiankas* de flanela, e assim calçavam os trabalhadores que extraíam ouro num frio de cinquenta, sessenta graus. Esses sapatos se desfaziam em algumas horas de trabalho na floresta — os galhos e ramos iam rasgando-as; na galeria de ouro, duravam alguns dias. Os buracos eram alinhavados nas sapatarias noturnas. Antes do início da manhã o remendo estava feito. Na sola, costuravam camada em cima de camada; o sapato adquiria definitivamente um aspecto disforme, ficava semelhante às margens de um rio de montanha, varridas depois de um desmoronamento.

Usando essas *burki*, com um pau nas mãos, caminhei em direção ao rio, alguns quilômetros acima da passagem. Escalei pela escarpa pedregosa abaixo, e o gelo começou a estalar sob meus pés. Um longo espaço degelado cortava o caminho, e não se via o fim desse buraco no gelo. O gelo cedia, e caminhei com facilidade para a água fumegante e perolada, e minha sola de algodão sentiu as pedras salientes do leito. Levantei alto a perna — as botas cobertas de gelo brilhavam, e caminhei para um ponto ainda mais fundo, acima do joelho, e, com a ajuda do pau, atravessei para o outro lado. Lá, sacudi cuidadosamente as *burki* com o pau e raspei o gelo das botas e das calças — as pernas estavam secas. Alcancei o pedacinho de pão dentro do casaco e caminhei ao longo da margem. Depois de umas duas horas, alcancei a rodovia. Era bom caminhar sem o cachecol piolhento — a garganta e o pescoço como que respiravam, protegidos por um velho lenço, a "troca" que o sapateiro tinha dado pelo meu cachecol.

Eu ia sem qualquer bagagem. É muito importante nas grandes jornadas a pé — tanto no inverno como no verão — ter as mãos livres. As mãos participam do movimento e ficam aquecidas ao caminhar, tanto quanto as pernas. É preciso não levar nada nas mãos: até um lápis parece ter um peso inimaginável depois de vinte ou trinta quilômetros. Tudo isso eu sabia muito bem fazia tempo. Sabia também uma outra coisa: se uma pessoa é capaz de carregar determinado peso com uma só mão por alguns passos, ela pode levar esse peso, arrastá-lo, indefinidamente — o fôlego parece dobrar, triplicar, decuplicar. Eu era um *dokhodiaga*, podia chegar aonde quisesse.[112] Numa estrada plana. No inverno é até mais fácil caminhar que no verão, se o frio não estiver forte demais. Eu não pensava em nada, e no frio extremo nem é possível pensar: ele toma os pensamentos, transforma qualquer um em animal, depressa e facilmente. Andava sem calcular muito, com o único desejo de ir para longe daquela maldita missão sem escolta. A uns trinta quilômetros do campo,

---

[112] Chalámov faz aqui um trocadilho com a palavra *dokhodiaga*, derivado do verbo *dokhodit*, cujo primeiro sentido é de "chegar", "ir até", "conseguir chegar". (N. do T.)

numa pequena isbá na rodovia, viviam uns lenhadores, e lá eu planejava me aquecer e, com sorte, pernoitar.

Já estava escuro quando alcancei aquela isbá, abri a porta e, atravessando o vapor gelado, entrei na cabana. Por detrás de um forno russo, alguém conhecido se levantou e veio em minha direção: era o chefe da brigada de lenhadores, Stepan Jdánov — oriundo dos presos, é claro.

— Tire as roupas, sente-se.

Eu me despi rapidamente, tirei os sapatos, pendurei as roupas próximo ao fogo.

Stepan abriu a tampa do forno e, calçando as luvas, tirou de lá um pote.

— Sente-se, coma. — Ele me deu pão e sopa.

Deitei-me no chão para dormir, mas não peguei logo no sono: doíam as pernas, os braços.

Stepan não perguntou para onde eu estava indo, nem de onde vinha. Apreciei sua delicadeza — para sempre. Nunca mais o vi. Mas até hoje me lembro daquela sopa quente de painço, o cheiro do mingau esquentando, que me lembrava chocolate, o gosto do cachimbo turco que, limpando com a manga, Stepan me estendeu quando nos despedimos, para que eu pudesse pitar no caminho.

Numa noite nebulosa de inverno, alcancei o campo e me sentei na neve, próximo aos portões.

Logo eu entraria, e tudo estaria acabado. Acabariam aqueles dois maravilhosos dias de liberdade depois de muitos anos de prisão — e viriam novamente os piolhos, novamente a pedra enregelada, o vapor branco, a fome, as surras. Então, entrou no campo pelo quartel da guarda um dos atores da brigada cultural, um solitário sem escolta. Eu o conhecia. Entraram uns trabalhadores da serraria, batendo os pés para não congelar, enquanto o soldado da escolta subiu para o quartel, para o calor, sem pressa. Passou então o chefe do campo, o tenente Kózitchev, jogou uma ponta do cigarro

Kazbek na neve, e imediatamente os lenhadores que estavam perto do quartel da guarda se lançaram para lá. Estava na hora. Não podia passar a noite toda sentado. Precisava tentar levar a cabo tudo que eu pensara. Empurrei a porta e entrei no posto de controle. Nas mãos, eu segurava uma declaração, endereçada ao chefe do campo, a respeito da situação na missão sem escolta. Kózitchev leu a declaração e me mandou para o xadrez. Dormi lá, até ser chamado pelo investigador, mas, como eu presumira, não quiseram me "dar um caso": eu já tinha uma pena grande. "Você vai para a lavra punitiva", disse o investigador. E fui mandado para lá depois de alguns dias — no campo provisório central as pessoas não são mantidas por muito tempo.

(1959)

O PROCURADOR VERDE

As escalas são deslocadas, e qualquer conceito humano, mantendo sua grafia, sua sonoridade, a composição habitual de suas letras e sons, contém em si algo diferente, que no continente não tem nome: as medidas aqui são outras, os modos e costumes são particulares; o sentido de qualquer palavra foi alterado.

Nas situações em que é impossível expressar o novo acontecimento, o novo sentimento, o novo conceito com palavras corriqueiras e humanas, nasce uma nova palavra, tomada de empréstimo da língua dos *blatares*, que ditavam a moda e o gosto do Extremo Norte.

As metamorfoses de sentido afetam não somente conceitos como Amor, Família, Honra, Trabalho, Virtude, Vício, Crime, mas também palavras puramente inerentes a este mundo, nascidas nele, como por exemplo, "FUGA"...

Em minha tenra juventude, tive oportunidade de ler sobre a fuga de Kropótkin da Fortaleza de Pedro e Paulo.[113] O cocheiro aguardando nos portões da prisão, a dama disfarçada na caleche, com um revólver nas mãos, a contagem dos passos até a porta da guarda, a corrida do prisioneiro sob os tiros das sentinelas, o bater dos cascos do trotador na calçada de pedra: a fuga era clássica, acima de qualquer dúvida.

---

[113] Piotr Kropótkin (1842-1921), um dos grandes teóricos do anarquismo, fugiu, na verdade, do hospital de uma prisão militar, em março de 1876, após ser transferido da Fortaleza de Pedro e Paulo. (N. do T.)

Mais tarde, li as reminiscências dos exilados sobre as fugas da Iacútia, de Verkhoiansk, e fiquei amargamente decepcionado. Nenhum disfarce, nenhuma perseguição! Um percurso invernal, com cavalo atrelados em fila, como em *A filha do capitão*,[114] a chegada na estação ferroviária, a compra dos bilhetes no caixa... Eu não entendia por que aquilo se chamava fuga. A fugas desse caráter àquela época dava-se o nome de "ausência não autorizada do local de habitação", e, a meu ver, esta fórmula transmite melhor a essência da questão que a romântica palavra "fuga".

Até a fuga do SR Zenzínov[115] da baía da Providência, quando um iate americano aproximou-se do barco com que Zenzínov pescava, e recebeu a bordo o fugitivo, não parecia uma fuga verdadeira como aquela de Kropótkin.

Em Kolimá havia sempre muitas fugas, e sempre frustradas.

O motivo para isso eram as peculiaridades da severa região polar, que o governo tsarista jamais tentara povoar com presos, como fizera em Sacalina, tornar a região habitável, colonizá-la.

As distâncias até o continente eram calculadas em milhares de verstas; o trecho mais curto no vácuo da taiga — a distância entre os locais habitáveis das lavras do Dalstroi e Aldan — era de quase mil quilômetros de taiga cerrada.

É verdade que na direção da América as distâncias eram consideravelmente mais curtas — o estreito de Bering em seu ponto mais estreito tem no máximo cento e poucos quilômetros —, mas por outro lado a guarda dessa região, reforçada por divisões de fronteira, era absolutamente intransponível.

[114] Romance de Púchkin. (N. do T.)

[115] Vladímir Mikháilovitch Zenzínov (1880-1953), um dos líderes do Partido Socialista Revolucionário, foi deportado para a Sibéria em 1906 e fugiu para Iakutsk no ano seguinte. (N. do T.)

O primeiro caminho levava até Iakutsk, e de lá em diante ou a cavalo, ou por água: ainda não havia linhas de avião, e seria a coisa mais simples do mundo esconder um avião a sete chaves.

É compreensível que no inverno não ocorra fuga alguma — passar o inverno debaixo de um teto, em algum lugar que tenha um forno de ferro, é o sonho apaixonado de qualquer detento, e não só dos detentos.

O cativeiro torna-se insuportável na primavera — é assim sempre, em todo lugar. Aqui, juntam-se a este fator natural e meteorológico — que tem uma influência extremamente imperiosa nos sentimentos humanos — conclusões obtidas por meio de uma lógica fria e racional. Viajar pela taiga só é possível no verão, quando, se as provisões acabarem, pode-se comer grama, cogumelos, frutas silvestres, raízes de plantas, cozinhar panquecas com farinha de *iáguel* — o líquen polar —, caçar ratos do campo, tâmias, esquilos, quebra-nozes, lebres...

Por mais frias que sejam as noites de verão no Norte, na terra do *permafrost*, ainda assim um homem experiente não vai se resfriar se conseguir pernoitar sobre uma pedra. Quando for o momento, vai virar de um lado para o outro, não vai dormir de costas para o chão, vai colocar um pouco de grama ou galhos no flanco...

É impossível fugir de Kolimá. O lugar dos campos foi escolhido de maneira genial. E ainda assim o poder da ilusão, da ilusão pela qual se paga com árduos dias no xadrez, com sentenças complementares, com surras, com fome, amiúde com a morte, o poder da ilusão é tão forte aqui, quanto em qualquer lugar, como é sempre.

Há muitíssimas fugas. Mal as unhas dos lariços ficam recobertas de esmeralda, os fugitivos põem-se em movimento.

Quase sempre são os novatos de primeiro ano, em cujos corações ainda não foi morta a força de vontade, o amor-próprio, e cuja razão ainda não apreendeu as condições do Extremo Norte, completamente diferentes daquelas do até então conhecido mundo do continente. O que os novatos veem deixa-os ultrajados até as profundezas da alma — as surras, as torturas, o escárnio, a depravação do homem... Os novatos fogem, uns bem, outros mal, mas todos têm o mesmo fim. Uns são pegos em dois dias, outros, em uma semana; outros ainda, em duas semanas... As peregrinações dos fugitivos que têm uma "direção" (essa expressão será explicada mais tarde) não levam mais tempo que isso.

As filas inumeráveis das escoltas do campo e dos grupos de operações especiais, com seus milhares de pastores alemães, juntamente com os destacamentos fronteiriços e com o exército que fica estacionado em Kolimá, oculto sob a denominação de Kolimpolk,[116] são mais que suficientes para apanhar cem em cada cem possíveis fugitivos.

Como a fuga se torna possível? Não seria mais simples direcionar as forças dos grupos de operações especiais para a vigilância das pessoas, a vigilância e não a caçada?

Provou-se que, do ponto de vista econômico, a manutenção dos "caçadores de crânios" é no fim das contas menos dispendiosa para o país que a vigilância cerrada, do tipo carcerário. Prevenir a própria fuga é extraordinariamente difícil. Para isso não ajuda nem a gigantesca rede de informantes que existem em meio aos próprios presos, e que a chefia paga com cigarros de *makhorka* e sopas.

A questão é a psicologia humana, com seus meandros e seus recantos; não se pode prever nada — quem vai tentar fugir, quando, por quê. O que acontece é absolutamente diferente daquilo que se supunha.

É claro que por conta disso existem as medidas "profiláticas": detenções, reclusão em zonas de punição — essas

---

[116] Acrônimo de *Kolímski Polk* [Regimento de Kolimá]. (N. do T.)

prisões dentro da prisão —, transferências dos mais suspeitos de um lugar para outro. Foram produzidas muitíssimas "iniciativas" que exerciam, é claro, certa influência na diminuição das fugas; é possível que as fugas fossem ainda mais numerosas sem as zonas de punição, com sua vigilância segura e numerosa, postadas até os confins do mundo.

Mas também há fugas das zonas de punição, e nas missões sem escolta ninguém tenta escapar. No campo acontece de tudo. Além disso, a fina observação de Stendhal na *Cartuxa de Parma*, sobre o fato de que "o guardião da prisão pensa menos em suas chaves que o detento em suas grades", é justa e correta.

Kolimá, fica sabendo que tu és
Um mundo dos mais fascinantes
Os meses de inverno são dez
E de verão os dois restantes.

Por isso preparam-se para a primavera: a guarda e os grupos de operações especiais aumentam seu efetivo de homens e de cães, adestrando uns, instruindo os outros. Os detentos também se preparam: escondem conservas, torradas, escolhem os "parceiros"...

Houve um único caso de uma fuga clássica de Kolimá, cuidadosamente pensada e preparada, executada com talento e sem pressa. Era a exceção que confirmava a regra. Mas mesmo aquela fuga deixou um pequeno rastro que podia ser seguido, uma falha de nada, à primeira vista insignificante, mas que permitiu encontrar o fugitivo — nem mais, nem menos do que dois anos depois. Pelo visto, o amor-próprio dos nossos aspirantes a Vidocq e Lecoq[117] tinha sido terrivelmen-

---

[117] Eugène-François Vidocq (1775-1857), criminalista francês cuja

te ofendido, e deu-se ao caso muito mais atenção, energia e recursos do que se daria em casos normais.

O curioso é que o homem que "empreendera a fuga", executada com uma energia fabulosa e com perspicácia, não era um detento político, muito menos um *blatar*, um especialista nesses assuntos, mas um condenado a dez anos por fraude.

É compreensível. A fuga de um político sempre anda lado a lado com as aspirações pela liberdade, e, assim como uma greve de fome, é forte sua ligação com a liberdade. É preciso saber muito bem, de antemão, para onde será a fuga, para quê. Qual político de 1937 poderia responder a essa pergunta? Pessoas casualmente envolvidas na política não fogem da prisão. Eles poderiam fugir para suas famílias, irem para a casa de conhecidos, mas no ano de 38 isso significava que o fugitivo exporia à repressão todas as pessoas para quem olhasse na rua.

A coisa aqui não se limitava a quinze, vinte anos. Colocar sob ameaça a vida de pessoas próximas e de conhecidos — eis o único resultado possível para a fuga desses políticos. Porque é preciso que alguém acolha o fugitivo, esconda-o, ajude-o. Entre os políticos de 1938 não havia tais pessoas.

Para as raras pessoas que voltavam no fim da sentença, as próprias esposas eram as primeiras a conferir a justeza e a legitimidade dos documentos do marido que retornava do campo, e, para informar a chefia da chegada, iam correndo até a polícia para chegar antes do locatário responsável pelo apartamento.

---

vida inspirou diversas obras de autores como Victor Hugo e Edgar Allan Poe. Sua autobiografia era muito popular na Rússia, e seu nome tornou-se sinônimo de investigador. Monsieur Lecoq é um detetive fictício, personagem de romances do escritor francês Émile Gaboriau (1832-1873). (N. do T.)

A repressão às pessoas presas ao acaso, inocentes, era muito simples. Em vez de passar um sermão, de advertir, eles os torturavam, e depois das torturas davam dez, vinte anos em "acampamentos distantes" — de trabalhos forçados ou de prisão. Restava a eles apenas morrer. E eles morriam, sem pensar em qualquer fuga, morriam mostrando mais uma vez o traço nacional, a paciência, já exaltada por Tiútchev e deslavadamente mencionada posteriormente por políticos de todos os níveis.

Os *blatares* não fugiam, porque não acreditavam no êxito da fuga, não acreditavam que chegariam ao continente. Além disso, as pessoas do aparato investigativo e do campo — trabalhadores de muita experiência — conseguiam, por meio de algum sexto sentido, distinguir os *blatares* dos demais, garantindo que nos *blatares* havia uma espécie de marca de Caim, que era impossível esconder. A mais evidente "ilustração" desse sexto sentido foi o caso de um assaltante armado, um assassino, que havia mais de um mês procuravam pelas estradas de Kolimá com a ordem de atirar no ato do reconhecimento.

O membro do grupo de operações especiais Sevastiánov parou um desconhecido, que vestia um casaco de pele de carneiro, perto de uma bomba de gasolina na beira da estrada, e, quando o homem virou-se, Sevastiánov atirou nele, bem na testa. E, embora Sevastiánov nunca tivesse visto o rosto do homem, embora o episódio tenha ocorrido no inverno e o fugitivo estivesse com roupas de inverno, embora os traços passados para o membro do grupo de operações especiais fossem os mais genéricos (não se pode afinal olhar a tatuagem de cada transeunte, e a fotografia do bandido era ruim e turva), mesmo assim Sevastiánov não foi enganado por seu faro.

De dentro da roupa do morto caiu uma espingarda de cano serrado; nos bolsos foi encontrada uma Browning.

Documentos havia mais que o bastante.

Como julgar uma decisão tão enérgica, ditada pelo sexto sentido? Mais um minuto e Sevastiánov teria ele mesmo levado um tiro.

E se ele tivesse atirado em um inocente?

Os *blatares* não tinham nem forças, nem vontade de fugir para o continente. Depois de pesar todos os prós e todos os contras, o mundo criminal decidiu não se arriscar, mas sim ater-se a resolver seu destino nos novos locais, o que era, é claro, muito sensato. As fugas dali seriam, para os delinquentes, uma aventura temerária e um risco desnecessário.

Quem, afinal, iria fugir? Um camponês? Um pope? Fiquei sabendo de apenas um caso de pope fugitivo, e a fuga aconteceu ainda antes do famoso encontro do patriarca Sérgui com Bullitt,[118] quando o primeiro embaixador americano recebeu em mãos a lista de todos os sacerdotes ortodoxos que estavam na prisão ou no exílio em todo o território da União Soviética. O patriarca Sérgui, em sua época de metropolita, tinha ele mesmo conhecido as celas da prisão Butírskaia. Após as providências de Roosevelt, todos os eclesiásticos foram libertos da prisão e do exílio, sem exceção. Foi traçada uma concordata com a Igreja, extremamente necessária tendo em vista a aproximação da guerra.

E os condenados por crimes comuns — corruptores de menores, peculadores, concussionários, assassinos? Nenhum deles tinha motivo para fugir. Sua sentença — seu "prazo", na expressão de Dostoiévski — era geralmente pequena, na reclusão eles tinham diversas vantagens e trabalhavam no serviço do campo, na administração, em geral nas posições mais "privilegiadas". Recebiam bons ordenados, mas o mais importante era que, ao voltar para casa, no campo ou na cida-

---

[118] William Christian Bullitt Jr. (1891-1967), diplomata americano. Foi o primeiro embaixador dos Estados Unidos na União Soviética, após esta ter sido reconhecida pelos americanos, em 1933. (N. do T.)

de, eles recebiam a mais afável acolhida. Não porque essa afabilidade fosse uma qualidade do povo russo, apiedada dos "infelizes": a piedade pelos "infelizes" há tempos passara para o domínio das lendas, tornara-se um terno conto de fadas. Os tempos tinham mudado. A grande disciplinaridade da sociedade ditava às "pessoas mais simples" que aprendessem a maneira como o poder lidava com tal questão. A acolhida era a mais benévola, pois este contingente de forma alguma perturbava a chefia. Devia-se odiar apenas os "trotskistas", os "inimigos do povo".

Havia outro motivo, também muito importante, para a acolhida indiferente que o povo dava aos que retornavam da prisão. Havia tanta gente na prisão que era improvável que no país existisse uma única família cujos parentes ou conhecidos não tivessem sofrido perseguições e repressões. Depois dos sabotadores, foi a vez dos *kulaks*;[119] depois dos *kulaks*, a dos trotskistas; depois dos trotskistas, a das pessoas de sobrenome alemão. Uma cruzada contra os judeus não foi declarada por muito pouco.

Tudo isso levou as pessoas a uma grandessíssima indiferença, inspirou no povo uma completa falta de interesse pelas pessoas que carregavam a marca de qualquer uma das partes do Código Penal.

Se outrora uma pessoa que tinha estado na prisão e retornado para sua aldeia natal despertava nos demais certa cautela, às vezes hostilidade, desprezo ou compaixão — de forma notória ou secreta —, agora ninguém prestava atenção nessas pessoas. O isolamento moral dos "marcados", dos trabalhadores forçados, há muito caíra no esquecimento.

---

[119] Categoria de camponeses relativamente abastados na Rússia do século XIX e das primeiras décadas do século XX. Foram liquidados durante o processo de coletivização da agricultura, nos primeiros planos quinquenais soviéticos. (N. do T.)

As pessoas vindas da prisão — com a condição de que seu retorno tivesse sido autorizado pela chefia — eram recebidas da maneira mais hospitaleira. De todo modo, qualquer "chucro" que tivesse corrompido e contagiado com sífilis sua vítima menor de idade podia, ao término da sentença, contar com plena liberdade "moral", e naquele mesmo círculo em que ele transgredira as determinações do Código Penal.

Uma interpretação literária das categorias jurídicas desempenhava um papel de considerável importância nessa questão. Por algum motivo, escritores e dramaturgos pronunciavam-se como teóricos do direito. Mas a prática prisional e do campo continuava um bicho de sete cabeças; os relatórios que chegavam pelas linhas de serviço não geravam quaisquer conclusões sérias em princípio...

Por que motivo os presos comuns fugiriam do campo? Eles não fugiam, confiando plenamente nos cuidados da chefia.

O que torna ainda mais impressionante a fuga de Pável Mikháilovitch Krivochei.

Atarracado, de pernas curtas, com um pescoço grosso e rubro, que se fundia com a nuca, Pável Mikháilovitch não tinha aquele sobrenome por acaso.[120]

Engenheiro químico em uma das fábricas de Khárkov, ele conhecia à perfeição diversas línguas estrangeiras, lia muito, entendia bem de pintura, de escultura, tinha uma grande coleção de antiguidades.

Figura proeminente entre os especialistas da Ucrânia, o engenheiro apartidário Krivochei desprezava de todo coração qualquer político que fosse. Homem inteligente e astuto, desde seus anos de juventude cultivara uma paixão não pela cobiça — o que seria grosseiro e de pouca inteligência para Krivochei —, mas pelos prazeres da vida, tais como ele os en-

---

[120] Em russo literalmente "torcicolo". (N. do T.)

O procurador verde

tendia. E aquilo significava ócio, vício, artes... Os prazeres espirituais não eram do seu gosto. A cultura e os altos conhecimentos proporcionaram-lhe, juntamente com a abundância material, grandes possibilidades de cumprir seus baixos e sórdidos desejos e necessidades. Mesmo a pintura Pável Mikháilovitch aprendeu para se dar importância, para ocupar um alto posto em meio aos conhecedores e apreciadores, para não fazer feio diante de sua paixão puramente sensual da vez, do sexo feminino ou masculino. A pintura em si não o tocava nem um pouco, não o interessava, mas ele considerava sua obrigação ter uma opinião até sobre o salão quadrado do Louvre.[121]

A mesmíssima coisa se dava com a literatura, que ele até lia, de preferência em francês ou inglês, e de preferência para praticar essas línguas; a literatura em si o interessava pouco, e ele podia ler o mesmo livro até o infinito, uma paginazinha por vez, antes de dormir. É claro que era impensável imaginar que existisse um livro no mundo que Pável Mikháilovitch fosse ler até de manhã. Cuidava com todo o zelo de seu sono, e nenhum romance policial poderia romper o regime uniforme de Krivochei.

Quanto à música, Pável Mikháilovitch era um profano completo. Não tinha ouvido algum, e sequer ouvira falar do conceito de música de Blok. Mas compreendera havia tempo que a falta de um ouvido musical "não era um defeito, mas uma infelicidade", e se conformara com isso. De todo modo, ele tinha paciência de sobra para escutar uma fuga ou uma sonata e cumprimentar o intérprete, ou melhor, a intérprete.

Tinha uma saúde magnífica, uma compleição pícnica, com certa tendência a engordar, o que, aliás, não consistia numa ameaça a ele no campo.

---

[121] As mostras oficiais da Academia de Belas Artes francesa se realizavam no *Salon Carré* do Louvre, daí o nome "salão de arte". (N. do T.)

Krivochei nascera no ano de 1900. Estava sempre de óculos, com armação de chifre ou sem armação alguma, com lentes redondas. Vagaroso, pesadão, com uma testa grande e redonda, já meio careca, Pável Mikháilovitch Krivochei era uma figura imponente ao extremo. É possível que aquilo fosse calculado — com seus ares de importância, causava certa impressão na chefia, o que deve ter aliviado o destino de Krivochei no campo.

Alheio à arte, alheio às emoções artísticas do criador e do consumidor, Krivochei encontrou-se no colecionismo, no antiquariato. Entregou-se com paixão a essa ocupação, que era lucrativa, interessante, e que fazia Krivochei conhecer novas pessoas. Finalmente, esse hobby tornava mais nobres os vis pendores do engenheiro.

O salário de engenheiro — o "pagamento de especialista" daqueles tempos — começou a ser insuficiente para a vida larga que levava Pável Krivochei, antiquário amador.

Tornaram-se necessários novos recursos, recursos do Estado, e não se podia jamais negar que Pável Mikháilovitch era um homem decidido.

Foi condenado ao fuzilamento, com comutação para dez anos — uma sentença enorme para meados dos anos trinta. Devia ter sido então uma fraude na casa dos milhões. Suas posses foram confiscadas, vendidas em leilão, mas é evidente que Pável Mikháilovitch tinha previsto de antemão aquele desfecho. Estranho teria sido se Krivochei não tivesse conseguido esconder algumas centenas de milhares. O risco não era grande, o cálculo, simples. Krivochei era um preso comum, como "amigo do povo" ficaria preso por metade da sentença, talvez menos ainda, sairia com recontagem de sentença ou alguma anistia, e gastaria o dinheiro escondido.

Porém, Krivochei foi mantido pouco tempo em um dos campos do continente — por ter uma sentença longa, foi transferido para Kolimá. Aquilo complicava seus planos. É fato que suas expectativas em relação ao artigo de sua condenação e a seus modos de fidalgo se confirmaram plenamente: Krivochei não passou um dia sequer nos trabalhos comuns nas galerias de minas. Logo foi encaminhado, por sua especialidade de engenheiro, a um laboratório de química na área carvoeira de Arkagala.

Isso foi no tempo em que o famoso ouro de Tchai-Uria ainda não tinha sido descoberto, e, no lugar de inúmeros povoados com milhares de habitantes, havia ainda velhos lariços e álamos de seiscentos anos. Foi no tempo em que ninguém ainda pensava que as pepitas de At-Uriakh pudessem se exaurir ou serem superadas; e a vida ainda não se movera para o Noroeste, na direção do polo da fome de então: Oimiakon. As velhas lavras esgotaram-se, e novas foram abertas. A vida na lavra é de habitação temporária em habitação temporária.

O carvão de Arkagala — a futura bacia de Arkagala — era o posto avançado dos exploradores de ouro, o futuro centro de abastecimento de combustíveis da região. Era um pequeno túnel de minas, onde, ficando de pé sobre os trilhos, era possível tocar com a mão o topo, o teto do túnel, perfurado de modo econômico, à moda da taiga, como falava a chefia; um túnel feito com trabalho manual, na picareta e na pá, como todas as vias de milhares de verstas de então em Kolimá. Essas vias e as lavras dos primeiros anos eram manuais; nelas, o único mecanismo empregado foi a "máquina OSO, dois braços e uma roda só".

O trabalho dos detentos é barato.

Os grupos de prospecção geológica ainda chafurdavam no ouro de Sussuman, no ouro de Viérkhni At-Uriakh.

Mas — e Krivochei sabia muito bem disso — as rotas dos geólogos alcançariam os arredores de Arkagala, e seguiriam adiante, para Iakutsk. Com os geólogos, chegariam carpinteiros, mineradores, a guarda...

Era preciso se apressar.

Alguns meses se passaram, e a mulher de Pável Mikháilovitch veio de Khárkov para vê-lo. Ela não viera visitá-lo. Não, ela viera para seguir o marido, repetindo a façanha das esposas dos dezembristas. A esposa de Krivochei não foi a primeira nem a última das "heroínas russas": o nome da geóloga Faína Rabinóvitch é bem conhecido em Kolimá. Mas Faína Rabinóvitch era uma geóloga de renome. Seu destino era uma exceção.

As esposas que iam atrás dos maridos condenavam a si mesmas ao frio, às constantes torturas das peregrinações atrás dos maridos, que de quando em quando eram transferidos para algum outro lugar, e as esposas precisavam abandonar o local de trabalho, achado com dificuldade, e ir em direção a regiões perigosas para mulheres, onde elas podiam ser submetidas à violência, a roubos, ao escárnio... Mas, mesmo sem viajar, cada uma dessas mártires estava destinada a passar por galanteios grosseiros e importunações da chefia, começando dos postos mais altos e terminando em um soldado de escolta qualquer, que já tomara gosto pela vida em Kolimá. Receber propostas de fazer companhia a um solteirão bêbado era o fado de todas as mulheres, sem exceção, e, se para uma presa simplesmente davam ordens — "Tire a roupa e deite-se!" —, sem qualquer Púchkin ou Shakespeare, contaminando-a com sífilis, com a esposa de um *zek* a abordagem era ainda mais atrevida. Pois, após o estupro de uma presa, era sempre possível deparar-se com uma denúncia feita por um amigo ou adversário, um subalterno ou um chefe, mas o "amor" com a esposa de um *zek*, como pessoa juridicamente independente, não podia ser enquadrado em nenhum artigo.

O pior de tudo era que aquela viagem de treze mil verstas acabava sendo completamente sem sentido: não permitiam à pobre mulher fazer visita alguma a seu marido, e as

O procurador verde

promessas de conceder essas visitas tornavam-se armas para os próprios galanteios.

Algumas mulheres traziam uma autorização de Moscou para visitas uma vez por mês, com a condição de o prisioneiro ter conduta exemplar e cumprimento das cotas de produção. Tudo isso, é claro, sem pernoite, com a presença obrigatória do chefe do campo.

Quase nunca a esposa conseguia arranjar trabalho no mesmo povoado em que seu marido preso cumpria a sentença.

E se ela, ao contrário de todas as expectativas, conseguisse arranjar algo próximo ao marido, imediatamente o transferiam para outro lugar. Isso não era uma diversão da chefia: era o cumprimento de uma instrução de serviço — "ordens são ordens". Aqueles casos eram previstos por Moscou.

A esposa não conseguia entregar nenhum produto comestível ao marido: a esse respeito existiam ainda mais ordens e normas, que dependiam do resultado do trabalho e do comportamento.

Entregar pão ao marido por um soldado de escolta? Eles tinham medo, era proibido. Pela chefia? O chefe concordava, mas exigia pagamento em espécie: com o próprio corpo. Ele não precisava de dinheiro, estava nadando em dinheiro, não por acaso havia muito tempo ele era um "cem por cento", ou seja, recebia um ordenado quadruplicado. E uma mulher daquelas dificilmente teria dinheiro para suborno, ainda mais para os subornos na escala de Kolimá. Essa era a situação sem saída que se criava para as esposas dos presos. E se ainda fosse a esposa de um "inimigo do povo", aí é que definitivamente não faziam cerimônia: qualquer insulto lançado contra ela era considerado um mérito, uma façanha, e de qualquer forma era considerado positivo do ponto de vista político.

Muitas das mulheres se alistavam para trabalhar por três anos, e devido a esta armadilha eram forçadas a esperar pelo vapor que as levaria de volta. Fortes de espírito — e precisavam ter mais força que seus maridos detentos —, elas aguardavam o prazo de seus contratos e iam embora, sem mesmo ter visto os maridos. Enfraquecidas, recordando as perseguições no "continente" e temendo retornar para lá, vivendo num ambiente desregrado, de inebriamento, de embriaguez, de muito dinheiro, casavam-se novamente, e novamente tinham filhos e davam adeus a seus maridos detentos e a si mesmas.

A esposa de Pável Mikháilovitch Krivochei, como era de esperar, não encontrou trabalho em Arkagala e partiu, tendo passado pouco tempo lá, para a capital da região, para a cidade de Magadan. Depois de conseguir por lá um trabalho de contadora — Angelina Grigórievna não possuía nenhuma especialidade, tinha sido dona de casa a vida inteira —, a esposa de Krivochei encontrou um canto e começou a viver em Magadan, onde de qualquer maneira as coisas eram um pouco mais alegres que na taiga, em Arkagala.

Mas de lá, através de uma linha secreta, em direção a essa mesma Magadan, endereçada ao chefe da divisão de inquérito, à organização localizada na mesma rua — praticamente a única da cidade — em que ficava o barracão, dividido por tapumes para cada família, em que Angelina Grigórievna encontrara um refúgio para si, chegou com urgência uma mensagem cifrada de serviço: "Fugiu o *zek* Krivochei, Pável Mikháilovitch, ano de nascimento 1900, artigo 168, sentença 10, número da ficha...".

Pensaram que a mulher o estava escondendo em Magadan. Prenderam a mulher, mas não arrancaram nada dela. Sim, estive, vi, parti, trabalho em Magadan. Um longo período de vigilância e observação não deu resultado algum. O controle das partidas dos navios e dos aviões foi fortalecido,

O procurador verde 281

mas tudo foi em vão — não havia qualquer vestígio do marido de Angelina Grigórievna.

Krivochei tinha partido para o lado oposto ao mar, na direção de Iakutsk. Não levou quase nada. Além de uma capa de lona, do martelinho de geólogo e de uma bolsa com uma pequena quantidade de "amostras" geológicas, um suprimento de fósforos e um suprimento de dinheiro, ele não tinha nada.

Ele seguia abertamente, sem pressa, pelas estradas dos cavalos de carga, pelas trilhas dos cervos, seguindo os acampamentos, os povoados, sem entrar muito fundo na taiga e pernoitando a cada vez sob um teto — de uma tapera, de um *tchum*,[122] de uma cabana... No primeiro povoado um pouco maior na região de Iakutsk, ele contratou alguns trabalhadores que, seguindo suas ordens, cavaram um poço, uma vala, uma pequena escavação; resumindo, executaram o mesmo trabalho que antes eles já tinham feito para verdadeiros geólogos. Krivochei tinha conhecimento suficientes para a ocupação de coletor, e além disso Arkagala, onde ele tinha morado por mais ou menos um ano, era o último posto de base de muitas expedições geológicas, e Krivochei já estava familiarizado com os modos e com o jeito dos geólogos. A lentidão dos movimentos, os óculos de armação de osso, o barbear diário, as unhas cortadas: tudo isso inspirava uma confiança infinita.

Krivochei não se apressou. Ele preenchia seu caderno de viagem com sinais secretos, algo semelhante aos diários de campo dos geólogos. Seguindo lentamente, sem esmorecer, ia se aproximando de Iakutsk.

Às vezes ele até voltava, desviando-se para outro lado, detendo-se — tudo aquilo era necessário para a "exploração

---

[122] Cabana típica da região noroeste da Sibéria. (N. do T.)

da bacia e da nascente do Riabói", para que fosse verossímil, para apagar os rastros. Krivochei tinha nervos de aço; um afável sorriso, típico de um sanguíneo, não saía de seu rosto. Em um mês ele atravessou a cordilheira de Iáblon, enquanto dois iacutos, designados por um *kolkhoz* para aquele importante trabalho governamental, carregavam sua bolsa com "amostras".

Eles começaram a se aproximar de Iakutsk. Em Iakutsk, Krivochei deixou suas pedras num guarda-volumes no cais e dirigiu-se para o departamento local de geologia, com o pedido de que o ajudassem a enviar certas encomendas de grande importância para Moscou, para a Academia de Ciências. Pável Mikháilovitch foi aos banhos, ao barbeiro, comprou um terno caro, algumas camisas coloridas, roupas de baixo, e, depois de escovar seus ralos cabelos, foi até a alta chefia científica com um plácido sorriso.

A alta chefia científica teve uma atitude benevolente para com Krivochei. O conhecimento de línguas estrangeiras demonstrado por Krivochei provocou a impressão desejada.

Vendo no recém-chegado um grande potencial cultural — coisa não muito comum na Iakutsk de então —, a chefia científica implorou a Krivochei que ficasse um pouco mais. Às frases desconcertadas de Pável Mikháilovitch acerca de sua necessidade de ir em breve para Moscou, a chefia respondeu com a promessa de arranjar recursos do Estado para que ele viajasse até Vladivostok. Krivochei agradeceu calmamente, sem perder a dignidade. Mas a chefia científica tinha seus planos para Pável Mikháilovitch.

— Caro colega, o senhor não faria caso — falava a chefia em tom bajulador — de dar duas ou três palestras para nossos colaboradores científicos... Sobre... com tema livre, à sua escolha, é claro. Algo sobre as jazidas de carvão do planalto da Iacútia central, que tal?

Krivochei sentiu um frio no estômago.

— Mas é claro, com muito prazer. Digo, dentro dos limites do permitido... Como o senhor mesmo sabe, reuniões sem a aprovação de Moscou...

E nesse ponto Krivochei desfez-se em elogios ao potencial científico da cidade de Iakutsk.

Nenhum agente de instrução faria uma pergunta mais astuta que aquela que o professor iacuto fizera por conta de sua simpatia em relação ao hóspede cientista, a sua postura, a seus óculos de armação de osso, e por conta do desejo de servir da melhor forma possível à sua terra natal.

A palestra aconteceu, e chegou a reunir uma quantidade considerável de ouvintes. Krivochei sorria, citava Shakespeare em inglês, fez rabiscos, enumerou dezenas de sobrenomes estrangeiros.

— Não sabem grande coisa esses moscovitas — disse ao professor iacuto no bufê seu vizinho de assento. — Tudo que ele falou sobre geologia na palestra, em princípio, qualquer aluno do segundo grau sabe, não? E as análises químicas do carvão nem têm nada a ver com geologia, têm? De brilhante ele só tinha os óculos!

— Não é bem assim, não é bem assim — disse o professor, carrancudo. — Foi tudo muito útil, e não há duvidas que o nosso colega da capital tem o dom para a divulgação. Seria o caso de pedir a ele que repetisse sua comunicação para os alunos das escolas.

— Bom, talvez... para os alunos do primeiro ano — não sossegou o vizinho do professor.

— Cale-se. No fim das contas, é um favor, uma gentileza. A cavalo dado...

A palestra para os alunos foi repetida por Krivochei com grande amabilidade, e despertou o interesse geral, recebendo uma avaliação bastante positiva dos ouvintes.

Com recursos das organizações científicas de Iakutsk, o visitante moscovita foi conduzido até Irkutsk.

Sua coleção — algumas caixas recheadas de pedras — foi enviada ainda antes. Em Irkutsk, o "diretor da expedição geológica" conseguiu enviar aquelas pedras pelo correio para Moscou, para o endereço da Academia de Ciências, onde elas foram recebidas, passando alguns anos largadas em um depósito, constituindo um mistério científico, cuja explicação ninguém conseguiu imaginar. Imaginava-se que por trás daquele pacote misterioso, montado por algum geólogo louco que perdera todos os seus conhecimentos e esquecera seu nome, havia alguma tragédia polar ainda não revelada.

— O mais impressionante — dizia Krivochei — é que em toda a minha viagem, que durou quase três meses, ninguém, em lugar nenhum, nem nos sovietes rurais itinerantes, nem nas mais altas instituições científicas, pediu para ver meus documentos. Eu tinha os documentos, mas não precisei apresentar nenhuma vez, em lugar nenhum.

É claro que Krivochei nem tentou dar as caras em Khárkov. Fixou-se em Mariúpol, comprou uma casa lá e conseguiu um trabalho com documentos falsos.

Exatamente dois anos depois, no aniversário de sua "expedição", Krivochei foi preso, julgado, condenado a dez anos e enviado novamente para Kolimá para cumprir a sentença.

Onde se deu o erro que reduziu a pó aquele ato verdadeiramente heroico, aquela façanha, que exigira uma contenção, uma flexibilidade mental e uma resistência física extraordinárias, todas essas qualidades humanas, simultaneamente?

Aquela fuga não tinha precedentes, pelo cuidado dos preparativos, pela concepção sofisticada e profunda, pelo cálculo psicológico que baseara toda a ação.

Era uma fuga que impressionava pela quantidade extremamente baixa de pessoas envolvidas em sua organização. E era isso que garantiria o êxito da empreitada que se desenhara.

O procurador verde

Era ainda uma fuga notável pelo fato de haver nela uma luta aberta de um único homem contra o Estado, com seus milhares de homens armados com fuzis, na região dos *tchaldon*[123] e dos iacutos, acostumados a receber por cada fugitivo meio quilo de farinha branca por cabeça — tal era a tarifa dos tempos tsaristas, legalizada mais tarde; ele — forçado a ver em cada pessoa por quem passava um denunciante ou um covarde — lutou, combateu, e venceu!

Então onde estava, em que consistia o erro que arruinou seu plano, brilhantemente pensado e magistralmente executado?

Sua esposa foi detida no Norte. Não permitiram a ela que partisse para o continente: os documentos para isso eram emitidos pela mesma instituição que cuidava do caso de seu marido.

Aquilo já tinha sido previsto, aliás, e ela começou a esperar. Os meses se arrastavam um após o outro; a recusa, como sempre, vinha sem a explicação do motivo. Ela fez uma tentativa de partir pelo outro lado de Kolimá: de avião, passando sobre os mesmos rios e baixadas que, alguns meses antes, seu marido atravessara; mas aquilo também deu em recusa. Estava trancada numa imensa prisão de pedra, que ocupava um oitavo da União Soviética, e não conseguia achar uma saída.

Ela era uma mulher, estava cansada daquela luta infinita com alguém cujo rosto sequer podia ver, daquela luta com alguém que era muito mais forte que ela, mais forte e mais astuto.

O dinheiro que ela trouxera consigo acabou — a vida no Norte é cara: uma maçã na feira de Magadan custava cem rublos. Angelina Grigórievna arranjou um serviço, mas as pessoas com acordo local, que não eram contratadas pelo

---

[123] Nome dado aos primeiros colonos russos da Sibéria. (N. do T.)

O artista da pá

continente, recebiam um outro ordenado, que pouco diferia do ordenado da região de Khárkov.

O marido sempre repetia: "Vence a guerra aquele que tem os nervos mais fortes", e Angelina Grigórievna, durante as brancas e insones noites polares, sempre sussurrava essas palavras de um general alemão. Angelina Grigórievna sentia que seus nervos começavam a capitular. Eram-lhe torturantes aquela taciturnidade branca da natureza, aquele muro de cerrada indiferença humana, a completa falta de informação e a inquietação, a inquietação pelo destino do marido — ele podia simplesmente ter morrido de fome no caminho. Outros fugitivos poderiam tê-lo matado, os grupos de operações especiais poderiam ter atirado nele, e foi só pela atenção obsessiva por parte da Instituição em relação a ela e a seu marido que Angelina Grigórievna concluiu alegremente que seu marido não tinha sido capturado, estava sendo procurado, e que seu sofrimento, portanto, não era por nada.

Ela queria abrir-se com alguém que pudesse compreendê-la, dar algum conselho, já que ela sabia tão pouco do Extremo Norte. Ela queria aliviar aquele peso terrível na alma, que parecia crescer a cada dia, a cada hora.

Com quem ela poderia se abrir? Em cada um e em cada uma, Angelina Grigórievna via e sentia um espião, um delator, um observador, e essa sensação não a traía: todos os seus conhecidos, em todos os povoados e cidades de Kolimá, foram convocados e advertidos pela Instituição. Todos os seus conhecidos esperavam, com tensão, o momento em que ela se abriria.

Ao longo do segundo ano, ela fez algumas tentativas de entrar em contato com conhecidos de Khárkov por correio — todas as suas cartas foram copiadas e reenviadas para a Instituição de Khárkov.

Perto do fim do segundo ano de sua reclusão forçada, beirando a indigência, quase em desespero, sabendo apenas que seu marido estava vivo e tentando fazer contato com ele, ela enviou cartas endereçadas a Pável Mikháilovitch Krivochei para todas as grandes cidades — "Correio central, posta-restante".

Como resposta, recebeu uma transferência bancária e posteriormente passou a receber um pouco de dinheiro a cada mês, ora quinhentos, ora oitocentos rublos, de lugares diferentes, de pessoas diferentes. Krivochei era inteligente demais para enviar dinheiro de Mariúpol, e a Instituição experiente demais para não entender aquilo. A carta topográfica que se monta em casos desse tipo para a marcação das "operações de guerra" é semelhante aos mapas de estado-maior. As bandeirinhas nela — os locais de envio das transferências monetárias para a destinatária no Extremo Norte — estavam distribuídas pelas estações da estrada de ferro próximas a Mariúpol, seguindo para o norte, sem nunca se repetir. Era preciso agora que colocassem um pouco mais de esforço na investigação — determinar o sobrenome das pessoas que tinham chegado a Mariúpol para fixar residência nos últimos dois anos, comparar fotografias...

Assim foi preso Pável Krivochei. A esposa foi sua corajosa e leal ajudante. Ela trouxera para ele em Arkagala os documentos, o dinheiro — mais de cinquenta mil rublos.

Assim que Krivochei foi preso, permitiram imediatamente que ela partisse. Esgotada moral e fisicamente, Angelina Grigórievna abandonou Kolimá no primeiro navio.

Já o próprio Krivochei cumpriu sua segunda sentença, conduzindo um laboratório de química no hospital central para presos, gozando de pequenos privilégios da chefia e desprezando e temendo os "políticos" tanto quanto antes — era extremamente cuidadoso nas conversas, sensível e covarde diante das palavras dos outros... Essa covardia e essa precaução excessiva tinham, porém, um fundamento diferente daquele do ordinário covarde pequeno-burguês; Krivochei era alheio a tudo isso, absolutamente nada que fosse "político" lhe era interessante, e ele, sabendo que justamente o criminoso desse tipo era quem pagava o preço mais alto no campo, não queria sacrificar seu tão caro sossego diário, um sossego material, não espiritual.

Krivochei até morava no laboratório, não nos barracões do campo — isso era permitido aos detentos privilegiados. Atrás dos armários com ácidos e bases, ocultava-se seu leito, pago pelo Estado, limpo. Corriam boatos de que ele cometia certas perversões peculiares em sua caverna, e que até uma prostituta de Irkutsk, Sônetchka, capaz de "todas as infâmias", tinha ficado pasma com as habilidades e conhecimentos de Pável Mikháilovitch nessa área. Mas tudo aquilo podia não ser verdade, e sim um dos "sopros" do campo.

Havia diversas senhoras entre as trabalhadoras livres que queriam "desenrolar um romance" com Pável Mikháilovitch, um homem viçoso. Mas o preso Krivochei, cuidadoso e enérgico, coibia todos os generosos avanços que dispendiam nele. Ele não queria nenhuma ligação ilegal, por demais arriscada, por demais suscetível a punição. Ele queria sossego.

Pável Mikháilovitch recebia seu acerto, com esmero, como se não fosse insignificante, e depois de alguns anos foi solto sem direito de deixar Kolimá. Isso, porém, não atrapalhou Pável Mikháilovitch nem um pouco. Já no dia seguinte à libertação, verificou-se que ele tinha um magnífico terno, uma capa de corte estrangeiro e um chapéu de lã aveludada, de primeira qualidade.

Ele conseguiu uma vaga de especialista, de engenheiro químico, em uma das fábricas — ele de fato era especialista de "alta pressão". Depois de trabalhar uma semana, tirou uma licença "por motivos familiares", como foi colocado nos documentos.

— ???

— Vou procurar uma mulher — disse Krivochei, sorrindo de leve. — Uma mulher!... Na feira de noivas no *sovkhoz* Elguen. Quero me casar.

Naquela mesma noite ele voltou com uma mulher.

Próximo ao *sovkhoz* Elguen, um *sovkhoz* feminino, há um posto de gasolina, na beira do povoado, "na natureza". Ao lado, colados aos barris de gasolina, há arbustos de salgueiro e amieiro. Ali se reúnem todas as noites as mulheres libertas do Elguen. Também vão para lá, de carro, os "noivos" — ex-presos, que procuravam uma companheira para a vida. Os pedidos de casamento são rápidos, como tudo na terra de Kolimá (exceto a sentença no campo), e os carros retornam com os recém-casados. Tal familiarização, em caso de necessidade, é realizada nos arbustos: os arbustos são espessos o suficiente, altos o suficiente.

No inverno, tudo isso é transferido para os apartamentos e casas particulares. Os esponsais nos meses de inverno tomam muito mais tempo que no verão, é claro.

— Mas e Angelina Grigórievna?
— Eu não me correspondo mais com ela.

Não valia a pena tentar descobrir se aquilo era verdade ou não. Krivochei poderia responder como o grandioso adágio do campo: se não acredita, finja que é um conto de fadas!

Em algum momento dos anos vinte, na aurora da "juventude nebulosa" das instituições do campo, nas pouco numerosas zonas, denominadas campos de concentração, as fugas não eram punidas com absolutamente nenhuma sentença adicional, e como que não eram consideradas crimes. Parecia natural que um detento, um preso, devesse tentar fugir, que a guarda devesse caçá-lo e que essas relações fossem plenamente compreensíveis e normais entre dois grupos humanos, que se localizavam de lados diferentes das grades da prisão, unidos por essas próprias grades. Eram tempos românticos, em que, utilizando as palavras de Musset, "o futuro ainda não chegara, mas o passado não existia mais". Ainda ontem o atamã Krasnov, capturado como prisioneiro, foi libertado de acordo com a palavra de honra que fora dada.[124] Acima de tudo, era o tempo em que os limites da paciência do homem russo ainda não tinham sido postos à prova, ainda não tinham sido empurrados até o infinito, como foi feito na segunda metade dos anos trinta.

Ainda não fora escrito, ainda não fora composto o código de 1926, com seu famigerado artigo 16 ("em conformidade") e com o artigo 35, que deixara uma marca em todo um grupo social, o dos "trinta e cinco".[125]

Os primeiros campos foram abertos com bases jurídicas inconsistentes. Havia muita improvisação e, portanto, aquilo que se pode chamar de arbitrariedades locais. O famoso Kurilka, de Solovkí, que colocava os presos nus sobre um cepo na taiga — "para os mosquitos" —, era, é claro, um empírico. O empirismo da vida nos campos e a ordem neles vigente eram sangrentos, já que os experimentos eram conduzidos com pessoas, com material vivo. A alta chefia podia aprovar os experimentos de um Kurilka, e então suas ações eram introduzidas nos preceitos do campo, nas instruções, nas ordens, nas determinações. Ou então os experimentos eram condenados, e então o próprio Kurilka era submetido a julgamento. Aliás, não havia grandes sentenças naquela época: em toda a IV Seção de Solovkí havia dois presos com sentenças de dez anos — apontavam para eles como se fossem celebridades. Um era o ex-coronel de gendarmes Ru-

---

[124] Piotr Nikoláievitch Krasnov (1869-1947), general do exército imperial russo. Foi preso pelos bolcheviques em novembro de 1917 e solto pouco tempo depois. (N. do T.)

[125] O artigo 35 determinava a prisão de pessoas ou grupos considerados "socialmente perigosos". (N. do T.)

O procurador verde

denko, o outro Mardjánov, oficial de Kappel.[126] Uma sentença de cinco anos era considerada significativa, e a maioria era composta por condenações de dois ou três anos.

E nesses anos, até o início dos anos trinta, não davam sentença alguma por tentativas de fuga. Fugiu, sorte sua; foi pego vivo, de novo sorte sua. Não era comum capturarem vivo: o ódio dos soldados de escolta em relação aos presos atiçava o gosto pelo sangue humano. O detento temia por sua vida, especialmente nas transferências, nos comboios, quando uma palavra descuidada dita para a escolta poderia mandá-lo para o outro mundo, "para a lua". Nos comboios entram em vigor regras mais severas, e a escolta muitas vezes ficava impune. Nas transferências de missão para missão, os presos exigiam que a chefia amarrasse suas mãos atrás das costas, vendo nisso certa garantia de vida e tendo a esperança de assim o detento não "receberia baixa", e não escreveriam em seu formulário a frase sacramental: "morto durante tentativa de fuga".

Os inquéritos de mortes desse tipo eram sempre conduzidos de qualquer jeito, e, se o assassino fosse perspicaz o suficiente para dar um segundo tiro para o ar, o caso sempre terminava bem para o soldado de escolta — as instruções determinavam que se desse um tiro de advertência antes de apontar para o fugitivo.

Em Víchera, na quarta seção do SLON[127] — a filial dos Urais dos campos de Solovkí —, quem recebia os fugitivos que foram capturados era o comandante do departamento, Niésterov — um baixote, homem atarracado, com braços

---

[126] Vladímir Óskarovitch Kappel (1883-1920), um dos comandantes do Exército Branco. (N. do T.)

[127] Abreviação de *Solovetski Lager Osobogo Naznacheniya* [Campo Especial de Trabalho da Região de Solovkí]. (N. do T.)

compridos e brancos, dedos curtos e grossos, cobertos com bastos pelos negros; parecia que até nas palmas de suas mãos cresciam pelos.

Os fugitivos, sujos, famintos, abatidos, cansados, cobertos da cabeça aos pés com o pó acinzentado das estradas, eram jogados aos pés de Niésterov.

— Pois bem, venha mais para perto, venha.

O outro se aproximava.

— Quer dizer que quis dar um passeio?! Fez muito bem, fez muito bem!

— Peço desculpas, Ivan Spiridónitch.

— Eu desculpo — dizia Niésterov numa voz melodiosa e solene, levantando-se no terraço. — Eu desculpo. Quem não desculpa é o Estado...

Seus olhos azuis ficavam turvos, recobertos pelas pequenas linhas vermelhas das veias. Mas sua voz continuava tão benevolente e bondosa quanto antes.

— Bom, escolha — dizia Niésterov, preguiçoso. — Palmada ou xadrez...

— Palmada, Ivan Spiridónovitch.

O punho peludo de Niésterov voava na direção da cabeça do fugitivo, e o feliz fugitivo voava para o lado, enxugava o sangue e cuspia os dentes arrancados.

— Vá para o barracão!

Ivan Spiridónovitch derrubava qualquer pessoa com um só golpe, com uma "palmada", e se orgulhava e se vangloriava disso.

O detento também não saía perdendo — com a "palmada" de Ivan Spiridónovitch acabava-se o acerto de contas pela fuga.

Se o fugitivo não quisesse encerrar a questão dentro de casa e insistisse em receber a punição oficial, em ser acusado de acordo com a lei, então o xadrez do campo o esperava — uma prisão com chão de ferro, onde um, dois, três meses vivendo à base da ração de cárcere pareciam ao fugitivo muito pior do que a "palmada" de Niésterov.

Assim, se o fugitivo continuasse vivo, não havia nenhuma consequência particularmente desagradável da fuga — talvez no momento da seleção para a libertação de presos, as "descargas", o ex-fugitivo não pudesse contar com essa sorte.

Os campos cresciam, e com eles crescia também o número de fugas; o aumento da guarda não dava resultado. Era caro demais, e naqueles tempos eram pouquíssimos os que queriam se alistar para a guarda dos campos.

A questão da responsabilidade pela fuga era resolvida de modo insatisfatório, pouco sério, era resolvida de maneira quase infantil.

Logo foi lida uma nova deliberação de Moscou: os dias em que o fugitivo se encontrava em fuga e o tempo que ele passava na solitária por conta da fuga não entrariam no cômputo geral de sua sentença.

Esta ordem causou considerável insatisfação nas instituições de registro do campo: seria necessário aumentar o pessoal, e esses complicados cômputos aritméticos estavam muitas vezes acima da capacidade dos funcionários de registro do campo.

A ordem foi aplicada, e lida durante as chamadas para todo o efetivo do campo.

Por azar, ela não colocou medo nos futuros fugitivos.

Todo dia, nos pequenos relatórios dos comandantes dos batalhões, crescia a coluna "foragido", e o chefe do campo, ao ler os boletins diários, ficava cada dia mais carrancudo.

Quando um dos favoritos do chefe fugiu, Kapitónov, músico da banda do campo, pendurando sua corneta em um galho do pinheiro mais próximo — Kapitónov saiu do campo com seu brilhante instrumento, como se fosse um salvo-conduto —, o chefe perdeu seu equilíbrio mental.

No fim do outono, três presos foram mortos no ato da fuga. Depois da identificação, o chefe ordenou que expusessem seus corpos por três dias junto aos portões do campo, por onde todos passavam ao sair para o trabalho. Mas nem essa astuta medida extraoficial foi capaz de parar ou de diminuir as fugas.

Tudo isso foi no fim dos anos vinte. Depois, veio a "reforja", o Belomorkanal — os campos de concentração foram renomeados para "de trabalhos correcionais", a quantidade de presos cresceu centenas de vezes, as fugas já eram tratadas como um crime independente — no código de 1926 havia o artigo 82, que determinava a punição de um ano adicional à sentença principal.

Tudo isso foi no continente, não em Kolimá — campo que existia desde 1932 —, a questão dos fugitivos foi colocada apenas em 1938. A partir desse ano, a punição pela fuga foi aumentada, o "prazo" cresceu até alcançar três anos.

Por que em Kolimá os anos entre 1932 e 1937, inclusivamente, não constam nas crônicas das fugas? Aquele foi o tempo em que trabalhou lá Eduard Petróvitch Bérzin. Primeiro chefe de Kolimá a ser detentor dos poderes outorgados pelas altas esferas do Partido, pelo Estado soviético e pelos sindicatos da região, fundador de Kolimá, fuzilado em 1938 e reabilitado em 1965, ex-secretário de Dzerjínski, ex-comandante das divisões de fuzileiros letões, que desmascarou a famosa conspiração de Lockhart,[128] Eduard Petróvitch Bérzin tentou, com extremo sucesso, resolver o problema da

---

[128] Robert Hamilton Bruce Lockhart (1887-1970), jornalista, agente secreto e diplomata britânico. Em 1918, foi enviado pelo governo de seu país à Rússia, para tentar convencer o novo governo a continuar a guerra contra a Alemanha. Foi acusado de complô e preso, sendo posteriormente libertado. (N. do T.)

colonização daquela região inóspita e ao mesmo tempo o problema da "reforja" e do isolamento. As comutações que permitiam aos condenados a dez anos voltarem depois de dois ou três anos, a excelente alimentação, as roupas, o dia de trabalho, no inverno, de quatro a seis horas, e, no verão, de dez horas, os pagamentos colossais aos presos, que lhes possibilitavam ajudar as famílias e voltar para o continente depois da sentença como pessoas abastadas. Eduard Petróvitch não acreditava na reforja dos *blatares*: ele conhecia bem demais aquela matéria humana infame e pouco confiável.

Nos primeiros anos, era difícil ladrões irem parar em Kolimá; aqueles a quem acontecia de ir para lá não lamentavam posteriormente.

Os cemitérios de presos eram naquela época tão pouco numerosos que se poderia pensar que os habitantes de Kolimá eram imortais.

Ninguém sequer tentava fugir de Kolimá: seria um delírio, um disparate...

Esses poucos anos foram a época de ouro de Kolimá, de que falava com tanta indignação o espião desmascarado e legítimo inimigo do povo Nikolai Ivánovitch Iejov em uma das sessões do Comitê Central Executivo da URSS, pouco antes da *iejóvschina*.

Em 1938, Kolimá foi transformada num campo especial para reincidentes e "trotskistas". As fugas começaram a ser punidas com três anos.

— Mas como vocês fugiam? Vocês não tinham nem mapa, nem bússola.

— De algum jeito se fuga. Aleksandr tinha nos prometido tirar dali...

Esperávamos juntos o envio para a *tranzitka*. Os infelizes fugitivos eram três: Nikolai Kárev, jovem de uns 25 anos, que tinha sido jornalista em Leningrado; seu coetâneo Fiódor Vassíliev, um contador de Rostov; e o kamtchadal[129] Aleksandr Kotiélnikov, um aborígine de Kolimá — de etnia era kamtchadal, e, de profissão, kaiur, um condutor de carros de rena, condenado ali mesmo pelo roubo de um carregamento estatal. Kotiélnikov tinha uns cinquenta anos, ou talvez muito mais: é difícil determinar pela aparência a idade dos iacutos, dos tchuktchi,[130] dos kamtchadal, dos evenki. Kotiélnikov falava bem o russo, somente o som "ch" ele não conseguia pronunciar de jeito nenhum, trocando-o por "s", exatamente como em todos os dialetos da península da Tchukotka. Tinha boa noção de Púchkin, de Nekrássov, estivera em Khabárovsk; resumindo, era um viajante experiente, mas um romântico de alma — seus olhos brilhavam de uma maneira excessivamente infantil e ingênua.

E era ele quem tentaria tirar da prisão seus novos amigos.

— Eu disse a eles que a América é mais perto, para irmos para a América, mas eles queriam ir para o continente, eu levei para o continente. Era preciso chegar até os tchúktchi, até os tchúktchi nômades. Os tchúktchi estavam aqui, mas partiram assim que o homem russo chegou... Não deu tempo.

Os fugitivos passaram só quatro dias andando. Fugiram no início de setembro, de botas, roupas de verão, com a certeza de que alcançariam o acampamento dos tchúktchi nômades, onde, pelo que Kotiélnikov garantira, eles teriam ajuda e amizade.

Mas caiu neve, uma neve densa, uma neve precoce. Kotiélnikov decidiu ir para o povoado dos evenki, para comprar botas de pele de cervo. Ele comprou as botas, mas no

---

[129] Grupo étnico originário da península da Kamtchatka. (N. do T.)
[130] Grupo étnico do noroeste da Rússia. (N. do T.)

O procurador verde   297

fim do dia um destacamento de operações especiais capturou os fugitivos.

— É um tungus,[131] mesmo! Um traidor, um inimigo! — cuspiu Kotiélnikov.

O velho kaiur se propusera a tirar Kárev e Vassíliev da taiga sem qualquer pagamento. Kotiélnikov não se lamentou por seu novo "peso extra", de três anos.

— Está chegando a primavera, vão mandar a gente para a lavra, para o trabalho. Aí eu fujo de novo.

Para passar o tempo, ele ensinou Kárev e Vassíliev o dialeto kamtchadal, da Tchukotka. O catalisador daquela fuga fadada ao fracasso era sem dúvida Kárev. Toda a sua figura, teatral até naquele cenário prisional e de campo, com a modulação de sua voz suave, exalava frivolidade, até mesmo aventureirismo. A cada dia ele compreendia melhor a impossibilidade daquelas tentativas, e foi ficando cada vez mais taciturno e enfraquecido.

Vassíliev era simplesmente um bom camarada, disposto a compartilhar o destino que fosse com seus amigos. É claro que todos eles fugiram em seu primeiro ano de prisão, enquanto ainda havia a ilusão... e força física.

Numa noite branca de verão, doze latas de carne em conserva sumiram da barraca de cozinha do acampamento itinerante dos geólogos. O extravio era coisa das mais enigmáticas: todos os quarenta funcionários e técnicos eram livres, com salários razoáveis, de modo que dificilmente precisariam de algo como aquela carne em conserva. Ainda que aquelas conservas tivessem um preço fabuloso, não haveria como passá-las para frente naquela floresta cerrada, infinita. A explicação "ursina" também foi logo descartada, pois na-

---

[131] Antiga denominação oficial dos evenki. Tornou-se uma denominação depreciativa a partir dos anos 1930. (N. do T.)

da na cozinha estava fora do lugar. Poderiam pensar que alguém fizera aquilo de propósito, "por raiva" do cozinheiro, em cujos cuidados encontravam-se os víveres da cozinha; mas o cozinheiro, homem muitíssimo bondoso, negou que entre seus quarenta companheiros houvesse um inimigo oculto que fosse tentar causar-lhe o malefício. Se mesmo aquela possibilidade não fosse a verdadeira, restava ainda uma. Para a verificação dessa última possibilidade, o contramestre do grupo de prospecção Kassáiev, levando consigo dois funcionários mais expeditos, armando-os com facas, e ele mesmo carregando a única arma de fogo que havia na missão — um fuzil de pequeno calibre —, partiu para inspecionar as redondezas. As redondezas eram desfiladeiros marrons e acinzentados, sem qualquer sinal de vegetação, que levavam a um grande planalto de calcário. O acampamento dos geólogos ficava situado numa espécie de vala, junto às margens verdes de um riacho.

Não demorou muito para solucionar o enigma. Depois de umas duas horas, quando eles, sem pressa, subiram até o planalto, um dos funcionários, que tinha a melhor vista, estendeu o braço: no horizonte, movia-se um pontinho. Eles caminhavam pela borda do jovem e instável tufo calcário, pedra jovem, que ainda não tivera tempo de petrificar-se totalmente, semelhante a um óleo branco, de gosto salgado e desagradável. As pernas afundavam nela, como num pântano, e as botas, que submergiam nessa pedra quase líquida, com consistência de óleo, ficavam como que cobertas por uma tinta branca. Pelas bordas era mais fácil caminhar, e depois de uma hora e meia eles alcançaram o homem. O homem estava vestindo um *buchlat* em farrapos e calças de algodão, rasgadas, com os joelhos desnudos. Ele cortara ambas as pernas das calças, para com elas fazer sapatos, já totalmente esburacados e surrados. Com esse mesmo fim, antes ainda, tinham sido cortadas e gastas as mangas do *buchlat*. Suas antigas botas, de couro ou de borracha, há tempos já tinham sido gastas pelas pedras, pelos galhos, e pelo visto ele as jogara fora. O homem estava barbudo, cabeludo, pálido pelos insuportáveis sofrimentos. Estava com diarreia, uma terrível diarreia. Onze das latas de conserva jaziam inteirinhas bem ao seu lado, sobre a pedra. Uma das latas fora aberta contra a pedra e, ainda ontem, comida até ficar limpa.

Já fazia um mês que ele estava andando na direção de Magadan, andando em círculos pela floresta, como um remador imerso na densa bruma de um lago, e vagando, perdendo qualquer senso de direção, caminhava a esmo, até dar de cara com a missão — e só quando já estava completamente sem forças. Ele tinha caçado ratos do campo, comido grama. Tinha conseguido se manter até o dia anterior. Ainda ontem, tinha percebido o fio de fumaça, esperado a noite, pego as conservas e escalado o planalto antes do amanhecer. Na cozinha pegou fósforos, mas usar os fósforos não era imprescindível para ele. Ele comeu as conservas: uma terrível sede e a boca seca obrigaram-no a descer por outra baixada até um riacho. E lá ele bebeu, bebeu uma água fria e saborosa. Um dia depois seu rosto inchou, e começou um desarranjo do intestino que levou suas últimas forças.

Ele estava feliz por sua viagem chegar a um fim, qualquer que fosse.

Outro fugitivo arrastado da taiga nessa mesma missão pelos grupos de operações especiais era um personagem importante. Participante de uma fuga em grupo da lavra vizinha, em que roubaram e assassinaram o próprio chefe da lavra, ele era o último de todos os dez fugitivos. Dois tinham sido mortos, sete capturados, e o último foi afinal alcançado, no vigésimo primeiro dia. Não tinha sapatos, a sola dos pés estava rachada, sangrando. Em uma semana, de acordo com suas próprias palavras, ele tinha comido um peixinho minúsculo de um riacho quase seco, um peixinho que ele, extenuado de fome, levara algumas horas para pegar. Seu rosto estava inchado, pálido. Os soldados da escolta tomaram todos os cuidados com ele, com sua dieta, com seu restabelecimento: mobilizaram o enfermeiro da missão, dando ordens expressas para que cuidasse do fugitivo. O fugitivo passou três dias inteiros nos banhos do povoado e, finalmente, de cabelo cortado, barbeado, limpo, com a fome saciada, ele foi levado pelo grupo de operações especiais para o inquérito, cujo resultado só poderia ser o fuzilamento. O próprio fugitivo sabia disso, é claro, mas era um detento calejado, indiferente, que havia tempos já atravessara aquela fronteira da vida na prisão em que todo homem se torna um fatalista e passa a viver "segundo o fluxo". Ao seu redor havia o tempo inteiro uma escolta, soldados da guarda, não era permitido a ninguém falar com ele. Toda noite ele ficava sentado no terraço dos banhos, olhando o imenso crepúsculo escarlate. O fogo do sol vespertino enchia seus olhos, e os olhos do fugitivo pareciam ardentes — era um espetáculo muito bonito.

Em um dos povoados de Kolimá, em Orotukan, há um monumento para Tatiana Malándina, e o clube de Orotukan tinha seu nome. Tatiana Malándina era uma trabalhadora contratada, integrante do Komsomol, que caíra nas mãos de criminosos fugitivos. Eles a roubaram, violaram "em coro" — de acordo com a ignóbil expressão dos *blatares* — e mataram, a poucas centenas de metros do povoado, na taiga. Isso foi em 1938, e a chefia tentou em vão espalhar o boato de que ela havia sido morta pelos "trotskistas". Uma calúnia de tal tipo, porém, era excessivamente absurda e deixou indignado até o tio da assassinada integrante do Komsomol, o tenente Malándin, funcionário do campo, que justamente depois da morte da sobrinha mudou bruscamente sua relação com os ladrões e com os outros presos, odiando os primeiros e negando privilégios aos segundos.

O procurador verde 301

Ambos os fugitivos foram pegos quando suas forças estavam no fim. Foi diferente com um outro fugitivo, detido por um grupo de trabalhadores numa trilha próxima a um poço de prospecção. Caía sem parar, pelo terceiro dia, uma chuva prolongada, e alguns trabalhadores, depois de vestir com dificuldade seus macacões de lona, seus agasalhos e suas calças, saíram para verificar se a chuva não prejudicara a pequena barraca em que ficava a cozinha, com louças e víveres, uma forja de campo com uma bigorna, uma fornalha móvel e um estoque de instrumentos de perfuração. A forja e a cozinha ficavam no leito de um riacho da montanha, num desfiladeiro, a uns três quilômetros do local de habitação.

Os rios da montanha transbordam muito durante as chuvas, e seria de esperar que o clima pregasse alguma peça. Porém, o que aquelas pessoas viram deixou-as extremamente perturbadas. Não existia mais nada. Não havia mais a forja em que eram guardados os instrumentos para o trabalho de todo um destacamento: brocas, traves, picaretas, pás, instrumentos de forja; não havia mais a cozinha com os suprimentos para todo o verão; não havia mais os caldeirões, a louça, não havia nada. O desfiladeiro estava novo: todas as pedras nele tinham sido recolocadas, trazidas de algum outro lugar pelas águas enfurecidas. Tudo que era antigo fora varrido água abaixo, e os trabalhadores seguiram a margem do riacho até o riozinho em que ele desaguava, uns seis ou sete quilômetros, e não acharam nem um pedacinho de ferro. Muito depois, na foz desse riacho, quando a água baixou, na margem, num salgueiro coberto de areia, foi encontrada uma tigela esmaltada do refeitório do acampamento, amassada pelas pedras, distorcida, deformada — e aquilo foi tudo que restou depois da tempestade, depois da enchente.

Ao retornar, os funcionários deram de cara com um homem usando botas com cano de lona, uma capa encharcada e um grande saco nas costas.

— Você é um fugitivo ou o quê? — perguntou ao homem Vaska Ríbin, um dos cavadores da expedição.

— Um fugitivo — respondeu o homem num tom quase afirmativo. — Gostaria de me secar...

— Ora, venha conosco, temos um braseiro aceso. — No verão, durante a chuva, sempre acendiam um fogareiro de ferro numa grande tenda; nela moravam todos os quarenta funcionários.

O fugitivo tirou as botas, pendurou os panos em que enrolara seus pés ao redor do braseiro, pegou uma cigarreira feita de lata, enrolou um cigarro de *makhorka* com um retalho de jornal e começou a fumar.

— Aonde é que você estava indo nessa chuva?

— Para Magadan.

— Quer beliscar alguma coisa?

— O que vocês têm?

A sopa e o mingau de cevada não seduziram o fugitivo. Ele desatou seu saco e sacou um pedaço de *kolbassá*.

— Ora, meu irmão — disse Ríbin —, você não é lá um fugitivo dos mais legítimos.

O trabalhador mais velho, o subchefe de brigada Vassíli Kótchetov levantou-se.

— Aonde você vai? — perguntou-lhe Ríbin.

— Tomar um pouco de ar — e atravessou a tábua que servia de soleira para a tenda.

Ríbin deu um sorriso.

— É o seguinte, irmão — disse ele ao fugitivo —, é melhor arrumar as suas coisas e partir para onde você queria ir. Esse aí — disse, referindo-se a Kótchetov — foi correndo falar com a chefia. Para deter você, eu digo. Bom, nós não temos soldados, não tenha medo, mas vá em frente, sem parar. Pegue esse pãozinho aqui, e esse pouquinho de tabaco. A chuvinha deu uma rareada, para sua sorte. É só ir direto até a colina grande, não tem erro.

O fugitivo, em silêncio, enrolou a parte seca dos panos ainda úmidos nos pés, meteu as botas, jogou o saco nas costas e saiu.

Dez minutos depois, o pedaço de lona que fazia as vezes de porta abriu-se, e para dentro da tenda deslizou a chefia: o contramestre Kassáiev com uma arma de baixo calibre pendurada no ombro, dois capatazes e Kótchetov, que entrou na tenda por último.

Kassáiev permaneceu em pé, em silêncio, enquanto se acostumava à escuridão da tenda, e olhou ao redor. Ninguém prestou atenção às pessoas que entraram. Cada um cuidava de suas coisas: um dormia, outro emendava a roupa, outro ainda usava uma faca para esculpir uma figura estranha num toco de madeira — o exercício erótico da vez —, outros jogavam trinta e um com cartas rústicas...

Ríbin colocava no fogo, sobre as brasas ardentes, uma panelinha coberta de fuligem feita com uma lata de conserva, contendo uma papinha que ele mesmo fizera.

— Onde está o fugitivo? — berrou Kassáiev.

— O fugitivo foi embora — disse Ríbin, calmamente. — Arrumou as coisas e foi embora. O que eu tinha que fazer, segurá-lo?

— Mas ele tinha tirado a roupa — gritou Kótchetov. — Estava indo dormir.

— E você também tinha ido tomar um ar, e aonde é que foi debaixo dessa chuva? — respondeu Ríbin.

— Vamos para casa — disse Kassáiev. — E você, Ríbin, fique sabendo: isso não vai acabar bem...

— E o que é que você pode fazer comigo? — disse Ríbin, chegando bem perto de Kassáiev. — Jogar sal na minha cabeça? Ou me matar enquanto eu durmo? É isso ou o quê?

O contramestre e os capatazes saíram.

Este é um pequeno episódio lírico na crônica uniforme e obscura dos fugitivos de Kolimá.

O chefe da missão, alarmado com as constantes visitas dos fugitivos — três no período de um mês —, reivindicava inutilmente junto às instâncias superiores da organização que concedessem à missão um posto operacional com soldados armados da guarda. A administração não assumiu essas despesas com trabalhadores livres, deixando a cargo do chefe lidar com os fugitivos dentro de suas próprias forças. E embora a essa altura, além da arma de baixo calibre de Kassáiev, tivessem aparecido no acampamento mais duas espingardas de dois canos e percussão central, de caça, e a munição delas fossem as "espertinhas" — pedaços de chumbo, que eram usados contra os ursos —, mesmo assim todos viam claramente que, durante um ataque daqueles fugitivos famintos e desesperados, essas armas não ajudariam muito.

O chefe era um rapaz calejado: de repente foram construídos na missão dois torreões de guarda, exatamente iguais àqueles que ficam nos cantos das verdadeiras zonas do campo.

Era uma camuflagem sagaz. Os torreões falsos deveriam convencer os fugitivos de que na missão havia uma guarda armada.

O cálculo do chefe, pelo visto, estava certo: os fugitivos não visitaram mais aquela missão, que ficava a no máximo duzentos quilômetros de Magadan.

Quando os trabalhos no primeiro metal — ou seja, no ouro — moveram-se para o vale de Tchai-Uria — pelo caminho que um dia Krivochei fez —, com eles moveram-se dezenas de fugitivos. Era de qualquer maneira mais perto do continente, embora a chefia também soubesse disso. A quantidade de postos "secretos" e postos operacionais cresceu bruscamente — a caça aos fugitivos chegou ao auge. As forças volantes passaram o pente fino na taiga e fecharam completamente a "libertação pelo procurador verde" — assim eram chamadas as fugas. O "procurador verde" libertava cada vez menos, cada vez menos, e afinal parou completamente.

O procurador verde 305

Os capturados geralmente eram mortos na mesma hora, e havia no necrotério de Arkagala muitos corpos esperando identificação — a chegada dos funcionários do registro para coletarem as digitais dos cadáveres.

Floresta adentro, porém, a dez quilômetros da mina de carvão de Arkagala, no povoado de Kadiktchan, famoso pela produção de suas espessas camadas de carvão, que ficavam quase na superfície — as camadas tinham uma espessura de 8, 13 e 21 metros —, ficava localizado um posto operacional, em que os soldados comiam, dormiam; enfim, ficavam estacionados.

No verão de 1940, chefiava aquela força volante o jovem cabo Póstnikov, homem em que nascera uma sede de assassinatos, e que cumpria sua tarefa com gosto, com ardor, com paixão. Ele capturou pessoalmente cinco fugitivos, recebeu uma medalha e, como acontece em tais casos, uma recompensa em dinheiro. A recompensa distribuída era a mesma para fugitivos vivos ou mortos, de maneira que não fazia sentido algum entregar o capturado são e salvo.

Numa pálida manhã de agosto, Póstnikov e seus soldados deram de cara com um fugitivo, que saía de um riacho onde tinha sido armada uma emboscada.

Póstnikov atirou com sua Mauser e matou o fugitivo. Decidiram não arrastá-lo até o povoado, mas sim deixá-lo na taiga — ali, encontravam-se muitos rastros de linces e de ursos.

Póstnikov pegou o machado e cortou ambas as mãos do fugitivo, para que a seção de registro pudesse coletar as digitais, colocou ambos os punhos do morto em sua bolsa e partiu para casa, para escrever o relatório da vez acerca da caçada bem-sucedida.

O relatório foi enviado no mesmo dia — um dos soldados levou o envelope postal, enquanto aos demais Póstnikov deu um dia de folga em comemoração por seu sucesso...

De madrugada, o morto levantou-se e, pressionando contra o peito os cotocos ensanguentados de seus braços, seguiu as pegadas para fora da taiga e, de algum jeito, conseguiu chegar até a tenda em que estavam os presos que ali trabalhavam. Com um rosto branco, pálido, com descomunais e ensandecidos olhos azuis, ele ficou parado na porta, encurvado, recostado no batente, e, olhando de soslaio, murmurava alguma coisa. Era sacudido por fortíssimos calafrios. Havia manchas pretas de sangue em seu agasalho, em suas calças, em suas botas de borracha. Fizeram-no comer uma sopa quente, cobriram com uns trapos seus braços terríveis e o levaram a um posto de saúde, ao ambulatório. Da pequena isbá em que moravam os integrantes do posto operacional, porém, saíram correndo os soldados, saiu correndo o próprio cabo Póstnikov.

Os soldados levaram o fugitivo para algum lugar; só não foi para o hospital, nem para o ambulatório — e ninguém nunca mais ouviu falar do fugitivo com as mãos decepadas.

Póstnikov e todos os integrantes do posto operacional trabalharam até a primeira neve. Com os primeiros dias gelados, quando diminuem as atividades de busca pela taiga, transferiram aquele grupo de operações de Arkagala para algum outro lugar.

A fuga é um grande teste de caráter, de contenção, de força de vontade, de resistência física e mental. Acredito que não é tão difícil escolher os companheiros para passar um inverno no círculo polar ou para uma expedição do tipo como é para uma fuga.

Ademais, a fome — uma fome aguda — é uma ameaça constante para o fugitivo. Se levarmos em consideração que é justamente por causa da fome que o detento foge, e que, portanto, ele não teme a fome, surge mais um perigo angustiante com que o fugitivo pode deparar-se: ele pode ser devorado por seus próprios companheiros. Os casos de canibalismo durante as fugas são evidentemente raros. Mas mesmo assim eles existem, e creio que não há um só veterano de Kolimá que tenha passado mais de dez anos no Extremo Norte sem ter conhecido um canibal, condenado justamente por ter matado seu companheiro durante a fuga, para utilizar a carne humana como alimento.

No hospital central para presos, o paciente Soloviov ficou internado um longo tempo com uma osteomielite crônica nos quadris. A osteomielite — uma inflamação na medula óssea — surgira depois de um ferimento a bala, habilmente agravado pelo próprio Soloviov. Condenado por fuga e canibalismo, Soloviov "encostou" no hospital, onde contava com gosto a história de como ele e seu camarada, ao se prepararem para a fuga, convidaram de propósito uma terceira pessoa, "para o caso de passarem fome".

Os fugitivos caminharam por muito tempo, quase um mês. Quando o terceiro foi morto, parcialmente devorado e parcialmente "cozido para a viagem", os dois assassinos separaram-se, e cada um foi para seu lado: todas as noites um temia ser morto pelo outro.

Havia também outros canibais. São pessoas das mais comuns. Os canibais não têm uma marca de Caim, e enquanto a pessoa não conhece os detalhes da biografia, tudo corre muito bem. Mas mesmo sabendo daquilo, a pessoa não sente nojo, não fica indignada. Não há força física para repulsa ou indignação com tais coisas, simplesmente não há espaço para acomodar sentimentos desta sutileza. Além disso, a história das viagens polares normais de nosso tempo não estava livre de atos semelhantes: a morte misteriosa do cientista sueco Malmgren, integrante da expedição de Nobile, ainda estava fresca na memória.[132] O que se poderia esperar de uma criatura meio humana, meio animal, faminta e acuada?

---

[132] Finn Adolf Erik Johan Malmgren (1895-1928), integrante da ex-

Todas as fugas que foram contadas eram fugas para a pátria, para o continente, fugas cujo objetivo era livrar-se das garras tenazes da taiga, voltar para a Rússia. Todas elas terminavam do mesmo modo: ninguém conseguia escapar do Extremo Norte. O fracasso de tais empreitadas, a impossibilidade delas, e, por outro lado, a saudade imperiosa da liberdade, o ódio e a repulsa pelo trabalho forçado, pelo trabalho físico — pois o campo não é capaz de cultivar no prisioneiro nada além disso. Nos portões de cada zona de campo, lia-se o dito zombeteiro: "O trabalho é questão de honra, glória, bravura e heroísmo", e o nome do autor dessas palavras. A inscrição era feita de acordo com uma circular especial, e era obrigatória para cada seção de campo.

Essa saudade da liberdade, o desejo ardente de estar na floresta, onde não há arame farpado, torreões de guarda com canos de espingarda reluzentes ao sol, onde não há surras, trabalho pesado de muitas horas, sem som e sem descanso: tudo isso gera uma fuga de um tipo peculiar.

O detento sente que sua situação é irremediável: mais um mês ou dois e ele morrerá, como morrem seus camaradas, diante de seus olhos.

De qualquer maneira ele morrerá, então que morra em liberdade, não numa galeria, numa vala, caindo de cansaço e de fome.

Durante o verão, o trabalho na lavra é mais pesado que no inverno. É justamente no verão que fazem a lavagem da areia. O cérebro enfraquecido sugere ao preso certa saída, a partir da qual é possível aguentar o verão, e passar o começo do inverno num local aquecido.

pedição ao Ártico chefiada por Umberto Nobile, durante a qual ocorreu o acidente do dirigível *Italia*. Semanas após o acidente, dois oficiais italianos e o corpo de Malmgren foram resgatados por um navio soviético, recaindo sobre os dois sobreviventes a suspeita de canibalismo. (N. do T.)

O procurador verde

Assim nasce a "saída para o gelo", como foi pitorescamente batizado esse tipo de fuga "ao longo da via".

Os prisioneiros fogem em dois, em três, em quatro, para a taiga, para as montanhas, e acomodam-se em alguma caverna, em alguma toca de urso, a alguns quilômetros da via, a grande rodovia, de dois mil quilômetros de comprimento, que corta Kolimá inteira.

Os fugitivos levavam um suprimento de fósforos, de tabaco, de víveres, de roupas — tudo o que tinham conseguido recolher para a fuga. Aliás, quase nunca é possível recolher alguma coisa de antemão, o que ainda despertaria suspeitas, estragaria as intenções do fugitivo.

Às vezes, na noite da fuga, roubavam a loja do campo, ou o "quiosque", como dizem no campo, e partiam para as montanhas com os víveres roubados. A maior parte fugia sem nada — contavam com a "pastagem". Essa pastagem não é de forma alguma grama, ou raízes de plantas, ou ratos, ou tâmias.

Pela imensa rodovia passam caminhões noite e dia. Entre eles, há muitos caminhões levando víveres. A rodovia nas montanhas é cheia de subidas e descidas — os caminhões esgueiram-se lentamente pelos passos das montanhas. É só montar em um caminhão levando farinha, arremessar um ou dois sacos, e pronto: você já tem um suprimento de alimento para o verão inteiro. E farinha não é a única coisa que transportam. Depois dos primeiros roubos, começaram a enviar os caminhões com víveres acompanhados de uma escolta; mas nem todos eram enviados dessa maneira.

Além dos roubos descarados na estrada principal, os fugitivos roubavam os povoados próximos a suas bases, as pequenas missões na estrada, em que moravam duas ou três pessoas, guarda-linhas. Os grupos maiores e mais corajosos de fugitivos paravam os caminhões, roubavam os passageiros e a carga.

Com um pouco de sorte, antes do fim do verão esses fugitivos se restabeleciam tanto física quanto "moralmente". Se as fogueiras fossem acesas com cuidado, se os rastros dos roubos fossem cuidadosamente apagados, se a guarda fosse vigilante e perspicaz, os fugitivos viviam até o fim do outono. Eles eram empurrados da floresta nua e desconfortável pelo frio e pela neve. O choupo-tremedor e o álamo ficavam desfolhados, o lariço cobria suas folhas aciculares, de um tom enferrujado, com um musgo frio e sujo. Os fugitivos não tinham mais forças para se manter, e saíam para a via, para a rodovia, rendiam-se no posto operacional mais próximo. Eram presos, julgados — nem sempre depressa, o inverno começara havia tempos —, recebiam uma sentença pela fuga e ingressavam nas fileiras dos trabalhadores das lavras, onde (se acabassem voltando para a mesma lavra da qual tinham saído) já não estavam mais seus camaradas de brigada do ano anterior — ou tinham morrido, ou tinham ido parar, quase mortos, nas companhias dos inválidos.

Em 1939, foram criados pela primeira vez, para os trabalhadores enfraquecidos, os assim chamados "postos de restabelecimento" e "centros de restabelecimento". Mas, uma vez que seriam necessários alguns anos para que as pessoas "se restabelecessem", e não alguns dias, essas instituições não surtiram o efeito desejado na reprodução das forças de trabalho. Em compensação, uma maliciosa marchinha foi decorada por todos os habitantes de Kolimá que acreditavam que, enquanto o detento mantiver sua ironia, permanecerá um ser humano:

*OP primeiro, OK depois,
Plaquinha no pé, e foi-se!...*[133]

---

[133] OP: sigla de *Ozdorovítelni Punkt* [Posto de Restabelecimento];

Uma plaquinha com o número da ficha individual era atada no pé esquerdo ao enterrarem um detento.

O fugitivo, embora recebesse uma sentença adicional de cinco anos — se o agente de instrução não conseguisse implicá-lo em roubo de veículo —, continuava saudável e vivo; e ter uma sentença de cinco, dez anos ou de quinze, vinte não fazia, no fundo, diferença alguma, porque era impossível trabalhar cinco anos que fossem na galeria. Nas galerias das lavras é possível trabalhar cinco semanas.

Tornaram-se mais frequentes as fugas curativas, tornaram-se mais frequentes os roubos, tornaram-se mais frequentes os assassinatos. Mas não eram os roubos e os assassinatos que irritavam a alta chefia, que se acostumara a lidar com papéis, com cifras, e não com pessoas vivas.

E as cifras diziam que o custo do que fora roubado — o encurtamento da vida por meio de assassinato sequer entrava na conta — era muito menor do que o custo das horas e dos dias de trabalho perdido.

As fugas curativas eram as que mais assustavam a chefia. O artigo 82 do Código Penal foi completamente esquecido, nunca mais foi aplicado.

As fugas começaram a ser tratadas como crime contra a ordem, a administração, contra o Estado, como um ato político.

Começaram a puxar os fugitivos para outro artigo, nada mais nada menos que o artigo 58, juntamente com os traidores da Pátria. E os juristas escolheram um conhecido parágrafo do artigo 58, já aplicado antes no processo dos "sabotadores" de Chákhti. Era o parágrafo 14 do artigo 58: "sabotagem contrarrevolucionária". A fuga é uma recusa ao trabalho; a recusa ao trabalho é sabotagem contrarrevolucio-

---

OK: sigla de *Ozdorovítelnaia Komanda* [Centro de Restabelecimento]. (N. do T.)

nária. E foi justamente de acordo com esse parágrafo e com esse artigo que começaram a julgar os fugitivos. Dez anos pela fuga passou a ser a sentença adicional mínima. Uma fuga reiterada era castigada com 25 anos.

Isso não assustava ninguém, e não diminuiu o número de fugas, nem o número de roubos.

Simultaneamente a isso, começaram a lidar com qualquer desvio do trabalho, com qualquer recusa ao trabalho, como sabotagem, e a punição pela recusa ao trabalho — o pior crime do campo — aumentava cada vez mais. "25 e mais cinco de interdição" — esta era a fórmula aplicada durante muitos anos às sentenças dos recusadores e fugitivos durante a guerra e no período posterior a ela.

Esses traços específicos que distinguem as fugas em Kolimá das fugas comuns não as tornam menos difíceis. Se na imensa maioria dos casos é fácil atravessar a fronteira que separa a fuga de uma ausência não autorizada, as dificuldades vão crescendo a cada dia, a cada hora de avanço pela natureza inóspita e hostil a tudo que vive do Extremo Norte. O tempo extremamente reduzido para a fuga e as estações do ano reduzidas exigem a pressa nos preparativos e a necessidade de vencer grandes e difíceis distâncias num curto período de tempo. Nem os ursos, nem os linces são perigosos para o fugitivo. Ele perece por conta da própria fraqueza em meio a esta região rigorosa, onde o fugitivo tem pouquíssimos meios para lutar por sua vida.

O relevo do local é extenuante para o caminhante, com um passo após o outro, um desfiladeiro após o outro. As trilhas de animais são quase imperceptíveis, o solo na rala e feia floresta de taiga é um musgo úmido e instável. Dormir sem uma fogueira é perigoso: o frio subterrâneo do *permafrost* não permite que a pedra retenha calor durante o dia. Não há alimento algum no caminho, além do *iáguel* seco, o líquen polar que pode ser triturado e misturado com farinha para fazer panquecas. Abater a pauladas uma perdiz ou um quebra-nozes é uma tarefa difícil. Cogumelos e frutas silvestres são um alimento ruim para o caminho. Além disso, eles surgem no final do verão, uma estação bastante curta. Todo o suprimento de comida deve, portanto, ser trazido do campo.

São difíceis os caminhos da fuga pela taiga, mas ainda mais difíceis são os preparativos para ela. Pois a cada dia, a cada hora os futuros fugitivos podem ser desmascarados e denunciados à chefia por seus camaradas. O principal perigo não é a escolta, nem os carcereiros, mas seus camaradas detentos, aqueles que vivem a mesma vida que o fugitivo, que passam 24 horas por dia a seu lado.

Todo fugitivo sabe que não só não o ajudarão se notarem algo suspeito, como ainda não passarão indiferentes pelo que virem. Com suas últimas forças, o detento, faminto e extenuado, vai se arrastando até alcançar o quartel da guarda para denunciar e desmascarar seu companheiro. Não é à toa que fazem isso: o chefe pode dar um pouco de *makhorka*, elogiar, dizer obrigado. O denunciante vê a própria covardia e baixeza como algo próximo ao dever. Só os criminosos ele não denuncia, temendo uma facada ou um laço no pescoço.

Uma fuga em grupo, com uma quantidade de participantes maior que dois ou três, se não for espontânea, súbita, como um motim, é quase inconcebível. É impossível preparar uma fuga dessas, graças às pessoas depravadas, corruptas, famintas e que odeiam umas às outras, das quais o campo está cheio.

Não por acaso, a única fuga em grupo preparada com antecedência — a despeito de como ela terminou — teve sucesso justamente porque na divisão de campo da qual saíram os fugitivos não havia em absoluto moradores antigos de Kolimá, que já estivessem envenenados e desmoralizados pela experiência de Kolimá, humilhados pela fome, pelo frio, pelas surras; não havia ninguém que fosse entregar os fugitivos para a chefia.

Ilf e Petrov, em seu livro *A América de um só andar*,[134] apontam — meio brincando, meio a sério — a irresistível necessidade de queixar-se como uma especificidade nacional do russo, como algo inerente ao caráter russo. Essa especificidade nacional, deformada no torto espelho da vida do campo de prisioneiros, encontra sua expressão na denúncia contra o companheiro.

A fuga pode irromper como algo improvisado, um elemento da natureza, como um incêndio na floresta. Tanto mais trágico será o destino de seus participantes — contempladores casuais e pacíficos, arrastados para o redemoinho da ação quase contra a vontade.

Nenhum deles aprendeu o quão traiçoeiro pode ser o outono de Kolimá; ninguém suspeita que o incêndio purpúreo de folhas, de gramas e árvores, dura dois ou três dias, e que no alto o céu, de um azul pálido, cujos tons estão mais claros, um pouco mais claros que o normal, pode a qualquer momento cobrir-se por uma neve fria e fina. Nenhum dos fugitivos consegue entender como, diante de seus olhos, um *stlánik* encolhido junto à terra de repente estende seus galhos verdes sobre essa mesma terra. Não consegue entender a súbita corrida dos peixes nos riachos, corrente abaixo.

Ninguém sabe se haverá povoados na taiga. E quais. Os habitantes do Extremo Oriente, siberianos nativos, fiam-se inutilmente em seus conhecimentos da taiga e em seu talento de caçador.

[134] Iliá Ilf (Iekhíel-Leib Árievitch Fáinzelberg, 1897-1937) e Ievguêni Petrov (Ievguêni Petróvitch Katáiev, 1902-1942), escritores satíricos soviéticos, viajaram pelos Estados Unidos entre os últimos meses de 1935 e os primeiros meses de 1936, experiência que rendeu o livro citado por Chalámov. (N. do T.)

No fim de um outono, após a guerra, um veículo — era um caminhão aberto, com 25 prisioneiros — dirigia-se a um dos campos de trabalhos forçados. A algumas dezenas de quilômetros do local de destino, os detentos lançaram-se contra a escolta, desarmaram os soldados e "partiram em fuga" — todos os 25 homens.

Nevava, uma neve cortante e gélida, e os fugitivos não tinham roupas. Os cães logo acharam o rastro dos quatro grupos em que se separaram os que fugiam. Do grupo que levava as armas tomadas da escolta, foram todos mortos a tiros. Dois grupos foram capturados um dia depois, e o último quatro dias depois. Foram levados diretamente para o hospital: todos tinham queimaduras de frio, de quarto grau, nas mãos e nos pés. O frio e a natureza de Kolimá estavam sempre aliados à chefia, eram hostis ao fugitivo solitário.

Os fugitivos passaram um bom tempo no hospital, numa enfermaria separada, e na porta ficava um soldado da escolta. Era um hospital de prisioneiros, mas ao menos não era no campo de trabalhos. Todos os cinco tiveram amputações, ou da mão, ou do pé; dois deles perderam ambos os pés de uma vez.

Era assim que o frio de Kolimá dava cabo dos novatos apressados e ingênuos.

O tenente-coronel Ianóvski sabia muito bem de tudo isso. Ele, aliás, tinha sido tenente-coronel na guerra — aqui ele era o preso Ianóvski, responsável pela seção cultural de uma grande divisão de campos. Essa divisão fora formada logo depois da guerra, somente com novatos: criminosos de guerra, seguidores de Vlássov,[135] prisioneiros de guerra que ser-

---

[135] Andrei Andrêievitch Vlássov (1901-1946), militar russo. Capturado pelos nazistas, aliou-se a eles, criando o Exército Russo de Libertação para combater Stálin. (N. do T.)

viram nas linhas alemãs, *Polizei*[136] e habitantes de aldeias ocupadas pelos alemães suspeitos de amizade com eles.

Havia ali pessoas sobre cujos ombros pesava a experiência da guerra, a experiência do encontro diário com a morte, a experiência do risco, a experiência de uma luta animalesca pela própria vida, a experiência do assassinato.

Havia ali pessoas que já haviam fugido de prisões de guerra alemãs, russas, inglesas... Pessoas que já tinham se acostumado a pôr a própria vida em jogo, pessoas com uma coragem criada pelos exemplos e pelas recomendações. Ensinados a matar batedores e soldados, elas continuaram a guerra em novas condições — uma guerra a favor de si mesmas, contra o Estado.

A chefia, acostumada a lidar com os obedientes "trotskistas", não suspeitava que ali estivessem pessoas ativas, pessoas de ação, acima de tudo.

Alguns meses antes dos acontecimentos que serão narrados a seguir, esse campo foi visitado por algum chefão. Tendo se familiarizado com a vida que os novatos levavam e com seu trabalho na produção, o chefe comentou que o trabalho cultural, a arte amadora do campo, estava deixando a desejar. A que o ex-tenente-coronel Ianóvski, responsável pela seção cultural do campo, respeitosamente respondeu, comunicando: "Não se preocupe, estamos preparando um concerto de que toda a Kolimá falará".

Era uma frase deveras arriscada, mas à época ninguém deu atenção a ela — e disso, aliás, Ianóvski tinha certeza.

Durante todo o inverno, os participantes da futura fuga, marcada para a primavera, foram lentamente sendo promovidos e escolhidos para funções de serviço no campo. Su-

---

[136] Designação depreciativa dada aos cidadãos soviéticos que trabalharam para os alemães durante a ocupação. (N. do T.)

pervisor, monitor, enfermeiro, barbeiro, chefe de brigada: todos os postos titulares de serviço destinados a presos foram ocupados por pessoas escolhidas pelo próprio Ianóvski. Havia ali pilotos de avião, motoristas, batedores: qualquer um que pudesse contribuir para o sucesso daquela fuga audaciosamente calculada. As condições de Kolimá foram estudadas, ninguém desprezou as dificuldades, não foi cometido nenhum erro. O objetivo era a liberdade — ou a felicidade de morrer não pela fome, não pelas surras, não nas tarimbas do campo, mas lutando, com uma arma na mão.

Ianóvski sabia como era importante e imprescindível que seus companheiros mantivessem a força física, a tenacidade, juntamente com a força moral, de espírito. Nos postos de serviço era quase possível ficar bem-alimentado, não enfraquecer.

Chegou a primavera, uma habitual primavera silenciosa de Kolimá — sem o canto dos pássaros, sem uma única chuva. O lariço vestia uma folhagem jovem, verde-clara, a floresta rala e nua ficava como que densa, as árvores aproximavam-se umas das outras, escondendo seus ramos das pessoas e dos animais. Começavam as noites brancas, ou, mais precisamente, as noites pálidas e lilás...

O quartel da guarda próximo aos portões do campo possui duas portas: uma para fora e uma para dentro do campo. Tal é a especificidade arquitetônica desse tipo de edifício. Dois carcereiros ficam de plantão.

Pontualmente às cinco horas da manhã bateram na janelinha do quartel. O carcereiro de plantão olhou pelo vidro: o cozinheiro do campo, Soldátov, viera buscar a chave do armário em que guardavam os víveres. A chave ficava guardada no quartel, pendurada num preguinho na parede. Durante alguns meses, pontualmente às cinco horas da manhã, o cozinheiro vinha buscar a chave ali. O plantonista tirou o trinco e deixou Soldátov entrar. O segundo carcereiro do quartel não estava, tinha acabado de sair pela porta externa: a casa em que ele morava com a família ficava a trezentos metros do quartel.

Tudo fora calculado, e o autor do espetáculo via, pela pequena janela, começar o primeiro ato, há muito tempo concebido, via tudo aquilo que fora ensaiado mil vezes em sua imaginação e pensamento adquirir forma e corpo.

O cozinheiro foi em direção à parede em que a chave ficava pendurada, e bateram na janelinha novamente. O carcereiro conhecia bem quem estava batendo: era o preso Chevtsov, mecânico e grande conhecedor de armas, que mais de uma vez consertara metralhadoras, fuzis e pistolas do batalhão — um "dos nossos".

Nesse momento, Soldátov lançou-se sobre o carcereiro e o estrangulou com a ajuda de Chevtsov, que já entrara no quartel. Jogaram o morto debaixo do catre num canto do quartel e cobriram-no com lenha. Soldátov e Chevtsov tiraram do homem assassinado o capote, o chapéu e as botas, e Soldátov, vestindo o uniforme do carcereiro e armando-se com um revólver Nagant, sentou-se à mesa de plantão. Nesse momento, retornou o segundo carcereiro. Antes que ele pudesse compreender qualquer coisa, foi estrangulado como o primeiro. Chevtsov vestiu suas roupas.

Inesperadamente, entrou no quartel a esposa do segundo carcereiro, a caminho de casa para tomar o café da manhã. Não quiseram matá-la, apenas amarraram suas mãos e pés, enfiaram uma mordaça em sua boca e colocaram-na junto com os mortos.

O soldado da escolta trouxe a brigada dos trabalhadores para o turno da noite e entrou no quartel para assinar a troca. Também foi morto. Assim foram adquiridos mais um fuzil e um capote.

No pátio próximo ao quartel já andavam algumas pessoas, como é normal no horário da revista para o trabalho, e nesse momento o tenente-coronel Ianóvski assumiu o comando.

O espaço ao redor do quartel era mantido sob a mira dos torreões de canto mais próximos. Em ambos os torreões havia sentinelas, mas na turva manhã após a noite branca as sentinelas não perceberam nada de suspeito na área junto ao quartel. Como sempre, o carcereiro de plantão abriu os portões, contou as pessoas, como sempre saíram dois soldados de escolta para tomar a brigada. Os soldados de escolta reuniram uma brigada pequena, de no máximo dez, não, nove pessoas, e levaram... O fato de que a brigada saiu da estrada e pegou uma trilha também não despertou alarme nas sentinelas: a trilha que passava pelo batalhão da guarda era, mesmo antes, usada pelos soldados da escolta para levar os trabalhadores no caso da revista para o trabalho ter atrasado.

A brigada passou pelo batalhão da guarda, e o sonolento plantonista, vendo-a pela porta aberta, só teve tempo de ficar intrigado pelo fato de que a brigada era conduzida pelo caminho um atrás do outro, em fila indiana, não na formação costumeira — e então foi aturdido por um golpe e desarmado, e a "brigada" precipitou-se em direção à pilha de fuzis que estava ali mesmo, debaixo dos olhos do plantonista na parte mais próxima da caserna.

Ianóvski, armado com uma metralhadora, abriu a porta do cômodo; ali, dormiam quarenta soldados da guarda, jovens oficiais do serviço de escolta. Uma rajada de metralhadora contra o teto lançou todos ao chão, debaixo dos leitos. Passando a metralhadora para Chevtsov, Ianóvski foi até o pátio, onde seus camaradas já carregavam víveres, armas e munição dos depósitos arrombados do batalhão da guarda.

As sentinelas nos torreões não sabiam se deveriam abrir fogo; mais tarde, disseram que era impossível ver ou entender o que se passava no batalhão da guarda. Seus depoimentos não foram levados em consideração, e as sentinelas foram posteriormente punidas.

Os fugitivos se preparavam sem pressa. Ianóvski ordenou que pegassem apenas armas e cartuchos, o maior número possível de cartuchos, e de resto somente jornais e chocolate. O enfermeiro Nikolski encheu com pacotes individuais de primeiros socorros uma bolsa com uma cruz vermelha. Todos vestiram novos uniformes militares, cada um pegou um par de botas na sala do quarteleiro do batalhão.

No momento em que os detentos saíam do campo em formação e tomavam o batalhão, verificou-se que nem todos estavam participando da fuga: faltava o chefe de brigada Piotr Kuznetsov, amigo do tenente-coronel Ianóvski. Ele fora inesperadamente transferido para o turno da noite, para substituir um capataz que adoecera. Ianóvski não queria partir sem seu camarada, com quem passara tanta coisa e com quem planejara tanto.

Mandaram alguém buscar o chefe de brigada no local de produção, e Kuznetsov veio e vestiu uma roupa de soldado.

O comandante do batalhão atacado e o chefe do campo saíram de seus alojamentos assim que souberam, pelos faxineiros, que os fugitivos tinham deixado o território do campo.

O fio telefônico foi cortado, e só conseguiram informar sobre a fuga ao departamento de campo mais próximo quando os fugitivos já tinham chegado à via, à rodovia central.

Chegando à rodovia, os fugitivos pararam o primeiro caminhão vazio que passou. O motorista desceu da cabine sob a ameaça de um revólver, e Kobaridze, um piloto de caça, assumiu o volante. Ianóvski sentou-se na cabine ao lado dele, e abriu sobre os joelhos um mapa que pegara no batalhão da guarda; o veículo largou em direção a Seimtchan, o aeroporto mais próximo. Raptar um avião e partir, voando! Segunda, terceira, quarta volta à esquerda. Quinta volta!

O procurador verde 321

O caminhão dobrou à esquerda, saindo da rodovia principal, e disparou pelas margens de um rio borbulhante, que corria aos turbilhões ao longo de um paredão de pedra, numa estrada estreita, sinuosa, que estalava sob as rodas do veículo. Kobaridze aumentou a velocidade — não faltava muito para voar declive abaixo para a água, de uma altura de dez sajenes. Lá embaixo, perto do rio, viam-se as casinhas pequenas das missões, que pareciam de brinquedo. A estrada serpenteava, contornando penhasco atrás de penhasco, seguindo para baixo; o veículo ia descendo pelo passo. Bem perto, as casinhas do povoado emergiam da taiga, e Ianóvski viu, pelo para-brisa da cabine, um soldado correndo em direção ao veículo, com um fuzil em riste. O soldado saltou para o lado, o veículo passou por ele, e logo os fugitivos ouviram os estalos entrecortados de tiros vindo em sua direção: a guarda já fora avisada.

Ianóvski tinha tomado a decisão antecipadamente, e depois de uns dez quilômetros Kobaridze foi parando o veículo. Os fugitivos largaram o caminhão e, atravessando uma valeta coberta de mofo, entraram na taiga e sumiram. Faltavam ainda uns setenta quilômetros até o aeroporto, e Ianóvski decidiu seguir sem parar.

Pernoitaram numa caverna próxima a um pequeno riacho que vinha das montanhas, todos juntos, aquecendo um ao outro e revezando-se na vigia.

Na manhã do dia seguinte, mal os fugitivos tomaram seu caminho e deram de cara com tropas de operações especiais; era um grupo local, que vinha sondando a floresta. Quatro deles foram mortos pelos primeiros tiros dos fugitivos. Ianóvski deu ordens para que ateassem fogo à floresta: o vento soprava na direção de seus perseguidores; os fugitivos seguiram adiante.

Mas a essa altura caminhões com soldados voavam por todas as estradas de Kolimá — um exército invisível de tropas regulares[137] correra para ajudar a guarda do campo e os grupos de operações especiais. Na rodovia central espalharam-se dezenas de veículos militares. O caminho para Seimtchan estava obstruído, ao longo de dezenas e dezenas de quilômetros, por divisões militares. A mais alta chefia de Kolimá estava conduzindo pessoalmente aquela rara operação.

Adivinharam o intuito de Ianóvski, e mobilizaram para a guarda do aeroporto uma quantidade tão grande de tropas regulares que elas mal conseguiam se posicionar nos portões de entrada do aeroporto.

No fim da tarde do segundo dia, o grupo de Ianóvski foi novamente descoberto e teve que engajar-se em combate. O destacamento do exército deixou dez mortos no local. Ianóvski, aproveitando a direção do vento, novamente ateou fogo à taiga e novamente partiu, atravessando um grande riacho das montanhas. O terceiro local de pernoite dos prisioneiros, que ainda não tinham perdido um só homem, foi escolhido por Ianóvski num pântano, no meio do qual havia algumas medas.

Os fugitivos passaram a noite nessas medas e, quando terminou a noite branca, quando o sol da taiga iluminou os topos das árvores, viu-se que o pântano estava cercado de soldados. Quase sem esconder-se, os soldados corriam de uma árvore para a outra.

O comandante daquele mesmo destacamento que os fugitivos haviam atacado no início de sua expedição agitava um pano e gritava:

— Rendam-se, vocês estão cercados. Vocês não têm onde se enfiar...

---

[137] Divisões do exército que ficavam estacionadas em locais confidenciais. (N. do T.)

Chevtsov assomou de dentro da meda:

— Você tem razão. Venha pegar as armas...

O comandante do destacamento saltou em direção à trilha que cruzava o pântano, correu em direção à meda, cambaleou, deixou cair o quepe e tombou com o rosto na lama do pântano. A bala de Chevtsov atingiu-lhe bem na testa.

Imediatamente começou um tiroteio desordenado, vindo de todos os lados, ouviram-se palavras de comando, soldados lançaram-se de toda parte contra as medas, mas a defesa circular dos fugitivos invisíveis, ocultos pela palha, rechaçou o ataque. Os feridos gemiam, os sobreviventes tentavam esconder-se em algum lugar do pântano; tiros estalavam de quando em quando, e um soldado se contorcia e caía estendido.

De novo começou o tiroteio contra as medas, dessa vez sem resposta. Depois de uma hora de tiroteio, empreendeu-se um novo ataque, novamente detido pelos tiros dos fugitivos. Novamente os cadáveres estenderam-se pelo pântano, os feridos gemendo.

Começou outra vez um bombardeio prolongado. Duas metralhadoras foram montadas, e depois de algumas rajadas houve um novo ataque.

As medas silenciaram.

Quando os soldados desmontaram as medas, uma após a outra, verificou-se que apenas um fugitivo ainda estava vivo: o cozinheiro Soldátov. Tinha levado tiros em ambos os joelhos, no ombro e no antebraço, mas ainda respirava. Todos os demais estavam mortos, crivados de balas. Mas os demais não eram onze, apenas dez pessoas.

O próprio Ianóvski não estava lá, nem Kuznetsov.

Naquela mesma noite, vinte quilômetros rio acima, um desconhecido foi detido, vestindo um uniforme militar. Cercado por membros do exército, ele se suicidou com uma pistola. O morto foi reconhecido na mesma hora. Era Kuznetsov.

Restava apenas o cabeça: o tenente-coronel Ianóvski. Seu destino permaneceu desconhecido para sempre. Passaram muito tempo procurando por ele; muitos meses. Ele não poderia ter fugido nadando pelo rio, nem por trilhas nas montanhas: tudo estava bloqueado da melhor forma possível. O mais provável é que ele tenha se matado, ocultando-se no fundo de alguma caverna ou de uma toca de urso, onde seu corpo seria devorado pelas feras da taiga.

Por conta dessa batalha, foi necessário convocar o melhor cirurgião do hospital central, acompanhado de dois trabalhadores livres — esses trabalhadores livres tinham obrigatoriamente que ser enfermeiros. Foi só quase no fim do dia que a caminhonete do hospital conseguiu entrar no *sovkhoz* Elguen, onde estava o estado-maior do destacamento efetivo — havia uma enorme quantidade de Studebakers militares bloqueando-lhe o caminho.

— O que é isso aqui, uma guerra ou algo assim? — perguntou o cirurgião para a alta chefia, o comandante da operação.

— Não é bem uma guerra, mas por enquanto temos 28 mortos. E feridos... bom, o senhor mesmo vai descobrir.

O cirurgião ficou até a noite fazendo curativos e operando.

— Mas quantos fugitivos eram?
— Doze.
— Mas vocês deviam ter requisitado aviões, deviam tê-los bombardeado, bombardeado. Com bombas atômicas.

O chefe olhou de esguelha para o cirurgião;

— Você é um eterno galhofeiro, já conheço você faz tempo. Mas veja só uma coisa: vão me remover da função, vão me reformar antes do tempo. — E o chefe suspirou profundamente.

Ele era perspicaz. Foi transferido de Kolimá, removido da função justamente por causa dessa fuga.

O procurador verde 325

Soldátov restabeleceu-se e foi condenado a 25 anos. O chefe do campo recebeu dez anos; as sentinelas que estavam nos torreões, cinco anos de reclusão cada. Muitas pessoas na lavra foram condenadas nesse caso, mais de sessenta pessoas — todos os que sabiam de alguma coisa e ficaram quietos; todos os que ajudaram e todos os que pensaram em ajudar, mas não conseguiram. O comandante do destacamento teria recebido uma sentença grande, mas a bala de Chevtsov livrou-o daquela punição inevitável.

Até a médica Potápova, chefe do serviço de saúde em que trabalhava Nikolski, o enfermeiro que fugira, quase foi implicada no caso; mas ela conseguiu se salvar, transferindo-se com urgência para outro lugar.

(1959)

O PRIMEIRO DENTE

O comboio de detentos era o mesmo com o qual eu sonhara por muito tempo em meus anos de menino. Rostos escurecidos e lábios azulados, queimados pelo sol de abril nos Urais. Gigantescos soldados de escolta saltavam para dentro de trenós em movimento, os trenós decolavam; uma ferida profunda atravessava todo o rosto de um soldado caolho, de vanguarda; os olhos claros e azuis do chefe da escolta — na metade do primeiro dia nós já sabíamos seu nome: Scherbakov. Nós detentos éramos quase duzentos, e já sabíamos o nome do chefe. De maneira quase miraculosa, inacessível, incompreensível para mim. Os detentos pronunciavam aquele nome de modo corriqueiro, como se nossa viagem com Scherbakov fosse durar eternamente. E ele entrou em nossas vidas para sempre. E foi assim mesmo para muitos de nós. A figura imensa e desenvolta de Scherbakov surgia aqui e acolá, correndo na frente, esperando a última telega do comboio, que ele acompanhava com os olhos, e só depois ia atrás, no encalço. Sim, tínhamos telegas, telegas clássicas, em que os *tchaldon* levavam suas coisas; o comboio avançava por seu caminho, que já durava cinco dias, na formação típica dos prisioneiros, sem bagagem, lembrando, nas paradas e nas chamadas, as fileiras desorganizadas de recrutas em alguma estação ferroviária. Mas fazia muito tempo que todas as estações tinham ficado de fora dos caminhos de nossas vidas. Era de manhã, uma revigorante manhã de abril, na alvorada; a penumbra se dissipava no pátio do monastério em que nosso comboio se reorganizava, bocejando e tossindo, para prosseguir no caminho.

Tínhamos passado a noite no porão da polícia de Solikamsk, um antigo monastério, depois que a escolta moscovita, diligente e taciturna, tinha sido rendida pela turba de rapazes gritalhões e bronzeados sob o comando de Scherbakov, o de olhos azuis. Na noite anterior, tínhamos deslizado para aquele porão frio e enregelado — ao redor da igreja havia gelo, neve, que tinha derretido um pouco durante o dia, mas que de noite congelara, e montões azuis e cinzentos cobriam todo o pátio; para chegar até o âmago da neve, até sua brancura, era preciso romper a casca dura do gelo, que cortava as mãos, cavar um buraco e só então tirar dele a neve acumulada, de grãos grossos, que derretia tão alegremente na boca e que, ardendo com sua doçura, refrigerava um pouco nossas bocas ressequidas.

Fui um dos primeiros a entrar no porão, e pude escolher um lugar mais quente. As imensas abóbadas congeladas me deixaram assustado, e eu, um rapazote inexperiente, procurava com os olhos algo semelhante a fogareiros, mesmo que fossem como os de Figner ou de Morózov. E não encontrava nada. Mas meu companheiro aleatório — companheiro somente naquele breve momento de entrada no porão de igreja destinado aos prisioneiros, Gússev, um *blatar* de baixa estatura — me empurrou até a parede, até a única janela, coberta com uma grade e com um vidro duplo. A janela tinha a forma de um semicírculo, que começava no chão do porão, com um metro de altura, e era semelhante a uma bombardeira. Eu queria escolher um outro lugar, mais quente, mas uma multidão de gente afluía sem parar pela estreita porta, e não havia qualquer possibilidade de voltar por onde viéramos. Gússev, com toda a calma, sem dizer palavra, bateu com a pontinha da bota no vidro, partindo a primeira e depois também a segunda camada. Pelo orifício aberto por ele entrou uma lufada de ar frio, que queimava como água quente. Fustigado por essa torrente de ar, eu, que já me sentia congelado depois da espera e das intermináveis recontagens, comecei a tremer de frio. Demorei a entender toda a sabedoria de Gússev: durante toda aquela noite, só nós, entre duzentos detentos, conseguimos respirar ar fresco. As pessoas foram a tal ponto atulhadas e socadas naquele porão que era impossível deitar-se ou mesmo sentar-se: só dava para ficar de pé. O porão estava imerso, até metade da parede, num vapor branco de respiração, imundo, sufocante. Começaram os desmaios. Aqueles que estavam sufocando se esforçavam para abrir caminho até a porta, onde havia uma fresta e um buraco de vigia, e tentavam respirar através desse buraco. Mas de quando em quando o soldado da escolta que estava de sentinela do lado de fora enfiava a baioneta de seu fuzil no buraco, e acabaram-se as tentativas de respirar ar fresco pelo buraco de vigia da prisão. É evidente que não chamavam nenhum enfermeiro ou médico para acudir os que desmaiavam. Só Gússev e eu passamos bem no vidro quebrado por meu sábio companheiro. Para formar as filas demorou muito... Fomos os últimos a sair, a névoa se dissipou e o teto ficou visível, aquele teto abobadado; o firmamento da prisão e da igreja era muito próximo — podia-se tocar nele com a mão. E, nas abóbadas do porão da polícia da Solikamsk, descobri um texto, escrito com um simples pedaço de carvão, com letras imensas que ocupavam o teto inteiro: "Camaradas! Passamos três dias neste túmulo, para morrer, e mesmo assim não morremos. Ânimo, camaradas!".

Sob os gritos de comando, o comboio arrastou-se para fora dos limites de Solikamsk e seguiu em direção à baixada. O céu estava bem azul, azul como os olhos do chefe da escolta. O sol queimava, o vento resfriava nossos rostos — eles tinham ficado escurecidos antes da primeira parada para per-

O primeiro dente

noitar do caminho. O pernoite do comboio, preparado antecipadamente, ocorria sempre de forma preestabelecida. Para o pernoite dos detentos, eram alugadas entre os camponeses duas isbás: uma mais limpa, outra mais modesta, algo como um galpão; às vezes era mesmo um galpão. Era melhor ficar no "limpo", é claro. Mas isso não dependia da minha vontade: a cada noite, no cair da noite, faziam com que todos passassem pelo chefe da escolta, que mostrava, com um aceno de mão, onde o próximo detento deveria passar a próxima noite. À época, eu achava que Scherbakov era o mais sábio dos sábios, porque ele não ficava revirando papéis, listas, procurando "os dados inerentes ao artigo", mas no exato momento em que o comboio parava de se mover ele acenava com a mão e separava os integrantes do comboio, um de cada vez. Depois, pensei que Scherbakov era um sujeito observador — toda vez a sua escolha, feita por algum procedimento intangível à compreensão, acabava sendo correta: todo o pessoal do 58 ficava junto, e o do 35, também. Mais tarde ainda, depois de um ano ou dois, pensei que não haveria qualquer mistério na tal sabedoria de Scherbakov: a habilidade de adivinhar pelo aspecto era acessível a todos. Em nosso comboio, sinais complementares poderiam ser tirados de nossos pertences, como as malas. Mas essas coisas eram levadas separadamente, em carroças, nos trenós dos camponeses.

Já no primeiro pernoite deu-se o acontecimento graças ao qual foi escrito este conto. Duzentos homens estavam parados, de pé, esperando a chegada do chefe da escolta, quando, do lado esquerdo, ouviram-se gritos, um rebuliço, um resfolego de pessoas, berros, imprecações e, finalmente, um nítido grito: "Dragões! Dragões!". Diante da fila de detentos, lançaram um homem na neve. Seu rosto estava coberto de sangue; um chapéu do tipo *papakha*,[138] enterrado em sua ca-

---

[138] Gorro de pele tradicional do Cáucaso. (N. do T.)

beça pela mão de outra pessoa, caía de lado, e não conseguia esconder a ferida estreita, de onde pingava sangue. O homem estava vestido com um pedaço de tecido marrom, de fabricação caseira — era um ucraniano, um *khokhol*.[139] Eu o conhecia. Era Piotr Záiats, um sectário. Ele tinha sido trazido de Moscou no mesmo vagão que eu. Só rezava, rezava.

— Não quer ficar em fila durante a chamada! — relatou o soldado da escolta, ofegante, acalorado pelo rebuliço.

— Coloquem na fila — comandou o chefe da escolta.

Dois enormes soldados, apoiando sob os braços, colocaram Záiats no lugar. Mas Záiats era um palmo mais alto que eles, mais forte, mais pesado.

— Não quer ficar na fila, não quer ficar?

Scherbakov deu um soco no rosto de Záiats, e ele cuspiu na neve.

E de repente senti um calor queimando em meu peito. De repente entendi que tudo, que toda a minha vida se decidiria naquele momento. E que, se eu não fizesse alguma coisa — e eu mesmo não sabia que coisa era essa —, teria vivido em vão os meus vinte anos.

A abrasadora vergonha de minha própria covardia refluiu, sumindo de minhas faces — eu as senti ficando frias, e o corpo, leve.

Saí da formação e, com uma voz surda, disse:

— Não ousem bater nesse homem.

Scherbakov olhava para mim com enorme surpresa.

— Vá para a fila.

Voltei para a fila. Scherbakov deu o comando, e o comboio, dividindo-se entre as duas isbás, obedecendo aos dedos de Scherbakov, começou a diluir-se na escuridão. O dedo de Scherbakov me apontou para a isbá "negra".

---

[139] "Topete": apelido depreciativo dado aos ucranianos pelos russos, em referência ao penteado tradicional dos cossacos. (N. do T.)

O primeiro dente

Sobre uma palha úmida, sobra do ano anterior, cheirando a podridão, nós nos preparamos para dormir. A palha estava espalhada pelo chão nu e plano. Deitamos amontoados, para que ficasse mais quente, e só os *blatares*, que se instalaram perto de uma lamparina que pendia de uma viga, jogavam seu eterno "trinta e um" ou "faraó". Mas logo eles também dormiram. Eu também peguei no sono, meditando sobre meu ato. Eu não tinha um camarada mais velho, não tinha um exemplo. Estava sozinho naquele comboio, não tinha amigos ou camaradas. Meu sono foi interrompido. Bem no meu rosto, uma lamparina brilhava, e algum dos meus vizinhos *blatares*, também desperto, repetia em tom convicto e servil:

— É ele, é ele...

Era um soldado da escolta que segurava a lamparina.

— Saia.

— Já vou me agasalhar.

— Saia assim.

Saí. Um tremor nervoso me acometia, e eu não conseguia entender o que se passaria então.

Eu e dois soldados de escolta saímos para o terraço.

— Tire a roupa de baixo.

Eu tirei.

— Fique na neve.

Eu fiquei. Olhei para o terraço e vi dois fuzis apontados para mim. Não me lembro quanto tempo se passou naquela noite nos Urais — minha primeira noite nos Urais.

Ouvi o comando:

— Vista-se.

Enfiei a roupa de baixo. Um golpe na orelha me derrubou na neve. O golpe do salto de uma pesada bota veio bem nos meus dentes, e minha boca encheu-se de sangue quente, e rapidamente começou a inchar.

— Para o barracão.

Entrei no barracão, alcancei meu lugar, que já tinha sido ocupado por outro corpo. Todos dormiam; ou faziam de conta que dormiam... O gosto salgado do sangue não passava — na boca havia algo estranho, algo que não devia estar lá; e eu peguei com os dedos esse algo e, com esforço, arranquei-o de minha própria boca. Era um dente arrancado. Larguei-o lá, na palha mofada, no chão nu de terra batida.

Abracei os corpos sujos e fedorentos de meus camaradas e caí no sono. Caí no sono. Eu sequer peguei um resfriado.

De manhã, o comboio seguiu caminho, e os impassíveis olhos azuis de Scherbakov percorriam as fileiras de detentos com seu olhar habitual. Piotr Záiats estava nas filas; ele não tinha apanhado, mas agora também não gritava nada a respeito de dragões. Os *blatares* me observavam com ar hostil e cauteloso — no campo, cada um aprende a responder por si mesmo.

Mais dois dias de estrada, e nos aproximamos da administração — uma casinha de troncos, nova, na margem do rio.

Quem saiu para receber o comboio foi o comandante Niésterov, um chefe de punhos peludos. Muitos dos *blatares* que marchavam ao meu lado conheciam esse Niésterov, e o elogiavam muito.

— Ali, estão trazendo os fugitivos. Niésterov sai e diz: "Aaah, rapaziada, apareceram. Bem, escolham: palmada ou xadrez". E o xadrez de lá tem um chão de ferro, as pessoas não aguentam mais de três meses, e ainda o inquérito, e uma pena complementar. "Palmada, Ivan Vassílievitch." Ele levanta a mão, e você desaba! Levanta mais uma vez, e de novo desaba. Era um mestre. "Vá para o barracão." E pronto. Acaba aí o inquérito. Um bom chefe.

Niésterov contornou as fileiras, observando atentamente os rostos.

O primeiro dente

— Alguma queixa contra a escolha?

— Não, não — respondeu o coro de vozes desordenadas.

— E você? — o dedo peludo tocou meu peito. — Por que responde desse jeito incompreensível? Com essa voz rouca?

— Ele está com dor no dente — responderam meus vizinhos.

— Não — disse eu, tentando fazer minha boca arrebentada pronunciar as palavras do modo mais firme possível. — Nenhuma queixa contra a escolha.

— O conto não é ruim — disse eu a Sazónov. — Literariamente é razoável. Mas não vai ser publicado. E o fim é meio amorfo.

— Tenho um outro fim — disse Sazónov. — Depois de um ano, eu era um grande chefe no campo. Já que era a época da "reforja", e Scherbakov pegou o posto de oficial júnior de segurança no departamento em que eu trabalhava. Lá, muita coisa dependia de mim, e Scherbakov temia que eu me lembrasse dessa história do dente. Scherbakov também não tinha esquecido aquele caso. Ele tinha uma família grande, seu posto era vantajoso e distinto, e ele, um homem simples e direto, veio até mim para descobrir se eu não seria contrário à sua nomeação. Chegou com uma garrafa, para fazer as pazes de acordo com o costume russo, mas eu não quis beber com ele e garanti a Scherbakov que não lhe faria nada de mal.

Scherbakov ficou alegre, passou um bom tempo pedindo desculpas, entrou e saiu por minha porta, passando toda hora o salto do sapato no capacho, e não conseguindo terminar a conversa.

— Era a estrada, o comboio, sabe? Aqueles fugitivos estavam conosco.

— Esse final também não serve — disse eu a Sazónov.
— Então eu tenho mais um.
Antes de receber a nomeação para trabalhar no departamento em que me encontrei novamente com Scherbakov, encontrei na rua, num povoado de prisioneiros, o auxiliar Piotr Záiats. O jovem gigante de cabelos negros e sobrancelhas negras tinha desaparecido. No lugar dele, havia um velhinho manco e grisalho, que tossia sangue. Ele nem me reconheceu, e, quando eu o peguei pelo braço e o chamei pelo nome, ele se desvencilhou e seguiu seu caminho. E, pelos seus olhos, via-se que Záiats pensava em algo só seu, algo que me era inacessível, e que minha aparição não apenas era desnecessária, como também ofensiva para o dono daqueles pensamentos, que ia conversando com pessoas menos terrenas.

— Essa versão também não serve — disse eu.
— Então vou deixar a primeira. E se não der para publicar, escrever já é um alívio. Você escreve e consegue esquecer...

(1964)

ECO NAS MONTANHAS

Na seção de registro não conseguiam de modo algum encontrar um escriturário-chefe. Posteriormente, quando a coisa cresceu, essa função passou a constituir toda uma seção independente, o "grupo de libertação". O escriturário-chefe entregava os documentos da libertação dos presos e era uma figura importante num mundo onde toda a vida estava direcionada para aquele momento em que o detento receberia o documento que lhe dava o direito de não ser mais um detento. O escriturário-chefe devia ser também um preso — assim estava previsto no econômico registro de pessoal. É claro que se poderia ocupar essa vaga com alguém mandado pelo Partido ou por alguma organização sindical, ou então convencer um comandante do exército que estivesse se reformando; mas os tempos ainda não eram esses. Não era tão simples encontrar quem quisesse aceitar um serviço no campo — mesmo com o ordenado "polar". O serviço de contratados livres no campo ainda era considerado algo vergonhoso, e em toda a seção de registro, que geria todas as fichas de todos os presos, só trabalhava um empregado livre: o inspetor Paskévitch, um silencioso bêbado inveterado. Ele ficava pouco na seção: a maior parte de seu tempo, passava viajando como mensageiro, pois, como se deve, o campo ficava localizado longe de olhos humanos.

E assim não conseguiam de modo algum achar um escriturário-chefe. Ora se descobria que novamente fora designado um trabalhador ligado ao mundo dos criminosos, que cumpria suas missões secretas; ora revelava-se que o escriturário libertava, em troca de dinheiro, especuladores do sul, que mexiam com moeda estrangeira; ora acontecia do rapaz ser honesto e rígido, mas ao mesmo tempo um pateta, que se embrulhava todo e libertava a pessoa errada.

A alta chefia procurava com toda a energia o homem necessário — afinal, contudo e contudo, os erros envolvendo libertações eram considerados o pior dos crimes, e podiam levar rapidamente um veterano do campo ao fim da carreira, à "dispensa das tropas do OGPU", e talvez ainda levar ao banco dos réus.

O campo era o mesmo que, um ano antes, era chamado de 4ª Divisão dos Campos de Solovkí, e que agora era um campo independente e importante no norte dos Urais.

Esse campo só não tinha um escriturário-chefe.

E então de Solovkí, da própria ilha, chegou uma escolta especial. Isso era algo muito raro em Víchera. Ninguém era levado para lá com uma escolta especial. Eram vagões de cavalos, adaptados para levar pessoas, vagões de cor vermelha com tarimbas dentro; ou os famosos vagões de passageiro com janelas cobertas por grades — parecia até que o vagão tinha vergonha de suas grades. Os habitantes do Sul, para se proteger dos ladrões, colocam nas janelas grades de formatos extravagantes, como flores ou raios — a imaginação fértil dos sulistas lhes sugere formas para as grades que não sejam ofensivas ao olho dos transeuntes, mas que ainda assim continuam sendo grades. Assim também o vagão de passageiro deixa de ser um vagão comum devido a esse véu de ferro que cobre seus olhos.

Pelas distantes ferrovias dos Urais e da Sibéria, ainda circulavam naquele tempo os famosos "vagões Stolípin" — um apelido que os vagões de prisão ainda manteriam por muitas décadas, mesmo já não sendo em absoluto um daqueles.[140]

O vagão Stolípin tinha duas pequenas janelas quadradas de um lado e algumas janelas grandes do outro. Essas janelinhas, gradeadas, não permitem de modo algum que se veja de fora o que está sendo feito dentro, mesmo se alguém chegar bem perto delas.

Dentro, o vagão é dividido em duas partes por enormes grades, com pesadas portas rangentes; cada metade do vagão tem sua pequena janela.

Ambos os lados têm compartimentos para a escolta. E um corredor para a escolta.

As escoltas especiais não andam nesses vagões Stolípin. Os soldados de escolta acompanhavam um só preso num trem comum, ocupando uma das cabines mais das pontas; tudo ainda era feito de modo caseiro, simples, como antes da revolução. Ainda não haviam acumulado muita experiência.

Chegou uma escolta especial da Ilha — assim chamavam Solovkí na época, simplesmente a Ilha, como a ilha Sacalina —, trazendo um homem idoso, de baixa estatura, usando muletas e o casaco obrigatório de Solovkí, costurado com o feltro que usam nos capotes, além de um gorro de orelhas do mesmo tecido — uma *solovtchanka*.

Era um homem tranquilo e grisalho, de movimentos bruscos, e era nítido que ele ainda estava apenas aprendendo a arte de andar com muletas, que se tornara um inválido fazia pouco tempo.

O barracão comunitário com tarimbas duplas era apertado e abafado, apesar das portas escancaradas em ambas as

---

[140] Os vagões citados foram criados durante as reformas na agricultura empreendidas pelo primeiro-ministro Piotr Arkádievitch Stolípin (1862-1911), e eram usados para o transporte de camponeses e de seus rebanhos até os locais para os quais tinham sido transferidos. (N. do T.)

pontas da construção. O chão de madeira estava recoberto de farpas, e o plantonista, sentado junto à entrada, examinava, à luz da lamparina de querosene e pavio curto, as pulgas que saltitavam entre as farpas. De tempos em tempos, molhando o dedo com saliva, o plantonista lançava-se à caça daqueles impetuosos insetos.

Foi nesse barracão que separaram um lugar para o recém-chegado. O plantonista noturno do barracão fez um gesto vago com a mão, apontando para um canto escuro e fétido onde, amontoadas, várias pessoas dormiam, e onde não havia lugar não só para uma pessoa, como sequer para um gato.

Mas o recém-chegado puxou calmamente o gorro por cima das orelhas e, colocando suas muletas sobre a longa mesa de comer, escalou por cima dos que dormiam, deitou-se e fechou os olhos, sem fazer um só movimento. Com o próprio peso, ele conseguiu espremer-se e achar um lugar em meio aos outros corpos, e, se seus adormecidos vizinhos faziam algum movimento, o corpo do recém-chegado rapidamente se encaixava nesse insignificante espaço livre. Tateando com o cotovelo e com as ancas para achar as tábuas da tarimba, o recém-chegado relaxou os músculos e adormeceu.

Na manhã seguinte, revelou-se que o inválido que chegara era o tão almejado escriturário-chefe que a administração do campo esperava há tanto tempo.

No almoço, ele foi chamado pela chefia, e antes do fim do dia foi levado a outro barracão, do serviço administrativo, onde viviam todos os funcionários do campo oriundos dos presos. O barracão era uma construção impressionante, raríssima.

Fora erigido quando o chefe do campo era um ex-marinheiro que no ano de 18 tinha afundado a frota do Mar Negro, quando lá chegou o famoso suboficial Raskólnikov.[141]

[141] Fiódor Fiódorovitch Ilín (chamado de Raskólnikov, 1892-1939),

Eco nas montanhas

O marinheiro fez sua carreira no campo, em terra firme, e a construção do barracão para o pessoal de serviço foi ideia sua, um tributo a seu passado no mar. Nesse barracão, as tarimbas de dois andares eram suspensas por cabos de aço. As pessoas ficavam penduradas em pequenos grupos de quatro, como marinheiros num alojamento dos praças da Marinha. Para ficar mais firme, a construção era fixada de um dos lados por um comprido e grosso fio de ferro.

Por isso, todas as tarimbas balançavam simultaneamente ao menor movimento de qualquer um dos moradores daquele barracão.

E, como diversas pessoas se moviam simultaneamente, os leitos suspensos ficavam em constante movimento e rangiam, rangiam baixinho, mas nitidamente. O balanço e o rangido não paravam por um só minuto, por dias. Só nas horas das chamadas noturnas as tarimbas movediças paravam, como um pêndulo exaurido, e calavam-se.

Foi nesse barracão que conheci Stepánov, Mikhail Stepánovitch Stepánov. Esse era o nome do novo escriturário-chefe, sem quaisquer dos "também conhecido como" tão difundidos ali.

Aliás, um dia antes, eu tinha visto o envelope trazido pela escolta especial, sua ficha individual. Era um arquivo fininho de capa verde, que começava com o formulário de costume, com duas fotografias numeradas — de frente e de perfil — e com o quadradinho da impressão digital, semelhante a um talho de uma árvore em miniatura.

No formulário estava indicado seu ano de nascimento — 1888, me lembro bem daqueles três números oito — e o

---

militar, diplomata e escritor russo-soviético. Durante a Revolução de Outubro, recebeu a missão de afundar a frota do Mar Negro para evitar que caísse em mãos inimigas. (N. do T.)

último local de trabalho — Moscou, NK RKI...[142] Era membro do Partido Comunista desde 1917.

Uma das últimas perguntas tinha a seguinte resposta: "já submetido, membro do partido SR desde 1905"... A anotação tinha sido feita, como sempre, de maneira burocrática, sucinta.

Pena — 10 anos; mais precisamente, pena capital comutada para dez anos.

Trabalho no campo — em Solovkí, foi escriturário-chefe por mais de seis meses.

O formulário do nosso Mikhail Stepánovitch não era lá muito interessante. Tínhamos no campo muitos comandantes de Koltchak e de Ánnenkov;[143] tínhamos um comandante da famigerada "Divisão Selvagem";[144] tínhamos uma aventureira que se fizera passar pela filha de Nicolau Románov; tínhamos o famoso batedor de carteiras Kárlov, cuja alcunha era Empreiteiro, e que de fato se parecia com um empreiteiro, careca com uma enorme pança e dedos inchados — era um batedor de carteira dos mais ágeis, um virtuoso, que sempre era levado à chefia.

Tínhamos Maierovski, arrombador e artista, sempre desenhando em alguma coisa — numa lousa, numa folha de pa-

---

[142] Sigla de *Naródni Komissariat Rabotche-Krestiánskaia Inspiéktsia* [Comissariado do Povo para Inspeção dos Operários e Camponeses]. (N. do T.)

[143] Boris Vladímirovitch Ánnenkov (1889-1927), atamã cossaco, comandante dos exércitos brancos na Sibéria e no Cazaquistão. Depois da Guerra Civil, fugiu para a China, mas em 1926 retornou clandestinamente à União Soviética, onde foi apanhado e fuzilado. (N. do T.)

[144] Nome dado à divisão de cavalaria, criada em 1914 e composta por voluntários de diversas localidades do Cáucaso, que combateu na Primeira Guerra Mundial e que, em agosto de 1917, foi mobilizada pelo general Lavr Guéorguievitch Kornílov (1870-1918) para depor o governo provisório. A tentativa de golpe foi malograda. (N. do T.)

pel —, e sempre o mesmo: mulheres e homens nus, entrelaçados uns aos outros nas posições mais antinaturais possíveis. Maierovski não sabia desenhar qualquer outra coisa. Ele era o filho renegado de uma família um tanto abastada do meio científico. Para os bandidos, era um intruso.

Tínhamos alguns condes, alguns príncipes georgianos do séquito de Nicolau II.

A ficha individual de Stepánov tinha sido encadernada com uma capa nova do campo, e colocada na prateleira da letra "S".

E eu não teria conhecido essa incrível história se não fosse por uma fortuita conversa dominical no gabinete de serviço.

Vi Stepánov pela primeira vez sem muletas. Segurava nas mãos uma confortável bengala, que ele pelo visto tinha encomendado fazia tempo na marcenaria do campo. A alça da bengala era do tipo hospitalar: era arqueada, mas não curva como a alça de uma bengala comum.

Soltei uma exclamação e o cumprimentei.

— Estou melhorando — disse Stepánov. — Não tenho nada quebrado. É escorbuto.

Ele arregaçou a barra da calça, e eu vi uma faixa de pele que estava se soltando, de um tom negro meio lilás. Ficamos em silêncio.

— Mikhail Stepánovitch, e por que está preso?

— E pelo que mais? — e ele sorriu. — Eu deixei Antónov ir embora...[145]

O ginasiano Micha Stepánov, dezessete anos, natural de Petersburgo, filho de um professor do ginásio, antes do ano de 1905 ingressou no partido a que o próprio Deus lhe orde-

---

[145] Aleksandr Stepánovitch Antónov (1889-1922), membro do partido SR, chefe da rebelião de Tambov, que ocorreu entre 1920 e 1921, um das maiores levantes camponeses contra os bolcheviques. (N. do T.)

nara ingressar, de acordo com a moda da época entre os jovens intelectuais russos. Iluminado pela lendária luz do *Naródnaia Vólia*,[146] o recém-fundado partido SR dividiu-se em inúmeras tendências e microtendências. Entre essas tendências, o posto de destaque era ocupado pelos maximalistas SR — grupo do famoso terrorista Mikhail Sókolov. Laços de família levaram Micha Stepánov a este grupo, e logo ele entrou com fervor na vida da Rússia clandestina: casas de apoio, de conspiração, aulas de tiro, dinamite...

Nos laboratórios, havia o costume de deixar uma garrafa de nitroglicerina, para o caso de prisão ou de alguma busca.

Na casa de conspiração, sete militantes foram cercados pela polícia. Os SR defenderam-se atirando enquanto sobraram cartuchos. Micha Stepánov também atirou. Foram presos, julgados, e todos enforcados, exceto por Micha, que era menor de idade. Em vez da corda, Micha recebeu trabalhos forçados perpétuos, e foi parar perto de sua Petersburgo natal, em Chlisselburg.

Os trabalhos forçados são um regime que muda em função das circunstâncias e do caráter do autocrata. Consideravam-se como trabalhos forçados "perpétuos", nos tempos do tsar, vinte anos de pena com dois anos de grilhões nos braços e quatro anos nos pés.

Em Chlisselburg, no tempo de Stepánov, introduziram ainda uma efetiva "inovação": colocavam os prisioneiros agrilhoados em pares — era o método mais certeiro para indispor um com o outro.

Em algum conto de Barbusse,[147] ele nos mostra a tragé-

---

[146] *Naródnaia Vólia* [Vontade do Povo], partido radical antitsarista fundado nos anos 1870. (N. do T.)

[147] Henri Barbusse (1873-1935), escritor francês muito popular na União Soviética. (N. do T.)

dia de dois apaixonados que são agrilhoados juntos e que passam a odiar terrivelmente um ao outro...

Há muito tempo faziam aquilo com os forçados. A seleção dos pares nas correntes era uma invenção magnífica dos mestres no assunto; a chefia podia nesse momento gracejar como quisesse: agrilhoar um alto com um baixo, um sectante com um ateu, e, principalmente, podia fazer um sortido "buquê" político — agrilhoar juntos um anarquista e um SR, um social-democrata e um membro da Repartição Negra.[148]

Para não brigar com a pessoa aferrada a seu lado, era necessária uma enorme contenção de ambos, ou aquela cega reverência do mais jovem diante do mais velho e o desejo apaixonado do mais velho de transmitir o que há de melhor em seu coração ao camarada.

Por vezes, a vontade humana, ao se defrontar com uma nova e fortíssima provação, torna-se ainda mais forte. O espírito e o caráter se fortalecem.

E assim se passaram os anos de pena nos grilhões para Mikhail Stepánovitch, os anos de pena em que teve que usar os grilhões nos braços e nas pernas.

Transcorriam os anos comuns de trabalhos forçados; o número, o ás de ouros na roupa já tinha virado costumeiro, imperceptível.

Nessa época, Mikhail Stepánovitch, um jovem de 22 anos, conheceu em Chlisselburg Sergó Ordjonikidze.[149] Sergó era um destacado propagandista, e Stepánov e ele passaram muitos dias conversando na prisão de Chlisselburg. O encontro e a amizade com Ordjonikidze fizeram do SR

---

[148] Organização socialista populista criada em 1879. (N. do T.)

[149] Grigóri Konstantínovitch Ordjonikidze (cognominado Sergó, 1886-1937), revolucionário georgiano, bolchevique desde 1903, foi protagonista da Revolução de Outubro, lutando no Cáucaso durante a Guerra Civil. Esteve preso em Chlisselburg entre 1912 e 1915. (N. do T.)

maximalista Mikhail Stepánovitch um bolchevique social-democrata.

Pela crença de Sergó, ele acreditou no futuro da Rússia, em seu futuro. Mikhail ainda era jovem, e mesmo se a "perpétua" fosse cumprida até o último dia ele ainda assim sairia para a liberdade com menos de quarenta anos e ainda poderia servir à nova bandeira; ele esperaria os vinte anos.

Mas teve que esperar muito menos. O fevereiro de 1917 abriu os portões das prisões tsaristas, e Stepánov se viu em liberdade muito antes do que esperava e de estar preparado. Ele encontrou Ordjonikidze, ingressou no partido dos bolcheviques, participou do ataque ao Palácio de Inverno, e depois da Revolução de Outubro; terminados os estudos militares, foi para o *front* como comandante vermelho e subiu na hierarquia militar, de *front* em *front*, chegando cada vez mais alto.

No *front* de Antónov, em Tambov, o comandante de brigada Stepánov comandava um batalhão misto de trens blindados, e o fazia com certo sucesso.

A *antónovschina* começava a minguar. No levante de Tambov, lutaram contra o Exército Vermelho combatentes deveras peculiares. Moradores de vilinhas locais, transformados subitamente em tropas regulares, cada uma com seu comandante.

Diferentemente de muitos outros bandos dos tempos da Guerra Civil, Antónov cuidava do moral de suas tropas e inspirava seus soldados através dos comissários políticos, criados seguindo o exemplo dos comissários do Exército Vermelho.

O próprio Antónov tinha sido condenado há muito tempo pelo tribunal revolucionário, condenado à morte à revelia e declarado um fora da lei. Todas as tropas do Exército Vermelho receberam a ordem do Comando Superior que exigia o fuzilamento imediato de Antónov no momento em que fosse pego e reconhecido, como inimigo do povo.

A *antónovschina* começava a minguar. E então uma vez o comandante de brigada Stepánov foi informado de que a operação do batalhão da Tcheká tinha obtido pleno sucesso e de que Antónov, o próprio Antónov, tinha sido capturado. Stepánov ordenou que trouxessem o prisioneiro. Antónov entrou e parou na soleira. A luz do "morcego" que estava pendurado perto da porta caía sobre o rosto anguloso, duro e inspirado.

Stepánov ordenou ao soldado de escolta que saísse e esperasse do lado de fora da porta. Depois, ele chegou bem perto de Antónov — era quase um palmo mais baixo que Antónov — e disse:

— Sachka, é você?

Eles tinham sido agrilhoados na mesma corrente em Chlisselburg por um ano inteiro, e não tinham brigado uma vez sequer.

Stepánov abraçou o prisioneiro, que estava amarrado, e eles se beijaram.

Stepánov passou um bom tempo pensando, um bom tempo caminhando pelo vagão, em silêncio, enquanto Antónov sorria tristonho, olhando para o velho camarada. Stepánov contou a Antónov sobre a ordem, que aliás não era uma novidade para o prisioneiro.

— Eu não posso fuzilar você e não vou fuzilar — disse Stepánov, quando pareceu achar a solução. — Vou achar um jeito de dar a liberdade para você. Mas em contrapartida você vai me dar sua palavra: vai sumir, interromper sua luta contra o Poder Soviético. De qualquer maneira, esse movimento está fadado ao fracasso. Quero que você me dê sua palavra, sua palavra de honra.

E Antónov, para quem as coisas eram mais fáceis — ele conhecia bem os tormentos morais do companheiro de trabalhos forçados —, deu sua palavra de honra. E levaram Antónov embora.

O tribunal estava marcado para o dia seguinte, e de madrugada Antónov fugiu. O tribunal, que devia julgar Antónov mais uma vez, julgou, no lugar dele, o chefe da guarda, que montara mal os postos de guarda e que, com isso, dera a oportunidade de fuga a um criminoso tão importante. Stepánov e seu irmão eram eles mesmos membros do tribunal. O chefe da guarda foi acusado e condenado a um ano de prisão com condicional, devido à montagem incorreta dos postos de guarda.

Como aconteceu de Stepánov não saber que Antónov era um ex-prisioneiro político? No curto período que Mikhail Stepánov passou no *front* de Tambov, ele não teve tempo de familiarizar-se com um dos mais importantes panfletos de Antónov. Nesse panfleto, Antónov escreveu: "Sou um velho integrante do grupo *Naródnia Vólia*, passei muitos anos nos galés tsaristas. Nem se comparam esses seus líderes Lênin e Trótski, que não viram nada além do exílio. Eu fui agrilhoado..." e assim por diante. Stepánov só veio a conhecer esse panfleto muito mais tarde.

À época, parecia que tudo estava acabado e que a consciência estava limpa, tanto com relação a Antónov, cuja vida fora salva por Stepánov, quanto com relação ao Poder Soviético, pois Antónov desapareceria, e com isso a *antónovschina* chegaria ao fim.

Mas não foi isso que aconteceu. Antónov jamais pensou em manter sua palavra. Ele reapareceu, inspirando suas tropas "verdes",[150] e os combates eclodiram com força renovada.

— Foi nessa época que eu fiquei grisalho — dizia Stepánov. — Não depois.

Logo o comando geral foi assumido por Tukhatchev-

---

[150] Nome dado às tropas que lutavam tanto contra os vermelhos como contra os brancos. (N. do T.)

Eco nas montanhas 347

ski,[151] e suas ações enérgicas para liquidar a *antónovschina* obtiveram pleno sucesso — os vilarejos mais nocivos foram varridos pelo fogo da artilharia. A *antónovschina* chegou ao fim. O próprio Antónov estava num hospital, com tifo epidêmico, e quando o hospital foi cercado pela cavalaria do exército vermelho, o irmão de Antónov atirou nele em pleno leito de hospital, e depois se matou com um tiro. E assim morreu Aleksandr Antónov.

A Guerra Civil chegou ao fim, Stepánov recebeu baixa e tornou-se subalterno de Ordjonikidze, que à época era comissário do povo para a inspeção dos operários e trabalhadores. Membro do Partido desde 1917, Stepánov foi para o NK RKI como chefe do serviço administrativo.

Isso foi em 1924. E lá ele serviu por um ano, dois anos, três anos; mas, no fim do terceiro ano, começou a perceber que havia algum tipo de vigilância sobre ele: alguém estava examinando seus papéis, sua correspondência.

Stepánov passou muitas noites sem dormir. Relembrava cada passo de sua vida, cada dia de sua vida: tudo nela era mais claro que o dia — exceto por aquilo, a história de Antónov. Mas Antónov estava morto. Stepánov nunca tinha confidenciado nada nem mesmo a seu irmão.

Logo ele foi convocado à Lubianka, e um investigador de uma alta patente na Tcheká perguntou, sem pressa, se não tinha por acaso ocorrido de Stepánov, quando era comandante do Exército Vermelho, em tempo de guerra, conceder liberdade ao prisioneiro Aleksandr Antónov.

E Stepánov disse a verdade. Então, todos os segredos foram revelados.

---

[151] Mikhail Nikoláievitch Tukhatchevski (1893-1937), general e teórico militar, comandante do Exército Vermelho durante a Guerra Civil e posteriormente marechal da União Soviética. Foi fuzilado durante os expurgos de 1937. (N. do T.)

Acontece que, naquela noite de verão em Tambov, Antónov não fugiu sozinho. Ele tinha sido preso junto com um de seus oficiais. Este, depois da morte de Antónov, fugiu para o Extremo Oriente, atravessou a fronteira para aderir às tropas do atamã Semiônov[152] e veio de lá diversas vezes para atuar como agente diversionista; foi capturado, ficou preso na Lubianka e agora queria "reconhecer sua culpa". E, numa cela solitária, ele traçou uma confissão detalhada, onde mencionou que, no ano tal, tinha sido feito prisioneiro pelos vermelhos junto com Antónov e fugido naquela mesma noite. Antónov não lhe dissera nada, mas ele, como especialista militar, como oficial tsarista, pensava que ali acontecera uma traição da parte do comando dos vermelhos. Essas poucas linhas do relato daquela vida confusa e desordenada foram apontados para verificação. Foi encontrado o protocolo do tribunal, em que o chefe da guarda Grechniov recebera seu ano de pena com condicional pela montagem incorreta dos postos de guarda.

Onde estava Grechniov agora? Ao consultar os arquivos militares, podia-se ver que recebera baixa havia muito tempo, voltara para sua terra, vivia como camponês. Tinha uma esposa, três filhos pequenos numa aldeiazinha próxima a Krementchug. Grechniov foi subitamente preso e levado para Moscou.

Se Grechniov tivesse sido preso durante a Guerra Civil, talvez morresse sem entregar seu comandante. Mas o tempo tinha se passado — o que significavam para ele a guerra e seu comandante Stepánov? Ele tinha três filhos pequeninos, uma jovem esposa, uma vida pela frente. Grechniov contou que

---

[152] Grigóri Mikháilovitch Semiônov (1890-1946), atamã cossaco, comandante dos brancos no Extremo Oriente. Após muitos anos emigrado, foi capturado na Manchúria por tropas soviéticas em 1945 e enforcado no ano seguinte. (N. do T.)

tinha cumprido uma solicitação de Stepánov, e de fato não uma solicitação, mas uma ordem pessoal — que o outro tinha dito que a fuga era necessária à causa, e que o comandante tinha prometido que Grechniov não seria julgado. Deixaram Grechniov de lado e foram atrás de Stepánov. Foi julgado, condenado ao fuzilamento — comutado para dez anos no campo — e levado para Solovkí...

No verão de 1933, eu caminhava pela praça Strastnaia. Púchkin ainda não tinha atravessado a praça e ido parar na ponta — ou, melhor dizendo, no início — do bulevar Tverskoi, onde fora colocado por Opekúchin,[153] que entendia bem essa coisa de harmonia arquitetônica entre pedra, metal e céu. Pelas costas, alguém me cutucou com um bastão. Olhei para trás: era Stepánov! Ele estava em liberdade fazia tempo, trabalhava como gerente do aeroporto. A bengala era a mesma.

— Ainda mancando?

— Sim. São as sequelas do escorbuto. O que na medicina chamam de contratura.

(1959)

---

[153] Aleksandr Mikháilovitch Opekúchin (1838-1923), escultor russo, autor do famoso monumento a Púchkin aqui citado. (N. do T.)

VULGO BERDY

Uma anedota que se transformou num símbolo místico... Uma realidade viva, pois as pessoas se relacionavam com o tenente Quetange como se fosse uma pessoa viva — por muito tempo, não considerei tudo aquilo que Iúri Tiniánov nos contou como um relato real.[154] A assombrosa história dos tempos do tsar Pável era para mim apenas um chiste genial, uma piada maldosa de algum magnata ocioso contemporâneo, que tinha se tornado, contra a vontade do autor, um vivíssimo retrato daquele notável reinado. A sentinela de Leskov[155] é uma história desse mesmo plano, que confirma a continuidade dos costumes sob a autocracia. Mas o próprio fato do "lapso" tsarista me inspirava desconfiança — até 1942.

A fuga foi descoberta pelo tenente Kurchakov na estação de Novossibirsk. Todos os detentos foram tirados dos vagões de carga, e, debaixo de uma chuva fina e fria, foi feita a contagem e a chamada, segundo a lista com artigo e pena. Tudo em vão. Em cada uma das cinco formações havia 38 fileiras completas, mas na 39ª fileira havia só um homem, não dois, como na partida. Kurchakov amaldiçoou o momento em que ele tinha concordado em trazer o comboio sem as fichas individuais, só com as listas, onde o fugitivo era desig-

---

[154] Iúri Nikoláievitch Tiniánov (1894-1943), escritor e crítico russo-soviético, autor da novela *O tenente Quetange* (1928). (N. do T.)

[155] Nikolai Semiónovitch Leskov (1831-1895), escritor russo, autor do conto "A sentinela" (1887). (N. do T.)

nado pelo número 60. A lista estava toda puída; ademais, era impossível proteger o papel da chuva. Agitado, Kurchakov mal conseguia distinguir os sobrenomes, e ainda por cima as letras na verdade estavam borradas. O número 60 não estava lá. Metade do caminho já tinha passado. Tais perdas eram punidas severamente, e Kurchakov já estava pensando que teria que se despedir de suas dragonas e da ração de oficial. Ele temia ainda ser enviado para o *front*. Era o segundo ano da guerra, e Kurchakov, para sua alegria, servia numa tropa de escolta. Ele demonstrara ser um oficial zeloso e esmerado. Tinha conduzido comboios dezenas de vezes, pequenos e grandes, tinha conduzido trens, tinha estado até mesmo em escoltas especiais, e nunca tinha lhe acontecido uma fuga. Tinha até recebido uma medalha "Por méritos militares" — essas medalhas também eram concedidas na retaguarda profunda.

Kurchakov estava sentado no vagão de carga em que se instalara a guarda, e, com seus dedos trêmulos, feitos escorregadios pela chuva, remexia no conteúdo de seu malfadado envelope: os vales de abastecimento e a carta da prisão endereçada ao campo aonde ele conduzia o comboio, além de listas, listas e mais listas. E em todos os papéis, em todas as linhas, ele via apenas o número 192. Mas naqueles vagões bem selados estavam trancafiados 191 detentos. Encharcados, os homens praguejavam e, tirando seus casacos e jaquetas, tentavam secar a roupa ao vento, nas frestas das portas do vagão.

Kurchakov estava desnorteado, massacrado por aquela fuga. Os soldados de escolta, livres do serviço, assustados, mantinham silêncio num canto do vagão, enquanto no rosto do ajudante de Kurchakov, o suboficial Lázarev, refletia-se sucessivamente tudo aquilo que se passava no semblante de seu chefe: ora desalento, ora medo...

— O que fazer? — disse Kurchakov. — O que fazer?
— Dê aqui a lista...

Kurchakov estendeu a Lázarev algumas listas de papel amarrotadas, pregadas com alfinetes.

— Número sessenta — leu Lázarev. — Vulgo Berdy, artigo 162, pena de dez anos.

— Um ladrão — disse Lázarev, suspirando. — Um ladrão. Um animal, então.

O frequente contato com o mundo dos ladrões acostumara os soldados de escolta a usar "a gíria da bandidagem", o vocabulário dos ladrões, em que são chamados de animais os habitantes da Ásia Central, do Cáucaso e da Transcaucásia.

— Um animal — confirmou Kurchakov. — E na certa nem sabe falar russo. Nas chamadas na certa murmurava qualquer coisa. Vão arrancar nossa pele por causa disso, meu irmão... — e Kurchakov aproximou a folha dos olhos e leu, com ódio: — Berdy...

— Ou talvez não arranquem — pronunciou subitamente Lázarev, com uma voz forte. Seus olhos brilhantes e movediços ergueram-se. — Tenho uma ideia. — E rapidamente ele sussurrou no ouvido de Kurchakov.

O tenente balançou a cabeça com desconfiança:

— Isso não vai dar em nada...

— Mas podemos tentar — disse Lázarev. — Ou é *front* na certa... Guerra na certa.

— Pode agir — disse Kurchakov. — Ainda vamos ficar aqui uns dois dias, fiquei sabendo na estação.

— Preciso de dinheiro — disse Lázarev.

Antes do fim do dia, ele voltou.

— Um turcomeno — disse ele a Kurchakov.

Kurchakov foi até os vagões, abriu a porta do primeiro compartimento de carga e perguntou aos presos se não havia entre eles alguém que soubesse pelo menos algumas palavras em turcomeno. No compartimento, responderam que não, e Kurchakov não seguiu adiante. Ele transferiu um dos presos, com todas as suas coisas, para o vagão de onde havia saído o fugitivo, e para dentro do primeiro os soldados de escolta empurraram um homem em farrapos, que gritava, com voz rouca, algo alarmante e terrível numa língua incompreensível.

— Pegaram, os malditos — disse um detento alto, liberando um lugar para o fugitivo. Este abraçou as pernas do detento alto e começou a chorar.

— Me larga, está ouvindo? Me larga — rouquejou o homem alto.

O fugitivo disse alguma coisa, muito rápido.

— Não entendo, meu irmão — disse o alto. — Coma essa sopa aqui, sobrou um pouco na minha panelinha.

O fugitivo sorveu a sopa e adormeceu. De manhã, ele novamente começou a gritar e a chorar, saltou para fora do vagão e jogou-se aos pés de Kurchakov. Os soldados de escolta jogaram o homem de volta para o vagão, e até o fim do caminho o fugitivo ficou deitado embaixo das tarimbas, arrastando-se para fora só quando davam comida. Ele ficava quieto, chorando.

A rendição do comboio foi um sucesso absoluto para Kurchakov. Depois de soltar algumas imprecações endereçadas à prisão, que mandara o comboio sem as fichas individuais, o comandante de plantão saiu para receber o comboio e começou a fazer a chamada de acordo com a lista. Cinquenta e nove homens deram um passo para o lado, mas o sexagésimo não tinha saído das fileiras.

— É um fugitivo — disse Kurchakov. — Ele se desgarrou de nós em Novossibirsk, mas nós o encontramos. No mercado. Penamos um bocado. Vou mostrar para você quem é. É um animal, não fala uma palavra de russo.

Kurchakov levou Berdy pelo ombro. Os fechos dos fuzis estalaram, e Berdy entrou no campo.

— Qual é o nome dele?

— Veja aí — apontou Kurchakov.

— Vulgo Berdy — leu o comandante. — Artigo 162, pena de dez anos. É um animal, mas combativo...

O comandante, com mão firme, escreveu diante do nome de Berdy: "Propenso a fugas, tentou fugir durante o inquérito".

Uma hora depois, Berdy foi chamado. Cheio de alegria, saltitou, achando que tudo se esclareceria, que naquele mesmo momento seria libertado. Correu na frente dos soldados de escolta, feliz.

Levaram-no para a ponta do pátio, para o barracão, protegido por uma fileira tripla de arame farpado, e o empurraram para a porta mais próxima, para uma escuridão fétida, de onde saía o ruído de vozes.

— É um animalzinho, irmãos...

Encontrei-me com Vulgo Berdy no hospital. Ele já falava um pouco de russo e me contou do soldado russo, de patrulha, como pensava Berdy, que três anos antes, no mercado de Novossibirsk, tinha ficado um bom tempo tentando falar com ele. O soldado levou o turcomeno para a estação, para verificação de identidade. O soldado rasgou os documentos de Berdy e o empurrou para dentro do vagão de prisioneiros. O sobrenome verdadeiro de Berdy era Tocháiev, era um camponês de um longínquo *aul*,[156] perto de Tchardjou. Ele e um conterrâneo que sabia russo tinham conseguido chegar até Novossibirsk em busca de pão e trabalho; seu camarada tinha ido para algum lugar do mercado.

Ele, Tocháiev, já tinha enviado algumas reclamações, mas ainda sem resposta. Sua ficha individual nunca chegou, e ele passou a fazer parte do grupo dos "sem-registro", pessoas que eram mantidas em reclusão sem documentos. Ele

---

[156] Vilarejo ou acampamento nômade típico do Cáucaso e da Ásia Central. (N. do T.)

me disse que já tinha se acostumado a responder ao nome Vulgo, que queria ir para casa, que ali sentia frio, que estava sempre doente, que escrevia para casa, mas que nunca recebia cartas, possivelmente porque ele era transferido a todo momento de um lugar para outro.

Vulgo Berdy aprendeu a falar bem o russo, mas em três anos não aprendeu a comer com colher. Ele pegava a tigela com ambas as mãos — a sopa nunca estava muito quente, e a tigela não queimava nem os dedos, nem os lábios... Berdy tomava a sopa, e o que restava no fundo ele catava com os dedos... O mingau ele também comia com os dedos, colocando de lado a colher. Era o passatempo de todos no salão. Mastigando um pedaço de pão, Berdy o transformava numa massa, que ele abria e misturava com cinzas retiradas do fogareiro. Amassando bem a massa, ele fazia uma bolinha e a chupava. Era o "haxixe", a "maconha", o "ópio". Ninguém ria desse sucedâneo — todos tiveram diversas vezes que esfarelar folhas secas de bétula ou raízes de groselheira para fumar no lugar da *makhorka*.

Berdy ficou admirado pelo fato de que eu logo entendi a questão essencial. O erro da datilógrafa, que colocara um número para a continuação da alcunha do homem que tinha o número 59, a desordem e a confusão nas partidas apressadas dos comboios prisionais nos tempos da guerra, o medo servil de Kurchakov e Lázarev frente a seus chefes...

Mas havia um homem vivo: o número 59. Ele poderia ter dito que a alcunha "Berdy" lhe pertencia. É claro que poderia. Mas cada um se diverte como pode. Todos ficam contentes em ver embaraço e pânico nas fileiras dos chefes. Somente um *fráier* teria levado a chefia ao caminho certo, não um ladrão. Mas o número 59 era um ladrão.

(1959)

AS PRÓTESES

O xadrez do campo era velho, muito velho. Parecia que, se alguém encostasse na parede de madeira da cadeia, ela cairia, o xadrez desmoronaria, os troncos se espalhariam. Mas o xadrez não caía, e as sete celas solitárias funcionavam eternamente. É claro que qualquer palavra dita num tom mais alto seria ouvida pelos vizinhos. Mas os que estavam no xadrez temiam as punições. O carcereiro de plantão desenhava com giz na cela uma cruz, e a cela não recebia mais comida quente. Se desenhasse duas cruzes, não recebia nem pão. Era o xadrez dos crimes dentro do campo; todos os suspeitos de coisas mais graves eram levados para a Administração.

Agora, pela primeira vez, subitamente tinham detido todos os presos que ocupavam cargos de chefia nas instituições do campo, todos os diretores. Estavam montando um caso dos grandes, estavam preparando um processo no campo. A mando de alguém.

E lá estávamos nós seis, de pé no apertado corredor do xadrez, cercados de soldados da escolta, sentindo e tendo consciência de apenas uma coisa: que tínhamos novamente sido pegos pelas engrenagens daquela mesma máquina que nos pegara alguns anos antes, que saberíamos o motivo apenas no dia seguinte, não antes...

Todos foram despidos até ficar só com a roupa de baixo, e cada um foi conduzido a uma cela separada. O almoxarife anotava as coisas que deveriam ser guardadas, enfiava essas coisas em sacos, amarrava uma plaquinha, anotava.

O investigador — eu sabia o sobrenome dele, era Pesniakevitch — conduzia a "operação".
O primeiro estava de muletas. Ele se sentou no banco próximo à luminária, colocou as muletas no chão e começou a se despir. Um colete de aço ficou à mostra.
— Tem que tirar?
— É claro.
O homem começou a desamarrar as cordas do colete, e o investigador Pesniakevitch inclinou-se para ajudar.
— Me flagrou, velho amigo? — disse o homem na língua dos bandidos, empregando a palavra "flagrou" num sentido que não era ofensivo.
— Reconheço sim, Pleve.
O homem de colete era Pleve, gerente da alfaiataria do campo. Era um lugar importante, com vinte alfaiates que trabalhavam com encomendas de dentro e fora do campo, com a autorização da chefia.
O homem nu virou-se no banco. O colete de aço estava no chão — estavam anotando o protocolo das coisas que tinham sido tiradas.
— Como registrar essa coisa? — perguntou a Pleve o almoxarife do xadrez, empurrando o colete com a ponta da bota.
— É uma prótese de aço, um colete — respondeu o homem nu.
O investigador Pesniakevitch se afastou para outro lado, e eu perguntei a Pleve:
— É verdade que em liberdade você conheceu esse mastim aí?
— E como! — disse Pleve rudemente. — A mãe dele tinha um bordel em Minsk, que eu frequentava. Na época de Nicolau, o sanguinário.[157]

---

[157] O tsar Nicolau II (1864-1917). (N. do T.)

Das profundezas do corredor saiu Pesniakevitch, com quatro soldados de escolta. Os soldados pegaram Pleve pelas pernas e por debaixo dos braços e o levaram para dentro da cela. O cadeado tilintou.

O próximo era o diretor da base equestre, Karaváiev. Ex-combatente de Budiônni,[158] tinha perdido a mão na Guerra Civil. Karaváiev batia o ferro da prótese na mesa do funcionário:

— Vocês são uns putos, mesmo.

— Tire esse ferro. Entregue sua mão.

Karaváeiv brandiu a prótese desacoplada, mas os soldados da escolta desabaram sobre o veterano da cavalaria e o empurraram para a cela. Rebuscadas obscenidades chegaram até nossos ouvidos.

— Escute aqui, Rútchkin — começou o encarregado do xadrez —, quem fizer barulho vai ficar sem comida quente.

— Vá para o inferno você e sua comida quente.

O encarregado do xadrez tirou do bolso um pedaço de giz e desenhou uma cruz na cela de Karaváiev.

— E agora, quem assina pela entrega da mão?

— Não assina ninguém. Coloque aí um visto — comandou Pesniakevitch.

Chegara a vez do médico, o nosso doutor Jitkov. Velhinho e surdo, ele entregou sua corneta acústica. O próximo era o coronel Pánin, gerente da marcenaria. A perna do coronel tinha sido arrancada por um projétil em algum lugar na Prússia Oriental, na guerra com a Alemanha. Era um marceneiro magnífico, e ele me contou que entre os nobres sempre se ensina algum ofício às crianças, algum ofício manual. O velhinho Pánin desprendeu a prótese e foi saltando em um só pé para sua cela.

[158] Semion Mikháilovitch Budiônni (1883-1973), militar russo, comandante da Cavalaria Vermelha durante a Guerra Civil. (N. do T.)

As próteses 359

Só restávamos dois: Chor, Gricha Chor, um chefe de brigada veterano, e eu.

— Veja só como vai bem a coisa — disse Gricha, tomado por aquela alegria nervosa da prisão. — De um vai a perna, do outro, a mão. E eu vou entregar o olho. — E Gricha tirou com agilidade seu olho direito, de porcelana, e me mostrou na palma da mão.

— Mas então você tem um olho postiço? — disse eu, surpreso. — Nunca tinha percebido.

— Você não prestou atenção direito. Mas eu tive sorte de receber um que serve bem.

Enquanto anotavam o olho de Gricha, o encarregado do xadrez ficou todo animado, dando risadinhas incontroláveis.

— Quer dizer que um deu a mão, outro deu a perna, outro deu a orelha, outro deu a coluna, e esse aqui deu o olho. Vamos conseguir juntar todas as partes do corpo. E você? — Ele olhou atentamente para mim, que estava nu. — O que você vai dar? Vai dar sua alma?

— Não — disse eu. — A alma eu não dou.

(1965)

PERSEGUIÇÃO À FUMAÇA DA LOCOMOTIVA

Sim, era o meu sonho: ouvir o apito da locomotiva, ver a fumaça branca da locomotiva estender-se pela trilha do aterro rodoviário.

Eu esperava aquela fumaça branca, esperava a locomotiva viva.

Nós nos arrastávamos, desfalecidos, sem a convicção de largar os casacos, as peliças; não faltavam mais que quinze quilômetros até nossa casa, até o barracão. Mas tínhamos medo de largar os casacos e as peliças na estrada, largá-los na sarjeta e correr, andar, nos arrastar, livrar-nos do terrível peso das roupas. Tínhamos medo de largar os casacos — a madrugada invernal logo transformaria a roupa num arbusto congelado de *stlánik*, numa pedra enregelada. Na madrugada, nunca encontramos a roupa, ela se perde na taiga invernal, como no verão se perdiam os agasalhos em meio aos arbustos de *stlánik*, se não fossem amarrados bem no topo dos arbustos, como um marco, um marco de vida. Nós sabíamos que sem casacos e sem peliças não nos salvaríamos. E nós nos arrastávamos, esgotando nossas forças, aquecendo-nos com nosso suor, e, a cada vez que interrompíamos o movimento, sentíamos o frio mortal penetrando em nosso corpo enfraquecido, que perdera sua principal habilidade: a de ser uma fonte de calor, simplesmente, um calor que, se não gerava esperança, gerava raiva.

Nós nos arrastávamos todos juntos, livres e presos. O motorista tinha ficado sem gasolina, e agora esperava pela ajuda que nós iríamos chamar. Ficou lá, montando uma fogueira com a única madeira seca que havia à mão: as balizas da estrada. A salvação do motorista podia significar a morte para os outros veículos, já que todas as balizas da estrada foram recolhidas, partidas e colocadas na fogueira, que ardia com um fogo pequeno, mas salvador, e o motorista se encolhia junto à fogueira, junto às chamas, de tempos em tempos jogando mais um pauzinho, mais um pedaço de madeira; o motorista nem pensava em aquecer-se, em se esquentar um pouco. Ele só queria salvar a vida... Se o motorista tivesse largado o veículo, se tivesse se arrastado conosco pelas pedras frias e pontiagudas daquela rodovia nas montanhas, se tivesse largado a carga, ele teria recebido uma pena. O motorista esperava, e nós nos arrastávamos em busca de ajuda.

Eu me arrastava, tentando não fazer um só movimento desnecessário — os pensamentos eram como movimentos: a energia não devia ser desperdiçada em nada além daquele rastejar-se, daquele movimentar-se, daquele arrastar do próprio corpo adiante pela estrada, invernal e noturna.

E ainda assim nossa própria respiração, naquele frio de cinquenta graus, parecia o vapor de uma locomotiva. Os lariços prateados da taiga pareciam lufadas de vapor de uma locomotiva. A bruma branca que cobria o céu e preenchia nossa noite também era o vapor da locomotiva, o vapor de meu sonho de muitos anos. Naquele silêncio branco, ouvi não o som do vento, mas uma frase musical vinda do céu e uma voz humana, nítida, melódica e sonora, que ecoava no ar frio bem acima de nós. A frase musical era uma alucinação, uma miragem sonora; havia nela algo do vapor da locomotiva que preenchera aquele meu desfiladeiro. A voz humana era apenas a continuação, a continuação lógica daquela miragem musical de inverno.

Mas vi que eu não era o único a ouvir aquela voz. Todos os que se arrastavam estavam ouvindo aquela voz. Estavam quase congelados, mas não tinham forças para mover-se. Na voz vinda do céu, havia algo maior que a esperança, maior que nosso movimento de tartaruga em direção à vida. A voz vinda do céu repetia: transmito o comunicado da TASS. Quinze médicos... Foram acusados ilegalmente, eles não eram culpados de nada, sua confissão foi obtida com o auxílio de métodos de investigação não permitidos, métodos rigorosamente proibidos pelas leis soviéticas. Os médicos tinham sido soltos. Essa era boa! E o que dizer agora sobre a correspondência de Lídia Timachuk, de sua condecoração? E sobre a jornalista Eliena Kononenko, que enaltecera a vigilância e a heroína que tivera essa mesma vigilância, a vigilância encarnada, a vigilância personificada, a vigilância mostrada para o mundo inteiro contemplar?[159]

Pois a morte de Stálin não produziu em nós, homens experientes, a reação adequada.

Aquela música celestial já estava tocando havia muito tempo quando voltamos a nos arrastar. Ninguém disse uma só palavra: cada um lidava sozinho com a notícia.

As luzes do povoado já começavam a cintilar. Ao encontro dos que se arrastavam, vieram esposas, subordinados e chefes. Ao meu encontro não veio ninguém — eu mesmo deveria me arrastar até o barracão, até o quarto, até o leito, acender e alimentar o fogareiro de ferro. E, depois de me aquecer, beber água quente — esquentada numa caneca direto na lenha em brasa do fogareiro —, me aprumar diante do fogo, sentindo a luz cálida percorrer meu rosto — nem toda a pele do rosto tinha sofrido queimaduras de frio antes: algumas manchas, alguns pedaços, algumas partes tinham se salvado —, tomei a decisão.

---

[159] No caso do falso complô dos médicos do Kremlin, em 1953, foi utilizado como prova uma carta da doutora Lídia Timachuk endereçada à Stálin denunciando erro médico na morte de A. A. Jdánov. (N. do T.)

No dia seguinte, entreguei um requerimento de dispensa.

— A dispensa está nas mãos de Deus — disse em tom zombeteiro o chefe do distrito, mas recebeu o requerimento, e, na remessa seguinte do correio, o requerimento foi levado. "Estou há dezessete anos em Kolimá. Venho solicitar dispensa. Como ex-prisioneiro, não gozo de qualquer direito por tempo de serviço, ou qualquer direito a correção. Minha dispensa não traria quase nenhuma despesa para o Estado. É o que solicito." Duas semanas depois, recebi a resposta negativa, sem qualquer explicação. Escrevi de imediato um protesto ao procurador, exigindo intervenção etc.

A questão era que, se surgisse alguma esperança, diversas amarras jurídicas deveriam ser revogadas ou rompidas para que as formalidades e os papéis não retardassem a coisa. O mais provável é que aquela minha correspondência acabasse sendo inútil. Mas de repente...

No clube, rasgaram o retrato de Béria, mas eu só escrevia, escrevia... A prisão de Béria não serviu para reforçar minhas esperanças. Aqueles acontecimentos pareciam transcorrer por si mesmos, e não se percebia claramente sua relação secreta com meu destino. Não era em Béria que eu devia pensar.

O procurador respondeu depois de duas semanas. Era um procurador que tinha ocupado altos postos no departamento vizinho. O procurador tinha sido removido do cargo e transferido para aquele fim de mundo. A esposa do procurador revendia máquinas de costura por um preço dez vezes maior que o normal — até escreveram um artigo satírico sobre isso. O procurador tentou defender-se usando a arma mais comum: delatou que Ázbukin, o plantonista do chefe do departamento, estava revendendo aos presos cigarros de *makhorka* por dez rublos cada. E que a *makhorka* ele recebia em encomendas vindas de avião do continente, talvez até pelo correio diplomático, de acordo com certas normas especiais de peso destinadas à alta chefia — ou então sem respeitar qualquer norma. À mesa do chefe do departamento sentavam-se diariamente umas vinte pessoas, e não havia ordenado "polar" ou vencimentos por tempo de serviço que pudessem cobrir as suas despesas com vinho e com frutas. O chefe do departamento era um carinhoso homem de família, pai de duas crianças. Todas as despesas eram cobertas pela venda de *makhorka* — dez rublos de cigarros caseiros, oito caixas de fósforos, sessenta cigarros num pacotinho de um oitavo de libra. Seiscentos rublos o oitavo, cinquenta gramas — valia a pena.

O procurador, depois de atentar contra aquele método de enriquecimento, foi rapidamente removido e transferido para nosso departamento, para o fim do mundo. O procurador observava o cumprimento da lei, respondia as cartas rapidamente, inspirado pelo ódio à chefia, acalorado pela luta contra a chefia.

Escrevi um segundo requerimento: "Foi-me recusada a dispensa. Agora, enviando-lhes este atestado do procurador...".

Duas semanas depois, recebi a recusa. Sem qualquer explicação, como se eu precisasse de um passaporte para o estrangeiro, que recusavam sem explicar o motivo.

Escrevi para o procurador da região, para o procurador da região de Magadan, e recebi a resposta, dizendo que eu tinha o direito de receber a dispensa e a permissão de saída. A luta das forças superiores passara a um novo estágio. Cada mudança de rumos deixava sua marca, na forma de inúmeras ordens, recomendações, autorizações. Sondando em busca de algum tipo de concordância, meus requerimentos tinham caído, como diziam os bandidos, "na cor certa". No tempo certo?

Depois de duas semanas, recebi a recusa. Sem qualquer explicação. E, embora eu escrevesse reiteradas e lamuriosas cartas ao meu chefe — o chefe do serviço sanitário do departamento, o enfermeiro Tsapko —, não recebi dele nenhuma resposta.

Eram trezentos quilômetros de distância entre o meu destacamento e a administração, o destacamento médico mais próximo. Entendi que seria necessário um encontro ao vivo. E Tsapko veio juntamente com o novo chefe dos campos, me prometendo muitas coisas, prometendo tudo, até a dispensa.

— Vou conseguir, quando voltar. Mas fique mais um inverno. Na primavera você vai embora.

— Não. Mesmo se não me dispensarem, do seu departamento eu vou embora.

Então nos despedimos. Agosto deu lugar a setembro. Terminou a subida dos peixes pelos rios. Mas eu não estava interessado nas nassas, nem nas explosões, depois das quais os peixes vinham à tona, e as barrigas brancas dos salmões ficavam balançando nas ondas dos rios das montanhas, amontoando-se nas enseadas para estragar, para apodrecer.

Seria preciso aparecer alguma oportunidade. E a oportunidade apareceu. Nosso distrito foi visitado pelo chefe da administração ferroviária, o coronel-engenheiro Kondakov. Ele passou a noite na cabana do chefe do distrito. Apressado, com medo de que Kondakov fosse dormir, eu bati na porta.

— Entre.

Kondakov estava sentado à mesa, com a farda desabotoada, esfregando a marca vermelha deixada pelo colarinho que circundava seu pescoço redondo e branco.

— Sou o enfermeiro do distrito. Permita-me tratar de um assunto pessoal.

— Não converso com ninguém quando estou em viagem.

— Eu já previa isso — disse eu friamente, com tranquilidade. — Eu escrevi uma carta, um requerimento para o senhor. Aqui está o envelope, está tudo explicado aí. Faça a gentileza de ler quando achar necessário.

Kondakov ficou sem jeito e parou de mexer com a gola da camisa. Contudo e contudo, Kondakov era engenheiro, um homem com ensino superior, ainda que técnico.

— Sente-se. Conte qual é o problema.

Eu me sentei e contei.

— Se é assim como você diz, prometo conseguir a dispensa assim que eu voltar para a administração. Daqui a uns dez dias.

E Kondakov anotou meu nome num caderninho minúsculo.

Depois de dez dias, me ligaram da administração — eram amigos ligando, se é que eu tinha amigos lá. Ou eram apenas curiosos, espectadores, não atores, pessoas que ficam observando, calmamente, por horas a fio, por anos a fio, o peixe tentar escapar da nassa esburacada, a raposa roer a própria pata para se livrar da armadilha. Observam, sem fazer qualquer tentativa de afrouxar a armadilha para soltar a raposa. Simplesmente observam a luta entre animal e homem.

Um fonograma do distrito para a administração, por minha própria conta. Eu tinha implorado ao chefe do distrito para que ele me desse autorização para fazer aquele telegrama... Nenhuma resposta.

O inverno de Kolimá chegou. O gelo cobriu os riachos, e só em alguns pontos de corredeiras a água fluía, jorrava, vivia, fumegante, como o vapor de uma locomotiva.

Era preciso se apressar, se apressar.

— Vou enviar um paciente grave para a administração — informei ao chefe. O paciente tinha uma aguda estomatite ulcerosa, causada por subnutrição e avitaminose; era uma daquelas estomatites ulcerosas que são facilmente confundidas com uma difteria. Nós tínhamos direito de fazer esse tipo de transferência. Mais que isso: tínhamos obrigação de enviar o paciente. Por conta de diversas determinações, pela lei, pela nossa consciência.

— E quem vai acompanhar?

— Eu.

— Pessoalmente?

— Sim. Vamos fechar o posto de saúde por uma semana.

Casos como aquele tinham acontecido antes, e o chefe sabia disso.

— Farei um inventário. Para evitar furtos. E o armário do superintendente vai ser lacrado.

— É a coisa certa. — O chefe acalmou-se.

Fomos de carona, passando muito frio, parando para nos aquecer a cada trinta quilômetros; e no terceiro dia, quando ainda estava claro, alcançamos a administração em meio à branca e amarelada bruma diurna de Kolimá.

A primeira pessoa que eu vi foi o enfermeiro Tsapko, chefe do serviço sanitário.

— Trouxe um doente grave — informei, mas Tsapko não estava para o doente, e sim para as malas: de compensado, rústicas, onde havia livros, meu terno barato de lã, minha roupa de baixo, um travesseiro, um cobertor... Tsapko entendeu tudo.

— Sem o chefe, não vou dar autorização para partida.

Fomos até o chefe. Era um chefe pequeno em comparação com o coronel-engenheiro Kondakov. Pela insegurança de seu tom, pela incerteza das respostas, entendi que haviam chegado novas ordens, novas "instruções"...

— Não quer ficar mais um inverno? — Era o fim de outubro. O inverno já estava no auge.

— Não.

— Pois bem. Se não quer, não é o caso de segurar...

— Entendido, camarada chefe! — Tsapko aprumou-se diante do chefe do campo, bateu com o salto no chão, e saímos então para o sujo corredor.

— Pois bem — disse Tsapko, satisfeito. — Conseguiu o que queria. Vamos dar a dispensa para você ir para onde quiser. Vai poder ir para o continente. Para o seu lugar foi designado o enfermeiro Nóvikov. Ele veio do *front*, veio da guerra, como eu. Volte com ele de onde você veio. Lá você entrega tudo para ele, como se deve, e então venha para receber o acerto.

— Trezentos quilômetros? E depois voltar para cá? Mas essa viagem vai levar um mês. Não menos que isso.

— Não posso fazer mais nada. Já fiz tudo.

Entendi que a conversa com o chefe do campo tinha sido um embuste, preparado de antemão.

Em Kolimá, não se pode aconselhar-se com ninguém. Os presos e os ex-presos não têm amigos. O primeiro conselheiro vai sair correndo para falar com o chefe e contar tudo, entregar o camarada, demonstrar vigilância.

Tsapko já tinha ido embora fazia tempo, mas eu ainda estava sentado no chão do corredor, fumando, fumando.

— E quem é esse Nóvikov? Um enfermeiro do *front*?

Encontrei o tal Nóvikov. Era um homem a quem Kolimá deixara aturdido. Sua solidão, sua sobriedade, seu olhar inseguro revelavam que Kolimá para Nóvikov tinha mostrado ser algo muito diferente, muito diferente do que ele tinha esperado quando começara sua caça por um monte de dinheiro. Nóvikov era novato demais, um menino do *front*.

— Escute — disse eu. — Você veio do *front*. Eu estou aqui há dezessete anos. Cumpri duas sentenças. Agora vou ser dispensado. Vou ver minha família. No meu ambulatório está tudo em ordem. Aqui está o inventário. Está tudo lacrado. Assine o certificado de admissão aqui mesmo...

Nóvikov assinou, sem se aconselhar com ninguém.

Não fui até Tsapko para informar que o papel estava assinado. Fui direto para a contabilidade. O contador examinou meus documentos — todos os atestados, todos os papéis.

— Pois bem — disse. — Você pode receber o acerto. Temos apenas um entrave. Ontem recebemos um fonograma de Magadan: todas as dispensas devem ser suspensas até a primavera, até a próxima época de navegação.

— Mas que tenho eu a ver com navegação? Eu vou de avião.

— É uma ordem geral, você sabe como é. Não nasceu ontem.

Sentei de novo no chão do escritório, fumando, fumando. Passou Tsapko.

— Ainda não foi embora?

— Não, não fui.

— Bom, até...

Por algum motivo, a decepção não foi grande. Eu estava acostumado a esses golpes pelas costas. Mas agora não deveria acontecer nada de mal. Com todo o meu corpo, com toda a minha força de vontade, eu ainda estava no movimento, na tentativa, na luta. Eram só algumas coisas que eu ainda não tinha pensado direito. O destino, em seus frios cálculos, em sua disputa comigo, deveria ter cometido algum erro. E o erro foi o seguinte. Fui até o secretário do chefe, aquele mesmo coronel-engenheiro Kondakov — ele estava novamente em viagem.

— Foi recebido ontem um fonograma sobre a suspensão das dispensas?

— Foi.

— Mas é que eu — eu sentia a garganta secando, eu mal conseguia pronunciar as palavras —, é que eu fui dispensado um mês atrás. Pela ordem de número 65. O fonograma de ontem não deveria ter efeito sobre mim. Eu já fui dispensado. Um mês atrás. Já estou no caminho, na estrada...

— Sim, parece que sim — concordou o tenente. — Vamos falar com o contador!

O contador concordou conosco, mas disse:

O artista da pá

— Vamos esperar a volta de Kondakov. Ele que decida.
— Bom — disse o tenente. — Eu não recomendo. Foi o próprio Kondakov que assinou a ordem. Por iniciativa própria. Ninguém o induziu a assinar. Ele vai arrancar seu couro pelo não cumprimento.
— Tudo bem — disse o contador, olhando torto para mim. — Só uma coisa — o contador estalou os dedos —, a viagem é por sua própria conta.

A passagem para Moscou de avião e de trem custava três mil e quinhentos rublos, e eu tinha direito de ter a viagem paga pelo Dalstroi, meu empregador durante catorze anos como preso e três como livre — não só livre, mas empregado.

Mas, pelo tom do contador-chefe, percebi que nesse ponto ele não me faria a menor concessão.

Na minha caderneta de ex-prisioneiro — sem direito a acerto por tempo de trabalho — eu tinha juntado, em três anos, seis mil rublos.

As lebres que eu tinha caçado, cozinhado, fritado e comido e os peixes que eu tinha pescado, cozinhado, fritado e comido me ajudaram a juntar aquela soma impressionante.

Entreguei o dinheiro ao caixa, recebi uma carta de crédito de três mil rublos, os documentos e a permissão para ir até o aeroporto de Oimiakon, e comecei a procurar uma carona. Encontrei depressa. Duzentos rublos, duzentos quilômetros. Vendi o cobertor, o travesseiro — o que eu faria com tudo aquilo no avião? Vendi os livros de medicina ao próprio Tsapko pelo preço oficial; ele revenderia os manuais e os métodos por dez vezes aquele valor. Mas eu não tinha mais tempo para pensar naquilo.

O pior foi outra coisa. Eu perdi meu talismã: uma faca rústica, que eu tinha carregado comigo por muitos anos. Eu tinha dormido em cima de uns sacos de farinha e, pelo visto, deixara cair do bolso. Para achar a faca, seria preciso descarregar o veículo.

Perseguição à fumaça da locomotiva

De manhã cedo, chegamos a Oimiakon, onde um ano antes eu tinha trabalhado em Tomtor, em meu querido departamento postal, onde eu tinha enviado tantas cartas e recebido tantas cartas. Desci perto do alojamento do aeroporto.
— Ei, você — disse o motorista do caminhão. — Não perdeu nada?
— Perdi uma faca no meio da farinha.
— Está aqui. Eu abri o tampo da carroceria, a faca caiu na estrada. Uma boa laminazinha.
— Fique com ela para você. De lembrança. Eu não preciso mais de um talismã.
Mas minha alegria tinha sido prematura. No aeroporto de Oimiakon não havia aviões de linha, e desde a primavera tinha se acumulado um número de passageiros suficiente para dez voos. Eram listas de 14 pessoas, uma chamada por dia. Uma vida em trânsito.
— Quando foi o último avião?
— Faz uma semana.
Aquilo significava que eu teria que ficar ali até a primavera. Eu tinha entregado à toa o meu talismã para o motorista.
Fui até o campo, falar com o contramestre; eu tinha trabalhado lá como enfermeiro um ano antes.
— Está indo para o continente?
— Sim. Preciso de ajuda para sair.
— Amanhã vamos juntos falar com Veltman.
— O capitão Veltman ainda é o diretor do aeroporto?
— Sim. Mas ele não é mais capitão, é major. Recebeu divisas novas faz pouco tempo.
De manhã, o contramestre e eu entramos no escritório de Veltman e o cumprimentamos.
— Veja só, nosso menino está indo embora.
— E por que ele mesmo não veio me ver? Ele me conhece tão bem quanto você, contramestre.

— Foi mais para garantir, camarada major.
— Tudo bem. Onde estão suas coisas?
— Está tudo aqui comigo — e apontei para a pequena malinha de compensado.
— Magnífico. Vá para o alojamento e espere lá.
— Mas eu...
— Silêncio! Faça o que foi mandado. E você, contramestre, traga amanhã o trator para aplanar o terreno do aeródromo, ou... sem o trator...
— Trago, trago — disse Suprun, sorrindo.

Despedi-me de Veltman e do contramestre e entrei no corredor do alojamento; passando por pernas e corpos, alcancei um lugar perto da janela. É verdade que ali era mais frio, porém mais tarde, depois de alguns aviões, depois de algumas listas, eu consegui chegar perto do fogareiro, bem perto do fogareiro.

Passou-se coisa de uma hora, e as pessoas deitadas ergueram-se num salto, escutando avidamente o que vinha do céu, o ruído.

— Um avião!
— Um caminhão Douglas!
— Não é caminhão, é de passageiros.

Pelo corredor, andava agitado o plantonista do aeroporto, que usava um gorro de orelhas com uma cocarda e segurava nas mãos uma lista — aquela mesma lista com catorze pessoas, que todos ali conheciam de cor fazia alguns meses.

— Todos que forem chamados devem comprar depressa as passagens. O piloto vai almoçar e logo depois partir.
— Semiónov!
— Presente!
— Galitski!
— Presente!
— E por que meu nome está riscado? — perguntou enfurecido o décimo quarto. — Eu estou na fila há três meses.

Perseguição à fumaça da locomotiva

— O que é que você está dizendo? Foi o diretor do aeroporto que riscou. Veltman, de próprio punho. Agora há pouco. Você vai viajar no próximo avião. Serve? Se quiser brigar, ali está o escritório de Veltman. Ele está lá... Ele pode explicar...

Mas o décimo quarto não se atreveu a buscar explicações. Quem sabe o que podia acontecer. Veltman podia não gostar da fisionomia do décimo quarto. E aí não só não o colocariam no próximo avião, como também riscariam definitivamente da lista. Isso também acontecia.

— E quem colocaram?

— Está meio ilegível — o plantonista de cocarda examinou o novo sobrenome e de repente gritou meu nome.

— Sou eu.

— Vá até o caixa, rápido.

Pensei: não vou bancar o magnânimo, não vou recusar, vou embora, vou pegar o avião e partir. Já passei por dezessete anos de Kolimá.

Corri em direção ao caixa, fui o último, sacando os documentos que eu não deixara prontos, desamassando o dinheiro, derrubando as coisas no chão.

— Depressa, corra — disse o caixa. — O seu piloto já almoçou, e a previsão é ruim. Vai precisar atravessar o mau tempo para chegar a Iakutsk.

Ouvi aquelas palavras celestiais quase sem respirar.

Para o embarque, o piloto trouxe o avião bem perto da entrada do refeitório. O embarque já tinha acabado fazia tempo. Eu corria com a minha malinha de compensado em direção ao avião. Sem calçar as luvas, segurando a passagem de avião com meus dedos resfriados, cobertos de uma geada branca, eu estava ofegante pela corrida.

O plantonista do aeródromo verificou minha passagem e me ajudou a entrar pela portinhola. O piloto fechou a portinhola e foi para a cabine.

— Decolar!

Fui até meu lugar, até a poltrona, sem forças para pensar em nada, sem forças para entender nada.

Meu coração batia forte, bateu forte por sete horas sem parar, até o avião de repente chegar a terra. Iakutsk.

No aeroporto de Iakutsk, dormi abraçado com meu novo camarada: meu vizinho no avião. Seria preciso então calcular o caminho mais barato até Moscou — embora meus documentos de viagem me permitissem ir até Djambul, eu compreendia que as leis de Kolimá dificilmente valeriam na Terra Grande. Era quase certo que eu poderia conseguir um trabalho e uma vida em algum lugar que não Djambul. Eu ainda teria tempo para refletir sobre isso.

Por enquanto, o mais barato era ir de avião até Irkutsk, e de lá pegar o trem para Moscou. Cinco dias inteiros. Ou ainda até Novossibirsk, e de lá também para Moscou pela ferrovia. O avião que partisse antes... Comprei a passagem para Irkutsk.

Faltavam ainda algumas horas para a partida do avião, e nessas horas andei por Iakutsk, admirando o Lena congelado e aquela silenciosa cidade térrea, semelhante a um vilarejo grande. Não, Iakutsk ainda não era uma cidade, não era a Terra Grande. Não estava nela o vapor da locomotiva.

(1964)

O TREM

Na estação de Irkutsk, eu me deitei debaixo da luz de uma lâmpada elétrica, clara e forte; afinal, todo o meu dinheiro estava costurado no cinto. Estava no cinto de pano que tinha sido costurado para mim na alfaiataria dois anos antes, e que agora finalmente podia cumprir sua função. Pisando cuidadosamente por entre as pernas, escolhendo o caminho entre os corpos sujos, fétidos e rasgados, caminhava pela estação um policial e — o que era ainda melhor — uma patrulha militar com faixas vermelhas nas mangas, segurando metralhadoras. É claro que um policial não daria conta daquela turba, e isso provavelmente tinha sido estabelecido bem antes de minha chegada à estação. Não que eu temesse que me roubassem o dinheiro. Eu não temia nada fazia muito tempo, só achava melhor com dinheiro do que sem dinheiro. A luz batia direto em meus olhos, mas antes milhares de vezes a luz tinha batido direto em meus olhos, e eu já estava acostumado a dormir muito bem na luz. Levantei a gola do casaco, que nos documentos oficiais é chamado de "semipaletó", enfiei as mãos bem fundo nas mangas, soltei um pouquinho as botas dos pés; os dedos ficaram mais livres, e peguei no sono. Eu não tinha medo das correntes de ar. Tudo era costumeiro: o apito da locomotiva, os vagões em movimento, a estação, o policial, o mercado perto da estação — era como se eu tivesse sonhado um sonho de muitos anos, e só agora estivesse acordando. E me assustei, e um suor frio surgiu sobre a pele. Assustei-me com a tremenda força do homem, com o desejo e a capacidade de esquecer. Vi que estava pronto para esquecer tudo, apagar vinte anos de minha vida. E que anos! E, quando eu entendi isso, venci a batalha comigo mesmo. Soube que não permitiria à minha memória esquecer tudo que eu tinha visto. E então me acalmei e adormeci.

Acordei, virei as *portiankas* para o lado seco, lavei-me com neve — respingos negros voavam por todos os lados —, e parti para a cidade. Era a primeira verdadeira cidade em dezoito anos. Iakutsk era um vilarejo grande. O Lena tinha se afastado bastante da cidade, mas os moradores tinham medo de seu retorno, de suas enchentes, e o leito arenoso se tornara um campo vazio, onde havia apenas tempestades. Ali, em Irkutsk, havia prédios grandes, o rebuliço dos moradores, lojas.

Comprei lá uma peça de roupa de baixo, de malha — eu não usava uma daquela havia dezoito anos. Senti uma satisfação indizível em ficar na fila, pagar, estender o recibo. "Qual número?" Eu tinha esquecido meu número. "O maior." A vendedora balançou a cabeça em tom de desaprovação. "É 55?" "Isso, isso." E ela embrulhou para mim uma roupa que não pude usar, pois meu número era 51, o que eu só descobri em Moscou. As vendedoras estavam todas vestidas com o mesmo vestido azul. Comprei ainda um pincelzinho de barba e um canivete. Essas coisas maravilhosas tinham um preço fabulosamente barato. No Norte, tudo aquilo era caseiro, tanto o pincelzinho quanto o canivete.

Passei numa livraria. Na parte de livros usados, estava à venda a *História da Rússia* de Soloviov, por 850 rublos, todos os volumes.[160] Não, eu não iria comprar livros antes de

---

[160] Serguei Mikháilovitch Soloviov (1820-1879), um dos maiores historiadores russos do século XIX, autor da colossal *História da Rússia desde os tempos mais antigos*, em 29 volumes. (N. do T.)

Moscou. Mas segurar um livro nas mãos, encostar no balcão da livraria, era como um bom borche de carne... Como um copo de água fresca.

Em Irkutsk, nossos caminhos se separaram. Ainda em Iakutsk, no dia anterior, tínhamos caminhado todos juntos pela cidade e comprado as passagens de avião todos juntos. Ficamos juntos na fila, em grupos de quatro — não passava pela cabeça de ninguém confiar o dinheiro a algum outro. Aquilo não se fazia em nosso mundo. Alcancei a ponte e olhei para baixo, para o Angará, borbulhante, verde, transparente até o fundo, poderoso e limpo. E, tocando com minhas mãos congeladas o peitoril frio e acinzentado, inalando o cheiro de gasolina e da invernal poeira da cidade, olhei para os pedestres apressados e compreendi a que ponto eu era uma pessoa urbana. Compreendi que a coisa mais cara, a coisa mais importante para um homem é o tempo em que sua terra natal está em formação, enquanto a família e o amor ainda não nasceram. É o tempo da infância e da primeira juventude. E meu coração se comprimiu. Saudei Irkutsk de todo o coração. Irkutsk era a minha Vólogda, a minha Moscou.

Quando eu me aproximava da estação, alguém bateu em meu ombro.

— Querem falar com você — disse um menino branquinho de agasalho, e me levou para as sombras. Rapidamente emergiu da escuridão um homem baixo, que me olhava atentamente.

Vi pelo olhar com que tipo de pessoa iria lidar. Aquele olhar covarde e insolente, bajulador e cheio de ódio, era-me muito familiar. Na escuridão, viam-se mais algumas caras, que eu não precisava saber de quem eram — elas apareceriam em seu devido tempo — com facas, pregos e lanças nas mãos. Naquele momento diante de mim havia apenas um rosto, com uma pele pálida, terrosa, com pálpebras inchadas, lábios diminutos, como que colados num queixo encurvado e bem barbeado.

— Quem é você? — Ele estendeu a mão suja, com unhas compridas. Era imprescindível responder. Nenhuma patrulha e nenhum policial poderiam me oferecer ajuda ali. — Você está vindo de Kolimá!

— Sim, de Kolimá.

— Onde trabalhou lá?

— Como enfermeiro, em diferentes equipes.

— Enfermeiro? É avental? Quer dizer que bebeu sangue da nossa gente. Vamos ter uma conversa com você.

Apertei no bolso o canivete novinho que eu tinha comprado, e fiquei em silêncio. Eu só podia contar com algum acaso. A paciência e o acaso — era isso que nos salvava e é isso que nos salva. E o acaso aconteceu. São os dois esteios nos quais se apoia o mundo dos detentos.

A escuridão se abriu.

— Eu conheço esse aí. — Na luz aparece uma nova figura, que me era totalmente desconhecida. Eu tinha uma excelente memória para rostos. Mas esse homem eu nunca tinha visto.

— Você? — E o dedo com a unha comprida traçou um semicírculo.

— É, ele trabalhou lá em "Kudimá" — disse o desconhecido. — Dizem que era gente boa. Ajudava os nossos. O pessoal elogiava.

O dedo com a unha sumiu.

— Bom, pode ir — disse o ladrão, com raiva. — Vamos pensar um pouco.

A sorte foi que eu não precisei mais pernoitar na estação. O trem para Moscou partia naquela mesma noite.

De manhã, havia a pesada luz das lâmpadas elétricas — turvas, que pareciam não querer se apagar de forma alguma. Pelas portas que batiam, via-se o dia em Irkutsk, frio, claro.

O trem

Nuvens de pessoas obstruíam a passagem, preenchiam cada centímetro quadrado do chão de cimento, do banco ensebado — se alguém pelo menos se levantasse, se mexesse, fosse embora. Esperas intermináveis nas filas dos caixas — uma passagem para Moscou, para Moscou, e depois lá veríamos... Não para Djambul, como estava determinado nos documentos. Mas quem é que iria querer ver esses documentos de Kolimá naquele amontoado de gente, naquele movimento infinito? Minha vez no guichê finalmente chegou, movimentos convulsivos para alcançar o dinheiro, enfiar o pacote pelas benditas cartas de crédito no caixa, onde elas sumiriam, fatalmente sumiriam, como sumira toda a minha vida até aquele momento. Mas o milagre continuou a se realizar, e a janelinha lançou para fora um objeto duro, áspero, duro, fino, como um pedacinho de felicidade: a passagem para Moscou. A moça do caixa gritou qualquer coisa a respeito do trem ser misto, do assento ser aberto num vagão misto, e disse que só era possível pegar uma cabine para amanhã ou depois de amanhã. Mas eu não entendi nada além das palavras "amanhã" e "hoje". Hoje, hoje. E, apertando forte a passagem, tentando sentir todas as arestas com a minha pele insensível e congelada, alcancei, a muito custo, um lugar livre. Eu tinha chegado de avião, não tinha coisas demais, apenas minha pequena mala de compensado, aquela que eu tinha tentado, sem sucesso, vender em Adigalakh, a fim de juntar dinheiro para a viagem a Moscou. Não tinham me pagado pelo percurso, mas aquilo não importava. O mais importante era aquele pedacinho de papel-cartão, a passagem ferroviária.

Depois de tomar fôlego em algum canto da estação — é claro que meu lugar debaixo da lâmpada clara tinha sido ocupado —, atravessei a cidade e voltei à estação.

O embarque já tinha começado. No pátio de formação, havia um trem de brinquedo, incrivelmente pequeno, só algumas caixas sujas de papelão tinham sido colocadas ao lado, em meio a centenas de outras, onde moravam os construtores de estrada e os trabalhadores da estação, e onde estavam penduradas roupas congeladas, que estalavam com os golpes do vento.

Meu trem em nada diferia dessas composições transformadas em habitações.

A composição não se parecia com um trem que a certa hora seguiria para Moscou, mas com uma daquelas habitações. Aqui e acolá, pessoas desciam pelos degraus dos vagões; aqui e acolá, pelo ar, coisas moviam-se por sobre as cabeças das pessoas em movimento. Compreendi que o trem não tinha a coisa mais importante, não tinha vida, não tinha a promessa do movimento; não tinha a locomotiva. De fato, nenhuma das habitações tinha uma locomotiva. Minha composição se parecia com uma daquelas habitações. E eu jamais acreditaria que aqueles vagões pudessem me levar até Moscou, mas o embarque já estava acontecendo.

Uma batalha, uma terrível batalha na entrada do vagão. Parecia que o trabalho de repente tinha terminado, duas horas antes do normal, e que todos tinham corrido para casa, para o barracão, para o calor do fogareiro, e agora tentavam passar pelas portas.

Quem é que encontrava um cabineiro?... Cada um ali procurava seu lugar sozinho, acomodava-se sozinho e defendia o lugar. É claro que meu lugar no vagão, o do meio, tinha sido ocupado por um tenente bêbado, que arrotava sem parar. Arrastei o tenente para o chão e mostrei-lhe minha passagem.

— Minha passagem também é para esse lugar — explicou pacificamente o tenente, soluçou, deslizou para o chão e ali mesmo adormeceu.

O vagão ficava cada vez mais cheio de pessoas. Na parte de cima, eram colocadas e desapareciam em algum lugar diversas trouxas enormes, malas. Havia no ar um forte cheiro de casacos de pele de carneiro, de suor humano, de sujeira, de fenol.

— É uma prisão de trânsito, uma prisão de trânsito — repetia eu, deitado de costas, empurrado para o estreito espaço entre o lugar mais de cima e o mais de baixo. De baixo para cima, arrastou-se ao meu lado o tenente, com a gola desabotoada, com uma cara amassada e vermelha. O tenente agarrou-se a algo que estava acima, apoiou-se nos braços e sumiu...

Em meio ao rebuliço e aos gritos daquele vagão de trânsito, acabei não ouvindo aquilo que eu mais queria e mais precisava ouvir, aquilo com que eu sonhara durante dezessete anos, que de certa forma se tornara para mim um símbolo do continente, um símbolo da vida, um símbolo da Terra Grande. Eu não ouvi o apito da locomotiva. Nem pensei nele durante a batalha por um lugar no vagão. Não ouvi o apito. Mas os vagões estremeceram e balançaram, e o nosso vagão, nossa prisão de trânsito, pôs-se em movimento, como se eu estivesse caindo no sono e o barracão começasse a flutuar diante de meus olhos.

Forcei-me a acreditar que eu estava indo para Moscou.

Em alguma bifurcação no caminho, ainda ali, em Irkutsk, o vagão deu um solavanco, e de cima desabou a figura do tenente, pendurado, segurando com força, aliás, no lugar de cima, onde ele dormia. O tenente arrotou, e bem na direção do meu lugar, mas também na do lugar do meu vizinho, prorrompeu o vômito. Era um vômito incontrolável. O vizinho tirou seu capote — não um agasalho, nem um casaco, mas um paletó estilo moscovita, com gola de pele — e, praguejando incontrolavelmente, começou a limpar o vômito.

Meu vizinho tinha uma quantidade interminável de cestos de vime, uns costurados com tela e outros não costurados. De tempos em tempos, das profundezas do vagão, apareciam umas mulheres, envoltas em xales de camponesas, vestindo peliças, com aqueles mesmos cestos de vime nos ombros. As mulheres gritavam alguma coisa para meu vizinho, e ele fazia um aceno de saudação.

— É minha cunhada! Está indo para Tachkent encontrar uns parentes — explicou-me ele, embora eu não tivesse pedido explicação alguma.

O vizinho abriu com vontade a cesta mais próxima e me mostrou. Além de um terno surrado e mais algumas coisinhas, na cesta não havia nada. Em compensação, havia diversas fotografias — de família e de outros grupos — em enormes *passe-partouts*, sendo que uma parte delas ainda eram daguerreótipos. Uma fotografia um pouco maior foi tirada da cesta, e o meu vizinho explicou com vontade e em detalhes quem era quem, quem tinha morrido na guerra, quem recebeu uma condecoração, quem estava estudando para ser engenheiro. "E esse aqui sou eu", dizia ele, apontando invariavelmente para um lugar no meio da fotografia, e todas as pessoas para quem ele mostrava as fotografias meneavam a cabeça de modo submisso, gentil e compassivo.

No terceiro dia de convivência naquele vagão sacolejante, meu vizinho — que tinha feito de mim uma imagem completa, nítida e certamente correta, embora eu não tivesse contado nada sobre mim — me disse com pressa, num momento em que a atenção dos outros vizinhos tinha sido atraída por alguma coisa;

— Vou fazer baldeação em Moscou. Você pode me ajudar a arrastar uma das cestas pelo saguão. Pela pesagem?

— Mas vem gente me receber em Moscou.

— Ah, sim. Tinha esquecido que ia vir gente receber você.

— E o que você está levando?

— O quê? Sementes. E de Moscou vamos trazer galochas...

O trem

Não saí do trem em nenhuma estação. Eu tinha comida. Tinha medo de que o trem fosse embora sem mim, de que algo ruim acontecesse — a alegria não podia durar para sempre.

Do lado oposto ao meu, no lugar do meio, estava deitado um homem de capote, profundamente bêbado, sem chapéu e sem luvas. Uns amigos bêbados o tinham colocado no vagão e entregado o bilhete para a cabineira. Ficou lá um dia, depois sumiu, voltou com uma garrafa de algum vinho escuro, que ele bebeu direto do gargalo, e jogou a garrafa no chão do vagão. A cabineira apanhou com cuidado a garrafa e levou-a para sua guarida, repleta de cobertores, que ninguém do vagão misto pegava, e de lençóis, dos quais ninguém precisava. Atrás da barreira de cobertores, no mesmo compartimento dos cabineiros, no terceiro lugar, o de cima, estava instalada uma prostituta que vinha de Kolimá; talvez não fosse prostituta, mas alguém que Kolimá transformara em prostituta... Aquela dama estava sentada perto de mim, no lugar de baixo, e a luz vacilante da opaca lâmpada que iluminava o vagão de quando em quando recaía sobre aquele rosto infinitamente fatigado, nos lábios pintados com alguma coisa que não era batom. Depois, alguém se aproximou dela, disse alguma coisa, e ela sumiu no compartimento dos cabineiros. "Cinquenta rublos", disse o tenente, já sóbrio, e que tinha se revelado um jovem muitíssimo amável.

Joguei com ele um jogo muito interessante. Quando um novo passageiro entrava no vagão, cada um tentava adivinhar a profissão, a idade, os interesses desse passageiro. Nós trocávamos observações, depois ele se sentava junto com a pessoa, conversava com ela e voltava com a resposta.

Assim, uma senhorita com os lábios pintados, mas sem vestígios de esmalte nas unhas, foi definida por nós como uma profissional da saúde, mas o casaco de pele de leopardo que a senhorita vestia era nitidamente artificial, falsificado, e atestava o fato de que sua dona era provavelmente uma auxiliar ou enfermeira, mas não médica. Uma médica não usaria um casaco de pele artificial. Naquela época, ninguém ainda tinha ouvido falar de *nylon* e de materiais sintéticos. Verificou-se que nossa conclusão estava certa.

De tempos em tempos, passava correndo pelo nosso compartimento, saído de algum lugar do interior do vagão, um menino de dois anos, de perninhas tortas, sujo, esfarrapado, com olhos azuis. Suas bochechas pálidas estavam cobertas de marquinhas. Depois de um ou dois minutos, vinha atrás dele, num passo duro e confiante, o jovem pai, vestindo um agasalho; tinha os dedos pesados, fortes e escuros de um operário. Ele pegava o menino. O pequeno ria, sorria para o pai, e o pai sorria para o menino, e, com uma alegria esfuziante, devolvia o pequeno a seu lugar, em um dos compartimentos de nosso vagão. Fiquei sabendo de sua história. Uma história comum em Kolimá. O pai era um preso comum que tinha acabado de receber a liberdade e partira para o continente. A mãe da criança não queria voltar, e o pai foi embora com o filho, tomando a forte decisão de arrancar a criança — e talvez ele mesmo — dos tenazes braços de Kolimá. Por que a mãe não fora? Talvez fosse a história de sempre. Tinha achado outro, se apaixonara pela vida livre de Kolimá — talvez já sendo uma trabalhadora livre, não quisesse ir para o continente na condição de pessoa de segunda categoria... Ou talvez a juventude estivesse fenecendo. Ou talvez o amor, aquele amor de Kolimá, tivesse terminado — por que não? Ou talvez fosse algo mais terrível. A mãe podia estar cumprindo uma pena pelo artigo 58 — o mais comum de todos os artigos comuns — e sabia que ameaça pairava sobre ela se retornasse para a Terra Grande. Novas condenações, novos tormentos. Em Kolimá, não havia nenhuma garantia de que ela não iria receber uma nova pena, mas não seria caçada como todos eram caçados no continente.

O trem

Não descobri e nem quis tentar. Havia nobreza, honestidade e havia amor por aquele filho, que o pai certamente tinha visto pouco, já que a criança estava na creche, no jardim de infância.

As mãos desajeitadas do pai, desabotoando as calças infantis, os enormes botões coloridos, costurados por mãos brutas, desajeitadas, mas bondosas. A felicidade do pai e a felicidade do menino. Aquela criança de dois anos não conhecia a palavra "mamãe". Ele gritava: "Papai! Papai!". Ele e o serralheiro de pele escura brincavam um com o outro, encontrando espaço com dificuldade em meio aos bêbados, em meio aos jogadores de cartas, em meio às cestas e às trouxas do especulador. No nosso vagão, com certeza eram aquelas as duas pessoas felizes.

O passageiro que passara dois dias dormindo, desde Irkutsk, que acordava apenas para beber, engolir uma nova garrafa de vodca, ou de conhaque, ou de licor, não precisou mais dormir. O trem deu um solavanco. O passageiro bêbado, adormecido, desabou no chão e começou a gemer, gemer. A cabineira chamou ajuda médica, e diagnosticou-se uma luxação no ombro. Ele foi arrastado para fora numa padiola, e desapareceu da minha vida.

Subitamente no vagão surgiu a figura de meu salvador — ou talvez dizer salvador seja exagerado, uma vez que aquele episódio não chegou a algo mais relevante, sangrento. Meu conhecido sentou-se, sem me reconhecer e como que desejando não me reconhecer. Mesmo assim, trocamos olhares, e eu me aproximei dele. "Quero pelo menos chegar em casa, ver a minha gente" — foram as últimas palavras que ouvi daquele *blatar*.

E isso é tudo: a luz forte da lâmpada na estação de Irkutsk; o especulador que levava consigo fotos de outras pessoas, para se camuflar; o vômito expelido pela garganta do jovem tenente caindo no meu lugar; a triste prostituta no terceiro lugar do compartimento dos cabineiros; o menino sujo de dois anos, gritando alegremente "Papai! Papai!" — isso é tudo que me recordo de minha primeira alegria, a ininterrupta alegria da liberdade.

Estação Iaroslavski. O barulho, a ressaca de Moscou, a cidade que me era mais cara que todas as outras cidades do mundo. O vagão parando. O rosto familiar de minha esposa, que viera me receber, assim como antes, quando eu voltava de minhas inúmeras viagens a trabalho. Desta vez, a viagem fora longa: quase dezessete anos. Mas sobretudo eu não estava voltando de uma viagem de negócios. Estava voltando do inferno.

(1964)

SOBRE A PROSA

Varlam Chalámov[1]

A melhor prosa literária de hoje é a de Faulkner. Mas em Faulkner o romance é arrebentado, explodido, e só a fúria de escritor ajuda a levar o trabalho até o fim, a terminar de construir o mundo a partir de seus destroços.

O romance morreu e nenhuma força no mundo vai ressuscitar essa forma literária.

Pessoas que passaram por revoluções, por guerras e campos de concentração não se interessam pelo romance.

A vontade do autor orientada para a descrição de uma vida inventada, colisões e conflitos artificiais (a pouca experiência pessoal do autor não pode ser disfarçada pela arte) exasperam o leitor e ele deixa de lado o romance gorducho.

O escritor continua precisando da arte, porém a confiança na literatura foi minada.

Qual forma literária tem direito a existir? Por qual forma literária se mantém o interesse do leitor?

Nos últimos anos, em todo o mundo, a ficção científica ocupou um lugar notável. O sucesso da ficção científica foi provocado pelos fantásticos sucessos da ciência.

Na verdade, a ficção científica é apenas um mísero substituto da literatura, um sucedâneo da literatura, que não traz benefícios nem para os leitores, nem para os escritores. A ficção científica não traz nenhum conhecimento, só faz com que

[1] "O prózie", em *Sobránie sotchiniéni*, vol. 4, Moscou, Khudójestvennaia Literatura/Vagrius, 1998. Tradução de Andrea Zeppini.

a ignorância pareça conhecimento. Autores talentosos desse tipo de obra (Bradbury, Asimov)[2] tendem apenas a estreitar o abismo profundo entre a literatura e a vida, não tentam lançar uma ponte.

O sucesso das biografias literárias, começando com Maurois[3] e terminando com o autor de *Sede de viver*,[4] é também testemunho da aspiração dos escritores por algo mais sério do que o romance.

O enorme interesse pela literatura memorialística no mundo todo é a voz do tempo, um sinal dos tempos. O homem de hoje avalia a si mesmo e a seus atos, não pelos atos de Julien Sorel,[5] Rastignac[6] ou Andrei Bolkonski,[7] mas pelos acontecimentos e pessoas da vida real, aquela que o próprio leitor testemunhou e da qual participou.

E tem mais: o autor de confiança deve ser "não apenas testemunha, mas também participante do grande drama da vida", para usar uma expressão de Niels Bohr.[8] Niels Bohr disse essa frase em relação aos cientistas, mas ela também pode ser aceita como verdadeira em relação aos artistas.

---

[2] Ray Bradbury (1920-2012), escritor de ficção científica norte-americano. Entre suas obras está *Fahrenheit 451*. Isaac Asimov (1920-1992), escritor de ficção científica e bioquímico. Nasceu na Rússia, mas viveu nos Estados Unidos. (N. da T.)

[3] André Maurois (1885-1967), romancista e ensaísta francês. Ficou famoso pelas biografias de Byron, Shelley e Disraeli. (N. da T.)

[4] Romance de Irving Stone sobre a vida de Van Gogh. (N. da T.)

[5] Protagonista do romance *O vermelho e o negro* (1830), de Stendhal. (N. da T.)

[6] Personagem de Honoré de Balzac, que tem sua vida narrada em vários romances da *Comédia humana*. (N. da T.)

[7] Personagem de *Guerra e paz* (1869), de Tolstói. (N. da T.)

[8] Niels Bohr (1885-1962), físico dinamarquês, muito importante nos estudos da estrutura do átomo e da física quântica, Prêmio Nobel de Física em 1922. (N. da T.)

A confiança na literatura memorialística não tem limites. É peculiar à literatura desse gênero aquele "efeito de presença" que está na essência da televisão. Eu não consigo assistir a um jogo de futebol pela televisão se já souber o resultado. O leitor de hoje discute apenas com o documento e convence-se apenas pelo documento. O leitor de hoje tem forças, conhecimentos e sua própria experiência para esse debate. Bem como a confiança na forma literária. O leitor não sente que o enganaram, como acontece na leitura de um romance. Diante de nossos olhos, altera-se toda a escala de exigências para a obra literária, exigências que uma forma artística como o romance não tem força para cumprir. A descritividade gorducha e prolixa torna-se defeito que anula a obra.

A descrição da aparência do homem torna-se um obstáculo à compreensão da ideia do autor.

A paisagem é totalmente rejeitada. O leitor não tem tempo de pensar sobre o significado psicológico das digressões paisagísticas.

Se a paisagem é usada, isso deve ser feito de forma muito econômica. Qualquer detalhe da paisagem torna-se símbolo, signo, e apenas nessa condição preserva seu significado, verossimilhança, necessidade.

Doutor Jivago[9] foi o último romance russo. *Doutor Jivago* é a derrocada do romance clássico, derrocada dos mandamentos de Tolstói sobre a arte de escrever. *Doutor Jivago* foi escrito de acordo com as receitas literárias de Tolstói, mas acabou sendo um romance-monólogo, sem "personagens fortes" e os demais atributos do romance do século XIX. Em

---

[9] Romance de Boris Pasternak iniciado nos anos 1910 mas só publicado em 1956. (N. da T.)

Doutor Jivago a filosofia moral de Tolstói vence, mas seu método artístico sofre uma derrota.

Aquelas capas simbolistas em que Pasternak envolveu seus personagens, retornando às ideias de sua juventude literária, antes reduzem do que aumentam a força de *Doutor Jivago*, repito, romance-monólogo.

Levantar a questão sobre a "personagem em desenvolvimento" etc. não é simplesmente fora de moda; é desnecessário e, portanto, pernicioso. O leitor contemporâneo entende em duas palavras do que se trata, e não necessita de um retrato exterior detalhado, não necessita do desenvolvimento tradicional do enredo etc. Quando perguntaram a Anna Akhmátova como termina sua peça, ela respondeu: "As peças contemporâneas não terminam em nada", e isto não é um modismo, não é um tributo ao "modernismo": simplesmente, o leitor não precisa que o autor se esforce para "arredondar" o enredo conforme aqueles caminhos já trilhados, que o leitor conhece desde a escola secundária.

Se o escritor alcança êxito literário, verdadeiro êxito, êxito em sua essência, e não o apoio dos periódicos, então quem se importa se em sua obra há "personagens fortes" ou não, se há "individualização das falas dos personagens" ou não?

Na arte, o único tipo de individualização é a peculiaridade da personalidade do autor, a peculiaridade de seu estilo literário.

O leitor procura, assim como procurava antes, uma resposta às questões "eternas", mas perdeu a esperança de encontrá-la na literatura de ficção. O leitor não quer ler tolices. Ele exige solução para as questões de vital importância, procura respostas sobre o sentido da vida, sobre as relações entre arte e vida.

Mas faz essa pergunta não aos escritores da literatura de ficção, não a Korolienko ou a Tolstói, como era no século XIX — ele procura resposta na literatura memorialística.

O leitor deixa de confiar no pormenor literário. O pormenor que não encerra em si um símbolo parece desnecessário no tecido artístico da nova prosa.

Diários, viagens, memórias, descrições científicas sempre foram publicadas e sempre tiveram sucesso, mas agora o interesse por tudo isso é extraordinário: são a parte principal de qualquer revista.

O melhor exemplo: *Minha vida*, de Charles Chaplin — obra medíocre no sentido literário —, *best seller* nº 1, que ultrapassou todo e qualquer tipo de romance.

Tal é a confiança na literatura memorialística. Uma pergunta: será que a nova prosa deveria ser um documento? Ou ela pode ser mais do que um documento?

O próprio sangue, o próprio destino, essa é a exigência da literatura atual.

Se o escritor escreve com o próprio sangue, não há necessidade de juntar materiais visitando a prisão de Butírskaia ou "comboios" de prisioneiros, não há necessidade de expedições para alguma região de Tambov. Nega-se mesmo o antigo princípio de trabalho preparatório, procura-se não apenas outras formas de representação, como também outros caminhos do saber e do conhecer.

Todo "inferno" e "paraíso" na alma do escritor, além de sua enorme experiência pessoal, é que dão a ele não apenas a superioridade moral, não apenas o direito de escrever, mas também o direito de julgar.

Eu estou profundamente convencido de que a prosa memorialística de Nadiejda Mandelstam[10] se tornará um acontecimento notável da literatura russa não apenas por ser um monumento do século, por ser uma condenação apaixo-

---

[10] Nadiejda Iákovlevna Mandelstam (1899-1980), escritora russa, esposa do poeta Óssip Mandelstam, escreveu dois livros de memórias sobre suas vidas juntos durante os anos da repressão stalinista. (N. da T.)

Sobre a prosa

nada do século do cão-lobo.[11] Não apenas porque neste manuscrito o leitor encontrará resposta a toda uma série de questões que preocupam a sociedade russa, não apenas porque essas memórias são os destinos da *intelligentsia* russa. Não apenas porque aqui as questões da psicologia da criação são apresentadas de forma brilhante. Não apenas porque aqui são apresentados os ensinamentos de Óssip Mandelstam e é narrado o seu destino. É claro que qualquer aspecto das memórias vai despertar enorme interesse em todo o mundo, em toda a Rússia que lê. Mas o manuscrito de Nadiejda Mandelstam tem ainda mais uma qualidade muito importante: é uma nova forma de memórias, muito abrangente, muito oportuna.

A cronologia da vida de Óssip Mandelstam alterna-se com as imagens dos costumes, com retratos de pessoas, com digressões filosóficas, com observações de psicologia da criação. Também sob esses aspectos, as memórias de Nadiejda Mandelstam apresentam enorme interesse. Na história da *intelligentsia* russa, na história da literatura russa, entra uma nova figura importante.

Grandes escritores russos há muito tempo notaram esse defeito, esse falso estatuto do romance como forma literária. Foram infrutíferas as tentativas de Tchekhov para escrever um romance. *Uma história enfadonha*, *Relato de um desconhecido*, *Minha vida*, *O monge negro* são tentativas insistentes, fracassadas, de escrever um romance.

Tchekhov ainda acreditava no romance, mas fracassou. Por quê? Tchekhov tinha como hábito arraigado escrever um

---

[11] No original, *viek-volkodav*. Provável referência a um poema de Mandelstam: "Em nome do estrondoso valor das eras futuras" (1931): "O século do cão-lobo se me atira por sobre os ombros, mas meu sangue não é de lobo:/ Enfia-me antes, como *num gorro*, pelas mangas de um casaco quente de peles da Sibéria". O termo *volkodav*, em russo, designa as espécies de cães utilizadas para a caça aos lobos. (N. da T.)

conto atrás do outro, tendo em mente apenas um tema, um enredo. Enquanto escrevia um conto, Tchekhov já começava outro novo, sem parar para refletir. Essa maneira não serve para trabalhar com o romance. Dizem que Tchekhov não encontrou em si a força para "elevar-se até o romance", que era demasiadamente "pé no chão".

A prosa de *Contos de Kolimá* não tem nenhuma relação com o ensaio. Os trechos ensaísticos foram inseridos ali para dar mais relevo ao caráter documental dos contos, mas apenas em alguns lugares pontuais, intencionalmente. A vida real é introduzida no papel de maneiras inteiramente diferentes do que acontece no ensaio. Em *Contos de Kolimá* não há descrições, não há material numérico, conclusões, publicística. A questão nos *Contos de Kolimá* está na representação de novas leis psicológicas, na investigação artística de um tema terrível, e não na forma da entonação da "informação", não na coleta de fatos. Embora, certamente, qualquer fato em *Contos de Kolimá* seja irrefutável.

Além disso, em *Contos de Kolimá* são mostradas novas leis psicológicas, o que há de novo no comportamento do homem quando rebaixado à condição animal. Contudo, ainda que os animais sejam feitos de material melhor, nenhum animal suporta aqueles suplícios que o homem suporta. É o novo no comportamento do homem — novo, apesar da enorme literatura sobre as prisões e sobre o encarceramento.

Essas alterações da psique são irreversíveis, como as queimaduras por frio. A memória dói, assim como dói a mão queimada pelo frio ao primeiro sopro de vento gelado. Não há ninguém que, ao voltar da prisão, viva um só dia sem se lembrar do campo, do seu trabalho humilhante e terrível.

O autor dos *Contos de Kolimá* considera a experiência do campo negativa para o homem, desde a primeira até a última hora. O homem não deveria saber, não deveria nem mesmo ouvir falar sobre isso. Ninguém se torna melhor ou mais forte depois do campo. O campo é uma experiência negativa, uma escola negativa, uma degradação para todos — para a administração e para os presos, para os guardas da escolta e para os espectadores, isto é, os diletantes e leitores de ficção.

Em *Contos de Kolimá* são mostradas pessoas sem biografia, sem passado e sem futuro. Será que o seu presente se parece com o de animais ou com o de seres humanos?

Em *Contos de Kolimá* não há nada que não tenha sido a superação do mal, o triunfo do bem, se abordarmos a questão sobre um plano maior, o plano da arte.

Se eu tivesse outro objetivo, teria encontrado um tom completamente diferente, outras tintas, mantendo o mesmo princípio artístico.

Contos de Kolimá é o destino dos mártires que não eram, que não poderiam ser e que não se tornaram heróis.

A necessidade desse tipo de documento é extraordinariamente grande. Pois em cada família, tanto na aldeia quanto na cidade, entre a *intelligentsia*, trabalhadores e camponeses, havia pessoas — ou parentes, ou conhecidos — que pereceram na prisão. É justamente esse leitor russo, e não apenas russo, que espera de nós uma resposta.

É necessário e possível escrever um conto que seja indistinguível de um documento. Só que o autor deve examinar seu material pela sua própria pele — não apenas com a mente, não apenas com o coração, mas com cada poro, cada nervo seu.

Há muito tempo repousa na mente uma conclusão, uma opinião sobre um ou outro aspecto da vida humana, da psique humana. Essa conclusão foi adquirida à custa de muito sangue e foi conservada como a mais importante na vida.

Chega um momento em que um insuperável desejo de externar essa opinião, dar-lhe vida real, domina o homem.

Essa vontade obsessiva adquire caráter de intenção resoluta. E você não pensa mais sobre outra coisa. E quando você percebe que se sente novamente com aquela força, como no tempo em que lidava na vida real com os acontecimentos, pessoas, ideias (talvez essa força seja outra, de outra proporção, mas agora isso não importa), é aí que o sangue volta a correr quente pelas veias.

Então você começa a procurar um enredo. É muito simples. Na vida há tantos encontros, tantos deles guardados na memória, que é fácil encontrar o necessário.

Começa a anotação, onde é muito importante conservar a autenticidade, não estragá-la com correção. A lei que funciona para a poesia — que a primeira variante é sempre a mais sincera — também funciona e se mantém aqui.

O acabamento do enredo. A vida é infinita em enredos, como são a história, a mitologia: todo tipo de contos de fadas e mitos podem ser encontrados na vida real.

Para os *Contos de Kolimá* não é importante se há enredos ou não. Ali há contos com e sem enredo, mas ninguém vai dizer que os segundos são menos importantes.

É necessário e possível escrever um conto indistinguível do documento, de memórias.

E em um sentido mais elevado, mais importante, qualquer conto é sempre documento — documento do autor —, e provavelmente é esta característica que obriga a ver em *Contos de Kolimá* a vitória do bem, não do mal.

A passagem da primeira para a terceira pessoa é a introdução ao documento. Emprego de nomes ora autênticos, ora inventados, personagens transitórios: tudo isso são meios que servem a um propósito.

Todos os contos possuem uma estrutura musical única, conhecida pelo autor. Substantivos sinônimos, verbos sinônimos devem intensificar o efeito desejado. A composição da coletânea foi pensada pelo autor. O autor recusou as frases

curtas, por serem literárias demais, recusou a medida fisiológica de Flaubert — "a frase é ditada pela respiração do homem" —, recusou os "que" e "qual" de Tolstói, os achados de Hemingway, que combinam o diálogo roto com as frases que se alongam até o sermão, até o exemplo pedagógico.
O autor quis obter apenas a vida real.
Que qualidades devem possuir as memórias, além da autenticidade?... E o que é precisão histórica?...
A propósito de um dos *Contos de Kolimá*, eu tive uma conversa na redação de uma revista moscovita.
— Você leu "Xerez"[12] na universidade?
— Sim, li.
— E Nadiejda Iákovlevna estava?
— Sim, Nadiejda Iákovlevna estava.
— Então, a sua lenda sobre a morte de Mandelstam está sendo canonizada?
Eu digo:
— No conto "Xerez" há menos imprecisões históricas do que em *Boris Godunov* de Púchkin.
Lembre:
1) Em "Xerez" é descrita aquela mesma estação de transferência em Vladivostok onde morreu Mandelstam e onde o autor do conto esteve um ano antes.
2) Aqui é quase a descrição clínica da morte por distrofia alimentar, ou, dizendo de modo simples, por fome, aquela mesma fome da qual morreu Mandelstam. A morte por distrofia alimentar tem uma peculiaridade. A vida ora volta para o homem, ora se vai, e por cinco dias você não sabe se ele morreu ou não. E se ainda é possível salvá-lo, devolvê-lo ao mundo.
3) Aqui foi descrita a morte de um homem. Acaso isso é pouco?

---

[12] O conto aparece no volume 1 dos *Contos de Kolimá*. (N. da T.)

4) Aqui foi descrita a morte de um poeta. Aqui o autor tentou apresentar, com ajuda da própria experiência, o que podia pensar ou sentir Mandelstam ao morrer, aquela grande igualdade de direitos entre a ração de pão e a poesia elevada, a grande indiferença e calma que a morte por fome provoca, e que a distingue de todas as mortes "cirúrgicas" e "infecciosas".

Será que isso é pouco para uma "canonização"?

Será que eu não tenho o direito moral de escrever sobre a morte de Mandelstam? Isso é um dever meu. Quem pode reprovar um conto como "Xerez"? Quem ousa chamar esse conto de lenda?

— Quando foi escrito esse conto?

— O conto foi escrito imediatamente após meu regresso de Kolimá, no ano de 1954, em Rechietnikov, região de Kalínin, onde eu escrevia dia e noite, esforçando-me por fixar alguma coisa muito importante, deixar um testemunho, colocar uma cruz na sepultura, por não admitir que ficasse oculto um nome que me foi tão caro por toda a vida — para registrar aquela morte, que não pode ser perdoada nem esquecida.

Mas, quando voltei para Moscou, percebi que os versos de Mandelstam estão em cada casa. Isto foi feito sem mim. E se eu soubesse disso teria escrito, talvez, de forma diferente, e não assim.

A nova prosa contemporânea pode ser criada apenas pelas pessoas que conhecem seu material à perfeição. Para esses, o domínio sobre o material e sua transformação artística não constituem uma tarefa literária, mas uma obrigação, um imperativo moral.

Assim como Exupéry abriu o ar para as pessoas, de qualquer canto da vida chegarão pessoas que saberão contar sobre o que conhecem, sobre o que viveram, e não apenas sobre o que viram e escutaram.

Há uma ideia de que o escritor não deve conhecer muito bem, nem muito de perto, o seu material. Que o escritor deve contar ao leitor na língua desse leitor, em nome do qual o escritor veio a pesquisar esse material. Que a compreensão do que foi visto não deve afastar-se demais do código moral, da perspectiva dos leitores.

Orfeu, que desceu ao inferno, e não Plutão, que subiu do inferno.

Segundo essa ideia, caso o escritor conheça bem demais o material, ele acabará passando para o lado do material. As avaliações se alteram, as escalas de valores se deslocam. O escritor vai mensurar a vida a partir de novas medidas, incompreensíveis para o leitor, que assustam, inquietam. Inevitavelmente será perdida a conexão entre o escritor e o leitor.

De acordo com essa ideia, o escritor é sempre um pouco turista, um pouco estrangeiro, literato e mestre — um pouco além do necessário.

Um modelo desse escritor turista é Hemingway, por mais que tenha combatido em Madri. É possível combater e viver uma vida ativa e, ao mesmo tempo, estar "de fora", tanto faz se "acima" ou "ao lado".

A nova prosa nega esse princípio do turismo. O escritor não é um observador, não é um espectador, mas um participante do drama da vida — participante de fato, e não na figura do escritor, no papel do escritor.

Plutão, que subiu do inferno, e não Orfeu, que desceu ao inferno.

Aquilo que foi sofrido na própria carne chega ao papel como um documento da alma, transfigurado e iluminado pelas chamas do talento.

O escritor torna-se um juiz do tempo e não um ajudante de quem quer que seja, e, justamente, o profundo conhecimento e a vitória nas profundezas da vida real lhe dão o direito e a força para escrever. E até sugerem o método.

Como os memorialistas, os escritores da nova prosa não devem se colocar acima de todos, se pretenderem mais inteligentes que todos, almejarem o papel de juiz.

Pelo contrário, o escritor, o autor, o narrador, deve estar abaixo de todos, inferior a todos. Apenas nisso está o êxito e a confiança. Isto é uma exigência tanto moral quanto artística da prosa contemporânea.

O escritor deve lembrar que, no mundo, há milhares de verdades.

Por quais métodos se alcança o resultado?

Antes de mais nada, pela seriedade de um tema de importância vital. Esse tema pode ser a morte, o perecimento, o assassinato, o calvário... Tudo isso deve ser contado de modo direto, sem declamação.

Pela brevidade, pela simplicidade, pelo corte de tudo o que pode ser chamado de "literatura".

A prosa deve ser simples e clara. A enorme carga semântica e, o mais importante, a enorme carga de sentimento não permitem que se desenvolva o trava-línguas, a ninharia, o chocalho. É importante ressuscitar o sentimento. O sentimento deve voltar, vencendo o controle do tempo, a mudança de apreciações. Apenas sob essa condição é possível ressuscitar a vida.

A prosa deve ser uma narração simples e clara daquilo que é de vital importância. No conto devem ser introduzidos, inseridos, detalhes: pormenores insólitos e novos, descrições feitas de um jeito novo. Claro que a novidade, a fidelidade, a precisão dos detalhes obrigam a acreditar no conto em todos os seus aspectos, não como informação, mas como uma ferida aberta no coração. Mas o papel deles é muito maior na nova prosa. É sempre um detalhe-símbolo, detalhe-signo que conduz todo o conto a um outro plano, dando-lhe um "subtexto" que serve à vontade do autor, elemento importante na solução artística, no método artístico.

Um aspecto importante de *Contos de Kolimá* foi sugerido por artistas. Em *Noa Noa*, Gauguin escreve: se a árvore lhe parece verde, pegue a melhor tinta verde e pinte. Você não vai errar. Você encontrou. Você resolveu. Trata-se aqui da pureza de tons. Em relação à prosa, essa questão se resolve com a eliminação de tudo o que for excessivo, não apenas nas descrições (machado azul etc.), mas também no corte de todas as cascas de "semitons" na representação da psicologia. Não apenas na secura e singularidade de adjetivos, mas na própria composição do conto, onde muito é sacrificado em nome dessa pureza de tons. Qualquer outra solução se afasta da verdade da vida.

Contos de Kolimá é uma tentativa de colocar e resolver algumas importantes questões morais da época, questões que simplesmente não podem ser resolvidas em outro tipo de material.

A questão do encontro entre o homem e o mundo, a luta do homem com a máquina do Estado, a verdade desta luta, a luta por si mesmo, em si mesmo, e também fora de si. Será que é possível influenciar ativamente o próprio destino, quando este foi moído pelos dentes da máquina do Estado, pelos dentes do mal? A ilusão e o peso da esperança. A possibilidade de apoiar-se em outras forças que não a esperança.

O autor destrói as fronteiras entre a forma e o conteúdo, ou melhor, não percebe diferença. Parece ao autor que a importância do próprio tema dita princípios artísticos determinados. O tema de *Contos de Kolimá* não pode ser expresso em contos comuns. Tais contos vulgarizam o tema. Mas, no lugar das memórias, *Contos de Kolimá* apresenta uma nova prosa, prosa da vida real, que é, ao mesmo tempo, realidade transfigurada, documento transfigurado.

O assim chamado tema do campo é um tema muito grande, capaz de acomodar cem escritores como Soljenítsin, cinco escritores como Lev Tolstói. E com folga.

O autor de *Contos de Kolimá* quer provar que o essencial para o escritor é conservar a alma viva.
A integridade da composição é uma qualidade relevante de *Contos de Kolimá*. Nessa coletânea é possível substituir e mudar de lugar apenas alguns contos, mas os principais, os de base, devem estar em seus próprios lugares. Todos os que leram *Contos de Kolimá* integralmente, e não apenas contos isolados, disseram ter tido uma grande, forte impressão. É o que dizem todos os leitores. Explica-se isso por uma escolha não casual, uma atenção cuidadosa na composição.
Ao autor parece que, em *Contos de Kolimá*, todos os contos estão em seu devido lugar. "Quarentena de tifo", que fecha a descrição dos círculos do inferno, e da máquina que lança as pessoas em novos sofrimentos a cada nova etapa (etapa!), é um conto que não poderia começar o livro.
"Cruz Vermelha" é publicística pela essência de sua trama, pois o significado do mundo criminal é muito grande no campo, e aquele que não entendeu isso, não entendeu nada do campo, nem da sociedade contemporânea.[13]
Contos de Kolimá é a representação de novas leis psicológicas do comportamento do homem, de pessoas sob uma nova circunstância. Elas permanecem humanas? Onde está a fronteira entre o homem e o animal? O conto de fadas de Vercors[14] ou *A ilha do Doutor Moreau*, de Wells,[15] com o seu genial "mestre da lei", são apenas profecia, apenas distração, em comparação com a face terrível da vida real.
Essas leis são novas, novas apesar da enorme bibliogra-

---

[13] Os contos "Quarentena de tifo" e "Cruz Vermelha" aparecem no volume 1 dos *Contos de Kolimá*. (N. da T.)

[14] Jean Vercors (1902-1991), novelista francês. (N. da T.)

[15] Romance de H. G. Wells, publicado em 1896, sobre uma ilha onde o médico faz experiências com animais para transformá-los em homens. Wells foi muito popular na Rússia dos anos 1920. (N. da T.)

fia sobre prisões e prisioneiros. Por isso mais uma vez prova-se a força da nova prosa, sua necessidade. A superação do documento é uma questão de talento, claro, mas os requisitos para o talento — e, antes de mais nada, do ponto de vista moral — são muito altos no tema do campo.

Essas leis psicológicas são irreversíveis, assim como as queimaduras por frio de terceiro e quarto graus. O autor considera o campo uma experiência negativa para o homem, negativa desde a primeira até a última hora, e lastima ser forçado a dirigir as próprias forças para a superação justamente desse material.

O autor perguntou milhares, milhões de vezes, aos ex-prisioneiros, se existia algum dia em suas vidas em que não se lembrassem do campo. A resposta era a mesma: não, não havia um dia assim em suas vidas.

Mesmo aquelas pessoas de alta cultura intelectual que estiveram no campo — se não foram esmagadas e sobreviveram, por um acaso — tentaram criar um escudo de humor, de anedotas, que protegesse suas almas e mentes. Mas elas também foram enganadas pelo campo. Ele as transformou em pessoas que, por princípio, pregam a falta de princípios, e a sua enorme cultura intelectual serviu a elas de objeto para distrações intelectuais domésticas, para ginástica da inteligência.

A análise de *Contos de Kolimá* consiste na ausência de uma análise. Aqui são retratadas pessoas sem biografia, sem passado e sem futuro, retratadas em sua condição presente: seria esta a condição de feras ou de seres humanos? E com quem o material combina melhor: feras, animais ou seres humanos?

Contos de Kolimá é o destino dos mártires que não eram e que não se tornaram heróis.

Em *Contos de Kolimá*, parece ao autor, não há nada além da superação do mal, do triunfo do bem.

Se eu quisesse que fosse diferente, eu encontraria um tom completamente diferente, matizes diferentes, mantendo o mesmo princípio artístico.

Foi o meu próprio sangue que cimentou as frases de *Contos de Kolimá*. Qualquer questão colocada pela vida é não apenas insolúvel, mas até indevidamente colocada. A memória conservou milhares de variantes de respostas em forma de enredos e, a mim, resta apenas escolher e arrastar para o papel aquele que for mais conveniente. Não para descrever algo e, com isso, dar uma resposta. Eu não tenho tempo para descrições.

Nos *Contos de Kolimá* não existe uma linha, uma frase que seja "literária".

E mais: ainda hoje a vida preserva situações fantásticas, épicas, lendárias, mitológicas, religiosas, monumentos de arte (o que deixava Oscar Wilde bastante desnorteado).

O autor espera que os contos da coleção não deixem ninguém em dúvida de que isto seja a verdade da vida real.

A substituição, a transformação foi alcançada não apenas pela inserção dos documentos. "Injetor" não é apenas uma pausa paisagística semelhante a *"Stlánik"*. Na verdade, não é absolutamente paisagístico. Pois nele não há lírica paisagística, há apenas uma conversa do autor com seus leitores.

"Stlánik" é necessário, não como informação paisagística, mas como estado de alma; ele é necessário para o combate em "Terapia de choque", "A trama dos juristas",[16] "Quarentena de tifo".

Este é um tipo de pausa paisagística.

---

[16] Os contos "Injetor", *"Stlánik"*, "Terapia de choque" e "A trama dos juristas" aparecem no volume 1 dos *Contos de Kolimá*. (N. da T.)

Sobre a prosa

Todas as repetições, todos os lapsos de que os leitores me acusam foram feitos por mim não por acaso, não por descuido, não por pressa...

Dizem que lembramos melhor de um anúncio se nele houver um erro de ortografia. Mas a compensação pelo desleixo não se resume a isso.

A própria autenticidade, a primazia, exige esse tipo de erro.

Viagem sentimental, de Sterne, interrompe a frase pelo meio e isso não provoca em ninguém a desaprovação.

Por que então, no conto "Como começou",[17] todos os leitores acrescentam, corrigem, de próprio punho, uma frase minha não terminada: "nós ainda traba..."?

E como lutar pelo estilo, defender o direito do autor?

O emprego de sinônimos, verbos sinônimos e substantivos sinônimos, serve para aquele mesmo duplo alvo: o realce do essencial e a criação de musicalidade, de apoio sonoro, de entonação.

Quando o orador pronuncia um discurso, enquanto os sinônimos são pronunciados em voz alta, uma nova frase se forma no cérebro.

A importância extraordinária de preservar a primeira variante. A correção é inadmissível. É melhor esperar outro arrebatamento dos sentimentos e escrever o conto de novo com todos os direitos da primeira variante.

Todos os que escrevem versos sabem que a primeira variante é mais sincera, mais espontânea, que obedece à pressa de expressar o essencial. O acabamento posterior, a correção (em diversos sentidos), é controle, violência do pensamento sobre o sentimento, intervenção do pensamento. Posso adivinhar, em qualquer grande poeta russo, a partir da 12ª ou 16ª linhas de uma poesia, qual estrofe foi escrita primei-

---

[17] O conto aparece no volume 3 dos *Contos de Kolimá*. (N. da T.)

ro. Adivinhei sem erros o que era o principal para Púchkin e Liérmontov.

Também para esta prosa chamada por convenção de "nova", é extraordinariamente importante o êxito da primeira variante. (...)

Podem dizer que nada disso é necessário para a inspiração, para a iluminação.

O autor responde: a iluminação só aparece depois de uma espera necessária, um intenso trabalho, busca, apelo.

Segundo Napoleão, Deus sempre está do lado dos grandes batalhões. Esses grandes batalhões da poesia alinham-se e marcham, aprendem a alvejar trincheiras escondidas, ainda que de longe.

O artista trabalha sempre e a reelaboração do material realiza-se sempre, constantemente. A iluminação é resultado desse trabalho constante.

É claro que, na arte, há mistérios. Mistérios do talento. Nem mais nem menos.

Correção, "acabamento" para qualquer conto meu é muito difícil, pois cada um possui suas funções específicas, estilísticas.

Você corrige um pouquinho e a força da autenticidade, da primazia, se rompe. Assim foi com o conto "A trama dos juristas": depois da correção, a perda de qualidade tornou-se óbvia de imediato.[18]

É verdade que a nova prosa apoia-se no novo material e este material a torna forte?

Claro, em *Contos de Kolimá* não há bobagens. O autor pensa (pode ser que se engane) que, apesar de tudo, a

---

[18] Nadiejda Mandelstam escreveu a Chalámov em 2 de setembro de 1965, depois de ler uma versão do conto corrigida pelo autor: "Em 'A trama dos juristas' era como se eu tivesse lido uma variante com mais detalhes, que tinha mais força". (N. da T.)

questão não está só no material e, talvez, nem esteja muito no material...

O autor tem, por exemplo, o conto "A cruz":[19] é um dos melhores contos do ponto de vista do acabamento composicional. Em essência, os princípios da nova prosa foram observados. E o conto deu certo, me parece.

Por que o tema do campo? O tema do campo em sua interpretação ampla, em sua compreensão profunda, é a questão fundamental, essencial dos nossos dias. Será que a destruição do homem, com a ajuda do Estado, não é uma questão essencial do nosso tempo, da nossa moral, impregnada na psicologia de cada família? Essa questão é muito mais importante que o tema da guerra. A guerra, em certo sentido, desempenha um papel de camuflagem psicológica (a história diz que no tempo de guerra o tirano se aproxima do povo). Por trás da estatística da guerra, todo tipo de estatística, querem esconder o "tema do campo".

Quando me perguntam o que eu escrevo, eu respondo: eu não escrevo memórias. Não há nada de memórias em *Contos de Kolimá*. Tampouco escrevo contos, melhor dizendo, esforço-me para escrever não um conto, mas qualquer coisa que não seja literatura.

Não é prosa de documento, mas prosa sofrida como documento.

(1965)

---

[19] O conto aparece no volume 3 dos *Contos de Kolimá*. (N. da T.)

MAPA DA UNIÃO SOVIÉTICA

410

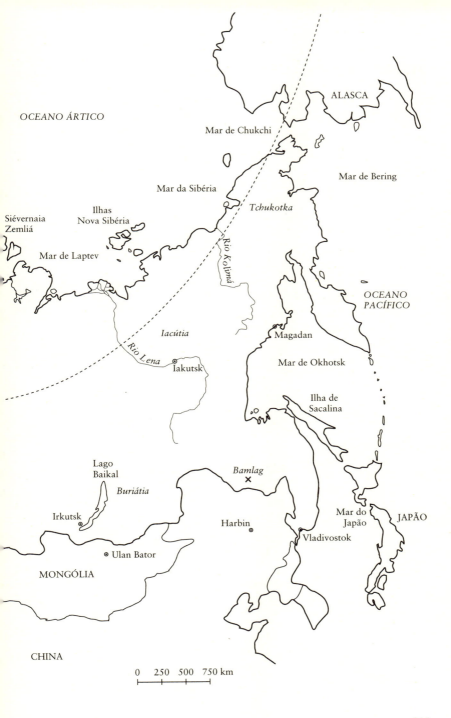

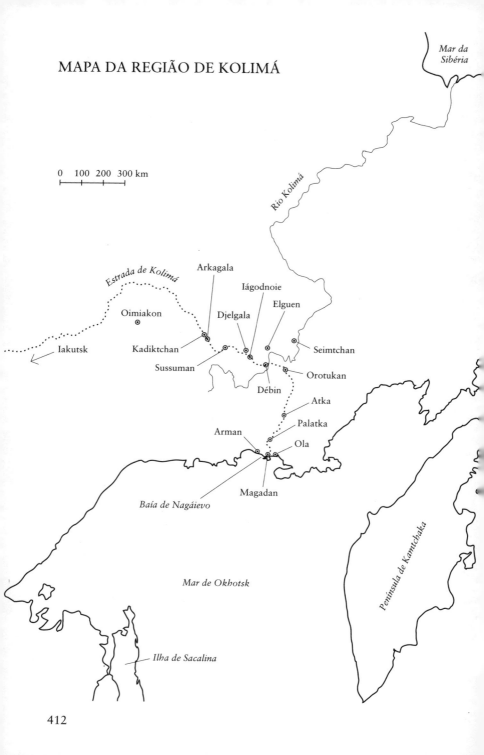

GLOSSÁRIO

AAS — Acrônimo de "agitação antissoviética", ou *Antissoviétskaia Aguitátsia* em russo.

ARA — American Relief Administration, organização humanitária norte-americana que atuou na Europa durante a Primeira Guerra Mundial e na Rússia durante a Guerra Civil.

artigo 58 — Artigo do código penal soviético, relativo a crimes políticos por atividade contrarrevolucionária.

Belomorkanal — Abreviação de *Belomórsko-Baltíiski Kanal*, Canal Mar Branco-Báltico, a primeira grande obra soviética feita com o trabalho forçado de prisioneiros, iniciada em 1931.

blatar — Bandido ou criminoso profissional que segue o "código de conduta" da bandidagem.

buchlat — Casaco de inverno pesado, tradicionalmente usado por marinheiros, com tecido duplo para proteger das rajadas de vento.

burki — Botas de cano alto de feltro, sem corte, feitas especialmente para o clima muito frio.

Dalstroi — Acrônimo de *Glávnoie Upravliénie Stroítelstva Dálnego Siévera*, Administração Central de Obras do Extremo Norte, empresa estatal submetida ao NKVD e responsável pela construção de estradas e pela exploração mineral na região de Kolimá.

dokhodiaga — Categoria de prisioneiros completamente sem forças, esgotados, acabados.

fráier — Termo do jargão criminal. Indica o criminoso ocasional, que não faz parte da bandidagem; sinônimo de ingênuo, vítima dos bandidos de verdade.

iáguel — Líquen polar comestível.

kolbassá — Tradicional embutido russo, semelhante ao salame.

kolkhoz — Propriedade rural coletiva dos camponeses russos.

Komsomol — Acrônimo de *Kommunistítcheski Soiúz Molodioji*, a Liga Comunista Jovem.

lend-lease — Programa dos Estados Unidos de ajuda aos países aliados na Segunda Guerra Mundial, com o fornecimento de máquinas, equipamentos, roupas e alimentos.

Líternik, litiorka — Preso cuja condenação era baseada numa letra ou sigla dentro de um artigo do Código Penal Soviético; geralmente relacionava-se com "atividades contrarrevolucionárias".

makhorka — Tabaco muito forte e de baixa qualidade.

NKVD — Sigla do *Naródni Komissariat Vnútrennikh Diel*, Comissariado do Povo para Assuntos Internos, órgão associado ao serviço secreto e grande responsável pela repressão política.

OGPU — Acrônimo de *Obiediniónnoie Gossúdarstvennoie Polititcheskoie Upravlénie* [Diretório Político Unificado do Estado], um dos braços da polícia política soviética a partir de 1922.

permafrost — Camada do solo permanentemente congelada.

portianka — Pano para enrolar os pés e protegê-los do frio.

schi — Tradicional sopa russa à base de repolho.

sovkhoz — Unidade agrícola gerida pelo Estado, voltada para a produção de alimentos em larga escala.

SR — Membros do Partido Socialista Revolucionário, antitsarista, criado em 1902.

stlánik — Espécie de pinheiro (*Pinus pumila*).

stakhanovista — Referência a Aleksei Stakhanov (1906-1977), operário e herói socialista que defendia o aumento de produtividade baseado na força de vontade dos trabalhadores.

TASS — Acrônimo de *Telegráfnoie Aguénstvo Soviétskogo Soiúza* [Agência Telegráfica da União Soviética], órgão oficial de comunicação até hoje existente.

tchaldon — Nome dado aos primeiros colonos russos da Sibéria.

tchekista — Membro da Tcheká, nome da polícia política soviética entre 1918 e 1922.

tranzitka — Local de detenção dos prisioneiros que aguardam transferência para os campos ou que estão voltando para o continente.

troika — Comissão composta por três agentes e que expedia condenações extrajudiciais ao longo dos anos 1930.

uchanka — Gorro de pele com abas para cobrir as orelhas.

zek — Gíria do mundo criminal soviético, originária da abreviação da palavra *zakliutchónni*, "preso".

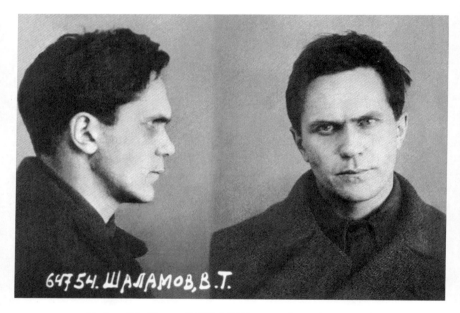

Varlam Chalámov (1907-1982), no registro do NKVD, por ocasião de sua segunda prisão, em 1937.

SOBRE O AUTOR

Varlam Tíkhonovitch Chalámov nasceu no dia 18 de junho de 1907, em Vólogda, Rússia, cidade cuja fundação remonta ao século XII. Filho de um padre ortodoxo que, durante mais de uma década, atuara como missionário nas ilhas Aleutas, no Pacífico Norte, Chalámov conclui os estudos secundários em 1924 e deixa a cidade natal, mudando-se para Kúntsevo, nas vizinhanças de Moscou, onde arranja trabalho num curtume. Em 1926 é admitido no curso de Direito da Universidade de Moscou e, no ano seguinte, no aniversário de dez anos da Revolução, alinha-se aos grupos que proclamam "Abaixo Stálin!". Ao mesmo tempo escreve poemas e frequenta por um breve período o círculo literário de Óssip Brik, marido de Lili Brik, já então a grande paixão de Maiakóvski. Em fevereiro de 1929, é detido numa gráfica clandestina imprimindo o texto conhecido como "O Testamento de Lênin", e condenado a três anos de trabalhos correcionais, que cumpre na região de Víchera, nos montes Urais. Libertado, retorna a Moscou no início de 1932 e passa a trabalhar como jornalista para publicações de sindicatos. Em 1934, casa-se com Galina Ignátievna Gudz, que conhecera no campo de trabalho nos Urais, e sua filha Elena nasce no ano seguinte. Em 1936, tem sua primeira obra publicada: o conto "As três mortes do doutor Austino", no número 1 da revista *Outubro*. Em janeiro de 1937, entretanto, é novamente detido e condenado a cinco anos por "atividades trotskistas contrarrevolucionárias", com a recomendação expressa de ser submetido a "trabalhos físicos pesados".

Inicia-se então para Chalámov um largo período de privações e sofrimentos, com passagens por sucessivos campos de trabalho, sob as mais terríveis condições. Após meses detido na cadeia Butírskaia, em Moscou, é enviado para a região de Kolimá, no extremo oriental da Sibéria, onde inicialmente trabalha na mina de ouro Partizan. Em 1940, é transferido para as minas de carvão Kadiktchan e Arkagala. Dois anos depois, como medida punitiva, é enviado para a lavra Djelgala. Em 1943, acusado de agitação antissoviética por ter dito que o escritor Ivan Búnin era "um clássico da literatura russa", é condenado a mais dez anos de prisão. Esquelético, debilitado ao extremo, passa o outono em recuperação no hospital de Biélitchie. Em dezembro, é enviado para a lavra Spokóini, onde fica até meados de 1945, quando volta ao hospital de Biélitchie; como modo de prolongar sua permanência, passa a atuar como "organizador cultural". No outono, é designado para uma frente de trabalho na taiga, incumbida do corte de árvores e processamento de madeira — ensaia uma fuga, é capturado, mas, como ainda está sob efeito da segunda condenação, não tem a pena acrescida; no entanto, é enviado para trabalhos gerais na mina punitiva de Djelgala, onde passa o inverno. Em 1946, após trabalhar na "zona pequena", o campo provisório, é convidado, graças à intervenção do médico A. I. Pantiukhov, a fazer um curso de enfermagem para detentos no Hospital Central. De 1947 a 1949, trabalha na ala de cirurgia desse hospital. Da primavera de 1949 ao verão de 1950, trabalha como enfermeiro num acampamento de corte de árvores em Duskania. Escreve os poemas de *Cadernos de Kolimá*.

Em 13 de outubro de 1951 chega ao fim sua pena, e Chalámov é liberado do campo. Continua a trabalhar como enfermeiro por quase dois anos para juntar dinheiro; consegue voltar a Moscou em 12 de novembro de 1953, e no dia seguinte encontra-se com Boris Pasternak, que lera seus poemas e o ajuda a reinserir-se no meio literário. Encontra trabalho na região de Kalínin, e lá se estabelece. No ano seguinte, divorcia-se de sua primeira mulher, e começa a escrever os *Contos de Kolimá*, ciclo que vai absorvê-lo até 1973. Em 1956, definitivamente reabilitado pelo regime, transfere-se para Moscou, casa-se uma segunda vez, com Olga Serguêievna Nekliúdova, de quem se divorciará dez anos depois, e passa a colaborar com a revista *Moskvá*. O número 5 de *Známia* publica poemas seus, e Chalámov começa a ser reconhecido como poeta — ao todo publicará cinco coletâneas de poesia durante a vida. Gravemente doente, começa a receber pensão por invalidez.

Em 1966, conhece a pesquisadora Irina P. Sirotínskaia, que trabalhava no Arquivo Central de Literatura e Arte do Estado, e o acompanhará de perto nos últimos anos de sua vida. Alguns contos do "ciclo de Kolimá" começam a ser publicados de forma avulsa no exterior. Para proteger o escritor de possíveis represálias, eles saem com a rubrica "publicado sem o consentimento do autor". Em 1967, sai na Alemanha (Munique, Middelhauve Verlag) uma coletânea intitulada *Artikel 58: Aufzeichnungen des Häftlings Schalanow* (*Artigo 58: apontamentos do prisioneiro Schalanow*), em que o nome do autor é grafado incorretamente. Em 1978, a primeira edição integral de *Contos de Kolimá*, em língua russa, é publicada em Londres. Uma edição em língua francesa é publicada em Paris entre 1980 e 1982, o que lhe vale o Prêmio da Liberdade da seção francesa do Pen Club. Nesse meio tempo, suas condições de saúde pioram e o escritor é transferido para um abrigo de idosos e inválidos. Em 1980, sai em Nova York uma primeira coletânea dos *Contos de Kolimá* em inglês. Seu estado geral se deteriora e, seguindo o parecer de uma junta médica, Varlam Chalámov é transferido para uma instituição de doentes mentais crônicos, a 14 de janeiro de 1982 — vem a falecer três dias depois.

Na Rússia, a edição integral dos *Contos de Kolimá* só seria publicada após sua morte, já durante o período da *perestroika* e da *glásnost*, em 1989. Naquele momento, houve uma verdadeira avalanche de escritores "redescobertos", muitos dos quais, no entanto, foram perdendo o brilho e o prestígio junto ao público conforme os dias soviéticos ficavam para trás. Mas a obra de Varlam Chalámov não teve o mesmo destino: a força de sua prosa não permitiu que seu nome fosse esquecido, e hoje os *Contos de Kolimá* são leitura escolar obrigatória na Rússia. Também no exterior a popularidade de Chalámov só vem crescendo com o tempo, e seus livros têm recebido traduções em diversas línguas europeias, garantindo-lhe um lugar de honra entre os grandes escritores do século XX. Prova disso são as edições completas dos *Contos de Kolimá* publicadas em anos recentes, primeiro na Itália (Milão, Einaudi, 1999), depois na França (Paris, Verdier, 2003) e Espanha (Barcelona, Minúscula, 2007-13), e agora no Brasil.

SOBRE O TRADUTOR

Lucas Simone nasceu em São Paulo, em 1983. É historiador formado pela FFLCH-USP com doutorado em Letras pelo Programa de Literatura e Cultura Russa da mesma instituição. É professor de língua russa e tradutor, tendo publicado a peça *Pequeno-burgueses* e *A velha Izerguil e outros contos*, ambos de Maksim Górki (Hedra, 2010). Traduziu ainda os contos "A sílfide", de Odóievski; "O inquérito", de Kuprin; "Ariadne", de Tchekhov; "Vendetta", de Górki; e "Como o Robinson foi criado", de Ilf e Petrov, para a *Nova antologia do conto russo (1792-1998)*, organizada por Bruno Barretto Gomide (Editora 34, 2011). Mais recentemente, publicou traduções de duas obras de Fiódor Dostoiévski, *A aldeia de Stepántchikovo e seus habitantes* (Editora 34, 2012) e *Memórias do subsolo* (Hedra, 2013), além da coletânea de contos *O artista da pá*, de Varlam Chalámov, terceiro volume dos *Contos de Kolimá* (Editora 34, 2016), do livro *O fim do homem soviético*, da Prêmio Nobel de Literatura Svetlana Aleksiévitch (Companhia das Letras, 2016), do *Diário de Kóstia Riábtsev*, de Nikolai Ognióv (Editora 34, 2017), e da novela *A morte de Ivan Ilitch*, de Lev Tolstói (Antofágica, 2020). Participou ainda da tradução coletiva de *Arquipélago Gulag*, de Aleksandr Soljenítsin (Carambaia, 2019).

Este livro foi composto em Sabon, pela Bracher & Malta, com CTP da New Print e impressão da Graphium em papel Pólen Soft 80 g/m² da Cia. Suzano de Papel e Celulose para a Editora 34, em julho de 2020.